独光集

ZHUGUANGJI

王景霓 著

暨南大学出版社
JINAN UNIVERSITY PRESS

中国·广州

图书在版编目(CIP)数据

烛光集 / 王景霓著. — 广州：暨南大学出版社，2015.6
ISBN 978-7-5668-1387-9

Ⅰ.①烛… Ⅱ.①王… Ⅲ.①古典散文—散文集—中国②古典诗歌—诗集—中国③中国文学—古典文学研究—唐代—文集 Ⅳ.①I212.01②I206.2-53

中国版本图书馆 CIP 数据核字(2015)第 071097 号

出版发行：暨南大学出版社

地址：中国广州暨南大学
邮编：510630
电话：总编室（8620）85221601
　　　营销部（8620）85225284　85228291　85228292（邮购）
传真：（8620）85221583（办公室）85223774（营销部）
网址：http://www.jnupress.com　http://press.jnu.edu.cn

排版：广州联图广告有限公司
印刷：深圳市新联美术印刷有限公司

开本：787mm×960mm　1/16
印张：15.25
字数：280 千
版次：2015 年 6 月第 1 版
印次：2015 年 6 月第 1 次
定价：38.00 元

（暨大版图书如有印装质量问题，请与出版社总编室联系调换）

4 10'98

获奖证书
Get The Prize Certificate

王景霓 先生/女士：

　　您的学术创新成果《杜甫山水诗的审美境界》在本次国际交流评选活动中严格审核，荣获世界重大学术创新成果"特等奖"。 并入编《世界重大学术创新成果获奖精典》。

此证

证字：第 XSCX131 号

中国国际交流出版社　　世界华人交流协会

Mr. /Ms. *Wang Jing-ni*:

　　Your academic creative result Examines the graveness academic creative result" especially wait the prize" of have the honor of acquiring the world strictly in this international exchanges judge and decide activity. The Merge into the plait 《 the academic creative result of the world graveness gets the prize classical 》.

　　This certificate

Certificate code: 131

世界管理科学研究院学术委员会

二零一零年五月

荣誉证书

王景霓 先生：

　　荣获首届"华文杯"中国作家诗人文艺大赛"金奖"，授予您 "2014 年度中国实力派作家"荣誉称号。

　　特颁此证

中国作家诗人研究会　　国际华人文艺家协会　　《中国作家诗人》编务会
　　　　　　　　　　　　　　　　　　　　　　　　　2014年7月28日

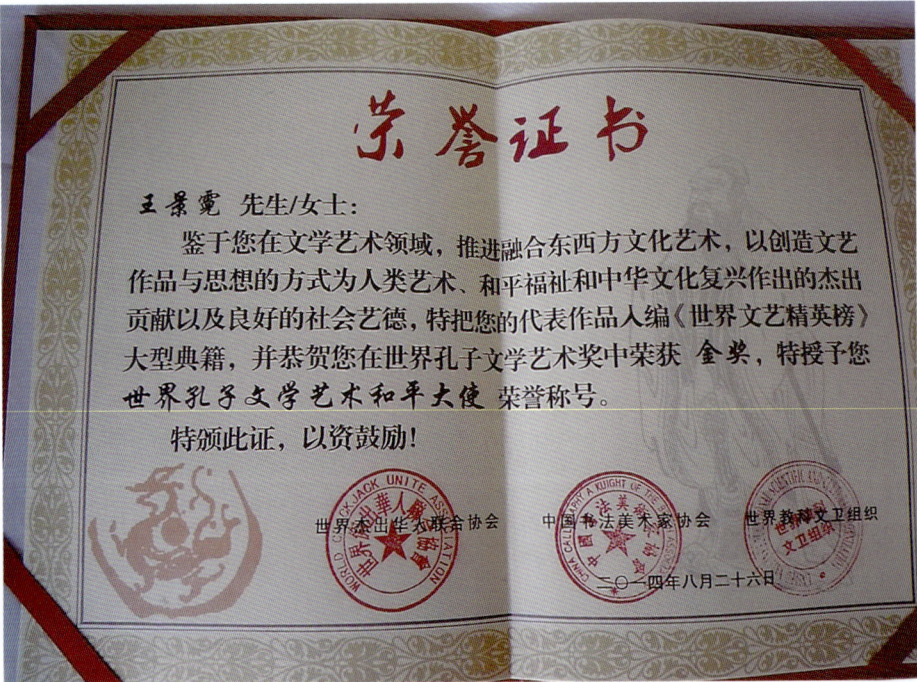

荣誉证书

王景霓 先生/女士：

　　鉴于您在文学艺术领域，推进融合东西方文化艺术，以创造文艺作品与思想的方式为人类艺术、和平福祉和中华文化复兴作出的杰出贡献以及良好的社会艺德，特把您的代表作品入编《世界文艺精英榜》大型典籍，并恭贺您在世界孔子文学艺术奖中荣获 金奖，特授予您世界孔子文学艺术和平大使 荣誉称号。

　　特颁此证，以资鼓励！

世界杰出华人联合协会　　中国书法美术家协会　　世界教科文卫组织
　　　　　　　　　　　　　　　　　　　　　　　　二〇一四年八月二十六日

自 序

　　我出生于1935年的上海，在日寇的铁蹄下度过了流离失所的苦难童年。抗战胜利后，我有幸在和平的环境里学习和生活，在祖国人民的关爱和培育下，完成了系统的教育。1957年大学毕业后，当祖国需要我到边疆执起教鞭从事中国文学史的教学时，我义无反顾、责无旁贷地到延边大学工作了21年。1978年，我乘着改革开放的春风，来到广州的暨南大学任教，分担唐代文学的教学和科研工作。本书记载的即是我多年来的教学心得和体会。

　　中国是诗的国度，有着五千年光辉灿烂的历史文明和极为丰富的文化遗产，分布着众多的民族。我们即便倾尽毕生之力，也仍然有读不完的书和悬而未决的问题，五千年的历史文明尚待我们去阅读、思考、传承和创新。我们的祖先就是这样为我们做出榜样的。所以，不管有多少困难，我们也应以愚公移山的意志，一代接一代地刻苦学习，在传承文化遗产的基础上，不断推陈出新。我深信，智慧的炎黄子孙在世世代代的共同努力下，定将中华民族优秀的累累硕果，融入世界民族之林，发挥其应有的作用和影响。

　　最后，我仍然要感激我的祖国和人民，感谢中国共产党数十年来对我的抚育和培养，使我享受了无数的爱和关怀。我很知足，只是回报得太少了。谨将此书献给我的祖国和人民！我唯一的梦想是期望国强民富，让子孙后代永远生活在和平幸福中！

王景霓

2015 年 3 月 2 日

目 录

CONTENTS

下编 论文选粹

上 编

诗文选译

本编选择的汉魏隋唐民歌、古诗及汉魏时期著名诗人的诗文，都是为了说明民间歌谣同文人创作的天然不可分割的联系。正是这种相互学习与不断的创新，才成就了中国文学史上所呈现的万紫千红、空前繁荣的文化景象，并且使唐代诗文登上中国文学的巅峰。

乐府是汉武帝时设立的一个专门掌管音乐的机构，它的任务是制定乐谱、训练乐工和搜集歌辞。

乐府虽然采集民歌，但又不完全是民歌。它的成分包括两种，一是民间歌谣，一是文人的创作。

乐府所保留下来的歌辞，统称为乐府诗或乐府民歌，它是"感于哀乐，缘事而发"的，因而题材范围很广泛，反映战争的罪恶和人民生活的方方面面，有很强的现实性，发扬了《诗经·国风》的优良传统，已经有三、五、七言诗句，突破了四言的句式窠臼。可见创新是中华文化的优秀传统，没有创新就只能停滞不前。

战城南

汉乐府民歌

战城南，死郭北，
野死不葬乌可食。
为我谓乌：且为客豪！
野死谅不葬，
腐肉安能去子逃？

水声激激，蒲苇冥冥；
枭骑战斗死，驽马徘徊鸣。
梁筑室，何以南？何以北？
禾黍不获君何食？
愿为忠臣安可得？
思子良臣，良臣诚可思：
朝行出攻，暮不夜归！

译诗

城南开战，郭北阵亡，

曝尸荒野，乌鸦可以任意啄食。
替我告诉乌鸦：先为客死者悲号吧！
死于荒野，无人掩埋，
腐尸烂肉怎会遁逃？

河水清深奔流不息，
蒲苇茂密一片苍茫。
骏马骑兵英勇战死，只剩败马向天悲鸣。
应役而来筑战壕的劳工呵！
为何一次次调往南去？
为何一次次调向北来？
不能安心劳作，哪有禾黍收成？
依靠何物供君主食粮？
愿为国效忠，何处可实现？
想念为国捐躯的战士呵！你们值得怀念：
早晨出发征战，晚上再不能归来！

孤儿行

汉乐府民歌

孤儿生，孤子遇生，命独当苦。父母在时，乘坚车，驾驷马。父母已去，兄嫂令我行贾。南到九江，东到齐与鲁。腊月来归，不敢自言苦。头多虮虱，面目多尘。大兄言办饭，大嫂言视马。上高堂，行取殿下堂，孤儿泪下如雨。

使我朝行汲，暮得水来归。手为错，足下无菲。怆怆履霜，中多蒺藜；拔断蒺藜肠肉中，怆欲悲。泪下渫渫，清涕累累。冬无复襦，夏无单衣。居生不乐，不如早去，下从地下黄泉。

春气动，草萌芽，三月蚕桑，六月收瓜。将是瓜车，来到还家。瓜车反复，助我者少，啖瓜者多。"愿还我蒂，兄与嫂严，独且急归，当兴较计。"

乱曰：里中一何𧱦𧱦！愿欲寄尺书，将与地下父母：兄嫂难与久居。

译诗

孤儿出生，是在不幸的境况下出生，命中注定该他命苦。父母健在时多么幸福，乘的是坚固的大车，驾驭的是四匹壮马。如今父母已去世，兄嫂逼我来回奔波做商贾。南到安徽的九江，东到山东的齐鲁。隆冬腊月才得回家，还不敢说自己辛苦。头上生了许多虱子，面目积满了尘土。大哥叫做饭，大嫂呼看马。刚到高堂去，又要走到殿下来，孤儿眼泪如雨心中悲苦。

叫我一早就去打水，傍晚才得担水返回。双手冻得皲裂，两脚无鞋步难移。含悲忍痛踩冰霜，路上又是多蒺藜；拔断的芒刺已嵌入小腿，痛不可忍，倍加伤悲。泪流不止，鼻中流清涕。寒冬腊月没有夹袄，三伏大暑也无单衣。活在人间这样不幸，不如早辞兄嫂死去，伴父母在黄泉更安逸。

春天来了，草儿发芽，三月里要养蚕采桑，六月里要摘果收瓜。推着瓜车，赶忙回家。路上瓜车翻覆，帮我拾瓜的人少，抢吃我瓜的人多。"求求各位还我瓜蒂！哥嫂待我分外严厉。我无瓜果独自回去，挨呵斥定受窝囊气。"

(尾声)

家里怒骂声冲天响！真想写信寄语双亲，禀告我地下的父母：确实难和兄嫂久居。

简说

这首诗描写孤儿受兄嫂虐待的状况，揭露出当时封建家庭的种种矛盾。

在封建社会里，由于封建思想的支配，一般人都兢兢业业于扩大自己的私有财产，这就使得同根兄弟在接受父母的遗产时往往互相摩擦。特别是地主阶级对于私有财产的占有思想意识更加严重，不管什么至亲骨肉，往往只要和自己的利害发生冲突时，也会反目成仇，不择手段加以迫害。这首诗反映的正是这种社会情况。

全诗分为三段，反复诉说孤儿的凄凉不幸，表达了对兄嫂的不满，对父母的依恋。第一段叙述孤儿失去父母后，受尽兄嫂指使，命运悲苦；第二段具体通过生活中的劳碌奔波诉说孤儿生不如死的惨状；第三段通过育蚕、采桑、收瓜、运瓜、车覆瓜失的细节描写，进一步说明孤儿对生活的绝望。尾声表达了孤儿不愿同兄嫂长期一起生活的凄苦心情，诉说封建家长制的不平等和不合理。全诗形象突出，叙述有层次，是民歌中比较完整的一篇诗歌，对后世创作有较大的影响。

焦仲卿妻①

汉乐府民歌

序曰：汉末建安中②，庐江府小吏焦仲卿妻刘氏③，为仲卿母所遣④，自誓不嫁。其家逼之，乃投水而死。仲卿闻之，亦自缢于庭树⑤。时人伤之⑥，而为此辞也⑦。

孔雀东南飞，五里一徘徊⑧。

"十三能织素⑨，十四学裁衣，十五弹箜篌⑩，十六诵诗书。十七为君妇，心中常苦悲。君既为府吏，守节情不移⑪。鸡鸣入机织⑫，夜夜不得息。三日断五匹⑬，大人故嫌迟⑭。非为织作迟，君家妇难为⑮。妾不堪驱使，徒留无所施⑯。便可白公姥⑰，及时相遣归。"

府吏得闻之，堂上启阿母⑱："儿已薄禄相⑲，幸复得此妇，结发同枕席⑳，黄泉共为友㉑。共事二三年㉒，始尔未为久㉓。女行无偏斜，何意致不厚㉔？"阿母谓府吏："何乃太区区㉕！此妇无礼节，举动自专由㉖。吾意久怀忿㉗，汝岂得自由！东家有贤女，自名秦罗敷。可怜体无比㉘，阿母为汝求。便可速遣之，遣去慎莫留！"府吏长跪告："伏惟启阿母㉙，今若遣此妇，终老不复取㉚！"阿母得闻之，槌床便大怒㉛："小子无所畏，何敢助妇语！吾已失恩义㉜，会不相从许㉝！"

府吏默无声，再拜还入户㉞。举言谓新妇㉟，哽咽不能语㊱："我自不驱卿㊲，逼迫有阿母。卿但暂还家，吾今且报府㊳。不久当归还，还必相迎取㊴。以此下心意㊵，慎勿违吾语。"新妇谓府吏："勿复重纷纭㊶。往昔初阳岁㊷，谢家来贵门㊸。奉事循公姥，进止敢自专？昼夜勤作息㊹，伶俜萦苦辛㊺。谓言无罪过㊻，供养卒大恩㊼；仍更被驱遣㊽，何言复来还！妾有绣腰襦㊾，葳蕤自生光㊿；红罗复斗帐51，四角垂香囊；箱帘六七十52，绿碧青丝绳53，物物各自异，种种在其中。人贱物亦鄙，不足迎后人54，留待作遗施55，于今无会因56。时时为安慰，久久莫相忘57！"

鸡鸣外欲曙，新妇起严妆58。著我绣夹裙，事事四五通59。足下蹑丝履，头上玳瑁光60。腰若流纨素，耳著明月珰62。指如削葱根63，口如含朱丹64。纤纤作细步，精妙世无双。上堂拜阿母，阿母怒不止65。"昔作女儿时，生小出野里66。本自无教训，兼愧贵家子67。受母钱帛多68，不堪母驱使。今日还家去，念母劳家里。"却与小姑别70，泪落连珠子71。"新妇初来时，小姑始扶床；今日被驱遣，小姑如我长72。勤心养公姥，好自相扶将73。初七及下九74，嬉戏莫相忘㊄。"出门登车去，涕落百余行。

府吏马在前，新妇车在后。隐隐何甸甸㊅，俱会大道口。下马入车中，低头共耳语："誓不相隔卿，且暂还家去；吾今且赴府，不久当还归㊆。誓天不相负！"新妇谓府吏："感君区区怀㊇！君既若见录㊈，不久望君来。君当作磐石㊀，妾当作蒲苇㊁。蒲苇纫如丝㊂，磐石无转移。我有亲父兄㊃，性行暴如雷，恐不任我意，逆以煎我怀㊄。"举手长劳劳㊅，二情同依依㊆。

入门上家堂，进退无颜仪㊇。阿母大拊掌㊈："不图子自归㊉！十三教汝织，十四能裁衣，十五弹箜篌，十六知礼仪，十七遣汝嫁，谓言无誓违㊀。汝今何罪过，不迎而自归?"兰芝惭阿母㊁："儿实无罪过。"阿母大悲摧㊂。

还家十余日，县令遣媒来。云有第三郎㊃，窈窕世无双。年始十八九，便言多令才㊄。阿母谓阿女："汝可去应之㊅。"阿女衔泪答㊆："兰芝初还时，府吏见丁宁㊇，结誓不别离。今日违情义，恐此事非奇㊈。自可断来信㊉，徐徐更谓之⑩。"阿母白媒人："贫贱有此女，始适还家门。不堪吏人妇，岂合令郎君⑪? 幸可广问讯⑫，不得便相许。"

媒人去数日，寻遣丞请还⑬，说有兰家女，承籍有宦官。云有第五郎，娇逸未有婚。遣丞为媒人，主簿通语言⑭。直说太守家，有此令郎君，既欲结大义⑮，故遣来贵门。阿母谢媒人："女子先有誓，老姥岂敢言！"阿兄得闻之，怅然心中烦，举言谓阿妹⑯："作计何不量⑰！先嫁得府吏，后嫁得郎君，否泰如天地⑱，足以荣汝身。不嫁义郎体⑲，其往欲何云⑳?"兰芝仰头答："理实如兄言。谢家事夫婿，中道还兄门。处分适兄意㉑，那得自任专！虽与府吏要㉒，渠会永无缘。登即相许和㉓，便可作婚姻㉔。"

媒人下床去，诺诺复尔尔㉕。还部白府君："下官奉使命，言谈大有缘。"府君得闻之，心中大欢喜。视历复开书㉖，便利此月内，六合正相应㉗。良吉三十日㉘，今已二十七，卿可去成婚㉙。交语速装束，络绎如浮云㉚。青雀白鹄舫㉛，四角龙子幡，婀娜随风转㉜。金车玉作轮，踯躅青骢马，流苏金镂鞍。赍钱三百万㉝，皆用青丝穿。杂彩三百匹㉞，交广市鲑珍㉟。从人四五百，郁郁登郡门㊱。

阿母谓阿女："适得府君书㊲，明日来迎汝。何不作衣裳？莫令事不举㊳！"阿女默无声，手巾掩口啼，泪落便如泻。移我琉璃榻㊴，出置前窗下㊵。左手持刀尺，右手执绫罗。朝成绣夹裙，晚成单罗衫。晻晻日欲暝㊶，愁思出门啼。

府吏闻此变，因求假暂归。未至二三里㊷，摧藏马悲哀㊸。新妇识马声，蹑履相逢迎。怅然遥相望，知是故人来。举手拍马鞍，嗟叹使心伤："自君别我后，人事不可量㊹。果不如先愿，又非君所详㊺。我有亲父母㊻，逼迫兼弟兄^⑭。以我应他人，君还何所望！"府吏谓新妇："贺卿得高迁！磐石方且厚，可以卒千年；蒲苇一时纫，便作旦夕间^⑭。卿当日胜贵^⑭，吾独向黄泉！"新妇谓府吏："何意出此言！同是被逼迫，君尔妾亦然^⑭。黄泉下相见，勿违今日言！"执手分道去，各各还家门。生人作死别，恨恨那可论？念与世间辞，千万不复全^⑭。

府吏还家去，上堂拜阿母："今日大风寒，寒风摧树木，严霜结庭兰。儿今日冥冥^⑭，令母在后单。故作不良计^⑭，勿复怨鬼神！命如南山石，四体康且直^⑭。"阿母得闻之，零泪应声落："汝是大家子，仕宦于台阁^⑭。慎勿为妇死，贵贱情何薄^⑭！东家有贤女，窈窕艳城郭，阿母为汝求，便复在旦夕。"府吏再拜还，长叹空房中，作计乃尔立^⑭。转头向户里^⑭，渐见愁煎迫^⑭。

其日牛马嘶^⑭，新妇入青庐^⑭。奄奄黄昏后^⑭，寂寂人定初^⑭。"我命绝今日，魂去尸长留！"揽裙脱丝履，举身赴清池。府吏闻此事，心知长别离。徘徊庭树下，自挂东南枝。

两家求合葬，合葬华山傍^⑭。东西植松柏，左右种梧桐。枝枝相覆盖，叶叶相交通。中有双飞鸟，自名为鸳鸯。仰头相向鸣，夜夜达五更。行人驻足听，寡妇起彷徨。多谢后世人^⑭，戒之慎勿忘。

注释

①这诗最早见于陈朝徐陵编的《玉台新咏》，题为《古诗为焦仲卿妻作》。《乐府诗集》收入《杂曲歌辞》，题为《焦仲卿妻》。后人也常取该诗首句"孔雀东南飞"为题。这里依《乐府诗集》本。②建安，东汉献帝的年号（196—220）。③庐江，汉郡名，在今安徽省潜山县一带。府小吏，太守府中的小吏。④遣，古代妇女被夫家休弃回娘家叫"遣"。⑤自缢，上吊自杀。⑥伤，哀悼。⑦为，作。此辞，即本诗。⑧"孔雀"二句：为全诗起兴。孔雀，鸟名，原产印度，相传是鸾鸟的配偶。⑨素，精白的绸绢。⑩箜篌，古琴，弦乐器。⑪节，臣节，指忠于职守。情不移，不为夫妇之情所移。⑫这句前面，俗本有"贱妾留空房，相见常日稀"二句。⑬断，指把织成的布从机上割下来。⑭大人，指焦仲卿的母亲。故，故意。⑮难为，难做。⑯徒，空，白白地。无所施，没有什么用处。⑰白，告诉，禀告。公姥，本指公公、婆婆，这里是复词偏义，单指婆婆。⑱启，禀告。⑲薄禄相，穷相。古人迷信，认为从人的相貌可以看出他的禄秩寿命。⑳结发，束发，指成年。古制：男年二十而冠，女年十五而笄，算是成年。㉑黄泉，指地下。㉒共事，共同生活。㉓尔，如此，指上述恩爱生活。㉔意，料。致，致使，招致。不厚，不爱。㉕区区，同"悫悫"，愚蠢。引申为固执，迂拘。㉖自专由，即"自专"、

"自由"，指自作主张，任性行事。㉗意，心中。㉘可怜，可爱。体，外貌。㉙伏惟，表示卑谦的发语词。㉚终老，终身。取，同"娶"。㉛床，古代一种坐具。㉜失恩义，指与兰芝恩断义绝。㉝会不，当不，决不。㉞再拜，行礼。户，指焦仲卿和刘兰芝的卧室。㉟举言，称说，指转述阿母的话。㊱哽咽，悲痛时气结难言之状。㊲自，本。卿，仲卿对兰芝亲昵的称呼。㊳报，赴。报府，指到庐江府去办公。㊴迎取，迎接回家。㊵下心意，忍受一下委屈。这句是说，为了这个（指"卿但暂还家"四句所讲的事），你就委屈一下吧。㊶重纷纭，再麻烦。㊷初阳岁，冬末春初的季节。㊸谢，辞别。㊹作息，复词偏义，是"作"的意思。㊺伶俜，孤单的样子。萦苦辛，为辛苦所牵缠。㊻谓言，自以为。㊼卒，尽，完成。㊽仍，还是。更，又。㊾绣腰襦，绣花的短袄。㊿葳蕤，草木繁盛的样子。这里形容绣腰襦上刺绣之美。51复，双层。斗帐，一种上窄下宽，像覆斗的帐子。52帘，同"奁"，存放东西的小匣子。53"绿"、"碧"即"青"，指箱匣上用青色丝绳捆扎着。54后人，指仲卿将来再娶的妻子。55遗施，赠送，施与。56于今，从今以后。会因，会面的机会。57"时时"二句是说，把东西留下，使你能时常看到它，从中得到安慰，永远不忘记我。58严妆，郑重地妆扮。59四五通，四五遍。60玳瑁光，玳瑁的首饰闪闪发光。61纨素，二者都是质地轻柔的丝织品。流，形容腰际纨素的光彩像水一样流转轻盈。62明月珰，明月珠做的耳坠。63削葱根，尖削的葱白。64朱丹，红色的宝石。65这句是说，焦母听任兰芝离去，不加阻止。66这句是说从小生长在乡野。67兼，加上。贵家子，指仲卿。有愧于贵家子，是说不配与仲卿成婚。68钱帛，指聘礼。69不堪，不能胜任。70却，退。71连珠子，串珠。72从"扶床"到"如我长"，二三年间，小姑长得如兰芝，这是指相貌相似而言。73扶将，照应。这句是说，你也要好好照应自己，多加保重。74初七，农历七月七日，旧俗妇女在这天晚上供祭织女，乞巧。下九，古代以每月二十九日为上九，初九为中九，十九为下九。下九是妇女结伴嬉游的日子。75这句是说，在嬉戏的时候不要把我忘掉。76隐隐，甸甸，都是车声。何，语助词。77还归，指接回兰芝。78区区，即"拳拳"，诚挚。79若，如此。见，即"现"，表示。录，收留。80磐石，大石，比喻坚定不移。81蒲苇，水草，其性柔而韧。82纫，同"韧"。83亲父兄，同父之兄。84逆，预料。煎我怀，使我心里痛苦，有如煎熬。85举手，表示告别。劳劳，忧伤的样子。86依依，恋恋不舍的样子。87无颜仪，脸上没有光彩。88拊掌，以掌拍击他处，表示惊异。89不图，没有想到。90誓，可能是"愆"的误字。愆同"愆"。愆违，过失。91惭阿母，惭愧地回答母亲。92悲摧，悲伤。93第三郎，三少爷。94便（pián）言，有口才。令才，美好的才能。95应，答话。⑯衔泪，含泪。⑰丁宁，即"叮咛"，再三嘱咐。⑱非奇，不佳。⑲断，因绝。信，信使，指媒人。⑩徐徐，慢慢地。之，语末助词。⑩适，出嫁。始适，刚出嫁不久。⑩合，配。令郎君，贵公子，指县令家三少爷。⑩幸，希望。广问讯，多方打听。⑭寻，随即。请，请示。这句是说，随即县令派县丞到太守处汇报请示（公事），事毕返回县里。⑯"说有"六句是县丞从太守处回来向县令讲的话。兰家女，犹言"兰芝姑娘"。承籍，承继祖先仕籍。宦官，指继承祖业的官衔而做官的人。娇逸，俊美。主簿，官名，掌管文书簿籍。通语言，传达意旨。⑯结大义，结为婚姻。⑰老姥，老妇。⑱举言，扬言，高声说话。⑲作计，打算。不量，不加考虑。⑩否泰，本是《易经》中的两个卦名，否，表示坏运；泰，表示好运。如天地，言高下有如天地之别。⑪义郎，对太守儿子的美称。⑫这句是说，往后你打算怎么办呢？⑬处分，处置。适，顺从。⑭要，约。⑮渠，他。渠会，与他相会。缘，机缘。⑯登即，当即。许和，答应。⑰作婚姻，结婚。⑱诺诺，应声。尔尔，如此如此。⑲部，衙门。府君，太守。⑳历、书，都是指历书。古代有《六合婚嫁历》、《阴阳婚嫁书》等。㉑便利，适宜。㉒古人结婚必择吉日，要求年、月、日的干支都相适合，叫"六合"。相应，相合。㉓良吉，良辰吉日。㉔这是太守吩咐媒人的话：你可以去筹办这件婚事了。㉕交语，教语。指太守交代下人快去准备婚礼。㉖络绎，指为婚事奔忙的人来往不绝。㉗青雀、白鹄，指船头画的图画。舫，船。㉘龙子幡，绣龙的旗帜。㉙婀娜，轻柔的样子。㉚踟蹰，即"踟蹰"，踏步不前的样子。青骢马，毛色青白夹杂的马。㉛流苏，用五彩羽毛做成的下垂的装饰品，古时多用在车马、帐幕上面。金镂鞍，用金属雕花为饰的马鞍。㉜赍，付。赍钱，指聘礼。㉝杂彩，各式绸缎。㉞交广，指交州、广州等地。鲑，鱼菜的总名。㉟郁郁，形容人多热闹。登，有人疑为"发"字之误。㊱适，刚才。㊲举，成。不举，筹办不及。㊳琉璃榻，嵌琉璃的坐具。㊴出置，搬出安放。㊵晻晻，日色昏暗无光的样子。暝，日暮。㊶这句是说，走到离兰芝家还有二三里的地方。㊷摧藏，或是"凄怆"之转，形容伤心之状。㊸不可量，不能预料。㊹详，尽知。㊺父母，复词偏义，单指"母"。㊻弟兄，复词偏义，单指"兄"。㊼且夕间，早晚之间。极言在短暂的时间内发生变化。㊽日胜贵，一天比一天贵盛起来。㊾尔、然，都是"如此"之意。㊿千万，表示坚决。不复全，再也不能保全了。(151)日冥冥，指日暮，说生命就要结束了。(152)不良计，不好的打算，指自杀。(153)"命如"二句：是仲卿与母亲诀别时祝她身体康宁的话。直，顺，引申为"舒展"之意。(154)台阁，古代尚书的官署，此处泛指官府。(155)贵贱，说仲卿贵，兰芝贱。情何薄，休弃她怎么能算薄情呢？(156)艳城郭，漂亮冠于全城。(157)乃尔，就这样。立，决定。⑱这句是说仲卿回头去看户里的母亲。⑲见，被。⑳其日，指兰芝过门那天。牛马嘶，形容车马盈门的热闹情况。牛马，单指马。㉑青庐，以青布幔为屋，行婚礼时用。㉒奄奄，同"晻晻"，暗沉沉的样子。㉓人定初，人们已经安静下来的时候。一说指晚上亥时初刻。㉔华山，大约是庐江一带的小山，今不可考。㉕多谢，敬告。

译诗

孔雀向着东南飞，飞了五里又徘徊。

"我十三岁就能织白绢，十四岁就学会裁衣，十五岁能弹箜篌，十六岁诵读诗书。十七岁嫁入你家门，心中无日不在伤悲。你既任太守府小吏，尽忠职守不恋妇情。我鸡鸣即起把布织，夜夜操劳不敢歇息。三天织布截下五匹，婆婆挑剔还嫌太迟。非我笨拙织作迟慢，你家媳妇实在难为。我不胜任婆婆使唤，何必白白留在你家。你可亲自禀告婆婆，趁早把我遣回娘家。"

府吏听了这一番话，便登厅堂禀告阿母："我已经命苦福又薄，幸得娶来个贤媳妇。我俩婚后相亲相爱，死后还要永结伴侣。夫妇同居仅两三年，恩爱生活并不算久。她的行为没有偏差，谁料你竟讨厌她？"阿母听后回答府吏："你这么固执又死板！这个媳妇毫无礼节，凡事她都独断专行。我早就怀恨在心头，你岂敢逆我自作主张！东边邻舍有个好女，她的名字就叫秦罗敷。容貌体态美丽无比，我自会替你向她求。你从速把媳妇赶走，千万不可再作挽留！"府吏下跪苦苦求告："我思量再三告知阿母，今日如驱赶这媳妇，我发誓今生不再娶！"阿母听了这一番话，顿足拍床大为发怒："你这个小子不像话，岂敢为媳妇来说话！我已和她恩断义绝，你这妄想绝不允许！"

府吏沉默伤心不语，拜辞阿母回到房里。将阿母话转告兰芝，张开口气结不能言语："我本来不肯驱逐你，可是阿母极力逼迫。你且暂时回到娘家，我现在返回太守府。不多久我就回家来，回来一定去迎接你。为此你安心等待，千万勿忘了我的话。"媳妇诚恳回答府吏："不要因我再添麻烦。回想那年冬至后，我辞别爹娘过你家。事事都顺从公婆意，举动怎么敢自作主张？日日夜夜辛勤劳作，从不间断不辞苦辛。扪心自问无何过失，侍奉阿母报养育恩。而今仍然要被驱逐，怎敢奢望再能回来！我有一件绣花短袄，精工美丽闪闪发光；有一床双层红罗帐，四角都挂有香料囊；大小箱奁共六七十，个个捆扎着青丝绳，箱中物件各不相同，种种物品尽在箱中。人被弃逐物亦轻贱，说不上留给新娶娘，只留给你赠送别人，从今后彼此难再见。留下物品以安慰你，愿你我长久不相忘！"

雄鸡报晓东方快亮，兰芝起床认真梳妆。穿上我的绣花夹裙，每件穿着换四五遍。脚穿上轻便丝织鞋，头戴着闪光玳瑁簪。腰间束着纤丽细绢，耳戴着明月珠耳环。白嫩手指犹如葱根，口唇红润更像朱丹。轻轻地迈开了细步，姿态美妙举世无双。走上厅堂辞别阿母，阿母竟然不加挽留。"我过去做闺女时候，生长在偏僻的乡里。本来就家贫无教养，愧做您家的儿媳妇。曾受过您家的聘礼，不足以供您的驱使。今天告辞回娘家去，只想着走后您辛苦。" 再去和小姑相辞别，眼泪就像断线珠子。"几年前我刚到你家，小姑才扶床学走路；今日我不幸被驱逐，小姑长得如我一样。你今后侍奉好父母，还望你自己多保重。每逢七夕或是下九，欢乐时不要忘了我。" 出了家门登上车子，伤心难忍眼泪如泉。

府吏骑马走在车前，兰芝车子跟在马后。车声隐隐甸甸地响，大路口上两相会面。府吏下马入车中去，两人含悲低头耳语："我发誓绝不遗弃你，今日暂且回娘家去；我也要赶回太守府，不多久我就会回来。天可作证我不负你！"兰芝忍痛回答府吏："感谢你的一片诚心！既然蒙你惦念着我，但愿不久就来接我。你当坚定得像磐石，我当柔韧得像蒲苇。蒲苇柔韧如丝绳，磐石坚定不能转移。我家里有个亲哥哥，脾气暴躁有如雷霆，恐怕日后难如我愿，使我内心急如油煎。"举手告别各自悲伤，双方情重难舍难分。

踏入家门登上厅堂，进退两难无脸见人。阿母见女大为惊讶："没有料到不曾去接，你却竟自归！十三岁就教你织布，十四岁你就会裁衣，十五岁你学弹箜篌，十六岁你就懂礼仪，十七岁就让你出嫁，满以为你不违规矩。你若当真没有过错，未曾迎接你怎自归？"兰芝惭愧回答阿母："我确实没有何罪过。"阿母听了大为悲伤。

兰芝回家仅十来天，县令就派媒人到来。说县令有位三公子，长得漂亮举世无双。年纪又刚好十八九，既善辞令又有才华。阿母回来对兰芝说："你可以去答应她吧。"兰芝一听含泪回答："兰芝回娘家的时候，府吏曾经一再嘱咐，两人发誓永不分离。今天如果背弃情义，恐怕这样做不适宜。还是你先谢绝媒人，再慢慢从长来计议。"阿母出去回答媒人："我们寒门有这女儿，许配不久被遣回家。她既不配做小吏妇，怎敢再高攀贵家门？请你广泛打听探求，如今不便于答应你。"

媒人走后过了几天，县丞请示太守归来，说刘家有个好姑娘，她家世代读书做官。太守有位第五公子，娇美文雅尚未成婚。要派遣我来做媒人，这话是主簿所转告。县丞直接到刘家说亲："太守家中有位少爷，想和你家共结婚盟，派我特来登贵家门。"阿母听后多谢媒人："我家姑娘有誓在先，老妇我怎好对她言！"哥哥听了这一番话，怅然愤恨心中烦恼，大声质问兰芝妹妹："你这人做事须估量！最初嫁给衙门小吏，如今改嫁太守公子，前后好坏有如天地，足以使你增添光彩。你如不嫁给义郎君，长此下去又将如何？"兰芝抬头回答兄长："哥哥所说都有道理。先前离家出嫁夫婿，中途不幸又回兄门。一切处理任由兄意，我哪能够自作主张！虽然和府吏有誓约，但相会已永无机缘。你可立即答应婚事，不必准备便可成亲。"

媒人离座辞别要走，连忙说好，就这样办。回到府上禀告太守："下官奉了你的命令，去说亲事大有机缘。"太守听了媒人的话，笑逐颜开满怀欢喜。忙翻历书挑选吉日，婚礼宜在本月之内，两人六合正好相配。良辰就在三十这天，今日已经是二十七，你快准备婚礼事宜。太守传令急速筹办，忙得人们来往不绝。青雀白鹄标致画船，船舱四角高插龙旗，迎风招展婀娜多姿。豪华车辆金玉闪光，青骢马踏步待出发，五彩缨子雕花金鞍。呈送聘礼有三百万，财礼全用黑丝贯穿。各色彩缎有三百四，又有交、广山珍海味。随从人员有四五百，齐集待发在郡治门。

阿母对女转告消息："刚才接到太守来信，明天吉日就来迎娶。为什么不快做衣裳？不要犹豫勿误婚事！"女儿听了默默无声，只用手帕掩口哭泣，眼泪直流像水倾泻。搬来我玻璃的坐具，到那窗前的敞亮处。左手拿着剪刀量尺，右手提着绫罗来剪裁。早上做成绣花夹裙，晚上又做成单罗衣。暮色苍茫日已昏暗，满怀愁思出门啼哭。

府吏听到刘家有变，满心烦恼请假急归。离刘家还有二三里路，心中凄怆马鸣悲哀。兰芝听出府吏马声，轻轻移步上路相迎。彷徨不安怅然远望，果然故人骑马前来。举手轻拍马鞍，凄凉嗟叹令人心伤："自离别你回娘家后，人事变化难于料知。事情发展不如前愿，情况又非你能尽知。我家父母十分无情，加上阿兄共同逼迫。已将我许配给别人，你回来还有何指望！"府吏气恼愤愤作答："祝贺你得以倚高枝！我这磐石完整结实，可以牢固到一千年；你这蒲苇坚韧一时，变心只在朝夕之间。你一天天荣华富贵，我只能独自下黄泉！"兰芝听罢忙告府吏："你怎么能说这些话！咱们俩同是受逼迫，你既这样，我也如此。咱俩在黄泉下相见，今日的话决勿违忘！"两人握手后分路走，各人回去自己家里。活生生的人竟作死别，此情此恨哪里说得完？一心只想与世长辞，千万不要再活人间。

府吏含悲回到家里，即上厅堂拜禀阿母："今天将有大风大寒，凛冽寒风吹折树木，残酷冰霜摧残香兰。你的儿子也活不长，只留你在世上孤单。这是我选择的绝路，不必去怨恨那鬼神！祝愿您长寿如南山，身体永远健康舒适。"阿母一听到这番话，眼泪随声音而落下："你是高贵人家子弟，世代做官都在内阁。千万不能为妇人死，贵贱悬殊非你情薄！东边邻居有一贤女，美丽姿容实冠城郭，做母亲的替你求婚，成全此事就在朝夕。"府吏再拜后便返回房，独自长叹在空房中，自杀的主意已确立。回头再看阿母那边，心中烦乱忧愁煎迫。

迎娶那天车马盈门，新娘兰芝进入青庐。转眼到日落黄昏后，接近夜深人静之时。"我这生命今日断绝，灵魂离去尸体长留。"卷起罗裙脱下丝鞋，纵身一跃淹没清池。府吏听到噩耗传来，心中明白永远别离。徘徊在庭中大树下，自吊在东南的枝头。

焦刘两家都求合葬，夫妻合葬在华山傍。坟墓东西各种松柏，坟墓左右又种梧桐。树上枝枝相交相盖，树叶层层交错相通。树丛中有对双飞鸟，它们的名字叫鸳鸯。树上双鸟仰头对鸣，夜夜相对鸣到五更。过路行人停步倾听，寡妇听了半夜悲徨。再三劝告后世众人，牢记教训切不可忘。

简说

《焦仲卿妻》是我国文学史上一篇杰出的长篇五言叙事诗。全诗 353 句，1785 字。诗中故事大概在东汉末年已在民间长期流传，以后又经文人润色加工后定型。

本诗通过对焦仲卿、刘兰芝这对青年夫妻在封建礼教的残酷迫害下悲惨遭遇的描写，深刻地揭露了封建礼教、婚姻制度及封建家长制度的罪恶，热情地歌颂了他们的真挚爱情及其宁死不屈的反抗精神，表达了广大人民要求婚姻自主的强烈愿望。

诗中成功地塑造了几个鲜明的人物形象——刘兰芝、焦仲卿、焦母和刘兄。通过这些人物形象来表现反封建礼教的主题思想。作者爱憎分明，对于被压迫的兰芝、仲卿给以深厚的同情，从各个方面来刻画他们的性格，特别是对刘兰芝。她聪明、美丽、勤劳、纯洁，遇事当机立断，不被险恶势力屈服的倔强性格。仲卿是个府吏，受封建礼教影响较深，性格比较软弱，但他是非分明，忠于爱情，不为母亲的威迫利诱所动摇，始终站在兰芝一边，最后以死殉情。在这两个人物的性格里都充满着他们对封建礼教的强烈反抗精神。诗中对于封建礼教和宗法势力的代表焦母和刘兄予以无情的鞭挞，虽然对这两个人物着墨不多，但在那寥寥数笔中已勾勒出他俩的狰狞面目，使读者如见其人，若闻其声。

本诗在对人物形象的塑造上，一是善于运用符合人物身份和口吻的个性化语言，以突出人物的性格特征。这不仅表现在兰芝和仲卿的闺中对话上，也表现在焦母、刘兄对兰芝的训斥上，如："吾意久怀忿，汝岂得自由！"仅仅两句便刻画出焦母的专横顽固；"先嫁得府吏，后嫁得郎君，否泰如天地，足以荣汝身。不嫁义郎体，其往欲何云？"一连串的说话将一个冷酷自私的势利小人的嘴脸展现在读者面前。二是善于抓住人物的举止来刻画、描摹人物的精神。如写兰芝"严妆"时，"事事四五通"这一异乎寻常的行动，巧妙地刻画了兰芝自尊自爱、欲去而不忍遽去的矛盾心情；写仲卿自缢前，"徘徊庭树下"这一动作，展示出受封建礼教影响较深的仲卿临自尽前顾虑犹豫的一面。三是通过环境气氛的渲染来衬托人物的性格。如对太守迎亲一事的铺张渲染，反衬出兰芝不为势利所诱、不为威武所屈的高尚品德和真挚爱情，这是刻画人物突出的例子。

诗的结尾，写仲卿和兰芝死后合葬，墓上松柏梧桐的"枝枝相覆盖，叶叶相交通"，鸳鸯的"仰头相向鸣，夜夜达五更"，这样的结尾，表达了自古以来人民群众对婚姻、恋爱自由的愿望。他们创造传说来作为对美好愿望的影射。正如原始人民创造"女娲补天"、"夸父逐日"等神话来对抗自然威力一样。因为在封建制度的高压下，要从正面的反抗取得胜利是不容易的。所以，通过塑造出这样美好的形象来表示对仲卿、兰芝的同情与赞美，并标志着人民反封建社会迫害的愿望和追求。

短歌行

曹 操

对酒当歌，人生几何？

譬如朝露，去日苦多。

慨当以慷，忧思难忘。

何以解忧？唯有杜康。

青青子衿，悠悠我心。

但为君故，沉吟至今。

呦呦鹿鸣，食野之苹。

我有嘉宾，鼓瑟吹笙。

明明如月，何时可掇？

忧从中来，不可断绝。

越陌度阡，枉用相存。

契阔谈讌，心念旧恩。

月明星稀，乌鹊南飞。

绕树三匝，何枝可依？
山不厌高，海不厌深。
周公吐哺，天下归心。

译诗

对着美酒应当高歌，人生一世能有几何？
好比早晨的露珠儿，逝去的时光恨太多。
慷慨激昂放声而唱，心中忧思实在难忘。
究竟何物可以解忧？唯有美酒酿自杜康。
你是青领读书之人，我心久久把你思念。
只因心里思慕着你，低吟企盼一直至今。
鹿鸣呦呦寻找良伴，且行且嚼艾草野苹。
我有嘉宾请来欢宴，礼宾奏乐鼓瑟吹笙。
皓洁晶莹明月当空，运行不停何时能止？
忧思在心久久不尽，此愿不偿永难断绝。
走过原野许多路程，一心只为向你致意。
阔别之后又得欢聚，惦记不忘昔日情谊。
明月当空众星寥落，乌鸦喜鹊向南飞翔。
绕树低觅徘徊兜圈，哪有高枝可以投依？
山纳众土不辞其高，海汇百水不嫌其深。
周公接客饭可三停，礼贤下士天下归心。

简说

　　《短歌行》本是乐府歌辞，古辞已亡佚。曹操用此乐府旧题写诗，并成为他著名的代表作。文笔优美，比喻恰当，启人深思。诗中抒发了他强烈的招贤纳才的期望，及帮助自己建功立业的伟大胸怀和对知识人士的敬重。

悲 愤 诗

蔡　琰

汉季失权柄①，董卓乱天常②。
志欲图篡弑③，先害诸贤良④。
逼迫迁旧邦⑤，拥主以自强⑥。

海内兴义师⑦，　　　欲共讨不祥⑧。
卓众来东下⑨，　　　金甲耀日光。
平土人脆弱，　　　　来兵皆胡羌⑩。
猎野围城邑，　　　　所向悉破亡。
斩截无孑遗，　　　　尸骸相撑拒。
马边悬男头，　　　　马后载妇女。
长驱西入关，　　　　迥路险且阻⑪。
还顾邈冥冥⑫，　　　肝脾为烂腐。
所略有万计，　　　　不得令屯聚⑬。
或有骨肉俱，　　　　欲言不敢语。
失意机微间⑭，　　　辄言"毙降虏，
要当以亭刃⑮，　　　我曹不活汝！"
岂复惜性命，　　　　不堪其詈骂。
或便加棰杖，　　　　毒痛参并下⑯。
旦则号泣行，　　　　夜则悲吟坐。
欲死不能得，　　　　欲生无一可。
彼苍者何辜⑰，　　　乃遭此厄祸⑱。

边荒与华异⑲，　　　人俗少义理。
处所多霜雪，　　　　胡风春夏起。
翩翩吹我衣⑳，　　　肃肃入我耳㉑。
感时念父母，　　　　哀叹无穷已。
有客从外来，　　　　闻之常欢喜。
迎问其消息，　　　　辄复非乡里。
邂逅徼时愿㉒，　　　骨肉来迎己㉓。
己得自解免㉔，　　　当复弃儿子。
天属缀人心㉕，　　　念别无会期。
存亡永乖隔，　　　　不忍与之辞。
儿前抱我颈，　　　　问母"欲何之㉖？
人言母当去，　　　　岂复有还时！
阿母常仁恻㉗，　　　今何更不慈？
我尚未成人，　　　　奈何不顾思！"
见此崩五内㉘，　　　恍惚生狂痴㉙。
号泣手抚摩，　　　　当发复回疑㉚。

兼有同时辈，　相送告离别。
慕我独得归，　哀叫声摧裂。
马为立踟蹰㉛，　车为不转辙㉜。
观者皆歔欷㉝，　行路亦呜咽。

去去割情恋，　遄征日遐迈㉞。
悠悠三千里㉟，　何时复交会？
念我出腹子，　胸臆为摧败。
既至家人尽，　又复无中外㊱。
城郭为山林，　庭宇生荆艾㊲。
白骨不知谁，　从横莫覆盖㊳。
出门无人声，　豺狼号且吠。
茕茕对孤景㊴，　怛咤糜肝肺㊵。
登高远眺望，　魂神忽飞逝。
奄若寿命尽㊶，　旁人相宽大㊷。
为复强视息㊸，　虽生何聊赖㊹？
托命于新人㊺，　竭心自勖厉㊻。
流离成鄙贱，　常恐复捐废。
人生几何时，　怀忧终年岁㊼。

注释

①汉季，指东汉末。失权柄，指皇帝失去他的统治权力。②董卓，东汉末灵帝时的一个大军阀。灵帝死，他领兵入京诛宦官，废少帝，次年又杀掉少帝，并毒死何太后，立献帝。于是引起袁绍等军阀起兵讨之。天常，天之常道，指君臣上下三纲五常的封建秩序。③图篡弑，图谋夺位杀君。古代凡臣杀君、子杀父的行为叫"弑"。④诸贤良，指先后被董卓杀害的丁原、周珌、伍琼等人。⑤迁旧邦，指公元190年董卓焚洛阳，强迫君臣百姓西迁长安。长安是西汉首都，所以说迁旧邦。⑥指董卓立献帝事。⑦兴义师，初平元年（190），关东州郡将领起兵讨董卓。⑧讨不祥，讨伐奸臣，指董卓。⑨初平三年（192），董卓部下李榷、郭汜等出兵关东，侵夺陈留、颍川等郡。⑩胡羌，胡是古代汉族对北方少数民族的通称，羌是东汉时居住在今甘肃东部一带的少数民族。董卓、李榷等人带领的兵颇多胡羌人。⑪迥路，很远的路。阻，艰难。⑫还顾，回看来路。邈，邈远。冥冥，迷茫不清。⑬屯聚，聚

集。⑭失意，不小心，不留意。机微间，极微小的事。⑮亭，通"停"。亭刃，加刀以杀害之意。⑯毒痛，毒骂和痛打。参，杂。⑰彼苍者，指无辜的人。⑱厄，困苦。⑲边荒，边远荒凉之地。这里指蔡琰被掳后所居南匈奴的地方，即今山西临汾附近。华，中华，指中原。⑳翩翩，衣服被风吹动之状。㉑肃肃，风声。㉒邂逅，不期而遇，意外地。微时愿，微幸得实现平时的心愿。㉓骨肉，亲人。这里指曹操派来赎她回去的使者。㉔解免，指脱离在南匈奴的屈辱生活。㉕天属，天然的亲属，指直系亲属。缀，联系。㉖欲何之，要往哪里。"何之"是"之何"的倒装句。之，往也。㉗仁恻，仁慈。㉘五内，五脏，人的心、肝、脾、肺、胃。㉙恍惚，神志不清的样子。㉚复回疑，又迟疑不决之状。㉛踟蹰，徘徊不前。㉜辙，车轮碾压之迹，这里指车轮。㉝歔欷，悲泣抽噎。㉞遄征，疾行，快走之状。日遐迈，一天天走远了。㉟悠悠，长远、长久的样子。㊱中外，指中表亲戚。中，舅父的子女，为内兄弟；外，姑母的子女，为外兄弟。㊲荆艾，荆棘、艾蒿，总指杂草。㊳从横，即纵横，指白骨到处都是，没有掩埋。㊴茕茕，孤独，孤单。景，即影子。㊵怛咤，悲痛地惊呼。糜，烂也。㊶奄，忽然。㊷想宽大，相劝放宽心。㊸强视息，勉强睁开眼，喘过一口气来。㊹何聊赖，有何意思。聊赖，指没依靠，无乐趣。㊺托命于新人，指把生命托付给新的丈夫（董祀）。㊻勖，勉励。㊼怀忧终年岁，指毕生因此遭遇而惴惴不安。

译诗

汉末王朝大权旁落，董卓乘机扰乱纲常。
立心图谋篡权弑君，首先动手陷害贤良。
强迫国都迁往长安，拥立新主势力日强。
四方起兵伸张正义，联盟讨伐枭恶不祥。
董卓部众出关东下，战甲闪烁照耀日光。
平原百姓自来脆弱，乱兵强悍多是胡羌。
劫掠郊野围困城邑，贼兵所到城破人亡。
斩尽杀绝一个不留，死尸遍地骸骨支柱。
马旁悬挂被割男头，马后载着掳掠妇女。
扬长西还进函谷关，路途遥远山川险阻。
回望来路渺渺茫茫，伤心已极肝肠烂腐。
掳掠之人成千上万，严加看管不准相聚。
间有骨肉同时被掳，相遇欲言却不敢语。

稍有疏忽未及注意，遭其辱骂："宰此臭虏，
活该挨我这一刀来，老子不饶看你能活。"
哪里可以爱惜残生，实是难忍这般恶骂。
或会给人横加棍棒，恶言相向棍棒交加。
白天放声大哭而行，夜里悲叹哀吟枯坐。
想死未有寻死机会，要活却无可活之途。
天啊！咱犯何罪之有，竟然遭受这般灾祸。

荒远之地和中原不同，风俗习惯少讲义理。
所居之处多下霜雪，胡风呼啸不分春夏。
阵阵风来掀开衣袂，肃肃啸声刺入我耳。
感慨时世忧思父母，哀伤悲叹何时完已。
偶尔得知远方来客，听此传闻心内欢喜。
往前探问客从何来，却又非亲亦非邻里。
总算意外实现心愿，派出亲人前来迎己。
我虽获得自己解脱，却要离弃亲生之子。
亲生骨肉情连在心，念此一别后会无期。
是生是死永远分隔，实难忍心与子告辞。
娇儿上前抱我项颈，追问"亲娘想去哪里？
听说娘亲应当回去，是否还会再来相见！
娘你一向疼爱着我，今日因何竟不仁慈？
我还幼小仍未成人，你怎能舍我不念思！"
见此情景五脏齐摧，神志迷惘如狂似痴。
抚摩幼儿痛哭流涕，本该起程一再迟疑。
兼有同时被掳的人，前来相送互告离别。
羡我何幸得迎独归，哭叫悲苦心酸欲裂。
马儿也会徘徊不行，车轮此时停下转辙。
观送的人悲泣抽噎，路过的人低声呜咽。

离别啊！母子情恋断，归途疾走天天去远。
多么遥远三千里路，何时复能母子相聚？
思念我亲生的幼儿，悲痛崩摧胸碎裂坏。
到达家乡亲人死尽，姑舅表亲无一人在。
里城外城全变山林，庭前屋边长满荆艾。

遍地白骨不知是谁，纵横抛露无人掩盖。
走出门来悄无人声，豺狼号叫当犬狂吠。
孤苦伶仃形影相吊，高声惊叫震裂肝肺。
登高放眼四处瞭望，突觉魂魄出窍神飞逝。
忽如生命已到尽头，旁人劝慰放宽胸怀。
因再勉强睁眼喘气，即使活下有何兴味？
强将余生托付新人，尽我心力自多勉励。
流离失所已成低贱，时常担忧再被抛弃。
人生如梦能几多时，满怀忧伤终了残岁。

简说

蔡琰，字文姬，是中国文学史上不可多见的女诗人，约生于东汉灵帝熹平年间（172—178），卒年不详，陈留圉（今河南杞县南）人，著名学者蔡邕的女儿。博学能文，又通音律。初嫁卫仲道，夫亡无子，归母家。献帝兴平年间（194—195），军阀混战，她为乱兵所掳，辗转流落南匈奴，居留十二年，做了匈奴人的妻子，生下两个儿子。曹操和蔡邕原有交谊，得知蔡琰下落，于建安十二年（207）派使者以重金把她赎回，改嫁给同郡董祀。她的作品，今传《悲愤诗》五言和骚体各一首，另有《胡笳十八拍》一篇。这三首诗的题材内容大致相同，其中骚体诗所述情节和作者生平有不相符之处，可能是伪作。《胡笳十八拍》的真伪尚有争论，这首五言诗则可信是蔡琰所作。

全诗通过自己亲历目睹的惨痛遭遇，反映了东汉末年社会大动乱的面貌及人民群众家破人亡、流离失所的悲惨命运，刻画了诗人对军阀混战、人民遭殃的悲愤心情，具有强烈的现实主义精神和时代特色。其诗的心理刻画极为生动真实，细节描写也真挚感人。

如将此诗与《战城南》相比较，可知两诗时代背景相似，但蔡诗的主题思想、人物形象以及内心情感的表现手法却有了更大的进步和拓展。

悼亡诗（其一）①

潘 岳

荏苒冬春谢②，寒暑忽流易③。
之子归穷泉④，重壤永幽隔⑤。

私怀谁克从⑥，淹留亦何益⑦？
俛俛恭朝命⑧，回心反初役⑨。
望庐思其人，入室想所历。
帏屏无仿佛⑩，翰墨有余迹⑪。
流芳未及歇⑫，遗挂犹在壁⑬。
怅恍如或存⑭，回惶忡惊惕⑮。
如彼翰林鸟⑯，双栖一朝只；
如彼游川鱼，比目中路析⑰。
春风缘隙来⑱，晨溜承檐滴⑲。
寝息何时忘，沉忧日盈积。
庶几有时衰⑳，庄缶犹可击㉑。

注释

①《悼亡诗》共三首，这是第一首。②荏苒，时间不知不觉地消逝。谢，代谢。③流易，消逝、更换。连上句冬春寒暑，指一年的时间匆匆过去了。古代礼制，妻死，丈夫要服丧一年。④之子，这人，指亡妻。之，指示代词。穷泉，黄泉，地下。⑤重壤，层层土壤。幽，深远。幽隔，指亡妻已葬，被阻隔在深远的地下。⑥私怀，私愿。指怀念亡妻，不出去做官的愿望。谁克从，如何能够达到。⑦淹留，指滞留在家，不去做官。⑧俛俛（mǐn mǐn），勉力。恭，敬，奉。⑨回心，收起哀痛的心，转念。"反"同"返"。初役，原任的官职。⑩仿佛，相似而不真切的形影。⑪翰，笔。翰墨，即笔墨。⑫流芳，指亡妻平日所用的香物。歇，消失。⑬遗挂，指亡妻留下挂在墙上的衣物。⑭怅恍（huǎng），神志恍惚。⑮回惶，一作"回遑"，又作"周遑"，心情由恍惚转为不安、惶恐。忡，忧。惊惕，惊惧。⑯翰，羽。翰林，指鸟所群栖的树林。⑰比目，鱼名。《尔雅·释地》："东方有比目鱼焉，不比不行。"析，分开。⑱缘，沿着。隙，指门窗或墙壁的隙缝。⑲溜（liù），屋檐流下来的水。承，接。⑳庶几，但愿，希望之词。衰，减退。这里指对亡妻的哀伤之情。㉑庄缶：庄，指庄周。缶，瓦器。《庄子·至乐》篇说庄周的妻子死了，惠施往吊，看到庄周正在那里鼓盆而歌，可见庄周是达观的。

译诗

冬去春来不觉代谢，寒暑节气匆匆过完。
妻子辞世归黄泉，层层黄土生死分隔。

私心不走怎能做到，留滞在此有何益？

勉力敬奉朝廷命令，收住哀痛供职服役。

回望住宅就想亲人，入室环视，与生前一样。

帐幔屏风空无人影，笔墨文字还有遗迹。

妆台香气未全消失，用过的衣物仍挂在壁。

恍惚感到你仍活着，惶恐忧伤内心惊惧。

像那归飞林中鸟群，双栖双宿一朝剩只。

如河中漫游比目鱼，半途突遭冲散离析。

春风沿着隙缝徐徐进来，清晨屋檐水往下流滴。

就寝休息怎能忘却你，沉痛忧伤日增月积。

愿哀痛有减轻之时，且学庄周鼓盆哀歌。

简说

潘岳（247—300），字安仁，荥阳中牟（今河南中牟县）人。少有才名，乡里称为奇童。为人美容仪。曾任河阳令、著作郎、给事黄门侍郎等职。后孙秀诬他与石崇等奉淮南王司马允、齐王司马冏作乱，为赵王司马伦所杀。他以善写哀诔文章著称，所作诗赋，情思细腻，辞藻华艳，其《悼亡诗》以情深见誉后代。

赠白马王彪（并序）①

曹 植

黄初四年五月②，白马王、任城王与余俱朝京师，会节气③。到洛阳，任城王薨④。至七月，与白马王还国⑤。后有司以二王归藩⑥，道路宜异宿止，意毒恨之⑦。盖以大别在数日⑧，是用自剖⑨，与王辞焉，愤而成篇。

谒帝承明庐⑩，逝将归旧疆⑪。
清晨发皇邑，日夕过首阳⑫。
伊洛广且深⑬，欲济川无梁。
泛舟越洪涛，怨彼东路长⑭。
顾瞻恋城阙，引领情内伤⑮。

太谷何寥廓⑯，山树郁苍苍。

霖雨泥我涂⑰，流潦浩纵横⑱。
中逵绝无轨⑲，改辙登高冈。
修坂造云日⑳，我马玄以黄㉑。

玄黄犹能进，我思郁以纡㉒。
郁纡将何念？亲爱在离居㉓。
本图相与偕，中更不克俱㉔。
鸱枭鸣衡轭㉕，豺狼当路衢㉖。
苍蝇间白黑，谗巧令亲疏㉗。
欲还绝无蹊㉘，揽辔止踟蹰㉙。

踟蹰亦何留？相思无终极。
秋风发微凉，寒蝉鸣我侧㉚。
原野何萧条，白日忽西匿㉛。
归鸟赴乔林㉜，翩翩厉羽翼㉝。
孤兽走索群㉞，衔草不遑食㉟。
感物伤我怀，抚心长太息㊱。

太息将何为？天命与我违㊲。
奈何念同生㊳，一往形不归㊴。
孤魂翔故域㊵，灵柩寄京师㊶。
存者忽复过，亡没身自衰㊷。
人生处一世，去若朝露晞㊸。
年在桑榆间，影响不能追㊹。
自顾非金石，咄唶令心悲㊺。

心悲动我神，弃置莫复陈㊻。
丈夫志四海，万里犹比邻㊼。
恩爱苟不亏，在远分日亲㊽。
何必同衾帱㊾，然后展殷勤。
忧思成疾疢㊿，无乃儿女仁㉛。
仓卒骨肉情㊿，能不怀苦辛？

苦辛何虑思？天命信可疑。

虚无求列仙，　松子久吾欺㊼。

变故在斯须㊽，　百年谁能持㊾？

离别永无会，　执手将何时？

王其爱玉体，　俱享黄发期㊿。

收泪即长路，　援笔从此辞。

注释

①这诗原题《于圈城作》，大概是萧统编《文选》时改为今题。　②黄初四年是公元223年。黄初，魏文帝（曹丕）的年号。③白马王，指曹彪，是曹植的异母弟。白马在今河南滑县东。任城王，指曹彰，是曹植的同母兄。任城在今山东济宁市。当时曹植为鄄城王。鄄城在今山东濮县东。京师，指洛阳。会节气，魏的制度，每年立春、立夏、立秋、立冬四个节气之前，诸侯藩王都来京师会集行迎气之礼。这次三兄弟是为迎立秋的节气来京师的。④任城王薨：曹彰骁勇能用兵，传说他吃了曹丕放入毒药的枣子突然死去。薨，古代诸侯王和有爵位的大官死了叫"薨"。⑤还国，回封地去。⑥有司，职有专司的官吏。这里指监国使者灌均。藩，属国。归藩，回封地。⑦毒恨，痛恨。⑧大别，永别。这时朝廷规定藩国不得互相往来，曹植知道此后不能与曹彪见面，所以说大别。⑨自剖，自己把心里话剖开说出来。⑩谒，朝见。承明庐，长安汉宫有承明庐，洛阳魏宫有承明门。这里借用汉代故事，不是实指。⑪逝，发语词，无义。旧疆指曹植自己的封邑鄄城。⑫皇邑，指京师洛阳。首阳，山名，在洛阳东北二十里。⑬伊洛，二水名。伊水源出河南熊耳山，到偃师县入洛水。洛水源出陕西冢岭山，到河南巩县（今巩义市）入黄河。史书载黄初四年六月大雨，伊、洛溢流。⑭"泛舟"二句：越洪涛，渡过波涛汹涌的伊、洛水。东路，自洛阳东行返鄄城的路。　⑮引领，伸长脖子。⑯太谷，山谷名，一说关名，在洛阳城东南五十里。⑰霖雨，下了三天以上的雨叫霖雨，即霪雨，同淫雨。泥，这里用作动词，阻滞的意思。⑱潦，路上积水。浩纵横，水流浩荡、四处横溢。⑲中逵，道路交错的地方。绝，断。无轨，没有车迹。⑳修坂，长的斜坡。造，至。造云日，形容高达于天。㉑玄以黄，《诗经》里有"我马玄黄"的话，朱熹注："玄马而黄，病极而变色也。"玄，黑色，或黑中带赤色。㉒郁以纡，郁而纡。郁，忧愁。纡，屈。郁纡，忧思郁结。㉓亲爱，亲爱的人，指白马王曹彪。㉔"中更"句，指中途令下，不许二王同路，因此不能同行。㉕鸱枭，猫头鹰。衡，车辕前的横木。轭，衡两旁下面扼马颈的曲木。汉代皇帝的乘舆有龙首衔轭，鸾雀立衡。现在衡轭之间，不闻鸾铃，只有恶鸟鸱枭之声，比喻奸佞小人包围君主。㉖豺狼当路衢，即

豺狼当道，比喻凶恶小人擅权。㉗"苍蝇"二句：《诗经·小雅·青蝇》："营营青蝇止于樊。"郑玄说蝇能"汗白使黑，污黑使白"。这里比喻奸佞小人颠倒是非善恶。间，离间。谗巧，谗言巧语。㉘这句指朝廷奸佞谗人既多，要回去向君主剖白，无路可通。绝，断绝。㉙揽辔，拿着马缰绳。㉚寒蝉，蝉的一种，亦名寒蜩。㉛西匿，夕阳下山。匿，隐藏。㉜乔林，乔木林。㉝厉，振奋。㉞索，寻求。㉟不遑，不暇，没有工夫。㊱"感物"二句：意说看到暮鸟归林、孤兽求群的情景，触景伤怀，更感到兄弟离别之苦。㊲这句意说，命运和愿望相违背。㊳同生，同胞兄弟，这里指任城王曹彰。㊴一往，一逝，指死去。㊵故域，指曹彰的封地任城。㊶灵柩，装着尸体的棺材。京师，指洛阳。㊷"存者"二句，有两种解释：一种认为"存者"和"亡没"的位置应该对换，意说死者已成过去，活着的身体渐衰，也难长久；另一种认为两句都就存者说，"亡没身自衰"是倒装句，意说活着的不久也会由于身体衰老而死亡。㊸晞，干。㊹"年在"二句：桑榆，二星名，都出西方。太阳到了桑、榆两星之间，就快要下山。影响；影指日光；响指声音。这两句比喻人到晚年，时光流逝极快，光和声也追赶不上。㊺"自顾"二句：自顾，自念。上句说人不是金石，没有那样坚硬持久。下句"咄嗟"，惊叹声。㊻弃置，抛开。陈，述说。㊼"丈夫"二句：志四海，志在四方。比邻，近邻。㊽在远，相隔远了。分，情分，情意。㊾同衾帱，共享一床被帐睡觉。东汉姜肱和弟弟仲海、季江相友爱，时常同被而眠。这里用姜肱的故事说明不一定要在一起生活才能表达殷切的情谊。㊿疢（chèn），热病。51这句意说如果忧伤成病，岂不是少女脆弱的感情。52骨肉情，指兄弟之间的情谊。53"虚无"二句：虚无，指神仙的事不可靠。松子，即赤松子，古代传说中的仙人。欺，欺骗。吾欺，是"欺吾"的倒装。54这句意说人生在顷刻之间就可能发生变故，像曹彰那样突然死去。55百年，长命百岁。持，把握。56黄发期，人老发黄，黄发是高寿的象征。

【译·诗】

承明庐中拜罢皇上，即将各自返回封疆。
清晨出发离开皇城，夕阳西下路过首阳。
伊水洛水又宽又深，要渡这河苦无桥梁。
乘着小船穿涛越浪，东归的路怨它漫长。
频频回头依恋宫城，伸颈遥望恨别心伤。

太谷关空阔又广远，满山绿树郁郁苍苍。
淫雨不停道路泥泞，积水浩荡奔流纵横。
通衢大道淹没车路，转车改道登上高冈。
长坡陡斜上可接天，疲马累病黑颤变黄。

马病未倒还能前行，我心悲苦郁郁不纾。
郁郁不纾有何思念？亲爱兄弟强被分居。
原想你我同来共返，中道传令不得同途。
鸱枭恶鸟喧闹车前，豺狼凶兽阻塞路衢。
小人似蝇污乱白黑，奸邪巧语离亲变疏。
要回京师此路已绝，手把缰绳徘徊踌躇。

踌躇不前有何恋留？反复相思终无了极。
秋风已起天气微凉，寒蝉凄厉声声在侧。
旷野无边多么萧条，日色暗淡转眼西落。
归巢鸟儿投向高林，轻快飞翔奋拍双翼。
失群孤兽走寻同类，含草在口不顾嚼吃。
见物兴怀更伤我心，抚摸胸臆长声叹气。

长声叹气又有何用？天意所在和我相违。
怎不顾念同胞兄弟，竟然一去再也不归。
孤零零魂飘回旧地，暂停棺寄放在京师。
死了的忽然即逝去，活着的也日渐老衰。
人生在世年岁有限，如同朝露日晒就干。
老来光景比似夕阳，声光倏逝也不能追。
自知此身并非金石，感慨人生使我心悲。

心悲之至徒伤精神，抛开它吧别再述陈。
大丈夫呀志在四方，虽在万里还似近邻。
亲爱之情如不减损，相隔远方情分愈亲。
何必定要同被共帐，才能表示情意殷勤。
忧心思念弄成疾病，莫非女子脆弱之情。
顷刻之间生离死别，骨肉情深能不苦辛？

苦辛在心有何忧思？ 老天之意实在可疑。

求众仙原是虚无事，赤松子我长期受欺。

祸变会发生在顷刻，长命百岁谁能把持？

一别之后永无相会，握手谈心将待何时？

王呀望你珍重玉体，愿你与我同享百年。

收住眼泪即登远程，把笔赠诗就此告辞。

简说

　　这首诗是曹植后期重要的代表作，诗序里说明了写这诗的背景。全诗共七章，采用前后章首尾蝉联的形式，这是新的开创，反复表达出沉重的情怀，层层深入，更为感人。

　　开头两章写离开洛阳的依恋之情和淫雨阻途的困顿之景，从这里转入内心悲愤的控诉。第三章述说哀伤郁结在于兄弟被迫分离，而造成这种悲剧的原因，则是朝廷上小人包围君主，挑拨离间他们骨肉间的关系。诗人以恶鸟、凶兽、害虫比喻朝廷中小人的嚣张形象，非常生动，内心抑制不住的悲愤也喷发出来。谁让这些鸱枭、豺狼、苍蝇们作恶呢？诗人愤怒的抗议，显然是指向当皇帝的哥哥曹丕的。"欲还绝无蹊，揽辔止踟蹰"，照应第一章"顾瞻恋城阙，引领情内伤"，表现诗人对家乡、对骨肉兄弟依恋的心情，而出现在读者面前的，则是一个绝望者惘然若失的形象。

　　第四章写途中眼前景物，抒发心中难堪的感情。秋天的原野一片萧条，已触动行人忧伤之感，何况又见到归鸟投林、孤兽索群、物类相亲的情状？人不如物，怎能不感物伤怀呢？这样描写景物，达到情景交融，又紧扣主题。

　　由感物伤怀，转入第五章悼念曹彰突然不明不白地死去，悼念死者，自伤存者，情绪的发展是很自然的。后面两章写与曹彪惜别之情。"心悲动我神，弃置莫复陈"，宕开一笔，以便强作宽慰语："丈夫志四海，万里犹比邻。"从正面立说，似乎豪气非凡。可是当时的处境，生离即死别，这些豪壮语、宽慰语都是解决不了心中的忧伤愁苦之情，不能不叹息："仓卒骨肉情，能不怀苦辛？"反而流露出更深的悲愤。末章怀疑天命，否定神仙；贵为王侯，却不能保有普通人家兄弟之间的骨肉情谊，不能掌握自己的命运，这不是老天在捉弄人吗？既说灾难会突然到来，忽然死去；又希望白马王和自己都能享长寿，和上章一样，思想感情都是很矛盾的。正因为很矛盾，才体现出诗人感情的真挚深沉，反映出无可奈何的悲愤哀伤。

忆我少壮时①

陶渊明

忆我少壮时，无乐自欣豫②。
猛志逸四海③，骞翮思远翥④。
荏苒岁月颓⑤，此心稍已去。
值欢无复娱⑥，每每多忧虑。
气力渐衰损⑦，转觉日不如。
壑舟无须臾⑧，引我不得住⑨。
前涂当几许⑩，未知止泊处⑪。
古人惜寸阴⑫，念此使人惧。

注释

①此诗是杂诗中的第五首。②无乐，没有值得高兴的事。欣豫，欢喜快活。③猛志，雄心壮志。逸，超越。④骞翮，展开翅膀。远翥（zhù），远远高飞。⑤荏苒，时光渐渐地推移。颓，消失。⑥值欢，遇到值得高兴的事。无复娱，不再感到愉快。⑦气力，指体力。衰损，衰退，衰志。⑧壑舟，借指时光流逝。壑，山沟。诗人以大壑急流之船，比喻时光飞快而过。须臾，短暂的时间。⑨引，使，延续。住，停住，终止。⑩前涂，前途。几许，有多少。⑪止泊处，原意指舟船停泊的地方。这里引申为人生旅途的归宿。⑫惜寸阴，《晋书·陶侃传》："大禹圣者，乃惜寸阴；至于众人，当惜分阴。"古注："《淮南子》：圣人不贵尺之璧，而贵寸之阴，时难再得而易失也。"诗中以古人爱惜每寸光阴的积极态度，联系到自己虚度年华的惧怕，产生警勉大家的作用。

译诗

回想起我在少壮时，没有乐事也自欢愉。
雄心壮志超越四海，如同鸟儿展翅高飞。
无情岁月转瞬消逝，这一雄心逐渐离去。
遇到喜事不再欢乐，反觉常添诸多忧虑。
体内气力慢慢衰退，自己感觉日不如昔。
时光飞度片刻难停，催我衰老时时不息。
以后日子尚有多少？将来不知何处归宿。
古人珍惜每寸光阴，年华虚度令人恐惧。

简说

本篇是诗人在晋安帝义熙十年（414）所写的十二首杂诗之一，它以感慨之辞对自己一生所抱的理想及后来思想、性情上的变化，作了回忆和对比。最后还通过"古人惜寸阴"的诗句来激励自己不能虚度时光，要学习古人奋发努力的精神。

诗的前八句，用对照手法回忆少壮之年的心情：那时，即使没有什么值得快乐的事情，也打心里高兴，胸怀超越四海的壮志，渴望展翅高飞。可是，岁月蹉跎，青春易逝，年岁日增，豪情渐渐消失。这时，即使有值得快乐的事情，也提不起精神去高兴了。这种感情的变化和心理的刻画，反映了诗人鲜明的年龄特征，以及具有"知天命"的暮年情怀和对人生冷暖的感受，令人读之颇感亲切。

诗的后八句，虽然具体写到气力衰损，自然规律的变化是人力难以挽回的，前途的得失渺茫难测，但没有颓唐悲观的感觉。相反，在结尾之处，提出了"古人惜寸阴"的问题，一转而成为对自己的告诫，使这首诗歌产生了普遍的警勉作用。

全诗的风格比较朴素、沉郁，倾吐胸中郁结之情。调词遣句精确、纯熟。例如，"无乐自欣豫"、"猛志逸四海"与"值欢无复娱，每每多忧虑"分别描绘少壮时期和日渐衰老时的不同心理特征，确实惟妙惟肖，令人感同身受。

怨诗楚调示庞主簿邓治中①

陶渊明

天道幽且远，鬼神茫昧然②。
结发念善事③，僶俛六九年④。
弱冠逢世阻⑤，始室丧其偏⑥。
炎火屡焚如⑦，螟蜮恣中田⑧。
风雨纵横至，收敛不盈廛⑨。
夏日长抱饥⑩，寒夜无被眠。
造夕思鸡鸣⑪，及晨愿乌迁⑫。
在己何怨天，离忧凄目前⑬。
吁嗟身后名，于我若浮烟⑭。
慷慨独悲歌，钟期信为贤⑮。

注释

①汉乐府"楚调曲"有《怨诗行》，此诗仿其体，故称"怨诗楚调"。庞主簿，名遵，字通之，是诗人故友。主簿，官名，在州郡主理诸曹的文书。②"天道"二句：天道，犹天命，指在客观世界之上一种主宰人类命运的神秘法则。幽且远，深微而玄远。茫昧然，渺茫难知。这两句是愤激的话，现实社会的生活应该不是这样。所以诗人说天道深微玄远、鬼神渺茫难知，不去谈它。③结发，古代男子二十岁行冠礼，开始束发。这里指进入青年时期。念善事，心念正直的善事。④侥俛，勉力去做善事。六九年，到五十四岁。⑤弱冠，古时男子二十岁虽行冠礼，其时身体尚弱未壮，故称"弱冠"。逢世阻，遇上世道险阻。诗人二十岁时（384）前秦兵曾大举入寇。江西一带又遭水灾饥荒。⑥始室，《礼记·内则》："三十而有室，始理男事。"这里指三十岁。丧其偏，古代死了丈夫或妻子称偏丧。这里指丧妻。⑦炎火，酷热的阳光像火烧一样。这里指干旱。屡，频年。如，"如"字是语尾。⑧螟蜮，两种食农作物的害虫。恣中田，在田中恣意为害。⑨廛（chán），一户所居的房屋。不盈廛，指谷物收成不足一家的食用。⑩长抱饥，常常挨饿。⑪造夕，到了晚上。思鸡鸣，盼望鸡叫天亮。⑫乌，指太阳。古代传说日中有三足乌，故称太阳为金乌。乌迁，谓太阳下山。上面两句写饥寒交迫极端矛盾的痛苦心情：夜里盼望天快些亮，白天希望天快些黑。⑬"在己"二句：离忧，遭遇到忧患。目前，指从弱冠到现在的景况。这两句说，生活贫困，原因在自己，何必去怨天。但一生所遭受的忧患和眼前景况，确实感到悲伤。⑭"吁嗟"二句：吁嗟：感叹词。这两句大意是：可叹死后留名这类事，在我看来就像飘浮不定的烟云。⑮钟期，钟子期。《列子·汤问》："伯牙鼓琴，志在高山，钟子期曰：'峨峨然若泰山'；志在流水，曰：'洋洋乎若江河'。子期死，伯牙绝弦，以无知音者。"钟子期是古代的知音者。这里用以指希望庞主簿、邓治中能像钟子期那样是这悲歌的知音者。信，诚然。

译诗

天命之说幽远玄妙，鬼神的事更茫茫然。
少小年岁存心行善，努力实践五十四年。
二十开头世道险阻，三十丧妻满怀愁牵。
多年干旱烈日如火，螟蜮成群侵害稻田。
风雨交加相继袭击，年终所获少得可怜。
夏天炎热长久挨饿，冬夜寒冷又无被眠。

晚上就盼雄鸡报晓，早晨又愿日快西迁。
责任在己何必怨天，一生忧患凄楚难言。
啊，人生死后虚留名声，名声于我有如浮烟。
我这样慷慨而悲歌，但望知音信我为贤。

简说

　　本篇以"怨诗楚调"为标题，表明所写的是哀伤的情事。这时诗人已经归隐躬耕十三年了，虽然归田之志不移，但十多年来的生活遭遇，仍然是忧患相寻，归园田居初期那种欣然自得的欢乐早已消失了。从年轻以来一直到五十多岁这个时候，真可以说是一生忧患。这种愁苦，只能为故人道。此诗自叙平生多艰，送庞、邓两故交，期望他们是知音者，能理解自己。

　　所谓天道鬼神，不见他们劝善惩恶，实是渺茫难知。诗以激愤语开头，接着自叙平生多艰的情况。"结发念善事，僶俛六九年。"诗人念善事，行直道，三十多年来是一贯的，是认真努力的。但处境却不好，世途多事，自己又遭丧妻的不幸。两句诗概括了弱冠以来三十年间的主要遭遇。"炎火"四句，写归隐躬耕后旱、虫、风、雨等自然灾害造成严重损失，以致穷困不堪。诗人曾说："晨出肆微勤，日入负耒还。"可见他是早出晚归，努力耕作，自食其力的。这也是善事之一。但当时的社会现实并未给他应得的回报。

挽舟者歌

隋代民歌

我兄征辽东，饿死青山下。
今我挽龙舟，又阻隋堤道。
方今天下饥，路粮无些小。
前去三千程，此身安可保！
寒骨枕荒沙，幽魂泣烟草。
悲损门内妻，望断吾家老。
安得义男儿，焚此无主尸。
引其孤魂回，负其白骨归！

译诗

我兄被迫去征辽东，不幸饿死青山之下。
今我被征去拖炀帝龙船，照样困在运河堤道。
正当天下处于饥荒年，服役随身口粮剩无几。
前路遥遥三千里，我这条命眼看难保！
寒骨丢在荒漠上，孤魂苦泣野草中。
门内有哀伤的妻子，户外立着断肠的双亲。
哪有仗义好心的男儿啊，为我焚烧无主尸体。
背着我这副骸骨，领这孤魂回到家乡！

简说

挽舟者，是指拖船行舟的苦力者。他们在这首劳役之歌中，揭露隋炀帝统治时期，一面横征暴敛、穷奢极欲，一面对外侵略扩张，置劳苦大众于死地而不顾。隋代这时期民歌的表现力已大有提高，批判的力度也很强，对唐诗的影响显而易见。这首歌辞是挣扎在死亡线上的人民在劳役中的血泪控诉。

感遇（圣人不利己）

陈子昂

圣人不利己，忧济在元元①。
黄屋非尧意②，瑶台安可论？
吾闻西方化③，清净道弥敦④。
奈何穷金玉，雕刻以为尊⑤？
云构山林尽⑥，瑶图珠翠烦⑦。
鬼工尚未可⑧，人力安能存？
夸愚适增累⑨，矜智道逾昏⑩。

注释

①元元，黎民百姓。②黄屋，古代帝皇的车驾，用黄绢盖顶，故有黄屋车之称。③西方化，指位于中国西部的印度佛教，教义提倡清心寡欲。④弥敦，充分受到重视。⑤雕刻，指雕塑佛像。⑥云构，高耸云中的建筑。⑦瑶图，精工雕刻的图案。⑧鬼工，指具有一般人所不能为的技巧。⑨夸愚，夸

耀愚昧无知的行为。⑩矜智，自以为聪明，自大。

圣明的国君不会只顾利己，他应忧虑、关心黎民百姓。
黄金色的大车并非尧帝所向往，玉石瑶台哪值得一提？
我听闻西方的教化是清静无为，清心寡欲受到重视。
怎能忍耐当今陛下用尽金玉，雕刻佛像以示尊崇？
建筑高耸入云的佛寺，把山上的树木都砍伐精光，
雕刻精美的图案耗尽国库的珍宝。
高超过人的神匠尚且不能完成，一般的人力怎能胜任？
夸耀愚昧无知恰恰增添累赘，自以为聪明得计，
其实更使佛教教义昏庸不明。

简说

　　陈子昂的感遇诗共38首，这是第19首。诗歌理直气壮地批评、规劝大力提倡佛教的国君武则天，应以尧舜自勉，关心人民；不要大兴土木，迷信佛像；不要大撒金银，以显尊贵。这才是百姓敬仰的圣主。

滕王阁序

王 勃

　　南昌故郡，洪都新府。星分翼轸，地接衡庐。襟三江而带五湖，控蛮荆而引瓯越。物华天宝，龙光射牛斗之墟；人杰地灵，徐孺下陈蕃之榻。雄州雾列，俊采星驰。台隍枕夷夏之交，宾主尽东南之美。都督阎公之雅望，棨戟遥临；宇文新州之懿范，襜帷暂驻。十旬休假，胜友如云；千里逢迎，高朋满座。腾蛟起凤，孟学士之词宗；紫电青霜，王将军之武库。家君作宰，路出名区；童子何知，躬逢胜饯。

　　时维九月，序属三秋。潦水尽而寒潭清，烟光凝而暮山紫。俨骖騑于上路，访风景于崇阿。临帝子之长洲，得仙人之旧馆。层峦耸翠，上出重霄；飞阁流丹，下临无地。鹤汀凫渚，穷岛屿之萦回；桂殿兰宫，即冈峦之体势。

　　披绣闼，俯雕甍，山原旷其盈视，川泽纡其骇瞩。闾阎扑地，钟鸣鼎食

之家；舸舰迷津，青雀黄龙之舳。云销雨霁，彩彻区明。落霞与孤鹜齐飞，秋水共长天一色。渔舟唱晚，响穷彭蠡之滨，雁阵惊寒，声断衡阳之浦。

遥襟甫畅，逸兴遄飞。爽籁发而清风生，纤歌凝而白云遏。睢园绿竹，气凌彭泽之樽；邺水朱华，光照临川之笔。四美具，二难并。穷睇眄于中天，极娱游于暇日。天高地迥，觉宇宙之无穷；兴尽悲来，识盈虚之有数。望长安于日下，目吴会于云间。地势极而南溟深，天柱高而北辰远。关山难越，谁悲失路之人；萍水相逢，尽是他乡之客。怀帝阍而不见，奉宣室以何年？

嗟乎！时运不齐，命途多舛。冯唐易老，李广难封。屈贾谊于长沙，非无圣主；窜梁鸿于海曲，岂乏明时？所赖君子见机，达人知命。老当益壮，宁移白首之心？穷且益坚，不坠青云之志。酌贪泉而觉爽，处涸辙以犹欢。北海虽赊，扶摇可接；东隅已逝，桑榆非晚。孟尝高洁，空余报国之情；阮籍猖狂，岂效穷途之哭！

勃，三尺微命，一介书生。无路请缨，等终军之弱冠；有怀投笔，慕宗悫之长风。舍簪笏于百龄，奉晨昏于万里。非谢家之宝树，接孟氏之芳邻。他日趋庭，叨陪鲤对；今兹捧袂，喜托龙门。杨意不逢，抚凌云而自惜；钟期既遇，奏流水以何惭？

呜呼！胜地不常，盛筵难再；兰亭已矣，梓泽丘墟。临别赠言，幸承恩于伟饯；登高作赋，是所望于群公。敢竭鄙怀，恭疏短引；一言均赋，四韵俱成。请洒潘江，各倾陆海云尔：

> 滕王高阁临江渚，佩玉鸣鸾罢歌舞。
> 画栋朝飞南浦云，珠帘暮卷西山雨。
> 闲云潭影日悠悠，物换星移几度秋。
> 阁中帝子今何在？槛外长江空自流。

译诗

南昌是汉代的旧名，洪都是唐朝的新称，不论旧郡新称都是一个地名，是滕王阁的所在地。它的位置处于翼轸两星宿所属的地面分野，接连着衡山和庐山。就像衣领似的束在三江之上，又居于五湖之中，西控两湖，东扼浙江。物有光华，天的珍宝，龙剑的光芒直射在这地区；人有英才，地出灵气，徐孺为了接受陈蕃太守放下专床以示敬重而前来。雄州像云雾一般壮观，才俊之人都奔驰而来。城楼处在中原和蛮夷的交界之地，主宾全是东南一带俊杰之才。都督阎公声望高雅，可以令仪仗车驾从四方慕名而来；宇文新刺史能光临，在这里停车暂驻，度过休沐之假，就是楷模。大家趁休沐之机聚在这里，高朋如云，一时间应接不暇。蛟龙腾空，凤凰起舞，文坛大师、威武将军比比皆是。我父亲曾在交趾做过县令，小子我探父路过这有名的地方，有幸身临这盛大的宴会，实在不敢当，也蒙沾光了。

正逢九月金秋之季，雨水洪涝已过，是天高气爽山清水秀的好季节。人们都驾着严整的马车行走在路上，访风景优美的山陵，到滕王曾住的阁殿。只见琉璃绿瓦的台阁高耸入云；飞檐伸展的画彩鲜艳欲滴。向下俯视，如临无底之渊。白鹤立水边之地，鸭子在沙洲栖息，无数的岛屿回环在眼前；桂树木兰修筑的宫殿，排列起伏在冈峦之中。

打开帘窗之门，俯视雕梁屋脊，满目都是远山近野，山山水水全在视野之中，令人惊诧，真是钟鸣鼎食的显贵之家！渡口上停满了各色大小船只，令人眼花缭乱。这时雨过天晴，彩虹已逝，天空晴朗，阳光通彻。那落下的晚霞同飞翔的野鸭同时在空中飞舞，湛湛蓝天同澄澈绿水在相互辉映，天与水交融在一起，成为绝妙一景。这时渔歌阵阵，从渔舟中远扬到鄱阳湖边，雁群避寒正南归，一路飞鸣到衡山之南的水边才停歇。

远方之客的胸怀因登高所见方舒畅，飘逸的兴致也迅速地洋溢而出。纤细而悠扬的箫管齐奏，似清风飘来，畅人心扉，歌声缭绕使白云为之凝聚不散。这次的欢聚可比睢园，豪兴畅饮更超过陶令的酒樽；曹植的文采风流，光照着谢临川的诗笔，良辰、美景、赏心、乐事四美俱全，贤主又请来了嘉宾，一同在此尽情观赏天上人间的景色，极尽其兴于休假之日。天高地远，古往今来，令人兴起无穷的感叹；兴奋过后悲从中来，认识到成败有运数。远望长安，遥指吴会，地势是由西北的高处向着东南低斜，南海处于极深，西北如天柱高耸，距离北斗星则更远。那遥远的关山之路，是难以越过的，有谁会同情不得志的人；偶然相遇也都是他乡之客。想念国君而不得见，欲为国君效命将待何年？

唉！时运未到，运气又不顺。像汉时冯唐，等到受重用已经很老了，李广有名却屡屡受压不封。贾谊屈于长沙，不正是有圣明之君吗？梁鸿一家逃窜到东海避难，哪里是时势不明达呢？说到底，是自己要安于贫贱，心胸应通达，有自知之明，了解自己的命运，即使处境穷困，仍格外坚强！即使头都白了，此心不变，此志不改。操守高尚的人，饮了贪泉之水，也不会去贪赃枉法，只会觉得清爽解渴，即使处于干枯之地，心情仍然欢畅自信。北海虽远，乘着旋风也可以到达；东方日出虽过，西边的日落还赶得上。孟尝君得民心却不得重用，阮籍狂放，我又岂能仿效他去作穷途之哭呢！

勃只有小小年纪，一个读书的人。没找到报国投笔之路，当年终军请缨报国也是弱冠之龄；我羡慕宗悫的"破长风"之志，所以才怀有投笔从戎的心愿。我辞官职前往万里之外侍奉父母。虽不像谢家子弟那般宝贝，但也受过"孟母三迁"的严格家教。日后我会过庭请教，像孔鲤那样恭敬长辈；今晨就举袖告别，我有幸托福参加这次盛会了。可惜这次盛会未遇到像杨得意般的高人，他在汉武帝跟前举荐司马相如，使武帝大悦。不过，能像钟子期与伯牙那样的知音相遇，让我当众奏了这一曲序，已很不错了。

啊！这样的盛会，那么美好的地方，真是难得再有了；当年的兰亭聚会已成过去，著名的金谷园也已称为废墟。我承蒙阎公的恩德，让我作了这篇序，算是我的临别赠言；也企望在座的嘉宾，多多登高作赋。我草拟的小序，不过是抛砖引玉而已。诸公，我的草序写完了，还有一首四韵的诗，也同时写成，请施展出"陆诗如海，潘诗似江"的文才吧：

> 滕王阁巍峨高耸俯临赣江滨，
> 终止了往昔佩玉鸾鸣的歌舞。
> 晨早画栋上飞过南岸的云，
> 傍晚珠帘卷进西山的雨。
> 闲云倒映江水中悠然飘动，
> 不知已度过几许春秋。
> 阁中风流帝子如今哪里去了？
> 只剩下槛外长江空自奔流。

简说

滕王阁故址在今江西省南昌市，濒临赣江之滨。唐贞观十三年（639），高祖的儿子李元婴封为滕王，他在任洪州都督时修建了此阁，称为滕王阁。王勃于上元二年（675）前往海南探望被贬的父亲，途经南昌，正遇上滕州官员在滕王阁大宴，他以年仅20多岁的青年诗人身份参加了宴会，并即席写成此文和诗，后人爱之，称为《滕王阁序》。这是一篇骈文，按四六格式写成，对仗工整，词句优美，声律铿锵悦耳，用典恰当，写活了滕王阁一带三江五湖的景色，充分表明唐人走向生活，走向广阔的山川，并能畅抒胸臆。本文抒情写景皆有独到之处，为唐代诗文闯出新路，走向高标。

春江花月夜

张若虚

春江潮水连海平，海上明月共潮生。
滟滟随波千万里，何处春江无月明？
江流宛转绕芳甸，月照花林皆似霰。
空里流霜不觉飞，汀上白沙看不见。
江天一色无纤尘，皎皎空中孤月轮。
江畔何人初见月，江月何年初照人？
人生代代无穷已，江月年年望相似。
不知江月照何人，但见长江送流水。
白云一片去悠悠，青枫浦上不胜愁。
谁家今夜扁舟子，何处相思明月楼？
可怜楼上月徘徊，应照离人妆镜台。
玉户帘中卷不去，捣衣砧上拂还来。
此时相望不相闻，愿逐月华流照君。
鸿雁长飞光不度，鱼龙潜跃水成文。
昨夜闲潭梦落花，可怜春半不还家。
江水流春去欲尽，江潭落月复西斜。
斜月沉沉藏海雾，碣石潇湘无限路。
不知乘月几人归，落月摇情满江树。

译诗

春江涌着潮水，海江连成一线，明月从潮水中浮出海面。
千万里的江海处处闪烁，春江何处不见月的光芒？
江水随草甸弯曲芬芳，月色染遍花林，如珠玉闪烁琳琅。
又似流霜飞降却无寒气袭人，岸边沙滩披着洁白盛装。
眼前一片清澈透明，无烟无尘，水天一色，高悬的孤月皎洁清亮。
究竟何人最早在江畔见此明月？月在何年初照人寰？
人生代代，交替繁衍，无穷无尽，江月年年望似一样风光。
不知江月已照过多少代人，但见长江之水浩淼奔忙。
一片白云飘移远去，见此夜景游子满腹神伤。
今夜孤舟中的离人，思念楼内的美眷，家在何方？

可爱的月儿徘徊不去，照亮万家楼窗镜台。

即便垂下窗帘，仍遮不住月的光芒，石砧上的光影拂去又来徜徉。

此刻处处都能望月长思，却无从听到彼此心的呼唤，愿能追随月光照在郎君身上。

雁儿在天际长年飞翔，却难超越月亮光华；鱼龙纵然从水中腾越，也仅能造出层层波浪。

昨夜梦见江面飘下落花，春已过半未能回家。

江水快要将春光流尽，潭上明月亦再向西斜。

斜月慢慢下沉，藏在海雾里，碣石山与潇湘水相距遥远迷茫。

游子们有几人可乘月归航，唯剩月轮余晖照着江树满挂相思的柔肠。

简说

《春江花月夜》本是南朝乐府吴声歌曲的名称，相传为陈后主所作艳曲之一，隋炀帝也曾为此曲作词，它是以表现宫廷艳情著称于世的。张若虚以令人惊叹的魄力，改造了这首艳曲，别出心裁地吸收宫体的长处（描写细腻缠绵，语言华美），又赋予它唐人的思想灵魂，以游子思妇为引子，写成面向宇宙、面向社会、目光远大、内涵深广的诗，又是能将自然风光、社会人生、宇宙哲理相互交映的唐代七言歌行。它是一首美得无与伦比，曾被闻一多誉为"诗中的诗"的优美杰作。

原 毁

韩 愈

古之君子，其责己也重以周，其待人也轻以约。重以周，故不怠；轻以约，故人乐为善。闻古之人有舜者，其为也，仁义人也；求其所以为舜者，责于己曰："彼，人也，予，人也；彼能是，而我乃不能是！"早夜以思，去其不如舜者，就其如舜者。闻古之人有周公者，其为人也，多才与艺人也；求其所以为周公者，责于己曰："彼，人也，予，人也；彼能是，而我乃不能是！"早夜以思，去其不如周公者，就其如周公者。舜，大圣人也，后世无及焉；周公，大圣人也，后世无及焉；是人也，乃曰："不如舜，不如周公，吾之病也。"是不亦责于身者重以周乎？其于人也，曰："彼人也，能有是，是足为良人矣；能善是，是足为艺人矣。"取其一，不责其二；即其新不究其旧：恐恐然惟惧人之不得为善之利。一善易修也，一艺易能也，其于人也，乃曰："能有是，是亦足矣。"曰："能善是，是亦足矣。"不亦待于人者轻以约乎？

今之君子则不然，其责人也详，其待己也廉。详，故人难于为善；廉，故自取也少。己未有善，曰："我善是，是亦足矣。"己未有能，曰："我能是，是亦足矣。"外以欺于人，内以欺于心，未少有得而止矣，不亦待其身者已廉乎？其于人也，曰："彼虽能是，其人不足称也；彼虽善是，其用不足称也。"举其一，不计其十；究其旧，不图其新：恐恐然惟惧其人之有闻也。是不亦责于人者已详乎？夫是之谓不以众人待其身，而以圣人望于人，吾未见其尊己也。

虽然，为是者，有本有原，怠与忌之谓也。怠者不能修，而忌者畏人修。吾尝试之矣，尝试语于众曰："某良士，某良士。"其应者，必其人之与也；不然，则其所疏远不与同其利者也；不然，则其畏也。不若是，强者必怒于言，懦者必怒于色矣。又尝语于众曰："某非良士，某非良士。"其不应者，必其人之与也；不然，则其所疏远，不与同其利者也；不然，则其畏也。不若是，强者必说于言，懦者必说于色矣。

是故事修而谤兴，德高而毁来。呜呼！士之处此世，而望名誉之光，道德之行，难已。

将有作于上者，得吾说而存之，其国家可几而理欤。

译文

古时候的君子，要求自己是很严格很全面的，对人就宽容而简约。因为严于己，所以能终生不怠慢、不满足；对人宽容，就乐于做善事。听说古人中有个叫舜的，他的为人，非常仁义；于是他们就研究之所以能够成为舜的道理，并自我检查说："他是人，我也是人；他能做到这样，为何我不能做到这样！"早晚都在想，改掉自己不如舜的地方，追求同舜相似相合的地方。听说古人中有个叫周公的，他的为人，是个多才多艺的人；于是责己严的也想自己成为周公那样的人，说："他是人，我也是人；他能够这样，而我怎么就不能够这样呢？"朝想夜也想，去掉那些不如周公的地方，追求那些像周公的地方。舜，是大圣人，后世无人能及；周公，是大圣人，后世也无人可及；这个君子就说："我不及舜，也不及周公，那不及之处就是我的缺点啦。"这不就是对自己要求严格而全面吗？他对别人要求呢，就说："他人呀，能这样就足够了，可以称为良善的人了；他能做好这样，就可以称为艺人了。"有一样可取之处，就加以肯定，不去奢求别人应做好第二件事；肯定他现在做好的，不追究他从前的不对；总是恐惧别人做了好事得不到做好事的利益。一种善是容易修的，一种艺是容易成的，但对别人要求时就说："能这样就可以了。"又说："能善于这些也就够了。"这不就是待人宽容简约的君子了吗？

现今的君子就不是这样了，他责人的时候很严，要求人家做到全面、周到，却对自己要求很少、很简单。对人要求全面，所以别人很难做好；对自己要求少，所以自己不会努力，得到也少。自己没有做好，却说："我很擅长这样，也足够了。"自己未能做好，却说："我能这样也够了。"对外讲，这是一种欺骗别人的行为；对内讲，这是欺骗自己的良心。还没有一点进步和收获就止步不前了，这不就是待己以宽的表现吗？这种人对人时会说："他虽然能这样，但他的为人不足称赞呢；他虽然擅长这个，但他的本领还不够呢。"举出他的一件事不好，就不去考虑其他的十件事；追究他过去的错误，便不问他现在做好了的事；心里在担忧，只怕他人有了名望，会超过自己。这不就是责人严而详的表现吗？这就是不以一般人的标准来要求自己，却以圣人的标准去衡量别人，我看这种人不见得是尊重自己呀。

虽然如此，这样表现的人有他的思想根源，那就是懒惰和嫉妒。懒惰的人不能修养品行，而嫉妒别人的人害怕别人进步。我曾经尝试过了，我试着对大家说："某某人是个贤者、良士。"那些附和赞同的，便是和他要好的人；那些不同意的，则往往是同他疏远的，同他没有共同利益的人；不然的话，就是害怕他的人。如果不是这样，强硬的人一定发言呵斥、批评，懦弱的人就会心里不高兴，却不发言反对。我又曾经对众人说："某某人不是贤者、良士。"那些没反应的人，必定是与其人相好的；要不，就是不往来、不了解的，和他没有利害关系的人；要不，就是害怕他的人。如果不是这样，强硬的人必定会高兴地表示赞同，懦弱的人一定会表露出高兴的样子。

所以，事情做完美了，诽谤之声也就跟着来了；声望提高了，诬蔑也随着来了。唉！读书人处在这个世上，希望名誉昭著，道德畅行，真难了。

身居高位而将要有作为的人，如果能理解我所说的这些道理而牢记住它并付诸行动，大概他的国家差不多就可以治理好了吧。

简说

这是一篇用古文推论当时人们好毁谤别人的根源及这种坏风气影响发展下去将会危及国家社会的议论文，有理、有据、有力地切中了中唐时期的社会弊病。原，推论、论说。

阿房宫赋

杜 牧

六王毕，四海一，蜀山兀，阿房出。覆压三百余里，隔离天日。骊山北构而西折，直走咸阳。二川溶溶，流入宫墙。五步一楼，十步一阁；廊腰缦回，檐牙高啄；各抱地势，钩心斗角。盘盘焉，囷囷焉，蜂房水涡，矗不知乎几千万落。长桥卧波，未云何龙？复道行空，不霁何虹？高低冥迷，不知西东。歌台暖响，春光融融；舞殿冷袖，风雨凄凄。一日之内，一宫之间，而气候不齐。

妃嫔媵嫱，王子皇孙，辞楼下殿，辇来于秦，朝歌夜弦，为秦宫人。明星荧荧，开妆镜也；绿云扰扰，梳晓鬟也；渭流涨腻，弃脂水也；烟斜雾横，焚椒兰也。雷霆乍惊，宫车过也；辘辘远听，杳不知其所之也。一肌一容，尽态极妍，缦立远视，而望幸焉。有不得见者，三十六年。燕赵之收藏，韩魏之经营，齐楚之精英，几世几年，剽掠其人，倚叠如山。一旦不能有，输来其间。鼎铛玉石，金块珠砾，弃掷逦迤，秦人视之，亦不甚惜。

嗟乎！一人之心，千万人之心也。秦爱纷奢，人亦念其家。奈何取之尽锱铢，用之如泥沙？使负栋之柱，多于南亩之农夫；架梁之椽，多于机上之工女；钉头磷磷，多于在庾之粟粒；瓦缝参差，多于周身之帛缕；直栏横槛，多于九土之城郭；管弦呕哑，多于市人之言语。使天下之人，不敢言而敢怒。独夫之心，日益骄固。戍卒叫，函谷举，楚人一炬，可怜焦土！

呜呼！灭六国者六国也，非秦也；族秦者秦也，非天下也。嗟乎！使六国各爱其人，则足以拒秦；使秦复爱六国之人，则递三世可至万世而为君，谁得而族灭也？秦人不暇自哀，而后人哀之；后人哀之而不鉴之，亦使后人而复哀后人也。

译文

六国之王被灭了，分裂的四海被秦统一了，蜀山的树木被砍光后，阿房宫就盖起来了。那宫殿占地三百多里，楼阁高耸，遮天蔽日。它从骊山北端盖起，直达咸阳以西，连渭河和樊川两河流都被盖进宫墙里去。五步建一栋楼，十步盖一座阁；像廊腰般曲折，如绸带一样迂回，那高耸的宫檐像飞鸟的嘴在啄食；楼阁各依地势的高下而建，却又相互勾连，像螭龙互斗，分解不开。远远望去，密集成堆却又弯曲不伸，像那蜂巢，又如水之漩涡，瓦缝参差，高耸入云。究竟有多少宫殿楼阁，简直数不清到底有几千万座呢。一座座长桥，横卧在水面，如龙一般，可是，没有云彩，哪来的龙呢？架在楼阁之间的空中走廊如虹一般，又不是雨过天晴，怎能出现彩虹呢？楼阁随着地势高高低低，使人迷糊，辨不清东西方向。人们在台上唱歌，歌乐声响起来，好像充满着暖意，如同春光那样融和。歌台上发出暖暖的歌声，像融和的春光；那舞殿上的飘袖，如同风雨交加那样凄冷。一天之内，一宫之中，而天气竟会如此不同。

六国王侯的妃子和陪嫁的宫人、王子王孙们一一辞别旧时的宫室，被装车来到阿房宫，成了秦皇的宫人，朝朝暮暮，笙歌燕舞，供秦享乐。从那里来的闪闪亮光，不是星光，而是宫人们开镜梳妆；那许多绿云在摆动，不是天上的云彩，而是宫人们在梳理云鬓呢；怎么渭水长出了一层层油腻呢？那是她们倒掉的洗脸脂水；空中怎么有烟雾在弥漫呢？那是她们在焚烧椒兰香料。突然有隆隆的雷霆般的声音响起，那不是惊人的雷声，而是秦皇的车驾驰过；那辘辘的声响渐渐远去，消失得无影无踪。盛装打扮的宫人肌肤光滑，容颜娇艳，痴痴地站立，等待皇上的临幸宠爱。殊知有许多宫女整整等了三十六年，还不曾见到皇帝一面呢。至于宫中抢来的珍奇宝物，那是经过六国的统治者搜刮而来的民脂民膏，又经过他们的精选、经营、收藏，不知经历了几世几代的长期积累，如今都被秦始皇夺来据为己有，堆积如山。人们不识其贵重，把宝鼎当作铁锅，把美玉当作石头，把黄金当作土块，把珍珠当作沙石，随意弃置路上不加理会，秦人看见了也不觉得很可惜。

唉！一个人的心思和千万人的心思是一样的，都想过好日子。秦始皇喜爱奢侈，老百姓也顾念自己的家业。为什么搜刮老百姓的财物一分一厘都不放过，挥霍时却像泥沙一样毫不珍惜呢？假使阿房宫中支撑栋梁的柱子，比田里的农夫还多；架起侧梁的椽子，比织布机上的女工还多；那颗颗鼓出的钉子，比露天谷仓里的小米还多；屋瓦的裂纹，比老百姓身穿的衣服上的线还要多；纵横的栏杆，比九州的城郭还多；乐器的演奏声，比闹市的人说话声还多。秦统治者穷奢极侈，使天下的老百姓敢怒却不敢言。那众叛亲离的秦始皇却日益骄横顽固。陈胜、吴广揭竿起义，四方响应，函谷关被攻破，楚人项羽的一把火，可惜阿房宫成了一片焦土！

唉！其实使六国灭亡的是六国自己，而不是秦国；使秦国灭亡的是秦国自己，而不是天下百姓。唉！如果六国统治者都能爱护本国老百姓，那么就有足够的力量抗拒秦国的入侵；如果秦国统治者同样能爱护六国的人民，那么秦甚至可以万世称王，谁能够灭掉秦国呢？秦人来不及为自己的灭亡哀叹，只好让后世的人为他们哀叹；后世的人如果只是哀叹而不引以为鉴，那么又要再让后世的人为后世哀叹了。

无 题（两首）

李商隐

相见时难别亦难，东风无力百花残。
春蚕到死丝方尽，蜡炬成灰泪始干。
晓镜但愁云鬓改，夜吟应觉月光寒。
蓬山此去无多路，青鸟殷勤为探看。

译诗

相见时难呵离别时亦难，东风已无力挽救百花的凋残。
春蚕死时方停止吐丝，蜡炬烧成灰烬蜡泪方才流干。
晨妆照镜唯愁云鬓有改，夜半吟诵应防月光清寒。
此地离你的仙居不太远呵，青鸟殷勤送信替我探看。

凤尾香罗薄几重，碧文圆顶夜深缝。
扇裁月魄羞难掩，车走雷声语未通。
曾是寂寥金烬暗，断无消息石榴红。
斑骓只系垂杨岸，何处西南待好风？

译诗

凤尾图饰薄薄纱罗重叠着，碧绿圆顶的罗帐在夜深细细缝。
圆扇遮不住月下娇羞的脸儿，车声隆隆将你载走未及一言互通。
曾经寂寞地在残灯烧尽中暗待，至今仍无音信已是石榴花红。
斑骓也许已系在垂杨岸边，西南风在何处请把我送到那人心中。

简说

　　李商隐出身破落贵族和下层官吏的家庭。25岁登进士第，曾受李党王茂元的赏识，成为牛、李党争的牺牲品，一生屡受排挤，遭遇不幸。

　　他是晚唐杰出的诗人，作品有鲜明进步倾向，富有文采。在艺术手法上突破了由盛、中唐作家多方面开拓的极盛难继的局面，以丰富奇妙的想象、深远的寄托、绵密的构思、华美的辞采、恰当的用典，思想艺术上都开辟了动人的新境界，为唐诗的发展作出了重要的贡献。

过五丈原

温庭筠

铁马云雕久绝尘，柳营高压汉宫春。
天清杀气屯关右，夜半妖星照渭滨。
下国卧龙空寤主，中原逐鹿不由人。
象床锦帐无言语，从此谯周是老臣。

译诗

高举战旗铁骑飞速北进，大军压境威胁着中原汉宫春光。
五丈原战云笼罩秋色肃杀，夜半妖孽灾星降落在渭水之滨。
诸葛卧龙空有护主苦心，统一中原壮志未酬身先死。
祠庙供着牙雕锦帐你却无言语，从此投降派谯周成为主宰君王的老臣。

莲　花

温庭筠

绿塘摇滟接星津，轧轧兰桡入白苹。
应为洛神波上袜，至今莲蕊有香尘。

译诗

绿池闪动着滟滟水波连接着星海的渡津，
兰桨轻划进入池中长着的白苹。
应是洛神昔日踩着来的凌波袜，
至今莲蕊心儿仍放出芬芳的香尘。

简说

　　温庭筠，出身没落显贵家族。他自幼才思敏捷，却屡试不第。其诗风情绮丽，与李商隐齐名，世称"温李"。他的词比诗更有盛名，是花间派的杰出代表。

红楼梦·芙蓉女儿诔

曹雪芹

维太平不易之元，蓉桂竞芳之月，无可奈何之日，怡红院浊玉，谨以群花之蕊、冰鲛之縠、沁芳之泉、枫露之茗，四者虽微，聊以达诚申信，乃致祭于白帝宫中抚司秋艳芙蓉女儿之前曰：

窃思女儿自临浊世，迄今凡十有六载。其先之乡籍姓氏，湮沦而莫能考者久矣。而玉得于衾枕栉沐之间，栖息宴游之夕，亲昵狎亵，相与共处者，仅五年八月有奇。

忆女曩生之昔，其为质则金玉不足喻其贵，其为性则冰雪不足喻其洁，其为神则星日不足喻其精，其为貌则花月不足喻其色。姊娣悉慕媖娴，妪媪咸仰惠德。

孰料鸠鸩恶其高，鹰鸷翻遭罦罬；薋葹妒其臭，茝兰竟被芟鉏！花原自怯，岂奈狂飙？柳本多愁，何禁骤雨？偶遭蛊虿之谗，遂抱膏肓之疚。故尔樱唇红褪，韵吐呻吟；杏脸香枯，色陈颟颔。诼谣謑诟，出自屏帏；荆棘蓬榛，蔓延户牖。岂招尤则替，实攘诟而终。既怐幽沉于不尽，复含罔屈于无穷。高标见嫉，闺帏恨比长沙；直烈遭危，巾帼惨于羽野。自蓄辛酸，谁怜夭折？仙云既散，芳趾难寻。洲迷聚窟，何来却死之香？海失灵槎，不获回生之药。

眉黛烟青，昨犹我画；指环玉冷，今倩谁温？鼎炉之剩药犹存，襟泪之余痕尚渍。镜分鸾别，愁开麝月之奁；梳化龙飞，哀折檀云之齿。委金钿于草莽，拾翠匋于尘埃。楼空鳷鹊，徒悬七夕之针；带断鸳鸯，谁续五丝之缕？

况乃金天属节，白帝司时，孤衾有梦，空室无人。桐阶月暗，芳魂与倩影同销；蓉帐香残，娇喘共细言皆绝。连天衰草，岂独兼葭；匝地悲声，无非蟋蟀。露苔晚砌，穿帘不度寒砧；雨荔秋垣，隔院希闻怨笛。芳名未泯，檐前鹦鹉犹呼；艳质将亡，槛外海棠预老。捉迷屏后，莲瓣无声；斗草庭前，兰芽枉待。抛残绣线，银笺彩缕谁裁？褶断冰丝，金斗御香未熨。

昨承严命，既趋车而远涉芳园；今犯慈威，复拄杖而遽抛孤柩。及闻槥棺被燹，渐违共穴之盟；石椁成灾，愧迨同灰之诮。尔乃西风古寺，淹滞青燐，落日荒丘，零星白骨。楸榆飒飒，蓬艾萧萧。隔雾圹以啼猿，绕烟塍而泣鬼。自为红绡帐里，公子情深；始信黄土陇中，女儿命薄！汝南泪血，斑斑洒向西风；梓泽余衷，默默诉凭冷月。

呜呼！固鬼蜮之为灾，岂神灵而亦妒？钳诐奴之口，讨岂从宽？剖悍妇之心，忿犹未释！在君之尘缘虽浅，然玉之鄙意岂终。因蓄惓惓之思，不禁谆谆之问。始知上帝垂旌，花宫待诏，生侪兰蕙，死辖芙蓉。听小婢之言，似涉无稽；据浊玉之思，则深为有据。何也？昔叶法善摄魂以撰碑，李长吉被诏而为记，事虽殊，其理则一也。故相物以配才，苟非其人，恶乃滥乎其位？始信上帝委托权衡，可谓至洽至协，庶不负其所秉赋也。因希其不昧之灵，或陟降于兹，特不揣鄙俗之词，有污慧听，乃歌而招之曰：

天何如是之苍苍兮，乘玉虬以游乎穹窿耶？
地何如是之茫茫兮，驾瑶象以降乎泉壤耶？
望伞盖之陆离兮，抑箕尾之光耶？
列羽葆而为前导兮，卫危虚于傍耶？
驱丰隆以为比从兮，望舒月以离耶？
听车轨而伊轧兮，御鸾鹥以征耶？
闻馥郁而薆然兮，纫蘅杜以为纕耶？
炫裙裾之烁烁兮，镂明月以为珰耶？
借葳蕤而成坛畤兮，檠莲焰以烛兰膏耶？
文瓠瓟以为觯斝兮，洒醽醁以浮桂醑耶？
瞻云气而凝盼兮，仿佛有所觇耶？
俯窈窕而属耳兮，恍惚有所闻耶？
期汗漫而无夭阏兮，忍捐弃予于尘埃耶？
倩风廉之为余驱车兮，冀联辔而携归耶？
余中心为之慨然兮，徒嗷嗷而何为耶？
君偃然而长寝兮，岂天运之变于斯耶？
既窀穸且安稳兮，反其真而复奚化耶？
余犹桎梏而悬附兮，灵格余以嗟来耶？
来兮止兮，君其来耶？

若夫鸿蒙而居，寂静以处，虽临于兹，余亦莫睹。搴烟萝而为步障，列苍蒲而森行伍。警柳眼之贪眠，释莲心之味苦。素女约于桂岩，宓妃迎于兰渚。弄玉吹笙，寒簧击敔。征嵩岳之妃，启骊山之姥。龟呈洛浦之灵，兽作咸池之舞。潜赤水兮龙吟，集珠林兮凤翥。爰格爰诚，匪簠匪莒。发轫乎霞城，还旌乎玄圃。既显微而若通，复氤氲而倏阻。离合兮烟云，空蒙兮雾雨。尘霾敛兮星高，溪山丽兮月午。何心意之忡忡，若寤寐之栩栩？余乃欷歔怅望，泣涕彷徨。人语兮寂历，天籁兮篔筜。鸟惊散而飞，鱼唼喋以响。志哀兮是祷，成礼兮期祥。呜呼哀哉！尚飨！

在那太平不变、蓉桂竞香之八月，又在万般无奈之日，怡红院的混世宝玉，恭敬地备上百花的芭蕊、冰清玉洁的白纱、清香无比的泉水和枫叶之茶，这四样你最爱之物，虽微薄不成敬意，却足以表达我的诚意，祭祀白帝宫中专职管辖秋花的芙蓉仙子，并为你写这篇悼念的祭文。

我暗自思量，你降临人世已十六年。很久以前你已失却家乡，祖先也未留名字，无从查考，你孤子一身来到贾府。后来派你为我梳洗穿戴，随同我休息游玩，作为近身服务、不分日夜的丫环，我们相处总共只有五年又八月有余。

念想起你活着的时候，金玉比不上你品质的高贵，冰雪不足以比喻你肌肤的纯洁，太阳和星星不能媲美你的神采，月亮和花朵比不上你美丽的姿色。姐妹们都仰慕你的丽质、娴静，老妇们也尊重你的聪明德行。

怎料到竟有斑鸠、鸱鸮等恶鸟，会嫉恨你具有高飞的本能，使你这雄鹰反遭受罗网之困。蒺藜、苍耳等臭草，妒忌你的香味，让兰草、白芷被当成臭草铲除！花枝本来就柔弱，怎么面对狂风的摧残？杨柳生性多愁，如何能经受骤雨的袭击？偶尔中伤被馋，你也很受委屈，哪能一再受到恶毒诽谤打击，非逼你病入膏肓，使你樱桃红唇褪掉鲜艳的桃色，并发出喘息呻吟的苦痛；你银杏似的脸颊、香腮日渐枯竭，面黄肌瘦。诽谤造谣之言，竟是来自闺阁屏帏中的小人，使你险恶的处境，有如荆棘丛生，蔓延而出，逼近眼前。哪里是因为过错而被驱逐，明明是忍受着屈辱和污蔑而死。你当然怀着深沉的悲愤，却又充溢这洗刷不清、辩白不明的冤屈。你才华出众，心比天高，招至闺帏中的小人的嫉恨，像贾谊被屈贬长沙；你贞烈刚正的性情，必遭危害，似出塞的孤雁，比昭君更为凄惨。自己内心饱藏着辛酸，有谁怜悯，致使你过早天折。云彩已经散失，芳踪也难寻觅。聚窟洲路途迷茫，怎有还魂之香可闻？海边的小舟已失，如何能找来起死回生的灵丹。

你如青烟般的眉毛，像昨日我刚给你描过；可今天你冰凉的玉指，请谁去为你温暖？那鼎炉里的残药还在，衣襟上泪痕也留下余渍。妆镜里的鸾影被分开了，满怀惆怅，我不忍打开那妆奁镜的盒子；你的梳子也化为龙飞向天际，我哀伤檀木梳子齿断人亡。那草丛中遗留你的金花翠玉的饰盒，被我在尘埃中拾起。鸠鹊楼已空无人影，却悬挂着"七七"乞巧节的残针剩线；鸳鸯带断谁会用五彩丝线续接？

况且，已是金秋时节，白帝掌控的日子，我独自睡去，还可在梦中相会，醒来却屋空无人。阶前桐树月色已暗，你的芳魂和倩影一齐消失；芙蓉帐的香气渐稀，娇喘的气息同瘦弱的腰身，亦渐去渐远。连天的衰草，岂只剩苍苍芦苇；悲鸣遍野，无非是蟋蟀。夜深露浓，却未能穿帘过砧；雨中的薜荔倚着秋墙，隔院传来断续幽怨的笛声。你的芳名并未泯灭，屋檐前的鹦鹉，还呼唤你的名字；当你的丽质芳姿将逝之时，槛外的海棠预先枯萎。屏风后面捉迷藏的姑娘笑语消失，瓣瓣莲花儿亦无声无息，让斗草的孩儿空自等待。彩帛丝线和纸张，掷弃一旁，谁还会有你的聪慧去缝制剪裁？冰丝锦褥乱着，没人去用熨斗熨平褶皱。

昨天我奉父命驱车远登芳园，今日母亲急急挂杖威逼派遣下人将你孤苦的灵柩抛掷。等我听闻消息，你棺木已被焚烧，顿时间，让我惊觉到，我们共一墓穴的情愫盟约已不能实现；留着石套的护棺只是灾难，的确我有愧与你同烧成灰的责问。你像沉滞在西风古寺中的磷火，落日荒山中的孤坟白骨。秋天榆木发出凄厉的风声，艾草丛里萧瑟的落叶。如隔着迷蒙的墓穴有猿啼，绕着田间小径有鬼泣。难道这不是当日红纱帐内，公子深情的写照？我这才相信，那埋在黄土坟中的确是薄命女儿！昔日张劭在汝南死时，念念不忘与密友范式同亡的约定，范式为此披麻戴孝号啕大哭，泪洒西风；石崇与绿珠虽未许愿却能同亡，让冷月见证他俩的倾诉。

呜呼，天呵！本来阴险如鬼搞出的灾难，怎能诬为神灵的妒忌？我非毁掉那奸邪女奴之嘴脸，声讨她岂能宽恕？剖开毒妇的黑心，愤怒犹不能消除！你的生命虽短，尘缘也浅，但我宝玉对你的情意特深。因而保存着恳挚之思念，忍不住四处打听，八方追问。才知道上帝对你的表彰和关照，让你上到天帝的花宫等待诏命。因你活着时，曾是与兰花、蕙草同列，死后，命你当芙蓉花神。乍听小丫头们说的话，似像毫无根据，可是宝玉我却深信不疑，是何因呢？昔日唐人法善懂阴阳法术，他竟能请到李邕之魂为他的祖父写碑文，后人称之为"追魂碑"。李贺死前，被玉帝诏上天去为天宫写《玉楼记》文，两件事虽不相同，但道理一样。所以事物是要讲究人对其才的，否则不就会失当不妥了吗？这使我信玉帝委派你任此职，是经过斟酌衡量的，是最妥帖恰当的，不会辜负你的才智。我希望你的神灵，降临此地，也顾不上多加揣度，此文的言辞粗糙又有俗气，有损你高雅的听闻了。现我悲歌一曲，为你招魂：

天空因何这般深邃碧蓝，是你乘白龙在长空遨游？
大地何故如此辽阔无边，是你驾玉象降落到九泉？

遥望你伞盖如美玉闪光或是箕尾二星扫射光芒？

高举彩羽的仪仗走在前列，你似要随月神而去月宫，且有天神在护驾？

又听到你驾鸾车发出的咿呀声远去了？

似乎闻到扑鼻的芳香，是你串缀的杜蘅披肩披在身上？

你那裙裾在斑斓闪烁，还戴上自雕的明月珰耳环？

我用玉珠百花编制你的祭坛，莲花灯架上燃烧着兰脂？

在瓠瓜皮上刻上花纹以盛酒，让醴酥、桂花酒斟满？

此刻凝望高空云天之上呵，仿佛能看透了秋毫？

又俯卧波上以侧听呵，隐约能耳有所闻？

我们的约会已渺茫无期呵，莫非你肯舍弃我于尘世？

祈求风神驱车助我奔来呵，期待与你携手而归？

心中为此愤愤不平呵，放声痛哭却又有何用？

你已安息长眠于九泉呵，岂非天意改变我们命成这般？

既然你已长眠于墓穴，反逆天命又当如何？

我已身不由己陷于牢笼无着落呵，你能听到我的呼唤给我慰藉而来吗？

我心激切怦然跳动，你是来呢，还是不来啊？

　　若你能于太空寂静地生活，即使来到这里，我也看不见你。请你攀取女萝作步障，让香蒲罗列森严。你应当张开贪睡的双目，释放掉莲心之苦楚。你同素女相约于桂树的山岩前，宓妃会于兰圃的岸边弹琴相迎。弄玉吹笙，寒簧击敔，笙管齐鸣，清雅动人。请嵩山仙妃，邀来骊山老姬。灵龟显吉，百兽呈祥。蛟龙吟啸，凤凰飞舞。我只是出于真诚的情意，并没有什么丰盛的祭酒。你驱车起身于霞城，还旗回驾于玄圃。你已经显现了一点影子而又似乎逃隐，我已经闻到氤氲佳气而又忽然停阻。分离会合啊，好似烟聚云散。天空阴晦啊，信佛有雨有雾，尘埃散尽啊，星辰显得更高，山河美丽啊，明月正照当头。我的心怎么激动得怦怦乱跳，难道是像庄周生活在梦中化为蝴蝶飞舞？于是我禁不住唉声叹气，抑郁不乐，泪流满面，心意彷徨。人们的语声啊，已经寂静，自然界的声音啊，是竹叶沙沙作响。鸟惊散而高飞，鱼争食而弄得清水乱响。这篇文章是记述我的哀悼啊，并且对你祷祝，祭礼完成啊，期望你如意吉祥。唉！悲哀哟！希望你，把这些祭品来尝一尝！

红楼梦·葬花吟

曹雪芹

花谢花飞飞满天，红消香断有谁怜？
游丝软系飘春榭，落絮轻沾扑绣帘。

闺中女儿惜春暮，愁绪满怀无释处。
手把花锄出绣帘，忍踏落花来复去。

柳丝榆荚自芳菲，不管桃飘与李飞。
桃李明年能再发，明年闺中知有谁？

三月香巢已垒成，梁间燕子太无情！
明年花发虽可啄，却不道人去梁空巢也倾。

一年三百六十日，风刀霜剑严相逼。
明媚鲜妍能几时？一朝漂泊难寻觅。

花开易见落难寻，阶前愁杀葬花人。
独倚花锄泪暗洒，洒上空枝见血痕。

杜鹃无语正黄昏，荷锄归去掩重门。
青灯照壁人初睡，冷雨敲窗被未温。

怪侬底事倍伤神？半为怜春半恼春。
怜春忽至恼忽去，至又无言去未闻。

昨宵庭外悲歌发，知是花魂与鸟魂？
花魂鸟魂总难留，鸟自无言花自羞；

愿侬此日生双翼，随花飞到天尽头。
天尽头，何处有香丘？

未若锦囊收艳骨，一抔净土掩风流。
质本洁来还洁去，强于污淖陷渠沟。

尔今死去侬收葬，未卜侬身何日丧？
侬今葬花人笑痴，他年葬侬知是谁？

试看春残花渐落，便是红颜老死时。
一朝春尽红颜老，花落人亡两不知！

译诗

凋谢了的花瓣，随着风儿漫天飞，消失了绯红和芳香，还有谁对它爱怜？系在亭榭上的蛛丝，悠悠地飘荡，丝丝的柳絮，轻轻地沾扑着绣帘。

闺中的少女，深深地惋惜着残暮的春景，满怀的愁绪，竟毫无寄托之处。手提着花锄，步出了绣房，怎忍心，踏着那花儿来来去去。

垂柳和榆荚，在炫耀自己的芳菲，不管是桃花飘落，还是李花乱飞。桃李明年都有再开之日，那知道闺中的人，明年是谁？

三月里散发着花香的新巢刚刚筑成，那梁间的燕子，糟蹋着花儿太无情！即使明年的春天，还可以衔花又啄草，说不定，人亡梁空巢也倾。

一年三百六十日啊！风霜如刀剑，对着花枝严摧逼。明媚艳丽的花儿，能开放多久？一朝飘落，就难再寻觅。

花开易见，花落难寻，愁杀了立在阶前的葬花人。独自握着花锄，偷偷把泪流，流血落空枝，斑斑泪痕红。

转眼间已是杜鹃无语的黄昏，扛着花锄回，紧闭了重门。青灯照着空壁，人刚睡下，冷雨敲打门窗，衾被未温。

莫怪我为何今夜格外伤神？半是为着惜春，又半恼春。爱惜的是它忽而降临，恼它去何匆匆，来时悄悄，去又不闻。

昨夜院外，传来阵阵悲歌，哪晓是花儿的芳魂或是鸟儿魂？不管是花魂还是鸟魂，总是难挽留，那鸟儿默默无言，那花儿独自含羞。愿我今日肩生双飞翼，随着飘花飞到天尽头。天之涯，海之角，哪里有能埋香花的坟丘？

不如拿锦囊收藏娇艳的骸骨，一捧净土掩埋你昔日的风流。愿你的姿质，洁净地来也洁净地去，不要染上污秽，陷落渠沟。

花儿啊，你今天去有我埋葬，却难预料，何时到我命丧？我今日葬花，人们取笑我痴，他年葬我的，可知是谁？

请看春光已残，花儿渐落，那是闺中少女衰老死去的时辰。一旦春光消逝女儿变老，就会花落人亡两不相知！

简说

《芙蓉女儿诔》、《葬花吟》都是《红楼梦》的男女主人公贾宝玉、林黛玉最具说服力又最感人肺腑的两篇诗文。作者通过奇妙的构思和想象，用极其优雅和缠绵悱恻的文笔，将两位反封建叛逆者的孤独个性与倔强不屈的精神表现得惟妙惟肖，使读者可以发挥丰富的想象力，去塑造出在金碧辉煌的封建外衣遮掩及鸟语花香环境的熏染下，主人翁生活的方方面面所遭受的压抑、打击，以及他们不惧重压、奋力反抗、真挚相爱的无畏精神。

论文选粹

张九龄的人格美与诗美

"国家之败，由官邪也！"

这是一句触目惊心的批评。朋友，你知道这句话出自谁的口吗？

我没有想到这样尖锐的自我批评，竟然出自一位离开了我们已经有一千三百多年的古人——张九龄。当我读到这句话时，不禁对他产生肃然的敬意。将国家的成败同为官者的责任，如此认真地联系和担当起来，而且他本人就是唐朝开元二十二年至二十五年（734—737）的贤相。这需要多大的勇气和自觉、自律的精神啊！所以，我一直想多了解与学习他的为人和从政之路，同时也想了解他在诗文创作上的风格。

张九龄（678—740），出生在地处偏僻的粤北曲江山区。他家境清贫，自幼丧父，母亲含辛茹苦地将他们兄弟三人抚养成人。九龄自少胸怀大志，勤奋好学。当时唐朝国力日盛，社会安定，政治开明，科举盛行，中下层知识分子也看到了国家的前途和自己的出路，兴起了辞亲远行、为国家民族建功立业的热潮。

九龄十三岁时，就敢向广州刺史王方庆上书提出意见，令王刺史大吃一惊，预言："小子是必致远。"（《新唐书·张九龄传》）果然，在武后神功元年（697）当他十九岁时，就在乡试一举高第。却因地卑人微，又是山村少年，人们难以置信，议论猜疑之声四起。于是武后令宰相李峤重试，依然高分不减，才给予他秘书省校书郎官衔并召之入京就职，可见他的官职即便是从最低一级做起，也是极不容易获得的。而且从校书郎到左拾遗只升一级也经过了十四年的考察与蹉跎。直到玄宗先天二年（713）他又考了"应道侔伊吕科策"试，以高分入选，才被升为左拾遗。

这以后九龄先后当过左补阙、司勋员外郎、中书舍人等职，都尽心尽职，显示了才华，终于被丞相张说器重，认为他是"后出词人之冠"，向玄宗推荐为集贤院学士。可惜，开元十五年（727）却因张说的牵连，贬为洪州都督，不久被玄宗召回，又过了七年，开元二十二年（734）张九龄正式升任玄宗的宰相，为朝廷做了很多大事。但是，宰相只任职三年，就因种种原因被李林甫中伤，离开京都出任荆州长史，最后患病，辞官归家，死于曲江家中。

九龄在京任官的二十年中，他秉公办事，不与权贵巨富交往，一步一个脚印，严谨自律，刻意锻炼自己，从不懈怠，显示出他的人格美。

唐朝是中国人引以为豪的封建统一帝国，又是繁荣和富裕的国家，张九龄是自己从山沟里几经拼搏走出来任职于朝的官员，他有自知之明，从不回避自己卑微的出身。他自称"孤生荒陬"，"孤桐亦胡为，百尺傍无枝"

（《杂诗五首》其一），"荣达岂不伟，孤生非所任"（《郡舍南有园畦杂树聊以永日》）。正因为如此，他比常人更刻苦努力，在复杂的现实环境中严于律己，不阿谀奉迎，心中想的是国家民族发展兴旺的大业，以社稷自任，忠诚热忱地献身于国家，不图个人利益，他常怀着"壮图空不息，常恐发如丝"的时不我待的紧迫感对待生活和工作。因此，不论是做小官还是大官，不论是受信任还是被贬谪，他都坚持原则，认真积极地提出治国施政的意见和涉及用人等一系列问题的建议。

他从"民本"思想出发，尤其注重"吏治"队伍建设和任人的原则。他曾向丞相姚崇提过"任人当才，为政大体，与之共理，无出此途"，以便制止"溺在缘情之举"的歪风，即针对当时只讲情分、不讲原则的风气日高（见《曲江张先生文集·上姚令公书》），为堵住以私情任人的漏洞而及时提出的。贤相姚崇深受感动，在回信中称赞"持当座铭，永为身宝"（《四部丛刊》本《曲江张先生文集》卷16《姚令公答书》）。后来张九龄得悉曾经器重自己的丞相张说想乘着玄宗皇帝要登泰山封禅的机会，大赏自己亲信的打算，"趁封禅升山之举，皆引所厚超阶入五品"。九龄立即劝阻："官爵者，天下公器，德望为先，劳旧次焉"，更指出"登封不能滥授"（《新唐书·张说传》），张说不听，照做不改。这是不修吏治的行为，张说也因此失去威信，不得人心。

当玄宗在任日久，稍怠于政。九龄察觉，就不顾个人安危，极言得失，忠谏不止：武将张守圭因出师获胜，斩可汗头立功，玄宗欲赐他为侍中（即丞相）。九龄制止谏曰："宰相代天治物，有其人然后授，不可以赏功。"玄宗欲诏凉州都督牛仙客为尚书，又被九龄谏止。玄宗欲赐封，九龄力谏："陛下必赏之，金帛可也，独不宜裂地以封。"这使玄宗大怒，但九龄坚持忠谏不停。后来，玄宗要立李林甫为相，问于九龄，答曰："宰相系国安危，陛下相林甫，臣恐异日为庙社之忧。"帝不从。李林甫称相后，处处迎合讨好皇帝，暗中结党营私，陷害忠良，使朝政日非，隐忧日重。唐王朝也开始从极盛走下坡路了。

张九龄不仅有深邃的洞察力与疾恶如仇的抗争精神，而且两者结合为表里，更显示出他的人格美。这里通过两件事的处理可以看出他的这种品质。在他初任相时，玄宗宠爱的武惠妃，想设计陷害太子瑛，立亲生之子寿王为太子，密派宫奴牛贵儿向九龄口传密信："公为之援，宰相可长处。"九龄叱之曰："房帏安有外言哉！"（后宫的人怎能干越朝廷的事）（见《资治通鉴》卷214）断然拒绝了武惠妃拉拢自己为其阴谋得逞出力的企图。李林甫却全然不同，迫不及待地讨好武惠妃，表示愿护寿王为万岁计。（《新唐书·奸臣传》）

安禄山初曾以范阳偏校入朝，在朝廷上觐见时，流露出对皇上的骄蹇不敬之相。九龄即看出他的嘴脸，对裴光庭预言道："乱幽州者，此胡雏也。"后来，禄山恃勇轻进，为虏所败，有违军令，被执抓京师，玄宗惜之，欲赦其罪。九龄坚持应按军法处置，并忠告玄宗"禄山狼子野心，有逆相，宜即事诛之，以绝后患"（《新唐书·张九龄传》）。帝不许，并日益纵容安禄山的气焰，朝廷里亲佞疏忠，小人当道，九龄被罢相。直至安史之乱成，玄宗仓皇出逃，失帝位丧贵妃，逃蜀避难，此时，每思九龄之忠言，方懊恼不止，为之泣下。

张九龄不仅对朝廷的政事认真尽职，对社会和百姓的困难也同样关心，为改善百姓生活事事亲力亲为。

当年，他因大庾山阻挡了岭南同内地经济、文化、生活的交流，决心移山筑路，亲任筑路特使，率众登山开山辟道，苦战三月凿开了五车并行的通途，为国为民干了千秋万业的大事。（事见《开凿大庾山岭道序》）他在河洛期间，了解到当地百姓生活困苦，就开渠引水，将南方种植水稻的经验推广到河洛，从而大大改善了百姓的生活。

张九龄是有人情味的。他严于律己却敬老爱悌，关心朋友的困难。在京任职期间，时时不忘省母问安，知道老母不愿离乡背井，就留妻子在家"克勤奉养"并将"所得薪俸悉归家园"，自己却过着节俭的独身生活。他在给妻子的诗中写道：

> 海上生明月，天涯共此时。
> 情人怨遥夜，竟夕起相思。
> 灭烛怜光满，披衣觉露滋。
> 不堪盈手赠，还寝梦佳期。
>
> （《望月怀远》）

诗中对妻子诉说衷情，他将自己月夜的孤单，同对妻子、亲人绵绵不尽的思念和慰问，真诚细腻地刻画出来。他的《初秋忆金均两弟》、《二弟宰邑南海，见群雁南飞，因成咏以寄》等诗作也充满了对手足之情的挚爱。他对朋友的关怀帮助是以不徇私情为前提的。当年孟浩然屡试不利，很想九龄能提携一下，作《望洞庭湖赠张丞相》诗，以诗明意，渴求汲引。九龄虽惋惜有加，却不能滥用职权，直到他出守荆州时，才邀浩然入幕为从事，既不失原则，又满足友人对他的殷切之托。

诚然，张九龄毕生将主要精力放在国事上，不过，他并不放松诗文的创作。他的诗歌不事秾艳，以古朴高雅驰名，打开了盛唐诗的新局面。他草拟的敕书、碑铭，是古代应用文的典范。玄宗赞道："张九龄文章，自有唐名公皆弗如也。朕终身师之，不得其一二。此人真文场之元帅也。"可见，称张九龄为盛唐文学的开先者是不过分的。

就山水诗而言，他首创清淡一派，自成高雅的格调。例如：

> 湘流绕南岳，绝目转青青。
> 怀禄未能已，瞻途屡所经。
> 烟屿宜春望，林猿莫夜听。
> 永路日多绪，孤舟天复冥。
> 浮没从此去，嗟嗟劳我形。
> （《湘中作》）

> 归去南江水，磷磷见底清。
> 转逢空阔处，聊洗滞留情。
> 浦树遥如待，江鸥近若迎。
> 津途别有趣，况乃濯吾缨。
> （《自豫章南还江上作》）

> 理棹虽云远，饮水宁有惜。
> 况乃佳山川，怡然傲潭石。
> 奇峰岌前转，茂树隈中积。
> 猿鸟声自呼，风泉气相激。
> 目因诡容逆，心与清晖涤。
> 纷吾谬执简，行郡将移檄。
> 即事聊独欢，素怀岂兼适。
> 悠悠咏靡盬，庶以穷日夕。
> （《巡按自漓水南行》）

这些山水之咏，不论是《湘中作》、《自豫章南还江上作》或《巡按自漓水南行》，都给人一种清淡、自然、古朴的美感。诗人不故作藻饰，却将自然清秀的山川原貌呈现于读者眼前，吟咏之际令人心旷神怡。不过，这些山水吟咏绝不会教人忘怀世事、逃遁园田，而是暗示我们，由于某种政治上的原因，自己才有离京外放、宦游不休的旅程纪录，即所谓"怀禄未能已，瞻途屡所经"（《湘中作》）。因此，他所吟咏的山水，绝非发自游山玩水的闲情，着力点也从不放在对山水的精雕细琢方面，而往往是受到沿途山水的感发后，抒其怀抱的。诗中出现的山水景物，愈是和乐自在，愈能反衬出诗人耿介孤高、不与诡容相合的处境，具有居安思危的情怀、清淡浑成的格调，与当时某些文人陶然山水、乐享升平的俗趣迥然有异。

《湖口望庐山瀑布水》是张九龄的一首很著名的山水诗：

> 万丈洪泉落，迢迢半紫氛。
> 奔流下杂树，洒落出重云。
> 日照虹霓似，天清风雨闻。
> 灵山多秀色，空水共氤氲。

张九龄十分欣赏庐山瀑布，感触良多。他曾多次从不同的角度，用不同的体裁，描绘庐山瀑布的雄姿。这里突出写瀑布高出天际，凌空飞落，不被杂树遮挡，不受重云掩盖，像日照中天的虹霓，如声威四播的风雨。这瀑布给灵山增添了秀色，又与天地永久共存。诗人笔底的庐山瀑布难道仅仅只是自然山水的艺术再现？司空图在《诗品》中说："素处以默，妙机其微。"强调指出冲淡的诗风，往往能在默然自处之中，展示出自然界的精微妙谛和诗人的情怀志趣。诗中所刻画的瀑布英姿，不仅自然形貌酷似，而且是张九龄风神品格的自我写照。

胡应麟指出："唐初承袭梁、隋，陈子昂独开古雅之源，张子寿首创清淡之派。盛唐继起，孟浩然、王维、储光羲、常建、韦应物本曲江之清淡，而益以风神者也。高适、岑参、王昌龄、李颀、孟云卿本子昂之古雅，而加以气骨者也。"（《诗薮》内篇卷2）这就将陈子昂、张九龄二人在初、盛唐交替时期的作用及影响，作了认真有力的说明。有了张九龄作为盛唐之音的开先者和清淡派山水诗的先导，孟浩然、王维、李白、杜甫等一大批优秀诗人的涌现，并汇合成为盛唐时代的最高音响，就水到渠成了。

可见，诗如其人，其人如诗，张九龄的人格美和诗美，都是他灵魂深处那颗美好心灵真实而毫无掩饰的袒露，是值得后人敬仰和学习的楷模。

《长恨歌》主题试论

白居易的《长恨歌》问世一千多年以来，深受各阶层人士所喜爱，雅俗共赏，是唐诗中为数不多的优秀叙事诗之一。《长恨歌》为什么具有如此强大的生命力？这是文学史上许多悬而未决的论题之一，值得加以探讨。

新中国成立以来，关于《长恨歌》主题思想的争论，大致有三种不同的意见：一是讽喻说，二是爱情说，三是双重主题说。

持爱情说的学者，有的认为《长恨歌》是歌颂李（隆基）杨（玉环）坚贞不渝的爱情；有的则说，这首诗表现的主题是对李、杨的爱情寄托同情。显然，同情其爱情悲剧与歌颂其坚贞专一的爱情，两者是不能画等号的，这表明爱情说的观点并不尽相同，而且在发展变化。

强调讽喻说的学者，恐怕主要针对的是坚贞不渝的专一爱情说。他们认为像白居易这样一位现实主义的伟大诗人，绝不可能置现实于不顾，去歌颂那并不存在亦不值得歌颂的"专一"爱情。这一立论不是没有根据的，但是也有难以服人之处。因为白居易已明明白白地将这首诗列入感伤诗一类，这就意味诗人自己并没有把诗的着重点放在讽喻。那么，白居易写《长恨歌》的宗旨何在？他在《长恨歌》中感伤的究竟是什么？我想就这方面的问题，作一点个人的探索。

一

古人论诗，指出诗者人生之表现，志之所之也。就是说，诗歌是借叙述事理表现人生，区别贤与不肖，从而观盛衰的；同时又是表达诗人内心真切的思想感情和意愿的，所谓"诗言志"者是也。白居易正是以此作为创作诗歌的原则，并将它提到理论的高度。他在《与元九书》中指出："诗者，根情，苗言，华声，实义。上自圣贤，下至愚骏，微及豚鱼，幽及鬼神，群分而气同，形异而情一，未有声入而不应，情交而不感者"；"音有韵，义有类，韵协则言顺，言顺则声易入，类举则情见，情见则感易交。于是乎孕大含深，贯微洞密，上下通而一气泰，忧乐合而百志熙。二帝三王所以直道而行，垂拱而理者，揭此以为大柄，决此以为大窦也"；"仆常痛诗道崩坏，忽忽愤发。或食辍哺，夜辍寝，不量才力，欲扶起之"。在创作《长恨歌》的同一年，白居易与元稹合写的《策林》第六十九条"采诗"条中，也提出了诗歌应把反映民间疾苦、表达人民感情作为任务的主张，而且写出了《观刈麦》、《宿紫阁山北村》等反映民病、揭露暴政的名篇。可见，白居易把诗歌看作是一种治理社会的教育武器，实际上，他也是自觉地把写诗同治国连在一起的。在参政时期，白居易坚持着"文章合为时而著，歌诗合为事而作"的创作宗旨，同时又紧紧抓住文艺的特点，强调言与声、情与义的结合，写下了大量揭露时弊、讽喻朝政的现实主义杰作。

白居易的这些思想和艺术实践，在《长恨歌》的诞生时期表现得尤为明显，其强烈的政治热情和批判现实的倾向，不能不在我们分析《长恨歌》的时候引起充分的重视和估量。

关于写《长恨歌》的经过，陈鸿的《长恨歌传》这样说：

元和元年冬十二月，太原白乐天自校书郎尉于盩厔。鸿与琅琊王质夫家于是邑，暇日相携游仙游寺，话及此事，相与感叹。质夫举酒于乐天前曰："夫希代之事，非遇出世之才润色之，则与时消没，不闻于世。乐天深于诗，多于情者也。试为歌之。如何？"乐天因为《长恨歌》。意者不但感其事，亦欲惩尤物，窒乱阶，垂于将来者也。歌既成，使鸿传焉。世所不闻者，予非开元遗民，不得知。世所知者，有《玄宗本纪》在。今但传《长恨歌》云尔。

应当承认，这一段话是对《长恨歌》及《长恨歌传》的成因，以及这两个作品的相互关系的说明。"意者不但感其事，亦欲惩尤物，窒乱阶，垂于将来者也。"这句话既说明了陈鸿本人写《长恨歌传》的用意，也在一定程度上代表白居易说明写《长恨歌》的用意。他们是在"话及此事，相与感叹"共同交流了思想感情的基础上，确定这积极明确、毫不含糊的创作意图，绝不能断言两篇作品的主题思想有着根本的区别。否则，以耿直著名的白居易，当即就会发表声明不同意陈鸿为《长恨歌》所作的《长恨歌传》，更不会同意将这两者放在一起相提并论。何劳一千多年后的学者、专家费心去考证并为之申辩代言。

再说，申明白居易写《长恨歌》的创作意图在于不但感伤李、杨二人的爱情悲剧，也打算惩戒以色相惑人的女人，制止扰乱封建秩序的事情发生，给后人留下永久的警戒。这话虽由陈鸿写出，其想法同白居易是一致的。白居易的讽喻诗《李夫人》就是证明，《李夫人》原题注："鉴嬖惑也。"就标明诗的中心思想是以史为鉴，望国君警惕受到宠爱的女人。诗人用讽喻的方式批评了堂堂的汉武帝由于迷恋李夫人，竟受方士愚弄，招来假魂，自寻烦恼。并且把唐明皇对杨贵妃的事一并带上，指出"生亦惑，死亦惑，尤物惑人忘不得"的教训，直言不讳地奉劝国君勿为尤物所迷，勿重蹈覆辙！

可见，陈鸿《长恨歌传》中"惩尤物"的提法，反映了白居易的创作意图。"女人是祸水"的观点，我们现在当然知其谬误，即使在封建社会里，有识之士心里也是明白的。"昏君"和"嬖惑"往往联系在一起，是历史事实。《长恨歌》以"汉皇重色"开始，可见白居易对两者的因果关系也是有看法的，但作为臣子，要将本朝这一段历史写成诗文，却只能"惩尤物"，而不能骂皇帝。白居易和陈鸿从自己的认识和时代的实际情况出发，对国君提出"惩尤物"的劝诫，实在是无可非议的。当然，谁都会明白，造成安史之乱的魁首究竟是谁，也清楚杨贵妃死于马嵬并非罪有应得，只不过她也有一份不可推卸的责任。

当贵妃作为替罪羊付出了生命，玄宗也从此丢了皇位、度过孤凄不幸的晚年之后，人们对他们的不满就会逐渐转为感伤和同情了，这是符合人性思想感情会随着客观情况的变化而变化的发展规律的。诗人的成功正在于生动地描绘了这一复杂事件的发展过程，恰当地表达了由此而产生的既有批评又有感慨、既有同情又有劝诫的复杂感情，并且激发了广大读者的共鸣。它充分体现出诗人"根情，苗言，华声，实义"的理论主张，既给人以启示、教益，又给人以美的享受。

作为一个伟大的艺术家，白居易在处理素材和表现思想感情方面显然比陈鸿高明得多。他十分懂得文学作品在于以情感人的这个特点，紧紧抓住"感其事"方面进行铺排渲染，对"欲惩尤物，窒乱阶，以垂于将来"的讽喻方面却予以含蓄的表现，而且处处使它不致破坏了"感伤"的情调。白居易这种手法的成功，从《长恨歌》与《长恨歌传》在社会上的影响就可以得到明证。然而，如果由此认为白居易主要是以描写玄宗和杨玉环那种天上人间、生死不渝的爱情取胜，认为《长恨歌》的主题是通过玄宗对贵妃的深情厚爱和深切怀念，歌颂了他们二人专一的爱情，那便是皮相的、肤浅的看法。果真如此，恐怕这首叙事诗也不一定有那样强大的生命力了。

如果以我们前述的观点对《长恨歌》重新作一个分析，就不难看出诗人的基本意图所在。

二

《长恨歌》通过叙述唐玄宗、杨贵妃这对沉溺于爱河不能自拔的风流帝妃的悲剧，感伤国君不能敬始而善终，有了成就即纵情酒色、骄奢淫逸、放任权奸，最后铸成大错，以致国乱妃亡，饮恨终身，从而对后世统治者提出忠告。这才是《长恨歌》的基本主题。

封建皇帝重色宠妃是他们享有的特权，在一般情况下，很少有人去评论宫闱的内幕。在唐玄宗春秋鼎盛之时，宠爱赵丽妃、武惠妃引起的风波便极少外传。唯独唐玄宗老来宠爱杨贵妃的秘史却家喻户晓，这是什么原因呢？

下面，我们来看看《长恨歌》本文：

"汉皇重色思倾国，御宇多年求不得。"表面看，这是说唐玄宗当上皇帝以后，搜求多年，也没有找到一个合心意的美女，是为玄宗和杨玉环的恋爱故事作一交代。实际上远不是如此简单。众所周知，玄宗"御宇多年"，在称帝的前期，他励精图治，纳谏任贤，开创了"开元之治"的繁荣景象。可是，《长恨歌》对此一字不提，却一开始就概括地交代了唐玄宗后期骄侈日甚，不图进取，将天下事付奸相李林甫，自己只顾纵情声色、安享太平的严重错误。这含蓄地表明了诗人自己的观点：正是由于唐玄宗的这个错误，铸成了"安史之乱"不可挽回的颓局。诗人的笔锋，一开始便是何等的尖锐！

唐玄宗在花甲之年，看中了自己儿子寿王瑁的年仅二十一岁的妃子杨玉环，于是，先以"出自妃意"为由，让她离开寿王进太真宫当女道士，继而征诏入宫，册封贵妃。"天生丽质难自弃，一朝选在君王侧。"在白居易笔下虽然没有直接揭示杨玉环从寿王妃变成玄宗贵妃的经过，却在"难自弃"一词中巧妙地透露了其中的内情，杨玉环不甘在寿王的深闺里埋没了自己倾国的姿色，才有此"一朝"之变。这是既含蓄，又有分量的语言。在"神山觅魂"的描写中，诗人又提到"中有一人字太真，雪肤花貌参差是"，有意将"太真"和"贵妃"连在一起，补充交代了"太真"与"贵妃"之间的变形术。只要略有历史知识的人，都不难领会其中的奥妙及作者的苦心。

贵妃一人得宠，恩及家族。父母立庙封诰，姊妹都当了国夫人，出入宫掖，并承恩泽，同玄宗一道饮宴寻欢。堂兄杨钊赐名国忠，当了右丞相，身兼四十余职，一时间诸王、公主竞相与杨家结亲。真是气焰震天、势压朝廷。"姊妹弟兄皆列土，可怜光彩生门户。遂令天下父母心，不重生男重生女。"这几句诗作了多么深刻的揭示啊！诗人不仅面对事实，而且抓住人们在心灵上普遍形成的一种反常心理，以印证玄宗宠爱杨贵妃后的所作所为及在社会民众心中造成的不良影响。如果把这归结为"描写玄宗对贵妃爱的程度深厚，所以恩及兄弟"，又怎能说服人呢？

还必须指出，安禄山正是深知此事的流弊，所以以"诛国忠为名，且指言妃及诸姨罪"，作为反叛的借口。"渔阳鼙鼓动地来，惊破霓裳羽衣曲"，寥寥数笔点明，叛乱的烽火从渔阳直捣京都，天子才从霓裳羽衣曲的迷梦中惊觉。诗人把安史之乱的爆发同玄宗醉生梦死的生活连在一起载入诗中，极为生动、深刻地揭示了叛乱的得逞同玄宗误国的关系，不管白居易在其他诗中对"霓裳羽衣曲"作过何种表示，但在《长恨歌》中不可能作为怀念开元之政、怀念玄宗的解释。晚唐诗人杜牧写的《过华清宫》三绝句之二："新丰绿树起黄埃，数骑渔阳探使回。霓裳一曲千峰上，舞破中原始下来。"却同《长恨歌》这两句的思路十分接近。"六军不发无奈何，宛转蛾眉马前死"描写了在怨声载道和激怒的士兵面前，玄宗不得不让杨妃做了替罪羊，才稳定了军心，保住自己安全逃抵成都。杨妃的惨死，自然也成为他永远负疚于心的一记伤痕。

《长恨歌》的下半篇，转入写唐玄宗对杨贵妃的想念。对这部分应作何理解呢？诗人着重刻画玄宗倾国失权以后，成了孤独寂寞的可怜人。只见他"行宫见月伤心色，夜雨闻铃肠断声"，"归来池苑皆依旧，太液芙蓉未央柳。芙蓉如面柳如眉，对此如何不泪垂"，"夕殿萤飞思悄然，孤灯挑尽未成眠"，确实是触景生情，念念不忘死去了的杨妃。但是，人们不免进一步追问，这是为什么？诗人通过前后强烈对照的两种生活状况，作了暗示和回答。昔日"金屋妆成娇侍夜，玉楼宴罢醉和春"，"缓歌慢舞凝丝竹，尽日君王看不足"，穷奢极欲，得意忘形，今日"西宫南内多秋草，落叶满阶红不扫。梨园弟子白发新，椒房阿监青娥老"。在玄宗退位直到实际上被软禁的时候，他周围除了秋草、落叶、白发新添的梨园弟子和老宫娥外，再也没有别的什么了。这意味着失去了皇位，同时也就失去了一切。倘若他仍然大权在握，一个贵妃死了，不是还有十个、百个补充上来吗？当彼之时，玄宗十分宠爱的武惠妃一死，杨贵妃就取而代之了。可见思念杨妃是同玄宗负疚的心情及怀恋昔日的荣华紧紧联系在一起的。当然，作者对曾经有所作为的玄宗皇帝落得如此凄凉的结局，批判中不能不深表同情。所以越到后来，字里行间愈带感伤的气氛，然而感伤其不幸同赞许其忠贞的爱情，毕竟是不能混为一谈的。

诗的最后一段，在"仙山觅魂"的传说中，重现了杨太真的形象，这是一个经过精心构思后塑造出来的形象："云鬓半偏新睡觉，花冠不整下堂来。风吹仙袂飘飘举，犹似霓裳羽衣舞。玉容寂寞泪阑干，梨花一枝春带雨。"贵妃这一形象不是以高贵的品德、端庄的仪容博得人们的好感，而是处处顽强地表现自己迷惑君王的本领，半偏的云鬓，迷蒙的睡态，连花冠都未加整理，就步下堂来。衣着步履还像翩翩起舞的样子，脸上布满不甘寂寞的泪痕，眼中放射迷人的情意，活像一枝受过春雨滋润的梨花，惨白、悲戚，却又楚楚动人。其实这一切除了玄宗熟悉和念念不忘之外，有谁曾目睹过呢？诗人借着这段传说的细节描写，揭示了玄宗内心的秘密。用虚写贵妃，实写玄宗，以虚补实的手法，将玄宗"夕殿萤飞思悄然，孤灯挑尽未成眠"的内心世界形象化，剖析了他朝思暮想的具体内容，让人们了解杨贵妃究竟什么地方令他苦苦迷恋，从而有力地阐明了"生亦惑，死亦惑，尤物惑人忘不得"的警戒。

　　诗的结尾，借方士之口传出了七月七日长生殿的誓言，捎回破碎不全的钿盒金钗。表面看去，这信物似乎是生死不渝爱情的见证，其实恰恰在此表明：誓言虽好，已成空话；金钿虽坚，亦擘两半。前面有诗句"花钿委地无人收"埋下的伏笔，在这里作了交代，说明方士交来的信物，不过是从死者现场捡回的破烂货。人皆共知，方士搞的全是一套骗局，在玄宗面前，冷酷无情的事实倒是"昭阳殿里恩爱绝，蓬莱宫中日月长"，剩下来的只有无穷的遗恨！

　　"长歌之哀过于恸哭。"让亲身经历了中晚唐时期的伟大现实主义诗人白居易感伤而为之恸哭的，恐怕不仅是两个历史人物的爱情悲剧，更重要的是从国君的失足，看到历时八年深重灾难的安史之乱，几乎将祖先积创了百多年的基业全部葬送，唐王朝从此一蹶不振，人民群众被推向苦难的深渊。玄宗之后，肃宗、代宗、德宗、宪宗以至文宗、武宗，一代不如一代，专横腐败有加无已。中晚唐的政局更为混乱，宦官作祟，朋党相争，边患不停。人必自侮然后人侮之，大唐帝国的一统局面已无法继续下去了。中国历史上罕见的五代十国的大分裂局面即将形成。可以说，正如白居易所感伤的一样，安史之乱种下的祸根是源深而流长的。真是建国不易，治国更难，一君失足，万民遭殃啊！"天长地久有时尽，此恨绵绵无绝期"，这不仅是唐玄宗和杨贵妃悲剧的概括，同时也是对安史之乱后整个不幸时代的悲歌。

　　《长恨歌》是白居易怀着对国事盛衰的满腔激情，用真切感人的语言和栩栩如生的艺术形象，叙述了唐玄宗晚年不理国事宠爱贵妃，酿成安史之乱的时代悲剧的故事。不管人们承认不承认，这题材实际上超出了描写个人爱情悲剧的范畴，诗中的情节同时代的脉搏在一起跳动。正是由于诗人并未把玄宗看成彻头彻尾的昏君，反而肯定他是统治唐朝达四十年之久，对国家建设起过举足轻重的作用，功大过亦大的著名国君，因此才痛惜他晚年的失足，总结这个教训以警戒后世国君。众所周知，唐玄宗宠爱杨贵妃，是同安史之乱的酝酿爆发，同唐王朝由盛转衰的国家命运紧紧连在一起的，也同他自己政治生涯的了结息息相关的。因而唐玄宗、杨贵妃二人的爱情悲剧故事，压倒了历史上其他帝王的爱情故事，成为具有强烈时代感和充满生活气息的、为一切人所关心和感兴趣的题材，其主题的深度和感人的原因恐怕就在这里。

杜甫山水诗的审美境界

杜甫的诗不仅以"诗史"著称，还有"图经"的美名。这就是说，他除了以历史见证人的身份，写下大量人间"泣血"之变的诗篇以外，还在自己足迹所经之处，刻画锦绣山川的状貌，使人读后如同目睹其景，身临其境，感染其中。的确，杜甫山水诗不仅以山水外形之美，唤起人们对祖国山河的眷恋，还以强烈的民族感情融注其内，激发人们增强对时代应负的使命感。这是诗人的审美意识反映在山水诗中的执着追求，它同那些放浪形骸、娱乐自我的山水吟咏，大异其趣。杜甫山水诗的艺术境界，可以说是对山水诗创作传统审美观念的突破和创新，这主要体现在以下几个方面：

第一，杜甫的诗中，精心描绘千姿百态的山河面貌和形形色色的景物，并赋予它们以特定时代的色彩，在情境的交织融合上细腻、深沉。特别是安史之乱期间所写的山水诗，更深地注入了诗人对民生国运的爱与愁，对坎凛不遇的悲与恨。因而他的山水吟咏，同现实生活的联系更为广泛密切，这就扩大和丰富了山水诗的审美内涵，提高了山水诗的艺术境界。

杜甫从前期创作《陪郑广文游何将军山林十首》其一："不识南塘路，今知第五桥。名园依绿水，野竹上青霄。谷口旧相得，濠梁同见招。平生为幽兴，未惜马蹄遥。"其二："百倾风潭上，千重夏木清。卑枝低结子，接叶暗巢莺。鲜鲫银丝脍，香芹碧涧羹。翻疑柁楼底，晚饭越中行。"……这些诗作从偏重对山水的闲逸描写，逐步发展到像《秦州杂诗》那样同时代风云息息相关的山水组诗，我们就可以看出时代的巨变及生活经历的变化，使他的审美情趣也随之大变。如天宝十五年（756），杜甫为避难举家奔走在三川县时，正遇滂沱大雨，他触景生情写下了《三川观水涨二十韵》：

我经华原来，不复见平陆。北上唯土山，连天走穷谷。火云无时出，飞电常在目。自多穷岫雨，行潦相豗蹙。蓊匌川气黄，群流会空曲。清晨望高浪，忽谓阴崖踣。恐泥窜蛟龙，登危聚麋鹿。枯查卷拔树，礧磈共充塞。……及观泉源涨，反惧江海覆。漂沙坼岸去，漱壑松柏秃。乘陵破山门，回斡裂地轴。交洛赴洪河，及关岂信宿？应沉数州没，如听万室哭。……

这首诗句句不离山情水貌，却又是当年天灾人祸、三水横流、山洪崩摧的惊心动魄的实录！杜甫创造性地用赋体诗刻画出山水的险象，同时暗寓国家动乱、社会危机于其中。其用心良苦，平心而论，古往今来未见山水诗中有追上和超越的后来者！在动乱不休、危殆不已、民不聊生的安史之乱期间，杜甫山水诗的内涵也在不断地深化中：以忧患之思，取代了承平之日的闲情，既是势所必然，又是他自觉肩负的使命。尤其是在安史之乱爆发后的至德二年（757年）玄宗仓皇逃蜀，房琯兵败陈陶，四万义军同日死去，杜甫也身陷叛军手中，此时此刻长安的春天，竟成为他《春望》诗中的血泪控诉。这时的杜甫越是深入下层生活，就越自觉地挥动饱蘸泪水之笔，绘出多幅血染江山、惊鸿遍野的画图。尤其当杜甫自秦入蜀途中，及入蜀之后所写的山水诗篇，更是情中有景、景中有情、情景交融、水乳难分。他将山河破败、万物萧疏的景象，同自家漂泊的悲痛熔为一炉，成为杜甫山水诗中最富于个性特征的精品。如《登高》中的"无边落木萧萧下，不尽长江滚滚来"，透过无边落木的窸窣秋声和滚滚涌来的长江怒涛，构成极其形象、耐人寻味的氛围，强烈地感染读者，令人意识到诗中刻画的虽然是秋声秋景，但不也将山河动荡、万室同悲的现实意象，深深地蕴含在无边无际的萧瑟秋意中了吗？

再请看他的《阆山歌》：

> 阆州城东灵山白，阆州城北玉台碧。
> 松浮欲尽不尽云，江动将崩未崩石。
> 那知根无鬼神会，已觉气与嵩华敌。
> 中原格斗且未归，应结茅斋看青壁。

诗人一方面真切地描述眼前展现的阆州山川，另一方面又念念不忘仍在格斗不休的中原故土。因此，自然而然地以浮云蔽天欲尽不尽、江涛击石将崩未崩的自然景象，同战争风云未净、中原仍旧艰危的社会灾难相互联系和映衬；并且将灵山、玉台的山势气派与嵩山、华山相提并论，以象征两地人民所共有的同仇敌忾及自己期待胜利的虔诚祷祝。全诗在写景中暗合时事，将写景、抒情、议论熔于一炉，这正是杜甫在山水诗创作中开拓出的新境界。

第二，杜甫透过山水的形貌，深入捕捉其神采气质，在精描细刻中，再现中华大地河岳山峦的奇伟壮观。杜甫不同于王维爱用画家笔墨写意传神，又有别于李白驰骋想象，凭超人的天才取胜。他善于运用质直精细的笔触，将那些往往被人熟视无睹，或是人们鲜见寡闻的山水景观，如实写来，却又栩栩如生。例如：

> 三峡传何处，双崖壮此门。
> 入天犹石色，穿水忽云根。
> 猱玃须髯古，蛟龙窟宅尊。
> 羲和冬驭近，愁畏日车翻。

（《瞿塘两崖》）

西南万壑注，勃敌两崖开。
地与山根裂，江从月窟来。
削成当白帝，空曲隐阳台。
疏凿功虽美，陶钧力大哉。

（《瞿塘怀古》）

前诗为了突出瞿塘两崖连天耸立的奇观，摹刻了"入天犹石色，穿水忽云根"的山形水态。诗人用一"犹"字，将瞿塘峡的石峰直插云天的本色强调出来；再用一个"忽"字，把江流急涌之速度准确传出。又凭着丰富的想象力，描绘猱獲的古翟、蛟龙的窟宅，为的是要衬出山之高、水之深、源之远、流之长，唯其如此，猱獲、蛟龙的稳定生活环境才有保障。为了表明峡陡崖高，更巧用羲和驾日车的神话传说，试想，连太阳神经过此处都免不了有翻车之愁的心态，那险绝亘古的奇观，不是表现得最有说服力了吗？这真是画龙点睛的一笔！后诗是用镂刻之笔，描述峡形水势，既是实写，也有夸张。不过，结句都归结在天设人为的功绩上，真诚地赞美了亿万年来造物者的鬼斧神工和中华儿女的祖先们辛勤劳动的伟业。字里行间，充满了对中华民族悠久文明的由衷敬意。

杜甫自然也写冲淡娴静的山水田园诗，当他卜居浣花溪，经营草堂时，生活稍觉安稳闲暇，他就在诗中致力于表现生活本身存在的恬静之美及卜居时的情趣。如：

去郭轩楹敞，无村眺望赊。
澄江平少岸，幽树晚多花。
细雨鱼儿出，微风燕子斜。
城中十万户，此地两三家。

（《水槛遣心二首之一》）

这首诗写的是水槛周围绮丽的风光和诗人饱经丧乱之后，方始获得的片刻宁静与闲暇。诗中最精彩的描写，是颈、颔两联，仅用 20 个字，就将盈盈春水、树晚多花的远近景致及细雨鱼出、微风燕斜的欣欣春光，连同此刻的恬静生活及喜悦满足的情怀，都一并传神而出。诗人准确地摄取了自然界中瞬间所见的动态美，以反衬水槛周围的静谧雅静，那新颖别致的构思和缘情体物的精妙，怎能不令人赞叹叫绝。

杜甫的山水绝句，也美妙动人，请看：

> 江动月移石，溪虚云傍花。
> 鸟栖知故道，帆过宿谁家？
>
> （《绝句六首之六》）

此诗一落笔就着意于表现澄澈的江水、透明的溪流与云月花石的倒影相互映衬构成的画图。他将月照江中、石立水上所造成的月移石动的幻觉，同水清云淡、溪畔花丛这一恍如云伴花旁的水中之景连接在一起。这本来是不同时间、不同地点见到的不同景物，却被诗人巧妙组成了这首小诗中美不可分的构图。诗人以独到的审美触角，静观默察，在缤纷的现象中，发现自然界物物相因、彼此映衬的关系，更运用了神思妙笔，恰到好处地捕捉住自然物的精微变化和偶合，构思成具有空灵之美和虚实相生的最佳艺术境界。

第三，杜甫以不断创新的艺术尝试，运用"搜奇抉奥，削刻生新"的手法，刻意展现他亲临目睹的自西北通向西南的群山万壑之壮观。杜甫所写的24首别开生面的入蜀纪行诗，刷新了前人对秦山蜀道的传统写法。他采用大型组诗的结构，自立诗题，取代了已经显得单调、概念化的《巫山高》、《蜀道难》等乐府旧题的传统吟咏，让秦蜀险途中巍峨逶迤、挺特奇崛的山川，获得系统的更为雄奇突出的艺术再现。例如，第一组诗，以秦塞为主体，极写秦塞山峦之威嵬壮观，有"峡形藏堂隍，壁色立积铁。径摩穹苍蟠，石与厚地裂"的《铁堂峡》，有"回回山根水，冉冉松上雨。泄云蒙清晨，初日翳复吐"的《法镜寺》，有"林迥硖角来，天窄壁面削。蹉西五里石，奋怒向我落"的《青阳峡》，更有"天寒昏无日，山远道路迷。驱车石龛下，仲冬见虹霓"的《石龛》……一个个别出心裁的诗题，一首首实录动人的诗篇，沿着自秦入蜀的艰险行程，将见所未见、闻所未闻的秦塞山川，一一作了艺术的纪行。第二组诗，写穿越巴山蜀水的畏途巉崖，有"远岫争辅佐，千岩自崩奔"的《木皮岭》；有"山猿饮相唤，水清石礧礧"的《白沙渡》；有"危途中萦盘，仰望垂线缕。滑石欹谁凿，浮梁袅相挂"的《龙门阁》；更有"石柜曾波上，临虚荡高壁。清晖回群鸥，暝色带远客"的《石柜阁》……假如不是杜甫率先创作这种另立诗题的联合组诗，很难设想当时如何对秦山蜀道的全貌，作出这般壮观而又细致、真切的描写。诗人是运用赋体的手法，掺和着自己感情的波澜，成功地展开记叙的。他有意将这段惊险而又漫长的旅途，展开铺陈，间中不乏曲折之笔，糅合着诗人深沉的感触倾泻而出："我行山川异，忽在天一方。但逢新人民，未卜见故乡。大江东流去，游子日月长。"

(《成都府》) 几经跋涉, 抵达新地, 面对言语大异的新人、新境而兴游子之叹, 这是赋中有兴、兴在其中的写法。用这种手法写山水诗, 可使诗中的感情波澜跌宕起伏, 显出意想不到的新鲜感。杜甫的诗, 有强劲的感染力, 读者如同置身于千壑万崖之间, 又似乎随着诗人亲临蜀府, 大有耳目一新之感。若将这组诗同李白纵情想象、放声咏叹的《蜀道难》相提并论, 应成为唐诗中写实与写意、现实与浪漫缺一不可的不同艺术手法, 同是各显神通、各有千秋的双璧。

第四, 杜甫自创声律, 写成新颖的拗体格律诗, 又用自创的变体去写山水, 使山水诗的表现艺术跃进了一大步。他为使律诗能更好地摹写出山水景致的万千气象, 又不受格律模式的过多制约, 于是将平仄的固定程序进行大胆改造, 使程序根据内容的需要有所变化, 但又不失诗歌本身应有的声律美和节奏美。例如, 他在夔府写的闻名于世的《白帝城最高楼》:

> 城尖径仄旌旆愁, 独立缥缈之飞楼。
> 峡坼云霾龙虎卧, 江清日抱鼋鼍游。
> 扶桑西枝对断石, 弱水东影随长流。
> 杖藜叹世者谁子? 泣血迸空回白头。

这首诗除了颔联出句合律之外, 通篇都是使用拗救的变体, 几乎完全打破了律诗固有的旧格陈规。这么大胆的革新和创作, 确实不能不令世人惊叹、佩服! 诗人自信, 唯其如此, 才可以更好地表现位于长江三峡的白帝城峡坼云霾、龙盘虎卧的峻拔挺峭, 江清流长、鼋鼍出没的凄寂穷愁。唯其如此, 才能更好地突现在动荡时势中所见白帝城楼的超拔缥缈和诗人忧心忡忡、杖藜叹世、终老不改的赤子之心。

杜甫创造成功的拗体, 不仅用来写山水题材, 也写了各类不同题材的优秀诗篇。这一创新的艺术经验, 是经过诗人刻苦研究、毕生实践而取得的成果。

杜甫山水诗的艺术境界, 自有其独具匠心的审美个性和时代色彩, 正是由于他创作了这类带着动乱时代的伤痕和沉郁情思的山水诗, 同王、孟等著名的山水诗那悠闲恬淡的诗风迥异, 艺术上才能标新立异, 自创一格, 使唐代山水诗的面貌及其内涵也为之一新, 在姹紫嫣红的山水诗坛中放射令人叹绝的异彩。

从骈文的演变看韩愈倡导古文运动的意义

　　过去在研究韩愈所领导的古文运动时，往往是在贬低或否定骈文的前提下孤立地肯定古文运动在文体改革方面的意义，很少在承认骈文的影响力、艺术魅力都具有压倒优势的情况下，比较分析两种文体的相互对立、相互渗透及古文运动来之不易的胜利。因而，对文学史上出现的一些复杂现象就难作出解释。比如，古文运动既然是以骈文为斗争对象，为什么不是以骈文的衰亡而操胜？古文运动获胜不久，为什么晚唐、五代的骈文接着又兴盛起来？这对古文运动的意义有何影响？为此，本文想就骈文的演变来探讨一下韩愈古文运动的意义。

一

　　文学史认为，韩愈发动的古文运动，除了反对佛道复兴儒家学说，就是反对骈文提倡古文。于是形成一种概念，以为古文同骈文是势不两立的。李汉在《昌黎先生集序》中说："先生于文，摧陷廓清之功，比于武事，可谓雄伟不常者矣。"表彰韩愈在古文运动中像一位雄伟不寻常的统帅，指挥了一场战役，彻底打倒了对手。欧阳修主撰的《新唐书·韩愈传》引用韩愈的话，赞许其文是在司马（相如）、刘（向）、扬（雄）后继无人的情况下，"深探本元，卓然树立，成一家言"。久而久之，被发挥成为韩愈以摧枯拉朽之势打倒了骈文，独树古文大旗，其实，在那时骈文既未枯朽，古文也非独树。假如骈文已完全僵化，一无可取，又何须数百年的艰苦奋斗，才换来古文运动二三十年的盛况。

　　事实证明，对骈文的厚诬及对其生命力的无视，实无利反而有损于对韩愈领导古文运动意义的充分估价。韩愈曾说："不知古文直何用于今世也，然以俟知者知耳。"[①]对不为当世所重视的古文充满信心，期待着在百世之后有知己者。可见，在韩愈有生之年，古文运动的威力还未充分显现。世人对古文与骈文的优劣之说，则歧见更多，过去强调它的对立斗争的一面，而忽略其相互渗透、依存的一面，往往将问题绝对化了。

　　从文献资料记载中，是可以找到散、骈同源及演变的历史痕迹的。

　　殷周甲骨卜辞，是我国书面文学的始祖，用简单的散文形式，记载着远

---

① 《与冯宿论文书》。

古祖先们的生活状况。经郭沫若考证的甲骨卜辞中有："癸卯卜，今日雨。其自西来雨？其自东来雨？其自北来雨？其自南来雨？"①不难看出，除具有叙事散文的雏形外，还有简单的对称及节奏，这是文学体裁未形成、韵书未制定之前，记录下来的天然语言。可见，偶对的句子同散句一样，早就出现在汉民族的语言中。

我国最古老的散文记言史《尚书》中，也保存了一些简洁对称的语句："罪疑惟轻，功疑惟重。""满招损，谦受益。"②"同声相应，同气相求；水流湿，火就燥；云从龙，风从虎。"③这些辞义生动的对句，又一次证明在远古时的语言中，确有自然骈对组合和排比成分。

待《左传》、《国语》、《战国策》等史籍面世，散骈交错的例证几乎每卷可见。如《战国策·燕策二》有"鹬蚌相争，渔人得利"的故事，以文句生动、含义隐微而著称。古代策士在论辩中，常常运用骈偶对仗的手法，以增强文章的风采，产生晓谕警策的效果。荀子《成相》一文分为五十六章，几章合咏一题，对称工整，别开生面。《汉书·艺文志》将它列入辞赋一类，荀子因而成了"赋"的创始者。这种赋体显然是先秦散文在骈化过程中不可忽略的因素。

以上探本溯源，可看出文体尚未形成之前，散骈句式是交错运用的，因为具有错综变化之美，可促进文艺的发展与繁荣。

两汉之际形成历史、政论散文同汉赋等相对独立的文体。汉赋适应日趋繁富的社会生活，用铺张扬厉之文，叙事咏物，描摹统治集团豪奢的生活，在一定程度上是社会发展在文学上的反映。汉赋在艺术继承方面的作用尤其不可忽略。它承袭了《诗经·颂》的歌功颂德、《楚辞》的抒情、荀赋的咏物说理、《国策》的对偶铺陈、先秦诸子的寓言隐语等，又从丽采繁辞、逸意飞扬多方面，为散文的进一步骈化，提供了重要的艺术借鉴。散文则以历史散文为主，发扬朴素写实的传统，将事件和人物写得栩栩如生，出现了像《史记》、《汉书》这样光耀千古的巨著。不过，《汉书》的史、传、论、赞比《史记》更重翰藻、句式整饬，这是东汉之文注重形式美，用铺排偶对增添文章气派的表现。

建安七子之文，表现壮志与才华，具有与诗歌媲美的魅力。如曹操的《让县自明本志令》不乏骈对整齐的优美句式，活现了曹公志在千里的气概。

---

①郭沫若《卜辞通纂》。

②《尚书·大禹谟》。

③《周易·乾文言》。

曹丕《与吴质书》、曹植《与杨德祖书》、《求自试表》等，以动人的辞采表达慷慨抱负及怀念故友的挚情，既是畅达的散文，又具有骈对典实。虽着重于论说，却运用匀称的句式，奇偶相生，以增强文章的气韵，有些句子几乎同骈四俪六一样。因而，作为骈文被李兆洛列入《骈体文钞》。

两晋陆机、潘岳、左思都是名盛一时的辞赋家。他们使散文骈化达到很高的水平，不仅句法具有骈对的特点，而且文义、文气也合骈对的要求，在说理、铺陈、用典、藻辞方面都有精心的构思。

从理论上看，自从曹丕的《典论·论文》和陆机的《文赋》提出"文"与"笔"的问题后，至刘勰《文心雕龙》问世，正式称"今之常言：有文有笔，以为无韵者笔也，有韵者文也"，把欣赏价值大的文章称"文"，将应用性强的文章称"笔"。在此理论指导下，激起南朝文士对创作的重视，骈文作为兼有散文、韵文特点具备综合美的新文体，这时已进入成熟阶段，出现了创作高潮，甚至连《后汉书》、《三国志》等历史著作，也大量使用骈句，为骈化大开了疆域。后人所谓"魏晋体"的骈文，主要是指仿《后汉书》、《三国志》的写法而言的。

南朝随着创作领域的不断扩大和创作水平的提高，涌现出不少著名作者，如陶渊明、颜延之、刘义庆、谢灵运、沈约、鲍照、江淹、孔稚硅、萧统父子和庾信等。他们中除陶渊明以直抒胸臆的朴素散文和平淡清逸的诗歌独树一帜之外，其余莫不是诗人而又兼通骈散的。梁陈时以"徐庾"体为骈文之冠，同宫体诗相辅相成，饮誉文坛。徐陵父子与庾信父子都名盛一时。

庾信的《哀江南赋序》作为骈文的楷模，从思想到艺术都获得一致好评。徐陵的《玉台新咏序》是为宫体诗集作序，故遭"伤于浮艳"的非议。平心而论，它并非不可入目之文，且有读而不厌、耐人寻味的艺术效果。

总之，从文学向前发展、文体繁衍的角度看，散文骈化和骈文兴起的现象，正如萧统《文选序》所说："各体互兴，分镳并驱"、"众制蜂起，源流间出。譬陶匏异器，并为入耳之娱；黼黻不同，俱为悦目之玩。作者之致，盖云备矣"。当然，把文学仅作娱乐之用是不全面的。不过骈文的兴起，对文学繁荣和文体精美化起了积极的促进作用，这是不可抹杀的。精美的骈文可以给人精神的教益与艺术的享受。

随着社会的发展，文体的兴衰不免受到政治斗争、社会风尚及作家专长的影响，加上文体发展的内在规律诸因素与之相激相荡，使各种文体因时而变、因势而异。例如，南朝帝王为了装点门面，娱乐升平，要使公文程序整饬美化，特地将骈文树为正宗，把欣赏价值很高的新兴文体变为应用文体。"上有所好，下必甚焉"，统治阶级的追求和偏爱，导致文人的狂热追求。骈文在齐梁之际，风靡一时，为了"竞一韵之奇，争一字之巧"，挖空心思做文字游戏，忽略了思想内容，也易失却它的艺术价值。这一流弊的严重性，早在西魏文帝时宇文泰就指出"文章竞为浮华，遂成风俗"，他想用过时的《尚书》体取代方兴未艾的骈体，但这种简单地靠复古的办法是行不通的。

隋初李谔继续反对骈文，向三曹兴师问罪。李谔批评忽视思想内容的倾向是对的，但他对文学应注重艺术技巧的探求和创新完全不提，反而责怪三曹的努力，实是过于偏激不近情理。因此，他的主张也难实现。

骈文作为有美感又有影响力的新文体出现在文坛，理应肯定，正如《文心雕龙》指出："音以律文，其可忽哉"，"造化赋形，支体必双，神理为用，事不孤立"。这种文体所显示的对称美、辞藻美、典雅美和声律美都符合民族的心理和审美标准，也体现了中华民族独特文艺的灿烂成果。只是由于被统治者片面标榜为文章的正宗，又成为应举者必用的文字，主宰着通向仕途的科举考试而受到了殊宠，以致处处排挤有悠久传统的散文，限制其应用范围，扼杀其正常发展。物极必反，结果使骈文脱离群众，被偶对、典故和浮饰的辞藻束缚，无法反映日新月异的社会生活，更无益于宣传教化，因而失去竞争力，终于导致骈文的衰微；与此同时，促使古文为生存而抗争，古文运动亦在酝酿形成。

二

"唐有天下三百年，文章无虑三变。高祖太宗，大难始夷，沿江左余风，缔句绘章，揣合低印，故王、扬为之伯。玄宗好经术……是时唐兴已百年，诸儒争自名家。大历、贞元间，美才辈出，擩哜道真，涵咏圣涯，于是韩愈倡之，柳宗元、李翱、皇甫湜等和之，排逐百家，法度森严，抵轹晋魏，上轧汉周，唐之文完然为一王法，此其极也。"[①]这是欧阳修站在古文运动的立场，总结有唐一代文风、文体、作家队伍的发展变化和古文运动取得的最后胜利。参照"文章三变"的思路，可以肯定，在唐代，不论近体文和古文，都处于不断发展变化之中。

在初唐，承袭六朝文学的传统，经太宗的提倡，骈俪之风更盛。王勃一篇《滕王阁序》令满座倾倒，骆宾王的《讨武曌檄文》扬名天下，成为初唐近体文取得成就的显著标志。

①《新唐书·文艺》。

陈子昂是有理论、有实践的革新家，第一个以西汉散文为典范，写出批评时政的好文章。因此，韩愈有"国朝盛文章，子昂始高蹈"之赞，将他誉为唐代古文运动的奠基人。

盛唐是文风变化的重要时期，当时文人辈出，才气横溢，既有抱负，又有情趣。玄宗好经术，诏命修撰经史。为了阐述明白，力求实录，于是出现骈文散文化的倾向。如并称"燕、许"（燕国公张说，许国公苏颋）的大手笔，虽用的是近体文，却从铺排雕琢向"崇雅黜浮"转变。又如王维、李白的一些书信、表、序，即使还用近体格式，却很有真情实感和宏肆畅晓的古文色彩。时称"萧、李"（萧颖士、李华）的著名文士，也宣传王道，支持文体改革。此时近体文本身虽在悄悄地变化，只是这种缓慢的变化，无法抵挡变革文体的迫切呼声。

清章学诚指出："人谓六朝绮靡，昌黎始回八代之衰，不知五十年前早有河南元氏，为古学于举世不为之日也。"在韩愈前五十年，出现元结、独孤及、梁肃等改革志士，他们是古文运动的先驱者。元结出身鲜卑族，在元德秀的启引下，主张文学要发挥兴寄美刺的作用。他的《箧中集》有意将古诗散文化，同时用古文写下许多与时俗相悖的文章，可惜过于偏激，使他的成绩未获普遍承认。独孤及、梁肃的古文，说理清晰，行文简洁，但是未能提出理论主张，影响了文章的战斗力。不过必须看到先行者为古文运动的形成创造了条件，积攒了力量。

到了中唐，骈文的势力仍在扩大，而且有杰出代表。德高望重的宰相陆贽是写近体的好手，他的制诰谏状，多达数百十篇，讥陈时弊，诉说衷肠，丝毫不受偶对、典事及平仄的拘束。这样的近体，人人能读懂，不愧有"经世之文"的盛誉。值得注意的是，陆贽乃韩愈应试擢第的主考官，韩愈倡导古文同陆贽专卫近体，各走一端，却未曾发现二人有何对立之处。

同韩愈有交情的刘禹锡、白居易也写了不少古文的名作，同样写得通晓有力，用意显然。元稹、白居易又掌"制诰"，这是代表皇帝说话的最高公文。过去多用骈体，文饰少实。元、白却力图改变，使制诰言之有物，不事虚夸，同韩愈的"文以载道"宗旨大体相似。

比韩愈早一年登第、高居相位的令狐楚，是近体文的大师，人们对令狐的"四六"评价很高，有"韩文杜诗彭阳章檄"之说。李商隐的一手"四六"文被赞为"今体之金绳，章奏之玉律"，就是由令狐亲自教授的。所谓"晚唐骈文的复兴"，不过指这时文坛涌现了像李商隐、温庭筠、段成式那样有名气的"四六"文家，他们以俪偶相夸，时号"三十六体"。其实，这不是什么骈文的复兴，因为骈体"四六"一向与古文并行不悖。李商隐先学古文，后擅长今体，同韩、柳先今体，后成于古文，是一码事，他们都在百花齐放的文坛上各显神通罢了。

韩、柳不愧是古文运动的旗手，他们提出了行之有效的口号，团结了多数文士，使古文运动队伍日益壮大。倘若他们不恰当地把八代以来占多数的近体文作者及其成果，一概扫入陈言务去的垃圾堆，这对文学遗产的继承无疑是一种犯罪行径，不仅不得人心，恐怕连自己也失却立足之地了。所以韩、柳不仅没有否定今体，反而保留了它的艺术菁华，并巧妙地吸收到古文创作中去，使古文增添异彩和艺术魅力。

在晚唐，古文后继者也大有人在。除了韩门弟子外，还有杜牧、罗隐、孙樵等颇有名气的作家。他们接受韩、柳的影响，"杜诗韩集愁来读，似倩麻姑痒处搔。天外凤凰谁得髓？无人解合续弦胶！"杜牧就是这样高度评价韩愈文集的。他还发挥了韩、柳的理论，提出"凡为文以意为主，以气为辅，以辞采章句为之兵卫"的创作主张，扩大了"道"的内涵，对气势、辞采、章句也给予应有的重视。因此，杜牧的古文在晚唐有很高的成就，被誉为"真韩柳外一劲敌也"①。康熙皇帝读了杜牧的古文名篇后，也赞许曰："综天下之形势，权累朝之得失，如聚米画沙，不爽尺寸。溯源穷委，论断独精。风规峻迈，文采焕然。笔力陡健，极似战国策中文字。"②更值得一提的是《阿房宫赋》一文，作者破格用论体写赋，散骈结合，克服了骈赋一向重形式、轻内容的不良倾向，增强了骈赋的战斗力和艺术感染力，具有变古开新的意义，从中也可见到晚唐作家对古文运动的继承和发展及对骈赋的改造与突破。

三

文学史往往称唐代古文运动对骈文的打击，具有摧枯拉朽的威力。这是一种夸张的说法。其实，古文运动每取得一点进展，都是极不容易的，这里特别要提到古文运动的倡导者韩愈。

韩愈不是凭空掀起古文运动的，这场改革是积累和总结了前人已进行过无数次变革的经验教训，又适应了德宗、宪宗王朝有意振兴的时代要求。当他掀起运动的时候，既不是一呼百应的权臣，也并非一举成名的骄子。他虽有忧天下之心，渴望仕进，却落得四举而后有成，三试于吏部而不任，又三上宰相书仍遭冷遇，在屈辱中不得不选择以古文载古道、逆潮流而上的曲折道路。他深知当今人人都乐于走捷径通途，"有志于古者希矣"③。"虽今之

---

①见李慈铭《越缦堂读书记》。
②见《全唐文纪事》。
③《答李翊书》。

仕进者不要此道，然古之人未有不通此而能为大贤君子者"①。韩愈立志摆脱同人竞争于时俗的状态，而致力于古道，他一再说："愈之志在古道，又甚好其言辞"②，"愈之所志于古者，不惟其辞之好，好其道焉尔"③。由此可知，韩愈提倡以儒家教义作为艺术灵魂的美学观念，在当时都不为世所重，他却以此作为自己的起点，做好迎接困难的准备。在此要提出的疑问是，传古道、写古文是否必须排斥佛老、反对骈文呢？

我想不一定，就韩愈而言，攘斥佛老、传圣人之道是他的宗旨。他也不喜欢雕琢为工、言而无物的时文。他在《答崔立之书》中提到，自己为应吏部试写过不真实的大话文章，日后再读到它，竟"颜忸怩而不宁者数月"；又曾"时时应事作俗下文字"，感到"下笔令人惭，及示人则人以好矣"。这说明他的好恶、审美标准与潮流大有差异，然而，并未针对骈文公开谴责，这在《答刘正夫书》中有很明确的回答。当刘问："文宜易宜难？"对曰："无难易，惟其是尔，如是而已，非固开其为此，而禁其为彼也。"强调写文章应根据内容，因人而异，不能因开导其写古文就禁止其作别种文体。正是由于具有客观明智的态度，韩愈在古文运动中才能同骈文的爱好者保持正常的友好关系。

韩愈执意写古文以传古道，还因为他确认古文是自成一格，不因循时俗的文体。"夫百物朝夕所见者，人皆不注视也，及睹其异者，则共观而言之，夫文岂异于是乎？汉朝人莫不能为文，独司马相如、太史公、刘向、扬雄为之最。然则用功深者，其收名也远，若皆与世沉浮，不自树立，虽不为当时所怪，亦必无后世之传也。"④这番透彻明了的分析，就是韩愈不怕取笑，不在乎得失，放眼于后世的精神力量所在。当宪宗皇帝将起草平淮西碑文的荣耀交给韩愈时，他竟破例用古文写成《平淮西碑文》。李商隐在《韩碑》中赞许道："公之斯文若元气，生时已入人肝脾。汤盘孔鼎有过作，今无其器传其辞。"将韩公敢用古体成文同汤盘、孔鼎辞并称，表达了晚唐四六的魁首对韩愈及其古文的由衷敬意。

如果承认韩愈提倡古文但不排斥骈文一说有合理性的话，那是否贬低了古文运动的意义呢？不，恰恰相反，正因为韩愈对骈文的态度适合实际情况，古文运动的意义更为突出了。

第一，古文运动不单纯是一场文体改革运动，它同时是隶属于捍卫儒学

---

① 《答侯继书》。

② 《答陈生书》。

③ 《答李秀才书》。

④ 《答刘正夫书》。

正统地位的思想运动，斗争的主要目标是摈斥佛老，排诋异端；"严夷夏之防"也为的是维护封建秩序，整顿朝纲，巩固王朝的统治地位。韩愈郑重指出："斯吾所谓道也，非向所谓老与佛之道也。尧以是传之舜，舜以是传之禹，禹以是传之汤，汤以是传之文、武、周公，文、武、周公传之孔子，孔子传之孟轲，轲之死，不得其传焉。"①血脉分明地道出儒家思想乃千百年来华夏之邦根深蒂固的精神支柱。然而，这根支柱已面临倒塌的危境。"孟子不能救之于未亡之前，而愈乃欲全之于已坏之后。"②韩愈挺身而出，立下虽死无恨的决心，以时代的使命自任。古文运动也是服从于这个高大的目标。为此，他要与志同道合者协力同心地奋斗，争取统治阶级的支持和天下之众的理解。骈文尽管对古文不利，但毕竟同出一源，并非异端，也不伤夷夏之防。因此，韩愈对骈文始终未提过"斥攘"、"排诋"的口号。他只希望为古文争得一席之位，更好地宣传古道，以古文为突破口，等待有朝一日变劣势为优势。这一策略不仅刺激了古文同骈文的竞争，而且通过竞争，促进了中唐文学的再度繁荣。

第二，在古文运动中，韩愈提出端正文风的任务。他对两汉以来的文风深感忧虑，在《答吕𪩘山人书》中，分析文风不正的原因，是世人都想走熟习时俗，工于语言，识形势，善候人主意的捷径以登仕途。世风日坏，所以千方百计以争救之。不过，奢靡文风是病态心理和社会思潮在文学上的反映，不取决于某种文体，文体不过是其表现形式罢了。端正文风不仅针对骈文而言，八代以来文风浮艳，作为文坛正统的骈体四六首当其冲，这是事实。然而，在诗歌、辞赋、古文和其他文体中，同样存在文风问题。例如，韩愈在《答陈商书》中坦率指出他的文章晦涩难懂，"语高而旨深，三四读尚不能通晓……今举进士于此世，求禄利行道于此世，而为文必使一世人不好"。又指出，"观足下之书及十四篇之诗，亦云有志于是矣，而其所问则名，所慕则科，故愈疑于其对焉"。可见，韩愈的"不以雕刻为工"不仅针对骈文，同样针对古文。对古文追随者的文风，总是一丝不苟地严格批评。在古文运动的强大舆论压力下，骈文的文风有一定的改进。而且在诗歌、辞赋和传奇等不同体裁的文学创作中，也进行了以文风为主要目标的改革。新乐府运动，就是在诗歌领域与古文运动相呼应的一次革新。传奇文学这时也有新的转机。一些有名的古文家用流利感人的古文写成现实性很强的艺术佳作。这些文学创作的新气象，都不能不同古文运动有直接或间接的联系。同样，也不能排

---

①《原道》。

②《与孟尚书书》。

除韩、柳等人的记叙文受到传奇文学的启迪和影响。

第三，古文运动的推动者在探索和实践的过程中，突出创新，成功地创造了文从字顺、适合时代需要的新体散文，虽名曰"古文"，实非先秦、两汉散文的复活。韩愈坚持只能"师其意不师其辞"，若"不自树立，虽不为当时所怪，亦必无后世之传也"[①]。既要继承又不能因循守旧，必须独创自树，二者巧妙结合，形成新的审美观念，这是新体古文取得成功的标志。可见，韩愈为了创造适于唐人的新文体，他从纵向、横向几方面广泛学习，吸收百家精华，其中也包括骈文的精华。从韩、柳等古文家的优秀篇章中，不难找到脱胎于骈文的好句式。巧用排比、对偶，把铿锵顿挫的声调穿插于散句单行的古文中，也有根据文意的需要，化入精警的典故、史实，使文章通俗流畅且新颖奇妙。韩愈不仅为古文争得了一席合法地位，而且将触角伸向文学创作的其他领域。凡唐人生活所到之处，无不可用古文反映，使骈文为之相形见绌。骈文的绝对优势，在韩愈有生之年，就开始有削弱下来的趋势。"文起八代之衰"的真正内涵，恐怕就在这里。

第四，韩愈自始至终重视教育，致力于培养人才，发现后进。他深谋远虑，为了百年大计，不在乎眼前的得失，极力提倡进学，抗颜为师，不仅自己孜孜不倦地从事古文的研阅、创作，还挤时间为青年后进传道、授业、解惑，循循善诱，不辞辛劳，不顾他人的冷嘲热讽，大声疾呼："道之所存，师之所存也！"在他这种高瞻远瞩的精神力量的感召下，弟子满门，古文运动后继有人，古文著作得以广传远播。又通过韩门弟子的一传再传，尽管道途曲折崎岖，却保证古文运动的事业终于得以发扬光大。比之盛极一时却未有门人弟子的新乐府运动，其影响要更为源远流长。

晚唐宋初的古文运动究竟是否已经偃旗息鼓，被人遗忘了呢？韩愈的著作是否也被弃置在废纸筐中了呢？

不可否认，晚唐五代的社会动乱和外民族统治者的入主，对古文运动的成果是一直接的打击。李（商隐）、温（庭筠）、段（成式）三十六体风靡一时。五代刘昫编撰《旧唐书·文苑传序》时也提出："是古非今，未为通论。"针对古文家的重道复古倾向，从理论上指出文学的进化不应受复古主张所左右的见解。不过，古文运动的潜在影响依然存在。历史证明，即使在宋初西昆、"四六"文风行之际，仍有以"肩愈"自名的柳开，要肩负韩愈开创的古文事业；也有尊韩为贤人的石介，宣称"孔子之道辟于孟子而大明于吏部，

---

① 《答刘正夫书》。

道已大明矣，不生贤人可矣"。还有王禹偁、范仲淹等著名的文学家，坚决主张写清新浅淡、畅抒襟怀的文章。王禹偁明确提出："远师六经，近师吏部。"又在《赠朱严》诗中坦然道出："谁怜所好还同我，韩柳文章李杜诗。"欧阳修虽有"四六"名家之称，可是他声言自幼受韩文的启蒙，后来又潜心攻读古文，直到他同当时一批最杰出的作家聚在一起，发动北宋古文运动并取得了完全的成功。这些都雄辩地证明，古文运动的影响已镶嵌在人们心中，它的意义是不可磨灭的。

至于韩愈的文集是否被废弃，这一传说出自欧阳修《记旧本韩文后》。文中提到他童年时，在地处僻陋、无学者的随州小城，在李姓大户家偶尔发现藏贮壁间的故书筐，这些书籍说明它曾受到主人的珍藏，只是由于积时过久，筐坏线断，书页脱落。欧乞取韩集以归读之，大受启发。文中也阐述了宋初继唐制，以时文取科第，世人莫不为之，以夸耀当世。韩文不受重视是势在必然的。年轻不遇的欧阳修，复读韩文，深为感慨，懂得了只有像韩愈那样才是真正的学者。后来，他官于洛阳，果然约同尹洙、石介等一起写作古文，又为韩集的各种本子作了补缀、校订工作，使天下学者渐趋于古，古文运动的成果得以发扬光大。就全文读之，欧阳公的用意显然不在说明韩文之没而不见及自己的功劳，而在于强调其道久而愈明，不可磨灭，虽蔽于暂，而终耀于无穷；在于肯定"韩氏之文之道，万世所共尊，天下所共传而有也。予于此本，特以其旧物而尤惜之"。因此，我们切忌断章取义，以讹传讹，曲解了作者的原意。

综上所述，唐代古文运动的意义取决于运动的宗旨，对社会发展、政局稳定、文坛兴盛、文化交流是否起积极促进作用，而非取决于追时好而取势利，更非取决于是否反对骈文。对骈文的态度，只是一种策略和手段，在不同的历史条件下，可以灵活变化，因人而异。到了北宋，欧阳修就是在客观形势有利、个人条件成熟的前提下，凭借他身为主考官的权力，毅然采取措施，从考场上罢斥、淘汰了险涩而束缚思想的时文，"凡以险怪知名者，黜去殆尽"，并提拔了一批古文新秀。他不惧士人的围攻、闹事，坚决用平易浅近的古文取代了"太学体"，终于闯出了古文创作全盛的新局面，使古文取代骈文跃居统治地位，实现了韩愈为之拼搏一生而未遂的宏愿。

魅力永恒的游记散文——论柳宗元游记文学的艺术创新

柳宗元创作充满魅力的山水游记，始于元和四年（809）。元和元年（806），他因坚持革新获罪远贬永州。在漫漫长夜里忍受着无边无涯的煎熬，其精神上所受的摧残，即使著书立说、传道授惑，为古文运动展开披荆斩棘的种种努力均难以弥补。因此，才有"仆闷即出游，游复多恐"（《与李翰林建书》）这种极为矛盾的心态和放情山水之举，并在元结之后用古文形式写出了一批优秀的游记。

永州地处南岭山脉的北麓，有湘江、潇水汇合于此，州治零陵县。零陵盆地久经风雨的剥蚀，形成嶙峋怪诞的岩穴石城，碧溪清潭潺湲不息，青松翠竹莽苍不凋，确实是深山穷域中一处天然佳境。柳宗元不期竟会在此穷域发现被世人弃置的大自然之真美，于是由爱而感，深受触动。想到了自己满腹经纶，立志报国，壮志未酬却惨遭贬逐。这永州的山水同人间的际遇竟如此雷同，不能不激发他强烈的感触，爆发了新的创作灵感。于是借山水以"傥荡其心，倡佯其形"（《对贺者》），将身心与山水自然冥合，让备受创伤的心灵得以"悠悠乎与颢气具，而莫得其涯；洋洋乎与造物者游，而不知其所穷"（《始得西山宴游记》）。柳宗元就是这样，于困境中将心中所思的愤懑情怀，同目中所见的自然巧妙结合，并形成崭新的审美感受。它表明作者不仅带着主观情绪去观赏自然、表现自然，而且将唐人早已具有的极高的审美水准，首次带入山水游记的创作领域，使游记散文从此绽开出清新、美丽的艺术花朵。其中，尤以《永州八记》的艺术经验值得借鉴。

柳宗元山水游记的魅力，是同作者敢于坦然将自己对永州山水的特殊感受与自己因坚持革新，遭当权者长期贬逐边鄙的"罪人"身世，水乳交融地结成一体不可分的。"永贞年，余名在党人，不容于尚书省，出为邵州，道贬永州司马"（《永州龙兴寺西轩记》），"余时谪为州司马，官外乎常员，而心得无事"（《永州法华寺新作西亭记》）。一位立志为国家社会的发展进步而坚持改革的官员，不仅不获支持，反而遭当权者打击，一贬再贬，以致贬逐永州，还是编外之员，能不尴尬？能不压抑？能不愤慨？他是怀着这样的压抑和尴尬去观察生活、表现生活的，"嘻笑之怒，甚乎裂眦；长歌之哀，过乎恸哭。庸讵知吾之浩浩非戚戚之尤者乎？"（《对贺者》）作者在永州敢于直视惨淡的人生和冷酷无情的现实，正是这一主客观的结合，显示出他不屈的人格美同永州山水的性灵之美相辉映，成为他在永州的游记散文最富于开拓性、最具有感染力的艺术突破。

柳宗元的游记散文约有十八篇，在永州一地就写了十六篇之多。有的独立成篇，有的联成一组，从不同侧面反映共同主题，《永州八记》就是尤享盛名的代表作。这《八记》即《始得西山宴游记》、《钴鉧潭记》、《钴鉧潭西小丘记》、《至小丘西小石潭记》、《袁家渴记》、《石渠记》、《石潭记》、《小石城山记》，前四篇写于元和四年，称"前四记"，后四篇写于元和七年，称"后四记"。

《永州八记》不以名山大川的声誉夺人视听，也不凭刻意精巧的文字功夫取胜。八记所写的山山水水，不过是楚越边陲几处不为人知、不被世传的小山小水。但是，当作者怀着真挚之情同所写的山水结合出现在游记文学中，那山水就注入了灵性，产生强大的生命力。作者从社会人生入手，写到山水自然，再从自然山水回味社会人生，一步步引导读者去发现和领略自然风光，也同时感受到社会的凋敝与人生坎坷，从中逐步理解作者不幸的遭际及郁结于心的烦忧。《永州八记》能令人真切看到作者感情脉搏的跳动，感受山水自然的性灵，使人深受感染，从而进一步产生对作者的理解与共鸣。

我们不妨选《永州八记》的首篇与末篇为例，略作探讨：

自余为僇人，居是州，恒惴栗。其隙也，则施施而行，漫漫而游。日与其徒上高山，入深林，穷回溪，幽泉怪石，无远不到。到则披草而坐，倾壶而醉。醉则更相枕以卧，卧而梦。意有所极，梦亦同趣。觉而起，起而归。以为凡是州之山水有异态者，皆我有也，而未始知西山之怪特。

今年九月二十八日，因坐法华西亭，望西山，始指异之。遂命仆人过湘江，缘染溪，斫榛莽，焚茅伐，穷山之高而上。攀援而登，箕踞而遨，则凡数州之土壤，皆在衽席之下。其高下之势，岈然洼然，若垤若穴，尺寸千里，攒蹙累积，莫得遁隐；萦青缭白，外与天际，四望如一。然后知是山之特立，不与培塿为类。悠悠乎与颢气俱，而莫得其涯；洋洋乎与造物者游，而不知其所穷。引觞满酌，颓然就醉，不知日之入。苍然暮色，自远而至，至无所见，而犹不欲归。心凝形释，与万化冥合。然后知吾向之未始游，游于是乎始。故为之文以志。是岁，元和四年也。

（《始得西山宴游记》）

自西山道口径北，逾黄茅岭而下，有二道：其一西出，寻之无所得；其一少北而东，不过四十丈，土断而川分，有积石横当其垠。其上为睥睨、梁欐之形，其旁出堡坞，有若门焉。窥之正黑，投以小石，洞然有水声，其响之激越，良久乃已。环之可上，望甚远。无土壤而生嘉树美箭，益奇而坚，其疏数偃仰，类智者所施设也。

噫！吾疑造物者之有无久矣。及是，愈以为诚有。又怪其不为之中州，而列是夷狄，更千百年不得一售其伎，是固劳而无用。神者傥不宜如是，则其果无乎？或曰："以慰夫贤而辱于此者。"或曰："其气之灵，不为伟人而独为是物。故楚之南少人而多石。"是二者，余未信之。

（《小石城山记》）

　　作者在《始得西山宴游记》下笔伊始，就把自己最屈辱、最耻于启口的事实，用一句话"余自为僇人，居是州，恒惴栗"清楚、明白、不加掩饰地袒露在读者眼前。从中可以想知作为编外之员，待罪永州的柳宗元是苦熬了四年之后，方在万般无奈中怀着战栗与悲怆之情，寻隙出游，借此以抒发闷气，抚慰深受创伤的心灵的，不料却因而发现和开拓了久被埋没的永州胜景。柳宗元写《永州八记》的本意和出发点就在这里。也不妨说，它是这组游记的题旨和主脑。这同以游山玩水为旨趣的一般山水游记，在立意和风格上迥然有别。所以，将自己成为罪人的身世同游踪所及的山水自然糅合，不仅表明了立言的初衷，也有助于人们理解作者的情怀与品性，理解作品的深意与内涵，使读者容易被作者的真情实意所动，从而产生心灵的沟通。《永州八记》贯穿始终的创作手法之一，是由人及物、及山水，通过山水自然获得的启迪，反过来加深对社会人生的领悟与感慨。这在《小石城山记》中，可以看得更加清晰。《小石城山记》只用百余字，简洁地刻画了在黄茅岭下发现"石城"的经过，其实那不过是一块积石的断层，却俨然如同天然自成的一座城堡，有门，有洞，有激越的水声，一切景物都显得那么真切、那么神奇。于是，作者引出一段发自衷肠的心曲："吾疑造物者之有无久矣。及是，愈以为诚有。"但是，既然有造物之神造就了小石城山的壮观，因何不将它安置在中原大地以发挥它的作用，却偏埋没在这荒无人烟的边境，以致"千百年不得一售其伎"，难道是造物者有心用它来慰藉那些遭同样命运的贤者吗？或者是故意让灵气多生于美石而不给予人，所以永州之地才会美石多而人才少呢？这一连串对造物者理直气壮的诘问，真是要将天地间的不公不平吐尽方快，虽用曲笔，却发人深省。若是未经受过残酷斗争的折磨和深悲大痛屈辱的人，怎可能从永州小小的山水景物中，兴发出对天地神灵、人间社会如此深沉的宏论？而且刻意用此论作为《永州八记》的收结，同首篇开端的自白与遭际相呼应，其用意之深、用心之切，恐怕也是山水游记文学中所仅见。从艺术的角度上看，将主观之情同客观描写结合得如此淋漓尽致而不显其烦，可以说这是柳宗元这组游记散文在艺术构思上最大的创新。

《永州八记》不仅善于发现与表现自然美，刻画动人的山水风光，又能巧妙地触及社会生活的大变及对民生艰困的隐忧。大家知道，六朝以来，写山水的题材，往往不与社会政治问题挂钩，因此在主张"文以明道"、"文以言志"的唐代古文家的心目中，山水文一类书籍、文字属意义不大的小玩意儿，在古文运动的激流中，简直排不上它的座次，故当时很少有人重视这类题材的散文创作。柳宗元却能通过多侧面、多角度地在开拓山水领域的同时，见缝插针一般，将某些社会民生问题，适当地作了反映，使山水游记的社会现实意义有所突破。请看《钴鉧潭记》所写：

一旦款门来告曰："不胜官租、私券之委积，既芟山而更居，愿以潭上田贸财以缓祸。"
"予乐而如其言。"……

在《钴鉧潭西小丘记》也写道：

丘之小不能一亩，可以笼而有之。问其主，曰："唐氏之弃地，货而不售。"问其价，曰："止四百。"余怜而售之。……
噫！以兹丘之胜，致之沣、镐、鄠、杜，则贵游之士争买者，日增千金而愈不可得。今弃是州也，农民渔父，过而陋之，贾四百，连岁不能售。

这些记述不是真切自然地交代了自己在永州买到廉价弃地的原委了吗？而且，又如实地揭示了官租、私券之灾，带来地价大贬、民不聊生、弃地逃荒等一系列社会民生问题，从而突破了山水不涉及社会问题的传统习惯，不仅在表现手法上有了拓展，也说明了对山水自然的审美，同反映社会生活并非水火不容、毫不相干的，事在人为，贵乎自然而适当。

柳宗元还善于将对自然的审美眼光同审美人的品格巧妙结合，使对自然的审美具有更高的艺术升华。作者在《永州八记》中，如实写出自己与永州山水不期而遇，在彼此的相处中，发现了山水之间往往具有性灵之美，而且能寄寓着人的秉性。于是，对自然的广泛存在和受到冷落，甚至久被埋没于荒原，深感遗憾："即更取器用，铲刈秽草，伐去恶木，烈火而焚之。嘉木立，美竹露，奇石显。由其中以望，则山之高，云之浮，溪之流，鸟兽之遨游，举熙熙然回巧献技，以效兹丘之下。"（《钴鉧潭西小丘记》）细记其文，慢揣其意，能不意会其中蕴藏的人格美的描绘？柳宗元自称在永州所写的游记，是他对自然美的首次重要发现，崭新的感受写出符合自己标准的山水游

记,并作出积极的审思和哲理的评论,给读者丰富的联想和生动的启迪。在《石渠记》中,作者刻意描绘石渠流泉的曲折迂回:

> 有泉幽幽然,其鸣乍大乍细。渠之广,或咫尺,或倍尺,其长可十许步。其流抵大石,伏出其下。逾石而往,有石泓,昌蒲被之,青鲜环周。又折西行,旁陷岩石下,北堕小潭。潭幅员减百尺,清深多儵鱼。又北曲行纡余,睨若无穷,然卒入于渴。

试想,不过是一涓涓细流,却能在巨石的阻压之下,化整为零,伏出其下,终于堕潭入渴。貌似细弱的山泉,不管经过多少曲折纡余,终于到达目的地。这不是写出了同人一样的坚毅意志和百折不挠的性格特征吗?可见审美山水自然同审美人的品格的眼光可以结合,尤其一经作者点化,就能使读者联想翩翩,心境焕然一新。柳宗元的游记就是这样,在自然的审美中使人净化心灵,胸臆升腾,使山水游记含英咀华,具有品味无穷的艺术力。

柳宗元的山水游记是用古文写成的,他运用语言的精美、简洁、清丽,可以说是前无古人,就连毕生致力古文运动,写古文能无所不达的韩愈,在写山水游记这一方面,也存在一块难以企及的地带。韩愈的《燕喜亭记》虽写在柳宗元永州游记文学之前 [贞元二十年(804),时贬阳山令],然而终觉其记事、载道多于写景抒情,故少为后世所传。柳宗元的游记却率先运用"精莹秀澈,锵鸣金石"(《愚溪诗序》)的散文语言,极其生动鲜明,而又出人意外地刻画了永州的山山水水。请看对袁家渴的描绘:

> 渴上与南馆高嶂合,下与百家濑合。其中重洲小溪,澄潭浅渚,间厕曲折。平者深黑,峻者沸白。舟行若穷,忽又无际。
> 有小山出水中,山皆美石,上生青丛,冬夏常蔚然。

再看对石涧的描写:

> 亘石为底,达于两涯。若床若堂,若陈筵席,若限阃奥。水平布其上,流若织文,响若操琴。揭跣而往,折竹箭,扫陈叶,排腐木,可罗胡床十八九居之。交络之流,触激之音,皆在床下;翠羽之木,龙鳞之石,均荫其上。

不仅篇篇各具特色,而且字字珠玑,无有重复。用的都是自由畅达、不受约束之言,却又经过作者千锤百炼,使你觉得多一字不必,少一字不成,自然得来,清丽有加，畅达之中不乏金石之声。即使非画非诗，却又如诗如画，甚至比诗画更富于流动、变化之美。那动人心脾的内蕴，更是使独霸文坛数百年而又讲究文字功夫的骈文相形见绌、望尘莫及的。

明人茅坤说得不错："古之善记山川，莫如柳子厚。"（《茅鹿门先生文集》）柳宗元的游记散文不仅开辟了用散文写游记的创作园地，也为强调重道言志的古文开拓了新的审美领域，并通过自己的大量创作实践，有力地证明了用古文能写出极为动人的山川美景，表达对大自然的崭新感受。同样，游记散文也能充分吐露作者的心曲，反映现实生活、忧患意识和激越情怀，并给人哲理的启迪和思考。

柳宗元对山水游记的这种文体的发展和创作实践的重大创新突破，使长期受到忽略的游记散文得以作为具有独立地位的文学体裁，在中国文学史上正式占有自己的一席。经过柳宗元等人的努力，唐代游记散文才以高度的艺术表现技巧，取代并大大超越了六朝以来用骈文书写的山水记，阔步登上中国山水文学发展史的殿堂，同山水诗一样，成为具有永恒魅力的双葩，游记散文自此大盛，千古不衰。

谢灵运与唐代山水诗的昌盛

谢灵运是晋宋之交的望族后裔，也是东晋宰相谢玄的孙子，袭封康乐公，世居会稽（浙江绍兴）。幼年好学，才华出众，自视也高，本以为可以大干一番事业，却被刘宋朝廷冷落、排挤，直至被当局于元嘉十年（433）以谋反罪，处决于广州，死于刘宋王朝的屠刀之下。不过，史书及后人均不愿详述他那不光彩的死，而乐道于他活着时的创作及名声。他的山水诗名列江左之冠，"每有一诗至都邑，贵贱莫不竞写"（《宋书·本传》）。可见，谢灵运的名字同中国山水诗的发展分不开，而且，也同唐代山水诗的昌盛不可分割。

自魏晋兴起隐逸之风以来，不堪动乱的士子文人，在不断增多的忧患中，乐于借山林薮泽为隐逸的去处，因而，诗歌中对山容水貌的咏唱与描摹，也日益增长。宋初，出生贵族之家的学者、旅游家和诗人谢灵运，也因政治上的累累失意，更执着于优游山川，把潇洒闲逸的生活情趣同表现林泉之美结合，用清新俊朗的诗风，取代沉闷说教的玄言诗，成为第一位将山水自然作为审美主体并取得成功的大诗人。

谢灵运以毕生的努力摹写大自然呈现的繁富多姿，刻画灵山秀水的外在形态，将所见到的山川胜境一一作出精细的描绘，使之再现于读者眼前。这些精美的艺术，沾溉了一代代的诗人与读者，为我国山水诗的勃兴和唐代山水诗的昌盛发展奠定了坚实的基础。

谢灵运本有喜好山水之癖，他自称"守道顺性，乐兹丘园"。当然，他也"自谓才能宜参权要"，有干出一番事业的自信。但从刘裕得势以后，就埋下了谢灵运失势的种子，他在《岁暮》诗中以"明月照积雪，朔风劲且哀"的形象，吐露心中的愁怀。刘裕称帝后，谢灵运显贵的地位日降，少帝即位，更遭冷落，"既不见知，常怀愤愤"，他抑制了参政之欲，从栖隐山林中自寻乐趣。当他被遣出任地处荒僻的永嘉太守之际，就深深体会到自己受了冷落、排挤。于是，痛下决心永绝京师的同僚，怀着与世不遇的怅惘离京出任。从此，肆意遨游，纵情山水，无心政事，直至得罪了权要为有司所纠，死于非命。

"寻山陟岭必造幽峻，岩嶂千里莫不备尽"，表明谢公亲临绝巘、不懈出游的旅程。更可贵者，他足迹所及之处，无不将自己的审美感受营构成动人的诗篇，引导世人把审美的视野扩展到山水自然之中，甚至连人迹罕至的幽壑峰峦，都不辞辛苦，亲自登临，以展现诗人"遗情舍尘物，贞观丘壑美"的才华。经过谢灵运的开创和努力，在中国诗坛上确立了山水诗的独立地位。《文心雕龙·明诗》指出："宋初文咏，体有因革。庄老告退，而山水方滋。"

正是谢灵运的努力实践，才实现了对玄言诗的改革和对山水诗的创造，是他使山水诗从文学的陪衬地位一跃而成独具美学价值的诗体。山水诗的勃兴，大大启发了人们从美学的高度去重新认识自然、赏爱自然。明人陆时雍认为："诗至于宋，古之终而律之始也。体制一变，便觉声色俱开。谢康乐鬼斧默运，其梓庆之镶乎？"（见《诗镜总论·历代诗话续编》）这一见解至今仍具权威性，古诗的发展至刘宋一代已至终点。而讲究格律骈对、声色之美的近体诗从此兴起，谢灵运的刻意摹写和追求艺术技巧的努力，使他成为变革诗歌体制、提高诗歌审美价值的划时代的诗人。

谢灵运山水诗的审美特征，表现在以下三方面：

一、穷貌极物以显自然之美，曲肖幽微以描山姿水态

一位酷爱山水、执着再现山水之美的诗人，为了摄取美妙的自然景观，表现瞬间即变的山姿水态，不仅要不顾行程远近，不惜时光流逝，而且还要有优裕的经济条件，否则想出游、赏景或抒情咏物是绝不可能实现的。谢灵运的山水诗为寻找山水意象的奇景异物，为求形似而获得审美享受，往往顾不得是否繁冗堆砌，总要将大自然的形貌声色似模似样地呈现无遗，又要塑造出具有审美价值的新境界。因此，谢诗的程序往往是叙出游、赏景物、抒情性、悟庄老，结构上由写景到抒情，《晚出西射堂》即是一例：

> 步出西城门，遥望城西岑。
> 连鄣叠巘崿，青翠杳深沉。
> 晓霜枫叶丹，夕曛岚气阴。
> 节往戚不浅，感来念已深。
> 羁雌恋旧侣，迷鸟怀故林。
> 含情尚劳爱，如何离赏心。
> 抚镜华缁鬓，揽带缓促衿。
> 安排徒空言，幽独赖鸣琴。

诗人在永嘉郡的傍晚，独自步出西门，在暮色苍茫中，远眺西山，但见山崖重叠、山色朦胧、霜染枫红，令人顿生羁旅愁思。即使庄子有言在先，亦难平心中苦闷，唯有用琴声慰藉那颗孤独的心。这里所展示的形、貌、声、色构成了一幅秋意盎然的大自然画图，并由秋景引发了乡愁。谢诗写景的手

法极多，时而用白描："野旷沙岸净，天高秋月明。"（《初去郡》）时而雕琢："苺苺兰渚急，藐藐苔岭高。"（《石室山》）时而用对偶："早闻夕飙急，晚见朝日暾。"（《石门新营所住四面高山回溪石濑茂林修竹》）时而用典："扬帆采石华，挂席拾海月。"（《游赤石进帆海》）都是为了从不同侧面揭示大自然的美，给人以艺术的享受。谢诗确实不乏佳句，从其佳句的品赏中，可以清晰地看到诗人对山水胜境的追求和营构的用心。可见，谢公的穷貌极物、曲肖幽微，非轻而易举之事，他刻意摄取大自然的精华，使自然外观的真美能奇妙地再现于诗中，让瞬息万变的自然在诗中可永恒地保留其魅力，这些若无谢公良好的文化素养和大家手笔，是难以胜任的。

二、情景契合、意理相交的审美追求

谢灵运的诗在改造东晋诗人糅玄于景的模式中，致力于突现写景为主的外观自然美，令人流连忘返。还需要有极具吸引力的自然环境吸引诗人，才能努力统一情、理与景的关系，使三者趋于协调，进入情寓于景、写景入情的艺术境界，这是他对更新、开拓山水诗创作的新贡献。

请看：

> 昏旦变气候，山水含清晖。
> 清晖能娱人，游子憺忘归。
> 出谷日尚早，入舟阳已微。
> 林壑敛暝色，云霞收夕霏。
> 芰荷迭映蔚，蒲稗相因依。
> 披拂趋南径，愉悦偃东扉。
> 虑澹物自轻，意惬理无违。
> 寄言摄生客，试用此道推。
>
> （《石壁精舍还湖中作》）

此诗开头四句对精舍周围的景色、晨昏气候之变化及清晖笼罩下令人身心恬淡、流连忘返的山水所作的描写，显然已将自然景象掺和在石壁精舍本身的禅味中。从入舟还湖之后，更细微地刻画舟中所见落日晚照的暮色与湖面芰荷亭立、蒲稗婆娑的温馨。于是，心旷神怡，久久地沉浸在大自然的和谐之中，终于感悟出养生哲理。作者通过大量写景表现自然之美，使人动情，并获得哲理的启迪。

刘勰曾说过："神用象通，情变所孕。物以貌求，心以理应。"（《文心雕龙·神思》）即诗人的神思与自然物象相通，物象孕育着情感的变化，自然的外貌进入心中，必会有灵感反应。这是写诗作文的必由之路，诗无其情则不成其为诗。谢灵运的山水诗，是努力使写景与兴情、悟理相互沟通，前后呼应。这一努力是谢灵运创作的山水诗在审美追求上力求变新所作出的突破。

三、运用鲜明的对比营构恢宏的境界

山水诗能产生动人的魅力，不能满足于对景物的个别形态的描摹，而应不断增添声、色、状、貌的形态美和由山水全貌所构成的空间意识，方可传达变幻无穷的自然魅力。"圣人游于万化之途，万物万化亦与之万化。"（郭象《庄子注》）同圣人的感受相仿，诗人亦应览物而兴怀、悟理。不过，营造物我相交的恢宏境界，并非易事。谢灵运善于选择万化途中最具代表性又能激发人们美感意识的景物，形成强烈的感观对比和时空反差，营构出恢宏的境界，如同白居易所说："大必笼天海，细不遗草树"（《读谢灵运诗》），他的诗给人的审美享受是无穷的。

明月照积雪，朔风劲且哀。（《岁暮》）
林壑敛暝色，云霞收夕霏。（《石壁精舍还湖中作》）
秋泉鸣北涧，哀猿响南峦。（《登临海峤初发强中作，与从弟惠连，见羊何共和之》）
池塘生春草，园柳变鸣禽。（《登池上楼》）

这些优美的佳句，不仅对照鲜明，大细不遗，而且具有空间感，它足以唤起人们的美感经验，调动个人的想象力，丰富诗中的境界，从而获得美的感受。

从艺术技巧的承运而言，谢灵运与陶渊明二人的风格迥异，陶诗浑然而谢诗繁富，各擅其美，不可缺一。沈德潜指出："陶诗之不可及处，在真在厚；谢诗之不可及处，在新在俊。"（《说诗晬语》）的确，田园诗不能没有陶诗的恬淡醇厚，但山水诗亦不能没有谢诗的繁富精美，否则就难以将天地、宇宙、人寰的种种变幻一一刻画、反映出来。我们不妨试读他的《舟向仙岩寻三皇井仙迹》诗：

> 弭棹向南郭，波波浸远天。
> 拂鲦故出没，振鹭更澄鲜。
> 遥岚疑鹫岭，近浪异鲸川。
> 躞屧梅潭上，冰雪冷心悬。
> 低徊轩辕氏，跨龙何处巅？
> 仙踪不可即，活活自鸣泉。

　　此诗动人心弦之处，不在出舟远访黄帝遗迹之举，也不在仙迹不遇的落寞情怀，而在全方位地突出东瓯近海的胜景，那碧波滔滔、天水一色的苍穹，那雾霭茫茫的远山、长鲸吞航的近浪，以及对仕宦所持的冰雪心肠和求仙慕道的热衷之举，全都融汇统一于诗中。诗人承运繁富的笔触，将"万趣融其神思"、（宗炳《画山水序》），营构成恢宏的境界，表现出人与自然相依相存的和谐统一。

　　谢灵运山水诗艺术所创造的审美价值是不能低估的，他的艺术成就奠定了山水诗的独立地位，为山水文学开创了崭新的发展局面，他的创作技巧，对后世诗人的影响十分深远。

　　谢灵运在山水诗创作上的卓越成就，促使山水在诗歌创作中一跃而成为重要题材之一，受到文人普遍的青睐。其后谢朓、鲍照等重要诗人不仅有效地继承了谢灵运山水诗创作的技巧，而且在实践中提高了美学的质素，玄理的尾巴渐消，抒情咏物的气氛趋浓。他们对山水诗创作积累的艺术经验对唐代山水诗的昌盛具有直接而重大的影响。

中国山水诗昌盛于唐朝的原因

任何时代的文学艺术，都不可能离开本时代的土壤；山水诗的发展当然也要受到它赖以生长的自然、社会环境的制约。山水诗能昌盛于唐代，同中国封建社会的历史正发展到它的黄金时代是分不开的。约在公元 7 世纪至 9 世纪，唐帝国同罗马帝国、阿拉伯帝国各据一方，称雄于世，不论政治、经济、文化或是自然地理环境，都为山水诗的繁荣昌盛提供了优越的条件。闻一多先生说过："唐人的生活是诗的生活，他们的诗，是生活化了的。凡生活中用到文字的地方，他们一律用诗的形式来写，达到任何事物无不入诗的程度。"借用这段话来说明唐诗的繁荣是不会过分的。作为唐诗艺苑中的一丛璀璨的鲜花——山水诗，也是在这一沃土中蓬勃地成长并达到了极致。

山水诗昌盛于唐代，究其因由，与唐诗的全面繁荣密切相关。不过，促成山水诗昌盛的因素是多方面的。

第一，时代政治的促进作用。

时代必变，自古皆然。回顾中国从 4 世纪初五胡乱华时起，到唐太宗李世民登位止，经历了长达 286 年的大分裂、大动荡的历史时期。百姓年复一年、代接一代地在战乱不休的恐惧与忧虑中生活。唐王朝的建立和巩固使分裂的土地、破碎的山河，重新连成一个整体，而且随着军事上的胜利，使疆域不仅恢复到秦汉王朝时的版图，甚至更为扩大了。当时在沿边疆域先后设置了六个都督府，以保卫辽阔的中国本土。唐王朝立国 289 年，是中国历史上空前统一、国力最强的封建帝国。

杜佑在《通典》中指出："理道之先，在乎行教化。教化之本，在乎足衣食。"又指出："夫行教化在乎设职官，设职官在乎审官才，审官才在乎精选举。"这就是说，政治的先行者是教育，而教育的基础在于发展经济。只有发展经济，保障百姓丰衣足食地生活，才谈得上发展文化教育。而发展文教事业的目的，又是为了提供能胜任官职的人才。广罗人才的手段是选举（即科举考试）。唐王朝的统一、稳定，有利于经济的迅速发展。强大的经济实力，促进了文教事业的兴旺。一个蒸蒸日上、繁荣昌盛的封建帝国耸立在亚洲的东方。

唐王朝通过科举考试制度和国子监选拔、培养有才学的知识分子，补充、扩大统治阶级的队伍。特别是在高宗调露二年（680），开始了以诗赋试进士的制度，文人得以以文干禄。在文学尚未真正独立之前，文学的发展不得不视政治的趋向而消长。

以诗赋应试的创举，鼓舞了大批出身寒素的知识分子积极从事诗歌创作。

人们为了跻身政坛、一展宏图而辞亲离乡、奔走四方，或赴考应试，干谒交游；或调遣升迁，出塞走边，种种与仕宦有关的行旅、漫游，都为人们游赏山水提供了方便。山水诗正是在这种政治风气中全面繁荣起来的。

《全唐诗》载录两千两百余位诗人，据初步估计，出身寒微的作者约占百分之八十，他们在政治上、文学上都不愧为一支生力军，发挥了影响全局的作用。他们的诗作，既继承传统，又奋力创新。唐代诗人的伟大，在于不仅继承，更有创新，他们在不同的历史阶段，以新的理想、新的姿态，从新的角度、用新的语言投入创作，从而也创新了正在发展的山水诗园地。

第二，统一的多彩多姿的神州大地的自然环境。

正如江南优越的自然地理条件是东晋山水诗兴起的原因之一，统一的多彩多姿的神州大地自然地理环境，是唐代山水诗昌盛的无比丰厚的源泉。

唐帝国屹立于太平洋西岸，拥有一千多万平方公里的领土，不仅是当时世界上经济、文化最发达的国家之一，也是自然地理环境最多样化的地区，足令中华子孙引为自豪。它有堪称世界屋脊的高原，有拔地而起的五岳，有抚膺胁息的蜀道，有咆哮万里的黄河、长江，有浮光耀金的洞庭、鄱阳，有号称人间天堂的长、洛、苏、杭。还有全年少夏的漠北瀚海，长暖无冬的海南琼崖，白雪皑皑的西北崇山，四季常春的东南海岸。这气象万千的山川景致同星罗棋布的古迹名胜交错辉映，是唐代诗人们取之不尽、用之不竭的创作源泉。面对锦绣中华的佳山胜水，把酒临风，触景生情，自尊自信的人格，爱国爱家的情操，对月低吟的逸兴，荣辱皆忘的旷怀，一一与山水交辉，山水诗的内涵因而更充实了。六朝的诗人不曾涉足黄河，置身岱岳，更谈不上亲临瀚海绝域之壮举了，他们的山水诗只吟咏了东南一隅的半壁江山；相比之下，唐代诗人幸运得多，因而胸襟开阔、视野广大。唐代山水诗的质量和数量远远超过了六朝，也是不言而喻的。

第三，唐王朝容许儒、道、释三家并存，形成了思想信仰都比较自由的空气。

在中国思想史上，孔子创建的儒家学派，同老庄所代表的道家学派，孕育于中华本土的文化，唯释迦牟尼创立的佛学是引进的。高僧玄奘曾于7世纪20年代西渡流沙，越葱岭，千辛万苦到印度取经。其实，在中国生根的佛教已是中国化了的。佛家经典中的哲学以及系统分明的心理分析，许多是儒、道学说所未涉及的，因而大大打开了文人士子之茅塞，备受人们欢迎。唐王朝吸取前人治国的经验，对各家学说采取比较宽容的态度，使得诸教并容，鼎足而立。这就从哲学、美学、心理学等方面为山水诗的昌盛，提供了广泛的理论依据。这主要体现在两个方面：其一，当时的学子文人以仲尼、老庄、释氏之说相资互补，研讨、撰注三教教义，形成各自的学派，各适其用，各得其所。同时，在认识论、人生观、世界观和美学理论的一系列问题上，调剂和合，如在人性、伦常上的正当要求，对神仙虚幻的向往，随物而化、一任自然的旷达，以及谈空说无的禅念等，都不知不觉地渗入人们的审美意识中。这种美学观念，反映在山水诗的创作中，则是使山水诗从着眼于景物外形的模范，进而着力于感悟自然的妙趣，捕捉山水的神韵，塑造幽深的意境并从中引发警人的哲理。我们不仅可以从前期诗人张若虚的名作《春江花月夜》中找到例证："江畔何人初见月，江月何年初照人？人生代代无穷已，江月年年望相似。"而且，还可以从积极倡导儒家诗教的白居易、杜牧的诗中找到例证："暗上江堤还独立，水风霜气夜棱棱。回看深浦停舟处，芦荻花中一点灯。"（白居易《浦中夜泊》）"远上寒山石径斜，白云生处有人家。停车坐爱枫林晚，霜叶红于二月花。"（杜牧《山行》）在这些含蕴无穷、耐人寻味的景致中，包孕着深刻的人生哲理，因而大大深化了唐代山水诗的美学内涵。其二，禅宗主张心净土净、超世绝俗的境界，认为"法身遍一切境"，要求僧侣、佛徒都从万物色相、日月星辰、山河大地、泉源溪涧、草木丛林等自然现象的观照中，悟解禅理，体悟内心宁静的理趣，这就在某种程度上与玄学的旨趣相通了，有助于人们培养观赏、体察自然美的习惯和能力。

清人黄宗羲说过："……诗为至清之物，僧中之诗，人境俱夺；能得其至清者，故可与言诗，多在僧也。"唐代隐士、诗僧尤好写山水诗，仅从现存寒山、拾得、贯休的诗中，就可找到不少吟咏山水的篇什。可见，山水诗同以天地为棺椁的老庄思想，同构建于崇山峻岭、幽谷雅境的寺观以及生活于其中的高人雅士最有缘分。这是比较自由的思想信仰给山水诗创作带来的新气象。诗人们透过美的形象、美的境界，艺术地再现山水自然的形态，将心灵的活动交融于宇宙自然之中，去领略生命本体的真义，从而渐渐淡化了那诱惑重重、险恶艰辛的现实人生。可见，在唐代山水诗中反映的种种美学意味，绝不是单一的，而是交融着道、儒、释诸家的艺术精神。

唐代的音乐、舞蹈、绘画、书法各呈异彩，相互滋补。对山水诗的表现技巧有直接促进作用的，是山水画的盛行。从李思训父子讲究笔法精工、着色浓丽的典雅山水画，到以王维为典范的重写意、求神似的萧疏淡远的水墨山水画，通过画家兼诗人的王维，直接影响到山水诗的创作，诗情画意，水乳交融，使山水诗的意境达到最美妙的艺术结合。

山水诗在唐朝的流变与创新

　　唐代山水诗登上了艺术的峰巅，并非一朝一夕突然成功的，它有自己近三百年漫长的流变过程，大致上可分为四段。

一、初唐

　　唐太宗致力于文风改革，提倡文质并重。到高宗、武后执政的半个世纪，新一代知识分子迅速成长，诗人队伍不断壮大，山水诗开始具有新的面貌，诗风从绮靡、板滞向明丽、疏阔流变。"四杰"、陈子昂、张若虚、沈佺期、宋之问等新秀登上诗坛，他们的诗清纯、美丽、疏阔、昂扬，从工于藻饰向雅淡自然发展，山水诗的内涵和形式也在充实、扩大。诗人们有意将山水诗和田园诗糅合为一："东皋薄暮望，徙倚欲何依。树树皆秋色，山山唯落晖。牧人驱犊返，猎马带禽归。相顾无相识，长歌怀采薇。"（王绩《野望》）这是一首山水胜景和田园乐趣交融的好诗，在审美意识与创作手法上，对后人都有启迪作用。

　　初唐四杰是唐诗开创期负起时代使命的诗人。其山水诗既挣脱了纤微细弱诗风的束缚，又在继承前代艺术经验的基础上充实内涵、完善形式，使唐诗从宫体与台阁的小圈子中闯出新路，走向山川、原野和边塞，为唐诗攀登艺术的峰巅揭开了序幕。四杰的山水诗是新时期、新风尚的代表。例如：

巫山望不极，望望下朝氛。

莫辨啼猿树，徒看神女云。

惊涛乱水脉，骤雨暗峰文。

沾裳即此地，况复远思君。

（卢照邻《巫山高》）

故人无与晤，安步陟山椒。

野静连云卷，川明断雾销。

灵岩闻晓籁，洞浦涨秋潮。

三江归望断，千里故乡遥。

劳歌徒自奏，客魂谁为招。

（骆宾王《冬日野望》）

三峡七百里，唯言巫峡长。
重岩窅不极，叠嶂凌苍苍。
绝壁横天险，莓苔烂锦章。
入夜分明见，无风波浪狂。
忠信吾所蹈，泛舟亦何伤！
可以涉砥柱，可以浮吕梁。
美人今何在？灵芝徒自芳。
山空夜猿啸，征客泪沾裳。

(杨炯《巫峡》)

　　卢诗在模山范水、兴情抒意方面颇具清新气息；骆诗则在借景抒怀、托物言志方面有更多情真调苦的味儿。杨炯的《巫峡》同卢照邻的《巫山高》都以巫峡的山水为吟咏题材，但杨炯的诗容量更大，感受更多，有较强的整体意识，其山容水貌也更显得真切动人。

　　王勃才高寿短，他所写的山水诗却居四杰之首，并在唐诗革新中具有突击手的作用。例如《咏风》一诗：

肃肃凉风生，加我林壑清。
驱烟寻涧户，卷雾出山楹。
去来固无迹，动息如有情。
日落山水静，为君起松声。

　　诗人刻画风生林壑的自然图像与音响之美，给人生机勃勃、情意深长的暗示，为山水诗开创了寓意于景的先例，给人余味无穷的遐想。虽为五古，却有向律体过渡的明显印记。尤其值得注意的是《泥溪》一诗，它是用五言排律写成的山水纪行诗，系王勃赴交趾省父途中之遗作。诗人将泥溪的山水写得鲜活，结句将读者从山水游赏导向对社会人生的思考，尤有深意。

　　陈子昂对初唐山水诗也有开拓革新之功，如《度荆门望楚》：

遥遥去巫峡，望望下章台。
巴国山川尽，荆门烟雾开。
城分苍野外，树断白云隈。
今日狂歌客，谁知入楚来。

诗人选取富于地区特色的美妙景物，字里行间充满浓郁的乡情，迷蒙中寄托着对前程的憧憬，达到情因景发、景中含情的境界。这种通过山水景物映衬内在情怀的写法，同谢灵运首创的写景、兴情、悟理的呆板程序相比，显然是有所突破了。

沈佺期、宋之问是武后统治时期诗坛上最负盛名的作家。他们前期的诗作，文风较为浮艳，后期流贬南荒，写了一些情意真切的山水诗，这些诗视野扩大了，又精于属对，艺术水平较高，对唐人山水诗的律化有较大的影响。

开元初出现了一群写吴越家乡秀媚山水的文人，如贺知章、张若虚、张旭、包融、万齐融、贺朝、邢巨等，世称吴越之士，曾以文辞俊秀而扬名于上京。贺知章、包融先后受到张说、张九龄的引荐，曾任朝官。可惜，诗名虽大而存诗不多，故难成气候，唯有张若虚的《春江花月夜》大胆吸取宫体诗描写细腻、语言清丽的特长，用惊人的魄力，使诗的面貌焕然一新，成为自然风光、社会人生、宇宙哲理交相辉映的佳作。《春江花月夜》的诞生，预告了唐人山水诗即将以动人心弦的魅力，把诗的境界升华到前所未有的新水平。

张九龄是盛唐文风的开先者，他既是开元盛世德才兼备的贤相之一，又是一代文宗，在政绩与诗文领域都有杰出贡献。张九龄首创情思深远的清淡一派，又将"以形写神"的绘画理论扩大到山水诗的创作中，提出"尝以风月在怀，江山为事。簿领何废？形胜不辜，既好乐而不荒，亦上同而不混"；"物色起殊乡之感，谁则无情，而道术得异人之资，吾方有适"（《曲江张先生文集》卷16《姚令公答书》）。这就是说创作山水诗不仅要扬江山之美，绘出自然山水的千姿百态，更要寓情于景，传出此时此际诗人心中的种种感受。这种从理论上强调寓情于山水，因山水以抒情的主张，同模山范水、谈玄明理的六朝山水诗相比，无疑是一次质的升华。

张九龄的山水诗不仅刻画清丽自然的景色，而且在山水的感染下，以人化了的山水形象抒写自我襟怀及审美情趣。请看他著名的《湖口望庐山瀑布水》诗：

> 万丈洪泉落，迢迢半紫氛。
> 奔流下杂树，洒落出重云。
> 日照虹霓似，天清风雨闻。
> 灵山多秀色，空水共氤氲。

诗人突出庐山瀑布与天地共存的雄姿，不仅刻画山水之外观形态，更把握住山水的精微妙谛，从所咏叹的万丈洪泉中，找到了自我人格的体现，从中可以看到张九龄的风神品貌。

胡应麟指出："唐初承袭梁、隋，陈子昂独开古雅之源，张子寿首创清淡之派。盛唐继起，孟浩然、王维、储光羲、常建、韦应物本曲江之清淡，而益以风神者也。"（《诗薮》内篇卷2）这就将陈子昂、张九龄两位开路人在初、盛唐交替时期的作用及影响，作了有力的说明。

二、盛唐

盛唐山水诗的昌盛，首先应归功于孟浩然和王维。

孟浩然的创作题材主要来自隐居及漫游，是他首先将田园诗同山水诗合流，形成盛唐山水田园诗的一代风气。他的诗兼有田园诗的高雅闲逸和山水诗的清新境界：

> 东旭早光芒，渚禽已惊聒。
> 卧闻渔浦口，桡声暗相拨。
> 日出气象分，始知江湖阔。
> 美人常晏起，照影弄流沫。
> 饮水畏惊猿，祭鱼时见獭。
> 舟行自无闷，况值晴景豁。
>
> （《早发渔浦潭》）

孟浩然确实使盛唐山水诗增添了生活气息和田园色彩，他的诗平易清新，常于冲淡中溢出浑健的豪气，他是盛唐山水田园诗派的开创者和杰出诗人。

王维是盛唐诗人中一位不可多得的全才。他精诗、善画、妙通乐理，书法造诣也深。他接受儒家、道家思想，又是禅宗的信徒，能用禅宗眼光观察自然，达到特殊的审美境界。他的山水诗不仅有浓郁的画意诗情，更兼有空灵的境界及音响的迷人效果。

他的艺术成就体现在三个方面：

一是"诗中有画"的诗画美。用画意作诗，凭诗情绘画，使山水诗画互为渗透。他的山水诗不仅体现画师的构图、色彩和造型之美，还能充分表现山光水色在时空瞬变中的神韵。他以诗人的情愫、画家的彩笔，用优美的诗句绘出万里山河的绝妙画境。对种种景观的远近、浓淡、疏密、明暗甚至连动中之静、静中之动的微妙变化，都能栩栩如生地镂刻出来。请看：

> 太乙近天都，连山到海隅。
> 白云回望合，青霭入看无。
> 分野中峰变，阴晴众壑殊。
> 欲投人处宿，隔水问樵夫。
>
> （《终南山》）

这是王维以画入诗的力作，突破了以往山水诗人刻意求实的描摹手法，使诗歌具有浓郁的诗画美。符曾题序说："昔人称诗为有声画，画为无声诗，二者罕能并臻其妙。右丞擅诗名于开元、天宝间，得唐音之盛，绘事独绝千古。所谓无声之诗、有声之画，右丞盖兼而有之。"（《王右丞集笺注》卷之末）

二是形神兼似的空灵美。王维的山水诗既继承了二谢的工笔精细、注重形象实感的长处，又能以禅入诗，从直感、直叙跃进妙想入神的境界。请看：

> 楚塞三湘接，荆门九派通。
> 江流天地外，山色有无中。
> 郡邑浮前浦，波澜动远空。
> 襄阳好风日，留醉与山翁。
>
> （《汉江临眺》）

假如将此诗同谢灵运的名作《登池上楼》作一比较，可以清楚看到谢诗十分注意视觉前后、上下、高低、远近展开，给人鲜明的立体感和真切感。此诗写江形水势，将天地之外的江流和似有似无的山色、城邑，虚笔实写浑然一体，从而把汉江的辽阔悠远、襄阳城耸立江畔的神姿，以及诗人闲逸自得的心境，绝妙地展现在读者面前。王维吸收禅宗的超然脱俗，以佛家的眼光观察世界，所谓"山河天眼里，世界法身中"。同时又将佛教的空寂之境，作为人生的归宿。因此，他的诗作呈现出"空灵境界"，这正是他的山水诗臻于极致的一个标志，也是他的诗形神兼似的最好解释。

三是和谐统一的音响美。王维凭着自己对音乐的特殊修养，在创作山水诗时，往往能比别人更敏锐地感受并精确地把握山水自然的天籁，通过富于诗意的语言，作有声有色的传达：

> 背岭花未开，入云树深浅。

清昼犹自眠，山鸟时一啭。

（《李处士山居》）

寥落云外山，迢递舟中赏。
铙吹发西江，秋空多清响。

（《送宇文太守赴宣城》）

人闲桂花落，夜静春山空。
月出惊山鸟，时鸣春涧中。

（《鸟鸣涧》）

从以上诗例可以看出，诗人不仅写出了山水中律动的自然天籁，也通过某种自然音响传达诗人的情意，透露人同自然相契的和谐，从而构成宇宙万物生机无限、绚丽多姿的浑然之美。

王维山水诗有很高的审美价值，无论是吸取绘画、音乐的艺术美，或是浑然天成的格调、澄淡雅丽的意境和独具特色的情韵意趣，都充分表明他已经将盛唐山水诗的审美艺术推向高峰，在山水诗史上享有崇高的地位。

李白、杜甫都非纯粹的山水诗人，但是，李杜山水诗的成就却远远超出一般山水诗人，故在山水诗史上，占有特殊的位置。

李白用自己的天才纵情讴歌伟大祖国的壮丽山川，杜甫则是以血泪与破败山河共命运的伟大诗人。没有李杜光芒四射的山水诗，就不可能创造出唐代山水诗登峰造极的鼎盛局面。

唐代山水诗的显著成就之一是向西北边塞开拓，寥廓广袤的塞外山河，以另一种风貌展现在我们面前：

玉门山嶂几千重，山北山南总是烽。
人依远戍须看火，马踏深山不见踪。

（王昌龄《从军行》之七）

火山今始见，突兀蒲昌东。
赤焰烧虏云，炎氛蒸塞空。
不知阴阳炭，何独烧此中？
我来严冬时，山下多炎风。
人马尽汗流，孰知造化工！

（岑参《经火山》）

这些边塞山水诗展示的塞外奇观,给人耳目一新之感。诗人们从亲临目睹的境况中,自然而然地把山水的范围,从大江南北、黄河上下,延伸至漠北、安西的漫长边陲地带。无论题材还是艺术体验方面,都有明显的突破。

三、中唐

中唐山水诗的发展,大致可分为两个阶段,前段吟咏山水的诗人众多,却名气不大,诗坛相对显得静穆,刘长卿、韦应物、大历十才子等人的山水诗,还带着盛唐的余韵,颇有情致。后段相继涌现出一批不同风格的诗派及风采各异的新星,大大活跃了中唐的山水诗坛。如韩愈、柳宗元、孟郊、张籍、元稹、白居易、刘禹锡等名噪古今的大诗人,都各有成就。其中韦、柳、韩、白自成一家,更有代表性。

韦应物的五言山水诗"高雅闲淡",善借山水景物以抒怀亲念故之情:

> 前舟已眇眇,欲渡谁相待?
> 秋山起暮钟,楚雨连沧海。
> 风波离思满,宿昔容鬓改。
> 独鸟下东南,广陵何处在?
>
> (《淮上即事寄广陵亲故》)

诗人借助眼前所见的秋山暮钟、江上烟雨、独鸟飞归之景色,构成凄迷寂寞的气氛,以烘托怀念亲故的心情。诗中意境深远,具有"真而不朴,华而不绮"的韵致。

韦应物的写景绝句,也美妙动人:

> 独怜幽草涧边生,上有黄鹂深树鸣。
> 春潮带雨晚来急,野渡无人舟自横。
>
> (《滁州西涧》)

仅用淡淡数笔,就勾画出一幅春雨、荒山的画图,既有苍茫景色,又隐含诗人的情思,最能体现韦应物山水诗的艺术境界。

韩愈的山水诗虽然不多,但自创一格,独具个性。司空图评曰:"韩吏部歌数百首,其驱驾气势,若掀雷挟电,撑扶于天地之间,物状奇怪,不得不鼓舞而徇其呼吸也。"(《题柳柳州集后》)这正道出了韩诗的特色。这一特点，在其山水诗中尤为突出。如他的《南山》诗，运用汉赋排比铺叙的手法，描述终南山的形势及其四时景色的变化，气象瑰玮，物态险异，反映了自然美中奇特的一面。但是，由于他"醉心于拗中取奇，因难见巧"，极力搜罗奇字，追求险拗，在长达一百〇二韵的诗中，竟押险韵，一韵到底；并连用"或"字五十一，叠字十四，其排纂铺张，比汉赋更为突出。这就不能不使诗的美感受到某种程度的损害，有时会显得艰涩难读。不过，也有别具风格的佳作，如《山石》：

> 山石荦确行径微，黄昏到寺蝙蝠飞。
> 升堂坐阶新雨足，芭蕉叶大栀子肥。
> 僧言古壁佛画好，以火来照所见稀。
> 铺床拂席置羹饭，疏粝亦足饱我饥。
> 夜深静卧百虫绝，清月出岭光入扉。
> 天明独去无道路，出入高下穷烟霏。
> 山红涧碧纷烂漫，时见松枥皆十围。
> 当流赤足踏涧石，水声激激风吹衣。
> 人生如此自可乐，岂必局束为人靰？
> 嗟哉！吾党二三子，安得至老不更归？

此诗用散文笔调，记述黄昏抵达山寺，天明离寺下山的游历，从中描绘山中景致。它如同一幅山水长卷，一句一景，一句一境。在通体清峻中，时而点染几笔浓丽色彩，时而诱发几声轻淡音响，给人新鲜异样的感觉。语言流畅自然，全无斧凿迹象，处处洋溢着对大自然的热爱与眷恋，透露出政治上的不平之气。确是山水长篇中的佳作。

韩愈将奇险的语言风格及散文的章法引入山水诗中，别开生面地扩大了山水诗的创作领域，为韩派诗风奠定基础，其影响是深远的。孟郊、贾岛、李贺等诗人的诗风，都属于韩愈的险涩一派，不过各有自己的个性特点。

以通俗浅近而享有盛名的诗人有白居易、元稹、李绅、张籍、王建，他们的诗风以平易见长，故称为元白诗派。这一诗派以自己的特色闯开了山水吟咏的大门，创造了雅俗共赏的新局面，甚得中下层群众的欢迎，在国内外都赢得了声誉。请看以下几首诗：

> 一道残阳铺水中，半江瑟瑟半江红。
> 可怜九月初三夜，露似真珠月似弓。
>
> （白居易《暮江吟》）

湖上春来似画图，乱峰围绕水平铺。
松排山面千重翠，月点波心一颗珠。
碧毯线头抽早稻，青罗裙带展新蒲。
未能抛得杭州去，一半勾留是此湖。

（白居易《春题湖上》）

日暮嘉陵江水东，梨花万片逐江风。
江花何处最断肠？半落江流半在空。

（元稹《使东川·江花落》）

瘴水蛮中入洞流，人家多住竹棚头。
一山海上无城郭，唯见松牌记象州。

（张籍《蛮州》）

这些诗格调明快，语浅情深，于平易中见新奇，把屡见不鲜的题材，提炼成新鲜动人的诗境，给人留下美好的境界。这些来自现实山水的描绘，却比现实更美丽、更有诗意。正是"看似寻常最奇崛，成如容易却艰辛"（王安石语）。刘熙载说得公道："常语易，奇语难，此诗之重关也。香山用常得奇，此境良非易到。"（《艺概》）我们确实不能低估通俗平易的元白诗派对山水诗发展的贡献。

除韩孟、元白两大诗派外，柳宗元、刘禹锡写的山水诗也是中唐山水诗中的佼佼者。他们的山水诗蕴藏着强烈的政治感愤和对理想的追求。柳宗元自称"投迹山水地，放情咏离骚"（《游南亭夜还叙志七十韵》）。凡读其诗无不受到感染，并从中感受到时代脉搏的跳动。

瘴江南去入云烟，望尽黄茆是海边。
山腹雨晴添象迹，潭心日暖长蛟涎。
射工巧伺游人影，飓母偏惊旅客船。
从此忧来非一事，岂容华发待流年。

（《岭南江行》）

海畔尖山似剑铓，秋来处处割愁肠。
若为化得身千亿，散上峰头望故乡。

（《与浩初上人同看山寄京华亲故》）

千山鸟飞绝，万径人踪灭。

孤舟蓑笠翁，独钓寒江雪。

（《江雪》）

这些诗寓激越的情怀于清新澄淡的诗境中，又善于在清幽寂静中感物兴怀，以显示凛然无畏的自我形象。苏轼曾评道："独韦应物、柳宗元发纤秾于简古，寄至味于淡泊。"（《书黄子思诗集后》）为此，以后的诗评家皆将柳宗元与韦应物相提并论。尽管韦、柳二人都善于用简朴的文笔描摹山水美景，但二人的思想情调却不一样。柳诗寓意良深，能于简古中见纤秾，淡泊中有至味。

刘禹锡的政治遭际虽与柳宗元近似，不过他乐观开朗，于逆境中常以诗文自励，"沉舟侧畔千帆过，病树前头万木春"，以豁达、自信之豪情，作为创作山水诗的基调，故有一代诗豪之誉。他的山水诗几乎都是在永贞革新失败后远贬荆蛮时所写：

山明水净夜来霜，数树深红出浅黄。

试上高楼清入骨，岂知春色嗾人狂。

（《秋词》之二）

这种于清冷肃穆中见壮美的景象，正是诗人处在严峻环境考验中的艺术写照。

刘禹锡长期被贬谪在穷乡僻壤，他从民歌中找到了一种通俗的艺术形式，使山水咏唱更有生活气息，豁达流畅，如：

江南江北望烟波，入夜行人相应歌。

桃叶传情竹枝怨，水流无限月明多。

（《堤上行三首》之二）

歌词清新活泼，形象生动，宛转悠扬，成为可以雅俗共赏的新诗篇，为中唐山水诗添注了新鲜健康的血液，这一贡献是要大加赞许的。值得注意的是，诗中的九华山不仅是自然本身的艺术再现，而且是世上被排挤、弃置的有才之士的象征，诗人借以抒发心中的不平。这种因物及人的联想，仅仅是托物寓意，诗人始终围绕着九华山歌吟。这也是刘禹锡山水诗在表现手法上的创新。

刘禹锡在赴夔州上任途中，有《松滋渡望峡中》诗：

> 渡头轻雨洒寒梅，云际溶溶雪水来。
> 梦渚草长迷楚望，夷陵土黑有秦灰。
> 巴人泪应猿声落，蜀客船从鸟道回。
> 十二碧峰何处所？永安宫外是荒台。

这首诗写诗人在松滋渡西眺三峡，描写了三峡沿岸望不可及的蜀川风光，尤其"巴人"、"蜀客"两句的特写，将蜀地山川概括得惟妙惟肖。通过峰峦草木的眼前景物，引出对遥远历史的遐想，托古寓今，意味无穷。像这类寄托深远的山水名篇，还有《望夫山》、《麻姑山》等，都值得一读。

刘禹锡长期被贬谪在穷乡僻壤中，他善于向民间学习，找到了一种生动通俗的艺术形式，即《竹枝词》、《杨柳枝词》等民歌体，借以咏唱山水。现摘录几首如下：

> 巫峡苍苍烟雨时，清猿啼在最高枝。
> 个里愁人肠自断，由来不是此声悲。
> （《竹枝词九首》之八）

> 江南江北望烟波，入夜行人相应歌。
> 桃叶传情竹枝怨，水流无限月明多。
> （《堤上行三首》之二）

> 城西门前滟滪堆，年年波浪不能摧。
> 懊恼人心不如石，少时东去复西来。
> （《竹枝词九首》之六）

> 九曲黄河万里沙，浪淘风簸自天涯。
> 如今直上银河去，同到牵牛织女家。
> （《浪淘沙词九首》之一）

寒山，不知何许人也，生卒年至今难考。他居浙江天台山寒岩，隐姓埋名，人称寒山子。他的形象在一般人心目中颇具传奇色彩。关于寒山生活的年代，众说纷纭，一说贞观中，一说天宝后。因他长年独居山林，不与世人交往，加上地位低微，不入史册，目前仍难确论，故暂存疑，姑且放在本章来介绍。寒山诗中有云："老病残年百有余，面黄头白好山居。布裘拥质随缘过，岂羡人间巧样模。心神用尽为名利，百种贪婪进已躯。浮生幻化如灯烬，家内埋身是有无。""昔日经行处？今复七十年。故人无来往，埋在古冢间。今余头已白，犹守片云山。"可知寒山寿高命长，经历过许多改朝换代的变迁，但他蔑视功名富贵，批判贪婪权术，与云霞为友，以青山为家。在寒山的诗中还透露，他隐居前曾有妻室，隐居后还回去探望过，"却归旧来巢，妻子不相识"（《白鹤衔苦桃》），估计他是属于隐士类型的人。

寒山的诗有很多啸傲山林、追求精神彻悟及身心自由的内容，颇有耐人寻味的哲理。现选录几首如下：

　　　　粤自居寒山，曾经几万载。
　　　　任运遁林泉，栖迟观自在。
　　　　寒岩人不到，白云常叆叇。
　　　　细草作卧褥，青天为被盖。
　　　　快活枕石头，天地任变改。

　　　　千年石上古人踪，万丈岩前一点空。
　　　　明月照时常皎洁，不劳寻访问西东。

　　　　登陟寒山道，寒山路不穷。
　　　　溪长石磊磊，涧阔草濛濛。
　　　　苔滑非关雨，松鸣不假风。
　　　　谁能超世累，共坐白云中？

　　　　云山叠叠连天碧，路僻林深无客游。
　　　　远望孤蟾明皎皎，近闻群鸟语啾啾。
　　　　老夫独坐栖青嶂，少室闲居任白头。
　　　　可叹往年与今日，无心还似水东流。

寒山的诗，用十分活泼、通俗的语言，记载诗人简朴、潇洒、与大自然合一的生活情趣。从语言的浅俗流畅而论，其诗风同元结、顾况较为相近。不过，诗人无心恋俗，不食人间烟火，又与儒家诗教大不一样。寒山对世俗的虚伪、官场的奸诈，了如指掌，讥诮、嘲弄不留余地。他纵情咏唱大自然同人类天性的和谐，执意追求自由寂静的人生理想。他的山水诗显示出坦荡、平和、淡泊、自信的心境，刻意吟咏置身在寒岩深涧、寂寂山林，与鸟兽同歌的禅境。寒山的诗不受平仄格律的束缚，活泼而有变化，诗中"有工语，有率语，有庄语，有谐语"（《四库全书总目提要》卷一四九），因此深受民间喜爱。寒山也自歌曰："寒山深，称我心。纯白石，勿黄金。泉声响，抚伯琴。有子期，辨此音。"他深深自信，有朝一日，自己的诗歌会有知音。历史证实了他的预言。早在元代时，寒山的传说和诗集，就流传到日本，至今在美国、法国和日本等国仍大受欢迎。我们认为，寒山诗中写山水的分量不少，而且有个性、有特色，是通俗诗派的代表，因此，在中国山水诗史中应当有他的一席地位。

四、晚唐

诗歌发展到晚唐（825—907），往往容易使人产生某种错觉，以为已是"强弩之末"了。其实，就山水诗而言，晚唐的山水诗不仅数量可观，而且艺术上的发展亦未止步，能自成风格。特别是杜牧、李商隐、张祜、许浑、温庭筠等诗人，不仅大量写山水诗，而且不少佳篇堪媲美前人，成为晚唐山水诗坛的大家。

杜牧（803—852），字牧之，京兆万年（今陕西西安市长安区）人。出身世家望族，祖父杜佑是三朝宰相。受祖父的影响，牧自幼聪明好学，博览群书，少年及第，以"平生五色线，愿补舜衣裳"自负。不过，在牛李党争的干扰下，仕途并不得意。又因写过"十年一觉扬州梦，赢得青楼薄幸名"的自忏诗而被曲解为浪荡公子，颇受委屈。杜牧的山水诗各体兼备，格调清新，情采俊丽，潇洒有致。尤以七言绝句称著，有"辞情俱胜"之誉。

下面请看几首体裁不同的诗：

> 暖云如粉草如茵，独步长堤不见人。
> 一岭桃花红锦黻，半溪山水碧罗新。
> 高枝百舌犹欺鸟，带叶梨花独送春。
> 仲蔚欲知何处在，苦吟林下拂诗尘。
>
> （《残春独来南亭因寄张祜》）

这首诗是写于池州南亭的七律佳作。池州是个山水优美的好地方，杜牧调任池州刺史时，曾同张祜携手同游，遍访该地的山水名胜。张祜走后，杜牧又独来南亭，触景生情，写诗以寄。此诗除尾联两句借典隐喻，以表彼此情意相投，无心于官场的争逐之外，全首各句都刻意描写春色明丽的自然景象，构思新巧，语言浅切，属对精工，却又韵味深长。透过对春景的描写，展现暮春江南的风光，且隐含着对官场的不满和对友人的情谊。因此，张祜读后深为感动，立即和诗一首，以表别后难聚的痛惜。

杜牧也爱用五律写风光秀丽宜人的山川。如：

> 州在钓台边，溪山实可怜。
> 有家皆掩映，无处不潺湲。
> 好树鸣幽鸟，晴楼入野烟。
> 残春杜陵客，中酒落花前。
> （《睦州四韵》）

> 邀侣以官解，泛然成独游。
> 川光初媚日，山色正矜秋。
> 野竹疏还密，岩泉咽复流。
> 杜村连滴水，晚步见垂钓。
> （《秋晚与沈十七舍人期游樊川不至》）

这两首诗都是气韵清拔、音调俊逸的佳篇。诗人于三言两语之间，就将睦州和樊川两地最富于特征性的山光水色和远近的岩泉风烟摹画得恰到好处，引人入胜。语言优美而明快，蕴含着豪逸之情。

七绝是杜牧诗歌中的精华，格调清新，情采俊丽，写景抒情，言微旨远，以独特的诗风为晚唐诗坛添增了光彩，开辟了新境。

请看：

> 溶溶漾漾白鸥飞，绿净春深好染衣。
> 南去北来人自老，夕阳长送钓船归。
> （《汉江》）

> 青山隐隐水迢迢，秋尽江南草未凋。
> 二十四桥明月夜，玉人何处教吹箫？
> （《寄扬州韩绰判官》）

千里莺啼绿映红，水村山郭酒旗风。
南朝四百八十寺，多少楼台烟雨中。

（《江南春》）

108

远上寒山石径斜，白云生处有人家。
停车坐爱枫林晚，霜叶红于二月花。

（《山行》）

以上绝句，不论是汉江江景、扬州风貌，还是江南春光，都写得风物流丽、虚实相间，深沉委婉而又韵味无穷，沈德潜推为唐人七绝的"绝唱"。尤其是《山行》一篇，别出机杼。诗人不仅深情地赞美苍茫挺拔的秋山、经霜更艳的枫林，而且寓哲理于诗情画意之中，将传统的悲秋情调，升华到热烈劲爽的崭新境界，给人很深的启迪。杜牧的五绝，也有令人赞叹的佳作。如《长安秋望》：

楼倚霜树外，镜天无一毫。
南山与秋色，气势两相高。

从长安远眺终南山的雄伟峻挺，在洁净爽朗的秋色映衬下，更显得气势不凡。这首诗被后人誉为"警绝"之作（见陈师道《后山诗话》）。

可见，杜牧的山水绝句确实独具一格，颇兼李杜风采，是晚唐诗人的佼佼者。清人王士禛谓："晚唐绝句，以刘宾客、杜紫微为神诣。"缪钺先生称杜牧绝句"能够做到精炼、含蓄、婉曲、深折，用旁敲侧击之法，表达丰富的情思，摹写生动的景象，以少胜多，耐人寻味"。这是十分确切的。

与杜牧同时，风格相近的诗人有张祜、许浑等。

张祜，字承吉，清河（今河北清河县）人，以宫词得名。他的山水诗爱写山寺风光，如："楼台耸碧岑，一径入湖心。不雨山长润，无云水自阴。"（《题杭州孤山寺》）取景新巧别致。间中也有境界开阔、疏野旷放的佳篇。如：

山色远含空，苍茫泽国东。
海明先见日，江白迥闻风。
鸟道高原去，人烟小径通。
那知旧遗逸，不在五湖中。

（《题松汀驿》）

此诗勾画的是太湖一带的山光水色，气象壮阔，情蕴颇深，将访友不遇的怅惘之意，融汇于远山泽国、海日江风之中。

许浑，字用晦，润州丹阳（今江苏丹阳县）人。晚年病居润州丁卯桥畔村舍，自辑《丁卯集》。许浑尤爱登高怀古，乐游林泉。其诗格调豪丽。如《早秋三首》之一：

> 遥夜泛清瑟，西风生翠萝。
> 残萤栖玉露，早雁拂金河。
> 高树晓还密，远山晴更多。
> 淮南一叶下，自觉老烟波。

全诗没有一个秋字，却将从夜深到拂晓，远山近水的早秋景象尽置耳目之前，正是"不着一字，尽得风流"的手法。

李商隐（812—858），字义山，别号玉溪生、樊南生。祖籍怀州河内（今河南沁阳市），从祖父起迁居荥阳（今河南郑州市）。他出身于破落贵族和下级官吏家庭。十九岁时，接受令狐楚的培养，与楚子令狐绹有同学之谊。二十五岁登进士第。后来在泾原节度使王茂元幕中任书记，王赏识其才，以女许之。但是，王茂元是李党人物，而令狐父子则是牛党头目。从此，他陷身于牛李党争的纠葛中，成为不幸的牺牲品。李商隐的妻子及岳父王茂元去世后，他终身坎壈不遇，连个人家庭生活也是十分凄凉的。他自谓："四海无可归之地，九族无可倚之亲。"（《祭裴氏姊文》）他的文友崔珏也说他"虚负凌云万丈才，一生襟抱未曾开"（《哭李商隐》）。可见李商隐的一生，比一般科场考试落第和仕途失意的文人更凄苦。也许正因为如此，才造就了他的文才，形成他独具魅力的深沉绵渺的诗风。

李商隐的山水诗善于以特殊的感受，将自然景象完全心象化。他所写的山山水水都重在言情，而又曲折深婉，具有含义深而情味浓，令人寻味不已的特色。如下面两首《乐游原》是分别在不同时间写的：

> 向晚意不适，驱车登古原。
> 夕阳无限好，只是近黄昏。

> 万树鸣蝉隔岸虹，乐游原上有西风。
> 羲和自趁虞泉宿，不放斜阳更向东。

110

　　这两首诗所咏叹的，都是古原上黄昏的夕照。大自然的律动及不可挽回的落日余晖，触动了诗人的情怀，由此而萌发出象外之象、景外之景，使人从中隐约地意识到，诗人不仅写景，也写出了自己感情的黄昏，并影射唐王朝日益衰落的命运，从而引发对时局的忧思、对命运的喟叹。特别是"羲和自趁虞泉宿，不放斜阳更向东"两句，用神话故事含蓄地表达了时不再来的惋惜之情。"夕阳无限好，只是近黄昏"两句，则在吟咏自然的变幻中，深寓哲理，成为发人深省的千古绝唱。二诗既刻画了古原夕照的绝美画图，又深情婉曲地表达了诗人对自然、对国家的挚爱和感慨，内涵极丰富，体现出李商隐山水诗典型的"语不涉难，已不堪忧"的婉曲风格。

　　又如《楚吟》一诗，因见巫山、楚宫而思及襄王、宋玉，思古及今，忧从中来：

　　　　　山上离宫宫上楼，楼前宫畔暮江流。
　　　　　楚天长短黄昏雨，宋玉无愁亦自愁。

　　李商隐在《有感》中云："非关宋玉有微辞，却是襄王梦觉迟。一自高唐赋成后，楚天云雨尽堪疑。"对宋玉写《高唐赋》的用心，作了精彩的解释。在此，诗人不涉史事，也不发议论，只是精心地刻画富有感发意义的山水景物，通过环境气氛的渲染，引导读者驰骋想象，去心领神会其中语带双关的诗意，进而领悟诗人对晚唐国运的隐忧。叶燮云："李商隐七绝寄托深而措辞婉，实可空百代无其匹也。"（《原诗》）即使未必"可空百代"，然而，就其写山水的七绝来说，他借山水以寄情的精妙手法，确是别具一格、无可比拟的。

　　李商隐也擅长用律诗写山水，他的山水五律，兴寄深远，格调高迈；七律则典对精切，辞丽韵美。举例如下：

　　　　　城窄山将压，江宽地共浮。
　　　　　东南通绝域，西北有高楼。
　　　　　神护青枫岸，龙移白石湫。
　　　　　殊乡竟何祷？萧鼓不曾休。

　　　　　　　　　　　　　（《桂林》）

地胜遗尘事，身闲念岁华。
晚晴风过竹，深夜月当花。
石乱知泉咽，苔荒任径斜。
陶然恃琴酒，忘却在山家。

（《春宵自遣》）

二月二日江上行，东风日暖闻吹笙。
花须柳眼各无赖，紫蝶黄蜂俱有情。
万里忆归元亮井，三年从事亚夫营。
新滩莫悟游人意，更作风檐夜雨声。

（《二月二日》）

《桂林》诗将山水甲天下的名郡桂林，作了简洁生动的概括。又借"龙女庇祐"、"双龙破壁"的传说，加以诗化，使胜景甲天下的桂林山水，又增添几分神奇的色彩。《春宵自遣》则着意于描写春夜的山景，此时此际，独酌抚琴，对月当花，陶然自得，一时间忘却了山居的孤寂，充分体现李商隐含蕴飘逸的诗风。《二月二日》诗，先写江上行时所感受到的春光春色和意态万千的纷繁景象，继写诗人在美景当前忽然萌生的身世感，柳幕三年，毫无发展，从而发出对陶潜归田的向往，曲折地抒泄出浓重的乡愁。这种以外在之美景反衬内心悲凄的手法，很能代表诗人寄托深而措辞婉的独到特色。

李商隐的诗，用香草美人作烘托比兴，收到了意在言外的艺术效果。又善于用典喻事，含蓄蕴藉。这些手法在他后期的诗作中尤其突出。不过，他的山水诗同他的《无题》、《咏史》诗相比，在风格上当属明净皎洁的一种类型。

温庭筠（812—870），字飞卿，太原祁（今山西祁县）人。他是宰相温彦博的后代，到温庭筠时，家境已破落了。庭筠一向才思敏捷，有"温八叉"之称，却屡试不第。温诗与李（商隐）诗齐名，世称"温李"。温诗绮丽流利，但比不上他在词方面的成就。他的词风纤秾绵密，寓情于景，是花间派的代表作家之一。

温庭筠的山水诗名作有《处士卢岵山居》、《咸阳值雨》、《江岸即事》、《西江送渔父》、《利州南渡》等，都写得清丽别致：

西溪向樵客，遥识主人家。
古树老连石，急泉清露沙。

千峰随雨暗，一径入云斜。

日暮鸟飞散，满山荞麦花。

（《处士卢岵居》）

112

　　这首诗的妙处在于，将卢岵处士高峻幽静的山居景致，有意同处士高古俭朴的品格相互映衬，读来耐人寻味。

咸阳桥上雨如悬，万点空蒙隔钓船。

还似洞庭春水色，晓云将入岳阳天。

（《咸阳值雨》）

　　诗人在帝京咸阳桥上遇见空濛的雨景，突然同洞庭春水、岳阳晓云联系在一起。通过这奇妙的联想，赞美了雨中所见的咸阳桥，仿佛在西北的黄土高原上，也现出了南国春光，境界十分新颖，手法也别开生面。

澹然空水对斜晖，曲岛苍茫接翠微。

波上马嘶看棹去，柳边人歇待船归。

数丛沙草群鸥散，石顷江田一鹭飞。

谁解乘舟寻范蠡，五湖烟水独忘机。

（《利州南渡》）

　　诗中写利州南渡嘉陵江时的所见所感，刻画了四野苍茫的动人景色，并有意提出在这人歇马嘶的尘世间，有谁懂得乘舟追随范蠡之后，优游五湖烟水间，独自忘却机巧心计的人呢？全诗景美情深，引人入胜。

　　温庭筠的山水诗，不像他的艳情诗那样靡丽香艳，也没有李商隐的诗那种深重的哀愁，而是颇富生活情趣的。

　　唐末诗人中还有一位耿直而忠心于唐王朝的人，他就是韩偓。韩偓以《香奁集》的艳诗而出名，其实他的山水吟咏也有不少好诗。他善于通过山河萧瑟的描写，传达出心中悲凉忠愤之言。例如：

浪蹙青山江北岸，云含黑雨日西边。

舟人偶语忧风色，行客无聊罢昼眠。

争似槐花九衢里，马蹄安稳慢垂鞭。

（《江行》）

村寺虽深已暗知，幡竿残日迥依依。
沙头有庙青林合，驿步无人白鸟飞。
牧笛自由随草远，渔歌得意扣舷归。
竹园相接春波暖，痛忆家乡旧钓矶。

（《汉江行次》）

晚唐同中唐都属于安史之乱后唐帝国一蹶难振的历史时期。不过，晚唐的不景之气比中唐更甚，国君腐败软弱，藩镇分裂自立，回鹘、吐蕃虎视眈眈，宦官的跋扈，朋党的倾轧，接踵不断。"国蹙赋更重，人稀役弥繁。"（李商隐《行次西郊作一百韵》）在这样的社会土壤里生长的文学花朵，怎能不打上末世王朝的烙印？

总观晚唐的山水诗，明显具有两大时代特征：一是刻意描写山河寂寞，景物清疏，慨叹山川永在，感伤人生如寄。但无论如何，诗人笔底的山山水水还是美好而富于生活情趣的。"芳草有情皆碍马，好云无处不遮楼。山旁别恨和心断，水带离声入梦流。"（罗隐《绵谷回寄蔡氏昆仲》）"红叶晚萧萧，长亭酒一瓢。残云归太华，疏雨过中条。树色随山迥，河声入海遥。帝乡明日到，犹自梦渔樵。"（许浑《秋日赴阙题潼关驿楼》）"陵阳佳地昔年游，谢朓青山李白楼。唯有日斜溪上思，酒旗风影落春流。"（陆龟蒙《怀宛陵旧游》）"江上层楼翠霭间，满帘春水满窗山。青枫绿草将愁去，远入吴云暝不还。"（李群玉《汉阳太白楼》）"水容侵古岸，峰影度青萍。庙竹唯闻鸟，江帆不见人。雀声花外暝，客思柳边春。别恨转难尽，年年汀草新。"（温庭筠《江岸即事》）"云横峭壁水平铺，渡口人家日欲晡。却忆往年看粉本，始知名画有工夫。"（韩偓《商山道中》）这些诗虽然弥漫着怅惘、感伤、怀旧的色彩，但字里行间，却充满了对山河的爱恋，写出了山川美与乡土情。它带给人们美的享受和生活的勇气。

另一个特征是，一些诗人厌倦尘世，返回自然，为了达到心灵上的平衡，信仰禅道。他们写出的山水诗，就是在禅道的影响下，对自然和人世静思默察的体现。这类山水诗多少含有宗教色彩。例如：

溪路曾来日，年多与旧同。
地寒松影里，僧老磬声中。
远水清风落，闲云别院通。
心源若无碍，何必更论空。

（张乔《题山僧院》）

东南一境清心目，有此千峰插翠微。
人在下方街月上，鹤从高处破烟飞。
岩深水落寒侵骨，门静花开色照衣。
欲识蓬莱今便是，更于何处学忘机。

（周朴《桐柏观》）

114

    这些诗经过诗人的潜心观察：将自然界的一动一息，刻画得惟妙惟肖。它在刻画清幽的自然美的同时，还可以启迪读者从中感悟某种人生哲理。

    总而言之，晚唐山水诗格调清远，境界幽渺，语言雅丽，技巧纯熟，但往往缺少盛唐的气势，给人以柔弱纤巧的印象。这同唐王朝奄奄一息，毁在旦夕的气运密切相关。作为意识形态范畴的一部分，山水诗也难免不是表现满目凄怆、流泉呜咽之类的惨淡景象了！

孟浩然——毕生吟咏山水的优秀诗人

孟浩然的生平与山水

孟浩然（689—740），是一位一生仰慕陶渊明的诗人。他四十岁以前，闲居家园。他的庐园就坐落在襄阳（今湖北襄阳市）城南约七里的岘山附近。其屋北有涧，诗中常称"北涧"，庐园在涧之南，称"涧南园"。孟集中有不少诗写南园雅境、岘山风光及流连其间之情趣：

> 弊庐在郭外，素产惟田园。
> 左右林野旷，不闻朝市喧。
> 钓竿垂北涧，樵唱入南轩。
> 书取幽栖事，将寻静者论。
> （《涧南园即事，贻皎上人》）

> 清晓因兴来，乘流越江岘。
> 沙禽近方识，浦树遥莫辨。
> 渐至鹿门山，山明翠微浅。
> 岩潭多屈曲，舟楫屡回转。
> 昔闻庞德公，采药遂不返。
> 金涧饵芝术，石床卧苔藓。
> 纷吾感耆旧，结缆事攀践。
> 隐迹今尚存，高风邈已远。
> 白云何时去，丹桂空偃蹇。
> 探讨意未穷，回艇夕阳晚。
> （《登鹿门山怀古》）

孟浩然就在这一带清幽雅淡的楚地山川和田园故宅中，度过了三十多年读书、游赏的闲适生活，形成了他慕自然、乐清静和清高自负的个性。

为了更好地理解孟浩然的山水田园诗的创作，我们有必要先知道他四十岁以前的几次比较远程的出游：

(1)经过洞庭、湘水转桂水入桂州（见《湖中旅泊记阎九司户防》、《夜渡湘水》）。

(2)从湘南折回，到武陵（今湖南省常德市）访友（见《武陵泛舟》、

《宿武陵即事》）。他的朋友袁太祝当时正调任武陵。

（3）行役淮海（今扬州市），经彭蠡湖（今江西省鄱阳湖），在船上远望庐山高踞九江之上的雄姿（见《彭蠡湖中望庐山》）。在扬州溯流返回时，经武昌作逗留(见《溯江至武昌》)。

此外，曾去过洛阳，同储光羲、綦母潜等诗人有过交往。

以上在大江南北之游，"为多山水乐，频作泛舟行"（《经七里滩》），为的是丰富阅历，扩大视野，游览名胜；亦借以广交名流，扩大影响，以期有朝一日在政治上出头。随着孟浩然的足迹所至，岘山、鹿门山、洞庭湖、彭蠡湖、庐山、楚山、桂水、湘江以及扬州、武昌等地的山水名胜，无不摄入他的诗境，成为他这时期山水诗创作中情景悠然的抒情写生画图。

按照唐人惯例，"未禄于代，史不必书"，但是《唐书》、《新唐书》都为孟浩然立了传。据《旧唐书·文苑》载：孟浩然"年四十，来游京师，应进士不第，还襄阳"。可知在开元十六年（728）冬（刚四十岁），曾入京应进士试（见《赴京途中逢雪》）。应进士试是唐代庶族知识分子热衷的一条仕进之途，"魏阙心恒在，金门诏不忘"（《自浔阳泛舟经明海》）。孟浩然也不例外，遗憾的是竟然落选，真是乘兴而来、败兴而归，内心的苦恼是可想而知的。尽管如此，在仕人学子当中，孟浩然却是诗名出众、令人欣羡赞叹的佼佼者。因此，他曾经想通过献赋荐举的办法，谋求政治出路。可惜当时在京任职之友张九龄、王维，一时都未能帮上忙。据《新唐书》载，王维曾私邀浩然进内署，适遇玄宗驾临巡视。玄宗闻其诗名，即召见之，当问及他的诗作时，浩然未经深思熟虑，仓促中诵出"不才明主弃，多病故人疏"之句（《岁暮归南山》），怨气似直冲至尊，玄宗不悦道："卿不求仕，而朕未尝弃卿，奈何诬我！"竟拂袖而去，失却了千载难逢的机遇。后来，他在《秦中苦雨思归赠袁左丞贺侍郎》、《留别王维》两诗中，以悲愤的心情和清醒的头脑，总结了自己三十年来的人生体验，决定离京东归。沿途登华山、嵩山，又冒着风霜到唐城（今河南唐河县），"犯霜驱晓驾，数里见唐城"（《唐城馆中早发，寄杨使君》）。这一时期还有一些游湘桂、经豫章去扬州的山水诗篇，但写作时间难考。

开元十八年（730）夏秋之交，孟浩然离家赴洛（见《自洛之越》）。这次出游的目的，更多的是为排遣胸中的郁闷，同时也想感受一下越中山水的情趣，并写了一批越中山水诗。其中，《与颜钱塘登樟亭望湖作》、《与杭州薛司户登樟亭楼作》、《宿桐庐江寄广陵旧游》、《宿建德江》、《舟中晓望》、《宿天台桐柏观》、《寻天台山作》等尤为著名。在越州结识了崔国辅等诗人。不久，又从海路赴永嘉（今浙江温州），在永嘉与老朋友张子容相遇，同登江心孤屿，饮酒赋诗："众山遥对酒，孤屿共题诗。"（《永嘉上浦馆逢张八子容》）此事被传为佳话，后人曾建浩然楼于孤屿以表纪念。张子容被贬为乐城尉时，浩然陪张同赴乐城（今浙江乐清县），后来人们在乐清县治的西塔山上，修起了三座亭子，分别纪念王羲之、谢灵运和孟浩然三人都曾先后到此一游的事迹。这次出游历时三载，约于开元二十一年（733）初夏兴尽而归。沿途所写的《观钱塘潮》、《再登天台山》等诗都享有盛名。

开元二十二年（734），张九龄迁中书令，两年后迁尚书左丞相。这对孟浩然不能没有震动和吸引，在《书怀贻京邑同好》中有："执鞭慕夫子，捧檄怀毛公。感激遂弹冠，安能守固穷。当途诉知己，投刺匪求蒙。"又一次作了坦诚的表白。开元二十三年（735）正月，玄宗招募人才，诏令五品以上清官及刺史各举荐一人。当时，襄州刺史兼山南东道采访使韩朝宗邀约孟浩然一同进京，打算保荐孟应制举。起行之际，浩然却与故人酣饮大醉，误了行程，再失机遇。开元二十五年（737）四月，张九龄罢相，贬荆州长史，虽是贬官他适，却仍未忘怀故人殷切之托："欲济无舟楫，端居耻圣明。"（《望洞庭湖赠张丞相》）于是，立即辟孟浩然入荆州为从事。孟浩然应邀入幕，但未满一年就主动辞归故里了。考究原因，无非是因为僧多粥少、争食不休的幕僚生涯使他厌倦了。不过，在从幕期间，他陪同意气相投的张九龄巡视各地，也顺便观赏了山水风光，写下一批颇为惬意的山水诗，如《陪张丞相游纪南城猎戏赠裴迪张参军》、《陪张丞相登嵩阳楼》、《陪张丞相祠紫盖山途经玉泉寺》、《陪张丞相自松滋江东泊渚宫》、《和张丞相春朝对雪》、《立春日晨起对积雪》等。

开元二十六年（738）春，浩然辞幕归家。开元二十八年（740），始患疽。病刚见愈，逢故友王昌龄远地到访，相聚甚欢，饮酒食鲜，背疽复发而死，终年五十二岁。

据唐人王士源《孟浩然集序》称："浩然凡所属缀，就辄毁弃，无复编录，常自叹为文不逮意也。……今集其诗二百一十八首。"后来，又经过认真的搜集和不断的补充，今传的《孟浩然集》共有诗二百六十二题，二百六十三首，其中山水诗占全集的半数以上。

孟浩然山水诗的特色

孟浩然尽管才气过人，却机遇不佳，与仕途无缘。他的创作题材主要是写家乡的隐居生活或漫游所见的山水。他也是唐人中较早接受陶潜影响的诗人之一，而且将田园诗同山水诗合流，形成盛唐山水田园诗的一代诗风。

孟浩然诗歌的特色集中反映在三个方面：

首先，既有田园诗的高雅闲静，又有山水诗的清新境界。即使写的是平常之景，经过他的艺术处理，也会格外优美和谐。例如：

> 山寺钟鸣昼已昏，渔梁渡头争渡喧。
> 人随沙岸向江村，余亦乘舟归鹿门。
> 鹿门月照开烟树，忽到庞公栖隐处。
> 岩扉松径长寂寥，惟有幽人夜来去。
>
> （《夜归鹿门歌》）

这首诗写日暮天昏时乘舟归鹿门山，途中所见到的情景，通过渡头争喧、江村归人和月照烟树、岩扉松径的描绘，将两种全然不同的景象糅合在同一诗境中，反映了诗人此时此际的乡情及对寥落幽独的隐者所具有的倾慕、向往之意。这类诗很能体现山水与田园结合的新势态。这种结合有时达到水乳交融、难以句析的程度。请看：

> 东旭早光芒，渚禽已惊聒。
> 卧闻渔浦口，桡声暗相拨。
> 日出气象分，始知江湖阔。
> 美人常晏起，照影弄流沫。
> 饮水畏惊猿，祭鱼时见獭。
> 舟行自无闷，况值晴景豁。
>
> （《早发渔浦潭》）

这属即兴纪游之作。全诗从早发渔浦潭（在今浙江省富阳市东三十里富春江）的情景写起，将行舟江上的新鲜感觉和舒畅情怀表达无遗。前四句，通过描写光芒初照的晨曦使水禽惊聒噪杂和桡桨相拨舟移船动的感觉，将江岸、浦潭的景色和水上船家早出勤作的生活气息传达出来。中间四句写江行所见，不仅丽日当空，万里无云，江宽水阔，满目清晖，而且别出心裁地移"镜头"于江边妇女当流梳洗的场面，使清江绿水倍增新意，充满情趣。末四句先及猿獭，以添别致，后用"舟行自无闷，况值晴景豁"作结，证实此次舟行确是心畅神怡。诗人将山水景物与田园乐趣巧妙地结合，构思新颖，景物动人，使诗的内容丰富多彩。因此说山水诗在盛唐的拓展孟浩然有首创之功，是毫不过分的。

其次，具有雅淡清新、自然朴素的意境美。这是他简朴、自然生活的真实写照，同风行于初唐的咏物应制之作，大异其趣。他善于运用清新的笔调，描摹日常所见的自然风光，取真景，叙真情，使本来具有雅淡之美的原野、农庄、渔樵自然入诗，各显本色之美。如：

> 悠悠清江水，水落沙屿出。
> 回潭石下深，绿筱岸傍密。
> 鲛人潜不见，渔父歌自逸。
> 忆与君别时，泛舟如昨日。
> 夕阳开返照，中坐兴非一。
> 南望鹿门山，归来恨如失。
> （《登江中孤屿赠白云先生王迥》）

诗的前六句写登屿所见：舒缓远去的清江，冷落显现的沙屿，岸傍密植的绿竹和隐没深潭的巨石，还有隐约可感的鲛人和渔父飘逸的歌声。乍一看去，像是未经加工的自然风光，可是联系后六句反复品味，就能领会无论是写远去的江流或是冷落的沙屿，潜没的鲛人或是渔父的逸歌，都深含寓意，它透露出诗人在夕阳晚照中登上孤屿时倍觉寂寥的失落感。诗人因景生情，以情观景，创造出情景交融的优美诗境，也动人地表达了对友人思念不已的情怀。

在《秋登兰山寄张五》诗中，清新雅淡的意境美犹尤为突出：

> 北山白云里，隐者自怡悦。
> 相望试登高，心飞逐鸟灭。
> 愁同薄暮起，兴是清秋发。
> 时见归村人，平沙渡头歇。
> 天边树若荠，江畔舟如月。
> 何当载酒来，共醉重阳节。

这首诗的景物描写和诗人的感情抒发，是交错展开、互为因果的。如果没有"心随雁飞灭"、"兴是清秋发"的生动传情的自然景象，就表现不出诗人酷爱清新雅淡的山水之个性。"雁飞灭"、"清秋发"不仅交代了时间、节候，也描摹了秋景和思友的深情，而且情辞高雅，另具一格。在叙述傍晚渡头的村景时，自然地插入"天边树"、"江畔舟"的描写，令人意会那景中蕴含着不尽的情意，从宁静而富有诗意的村居中，向友人发出真挚的登山邀约，是很有感召力的。清人翁方纲说："读孟公诗，且无论怀抱，无论格调，只其清空幽冷，如月中闻磬，石上听泉。"（《石洲诗话》）此诗正是代表孟公韵致飘逸、感受清新、风格雅淡的佳作。晚唐诗人皮日休在《郢州孟亭记》中曾有比较，认为："先生之作遇景入咏，不拘奇抉异，令龌龊束人口者，涵涵然有干霄之兴。若公输氏当巧而不巧者也。北齐美萧悫有'芙蓉露下落，杨柳月中疏'。先生则有'微云淡河汉，疏雨滴梧桐'。乐府美王融有'日霁沙屿明，风动甘泉浊'。先生则有'气蒸云梦泽，波撼岳阳城'。谢朓之诗句精者有'露湿寒塘草，月映清淮流'，先生则有'荷风送香气，竹露滴清响'。此与古人争胜于毫厘也。"这一比较分析是有说服力的。当然，孟诗的风格并非只有冲淡平和一种，他在仕途受到的挫折，同自己不甘人后的心理冲突，使他情不自禁地在诗中涌现巨大的感情波澜，形成他山水诗创作中的又一种特色。

第三，在冲淡中时有浑健的豪气。孟诗"祖建安，宗渊明，冲澹中有壮逸之气"。这是《唐音癸签》转引《吟谱》的原话，不无道理。其实，正是由于孟诗具有壮逸阔大的特色，才令人觉得富于魅力。请看下列诸诗：

> 八月湖水平，涵虚混太清。
> 气蒸云梦泽，波撼岳阳城。
> 欲济无舟楫，端居耻圣明。
> 坐观垂钓者，徒有羡鱼情。
>
> （《望洞庭湖赠张丞相》）

> 山暝闻猿愁，沧江急夜流。
> 风鸣两岸叶，月照一孤舟。
> 建德非吾土，维扬忆旧游。
> 还将两行泪，遥寄海西头。
>
> （《宿桐庐江寄广陵旧游》）

> 百里闻雷震，鸣弦暂辍弹。
> 府中连骑出，江上待潮观。
> 照日秋云迥，浮天渤澥宽。
> 惊涛来似雪，一坐凛生寒。
>
> （《与颜钱塘登障楼望潮作》）

> 大江分九派，淼漫成水乡。
> 舟子乘利涉，往来至浔阳。
> 因之泛五湖，流浪经三湘。
> 观涛壮枚发，吊屈痛沉湘。
> 魏阙心恒在，金门诏不忘。
> 遥怜上林雁，冰泮已回翔。
>
> 　　　　　（《自浔阳泛舟经明海》）

　　这几首诗早有盛名，它们的共同特色是，不论是水气蒸腾的云梦，还是潮如雪涌的钱塘，都写出了波澜壮阔的声势。那大江九派的描写更富有整体美和深远感。诗人以浓笔泼墨的气魄，绘出如画的江山，并赋予其无比的生命力。这当然要经过诗人独具匠心的经营构思，而非任意挥洒，未加运筹所能奏效的，更不能缺少时代精神的感召。例如"气蒸云梦泽，波撼岳阳城"句，就是盛唐时代气息的透露。这诗句与王维的"郡邑浮前浦，波澜动远空"（《汉江临眺》）、杜甫的"吴楚东南坼，乾坤日夜浮"（《登岳阳楼》）并称"高唱"，可以共同成为最有盛唐气派的象征。

孟浩然山水诗的影响

　　孟浩然是最早起步于盛唐诗坛的诗人，他为山水诗的创作付出了毕生的精力。他的五言古体与五言近体尤其享有盛名，受到历代文人的好评。

　　唐人王士源在《孟浩然集序》中赞誉他的"五言诗天下称其尽善"。他继承五言古诗的优良传统，又敢于突破传统的比兴手法。他的诗淡而有味，浑然一体，不容句摘。那山水的幽美景色与诗中情趣，乃是诗人"从静悟中得之，故语淡而味终不薄"（沈德潜《说诗晬语》）。李白十分崇敬孟浩然的人品："吾爱孟夫子，风流天下闻。红颜弃轩冕，白首卧松云。醉月频中圣，迷花不事君。高山安可仰，徒此揖清芬。"（《赠孟浩然》）杜甫则推崇他的创新精神："复忆襄阳孟浩然，清诗句句尽堪传。即今耆旧无新语，漫钓槎头缩项鳊。"（《解闷十二首》）南宋魏庆之的《诗人玉屑》肯定了"孟浩然之诗，讽咏之久，有金石宫商之声"。不仅承认孟诗文学上的造诣，更品味出诗中蕴含的清越铿锵的韵致。可见，孟诗的审美价值是不容置疑的。

王维——将山水诗推向艺术高峰的杰出诗人

王维的生平与山水

王维（701—761），字摩诘，祖籍太原祁县（今山西省祁县），后随父迁居蒲州(今山西省永济市)，遂为蒲人。父为吏，母笃信佛教。王维天资聪颖，从小就培养了对诗文、书画和音乐的兴趣，具有多方面的艺术才华。他十七岁写的《九月九日忆山东兄弟》，十八岁写的《洛阳女儿行》都脍炙人口。他精通音律，妙善琵琶，能一目了然地判断《奏曲图》中仕女们弹奏的是《霓裳羽衣曲》第三叠第一拍的场面。王维又是绘画名家，他的画在中国画史上享有盛名。所以，他曾自负地说："宿世谬词客，前身应画师。"表明他对绘画的酷爱，与诗无别。遗憾的是，王维山水画的真迹今已失存。

王维年方十六岁，即离家赴京洛谋求出路。因年少多才，人缘又好，甚得岐王、宁王等王亲国戚的爱重，常侍从游宴咏唱。王维早年的诗作，兴趣广泛，不限于山水诗创作，不过十九岁时已写了著名的《桃源行》。这首诗描绘传说中的桃花源，不论山水景物，还是风土人情都极为优美，展现了诗人观察自然、赞赏自然的非凡才华。

玄宗开元九年（721），王维登进士第，任大乐丞。任职不久，因伶人私自舞黄狮子，"坐累，为济州司仓参军"（《新唐书》本传）。这是王维政治上遭到的第一次挫折。济州在洛阳以东，谪居期间见到异地风光和人民的生活情景，写了一些很有地方色彩的纪行诗，如《早入荥阳界》、《宿郑州》、《渡河到清河作》，描绘了河曲、川中的闾阎烟火，承平年代的安居乐业，以及飞渡黄河之际的感受和见闻。

济州任职以后，约有七八年行迹不明，可能是在嵩山、淇上过了一段隐居生活，有《归嵩山作》、《淇上田园即事》等诗为证。开元二十一年（733），张九龄为宰相，王维经裴耀卿推荐，"擢右拾遗"（《新唐书》本传）。不久迁侍御史，弟王缙亦同时在朝，兄弟二人得丞相信任，出入朝廷，有一班诗友同游山水胜景，赋诗为乐，过了一段十分欢畅的生活，见《韦侍郎山居》诗。开元二十四年（736），李林甫结党营私，张九龄直谏得罪，罢相，次年贬为荆州长史。这对王维无疑是一重大打击。他在诗中写道："举世无相识，终身思旧恩。方将与农圃，艺植老丘园。"（《寄荆州张丞相》）流露了归隐丘园的心声。

开元二十五年（737），崔希逸与吐蕃战，于青海大破吐蕃。王维以监察御史身份奉命赴凉州劳军，留在崔的幕府，使他有机会亲临目睹祖国的辽阔山川和边塞风光。在边塞地区前后约三年，写了许多优秀的边塞山水诗，如《送赵都督赴代州得青字》、《送刘司直赴安西》、《使至塞上》、《陇西行》、《陇上行》、《出塞作》、《塞上曲二首》、《塞下曲二首》等。这些诗既有盛唐边塞诗所特有的豪迈旷达气势，又开拓了山水诗的新境界，成为王维诗作中的精华。

开元二十八年（740），崔希逸逝世，王维结束了幕府生活，回京任殿中侍御史，又到襄阳参与"南选"的考试工作。适逢好友孟浩然病故，他悲痛地写了《哭孟浩然》。在襄阳还写了著名的《汉江临眺》。南下路经鄂州（今武昌），登临黄鹤楼，写了"城下沧江水，江边黄鹤楼。朱阑将粉堞，江水映悠悠"（《送康太守》）。他还游览了许多地方，写下不少名篇、名句。这些诗不论是写蜀地楚天或鸟道山泉，都是气象万千，极富地方色彩的。

天宝元年至安史之乱爆发这十多年间，表面看去王维仕途似乎平稳无事，可以半官半隐。他的朋友苑咸赠诗嘲戏他："应同罗汉无名欲，故当冯唐老岁年。"他答诗曰："扬子解嘲徒自遣，冯唐已老复何论。"（《重酬苑郎中》）可知在李林甫、杨国忠等人把持的朝廷里，王维对政治采取敷衍应付的态度。在个人生活上接连受到丧妻、失母之打击，精神痛苦异常。天宝九年（750）借服母丧的机会，隐居山庄多年，与诗画为友，写了五六十首山水田园诗，如《渭川田家》、《新晴野望》、《终南别业》等，表现出一种恬淡、自然、似禅非禅的诗意。

蓝田别业（即辋川别业），是特地为虔信佛门的母亲置下的山庄，景致优美。王维长期隐居于此，从事诗画创作。他的《辋川图》就是将辋川二十胜景，荟萃于一帧画卷之中，成为绝世的山水画佳作。《唐朝名画录》赞曰："山谷郁盘，云水飞动，意出尘外，怪生笔端。"画成之后，王维邀裴迪同游辋川，以辋川景致为题，互为唱和，各二十首，合称《辋川集》。

天宝十四年（755），安史之乱爆发，玄宗仓皇出逃，许多皇子、皇孙都扈从不及。王维更是毫无准备，不幸落入乱兵之手。为了不赴安禄山的伪朝供职，他有意服药装哑下泻。又在杀人如麻的伪朝廷的拘禁中，口咏七绝一首："万户伤心生野烟，百官何日再朝天。秋槐叶落空宫里，凝碧池头奏管弦。"可见反对伪朝的态度是鲜明的。

肃宗至德二年（757），唐朝对附逆的官员定罪，王维以诗为证，又有弟王缙求情，得免罪复官，下迁太子中允。经过这场政治灾难，他精神上受到的创伤更深了。他一再上表请求"出家修道"（《谢除太子中允表》），未获准。后复拜给事中，转尚书右丞。自此以后，他已无心优游山水，每退朝，以焚香诵禅为事，自称："一生几许伤心事，不入空门何处销？"（《叹白发》）结果，他那同大自然沟通的心灵随同他的生命之泉，一起枯竭了！

王维的宗教意识与山水诗创作

中国古代的知识分子，总有自己的信仰。王维受儒道思想影响很深，本人又信奉佛教，是禅宗的信徒。

佛教自印度传来中国，它的教义和神奇传说，吸引了人们的注意。其中的经典教义又同中国的玄学相契合，发展为有中国特色的学派和宗教。唐代实行调和三教的新政策，给人较多选择的自由。

禅宗是从佛教分化出来的简易学派，特别是南禅宗，从苦空观念出发，吸收魏晋玄学放任自然的思想，又接受儒家性善重孝的观念，废离原来某些烦琐的戒律，使佛教同儒、道某些重要观点取得一致。所以，南禅宗能发展成为适合中国国情的一种较为简易的佛教学派。

禅学强调心性，不立文字。后来，禅学与玄学进一步结合，提倡"缄口于是非之场，融心于色空之境"，教人说话要顾及两面，不偏不斜，使人能在含混朦胧中，似有所思，或有所悟。这就是所谓的禅念。南宗的兴起及其禅念，引起佛教各派风靡神往，并日益成为适合中国士大夫阶层思想意识的宗教。

王维生长在一个佛教观念很重的家庭。他的母亲"师事大照禅师三十余年，褐衣、蔬食、持戒、安禅，乐住山林，志求寂静"，是个虔诚的信徒。从小接受儒家文化教养的王维，也接受了禅宗思想的影响。起初，他只是褐衣、蔬食，安禅求静，乐住山林，逐渐地形成了对佛性、禅念的神秘感，这种心理同儒、道思想的影响同时发展。在《哭祖六自虚》诗中，他追述了同祖六"南山俱隐逸，东洛类神仙"的情趣，当时王维年方十八岁。在《桃源行》、《同比部杨员外十五夜游怀静者季》中，不仅描绘了瑰丽的世外桃源作为自己的理想，还将自甘藜藿的隐士同放浪的繁华子作了鲜明的对照，表明自己的爱憎。可见，禅宗对诗人潜移默化的影响，从青少年时期的诗作中就开始萌发了。

随着年事日增，阅历益广，政治上的挫折、家庭的不幸，诗人对人情冷暖及社会阴暗面了解得愈多，因而超脱世俗、清静无为的禅念也就愈浓了。诗中常有"迢递嵩高下，归来且闭关"（《归嵩山作》），"静者亦何事，荆扉乘昼关"（《淇中田园即事》）之类的描写。从此，王维力避"小人道长，君子道消"的政治漩涡，过着潜心诗画、啸傲山林、与松风山月为友的半官半隐生活，他的许多著名山水诗，就是这样创作出来的。

"智者乐水，仁者乐山。"（《论语·雍也》）孔子从人的自我审美心理和山水的感应同化关系中，分析人同自然的不可分割性。道家主张向自然靠拢。佛教将寺庙修建在风光幽美的深山密林，同样是要人们远离尘世，归依自然。使心与自然合一，是禅宗美学的最高境界。王维诚心接受这一美学观念。本来禅念同山水互不相干，一是人的自我心性的宗教信念，一是客观存在的实体，二者并无必然的联系。但是，用禅宗的眼光观察自然往往能进入常人不能达到的一种特殊审美境界。在王维的山水诗中，禅念确实增添了山水的灵性、睿智及蕴藉之美，这是他的宗教意识与山水自然的对立统一在诗歌创作中的体现。

　　当统治阶级内部相互倾轧、彼此争权之际，王维与世无争，半隐山庄，怀着禅念歌咏山林生活，赞美大自然的和谐。在他创作的山水田园诗中，表达了人间社会难以得到的另一种乐趣。例如，他在古诗《戏赠张五弟諲三首》中，有这样的诗句："吾生好清静，蔬食去情尘。""我家南山下，动息自遗身。入鸟不相乱，见兽皆相亲。云霞成伴侣，虚白侍衣巾。"他以庄子的"人兽不乱群，入鸟不乱行"的道理晓喻世人，又以心能虚空寡欲，愿与道共衣巾自表心志。这一心志在他的近体诗中，也有生动的描写："宿雨乘轻屐，春寒著弊袍。开畦分白水，间柳发红桃。草际成棋局，林端举桔槔。还持鹿皮几，日暮隐蓬蒿。"（《春园即事》）。

　　正是出于对田园山水的特殊爱好与追求，一任自然天性，故而王维能在普普通通、简简单单的山居生活中发现美、咏叹美。请看：

> 空山新雨后，天气晚来秋。
> 明月松间照，清泉石上流。
> 竹喧归浣女，莲动下渔舟。
> 随意春芳歇，王孙自可留。
>
> 　　　　　　　　（《山居秋暝》）

　　新雨后的空山在诗人的眼里，即使已到了晚秋季节，仍然生机勃勃。那松间的明月，石上的清泉，浣女天真的笑声，水上轻移的渔舟，都有诱人的魅力，足以令人依恋难舍。这首诗热情地咏唱了人与大自然同乐的妙境，诗中似禅非禅的意念，是通过情在景中、意在言外的表现手法体现的，特别耐人寻味。即使对禅念一无所知的人，同样可以陶醉在空灵清逸的境界中，暂时忘却人间的种种不平与烦恼。

　　王维的山水诗往往在山水描写中，用理性意识去启迪人们思考，引导人们将感情向理念深化，从中感悟某种理趣，甚至在刹那间顿然醒悟，迸发出灵智的火花，进入富有哲理情趣的精神境界，而所谓禅念或禅理也就获得了具象化的艺术体观。例如：

126

> 不知香积寺，数里入云峰。
>
> 古木无人径，深山何处钟。
>
> 泉声咽危石，日色冷青松。
>
> 薄暮空潭曲，安禅制毒龙。
>
> （《过香积寺》）

诗中写登山寻访香积寺，但见白云缭绕，古木参天，危石使泉咽，青松蔽日光。天色将暮，仍不见香积寺。忽然，悠悠传出钟声，敲动着人们的心房，引导行人继续登山，终于来到幽邃的曲潭前，使人们肃然记起虔诚信佛才能制服毒龙（此处毒龙是作妄心邪念的譬喻）的教义。这里的禅理，即发自诗人的心曲，与诗情结合，表明对美好生活的信念。因此，禅理不觉其玄虚，而是以美的形式出现的，故有"摩诘以理趣胜"之说（《而庵说唐诗》）。

总之，王维受禅宗思想影响很深。在处世哲学方面，他表现出一种忍让和缺乏斗争精神的善心，也暴露了他在政治生活的激流中，有较大的软弱性。但是作为"诗佛"的王维，他的禅宗审美意识和某些佛教的理念，给其山水诗带进了一种别人难得形成的空灵、净静的特殊意境。所以说，王维的禅念与他山水诗中的灵气是不可分的，它为王维山水诗的意境美增添了魅力。要了解王维山水诗的美学价值，不能忽略或简单地否定他的宗教信仰。当然，在他晚年的诗中，有些诗也过多地搬用佛语，显得玄虚乏味，意义不大。

王维山水诗的成就与影响

王维是中国山水诗史上的一颗巨星。他死后，代宗皇帝曾问王缙说："卿之伯氏，天宝中诗名冠代，朕尝于诸王座闻其乐章，今有多少文集，卿可进来。"又在《进王右丞集表》的批答手敕中，给予王维"天下文宗"之殊荣。诚然，王维的艺术造诣并非全凭天赋，他在全面学习与继承优秀文化遗产之后，使自己的才华有了更扎实的基础。他的诗、书、琴、画无不精妙，不过奠定他在文化史上的重要地位及影响的，主要还是山水诗的独特成就。他的绘画、音乐、书法的修养，丰富了诗歌创作的技巧，禅宗的美学意识，有助于山水审美的探求。王维是把山水诗的美学价值推向艺术高峰的一位全能作家。他的艺术成就主要有以下三方面：

（一） "诗中有画"的诗画美

王维承认自己既是诗人又是画师，他一向兼有诗人与画师的天赋，用画意作诗，凭诗情绘画，使山水诗与山水画互为渗透，融而为一。他的山水诗不仅体现出画师的构图、色彩和造型之美，还能充分表现山光水色在时空瞬变中的神采。他怀着诗人的情愫，紧握画师的彩笔，使简洁优美的诗句能同时显示千里山河的绝妙画境。对各种景致的远近、浓淡、疏密、明暗的处理，无不逼真传神，甚至将动中之静、静中之动的微妙变化，都镂刻得栩栩如生。请看：

> 太乙近天都，连山到海隅。
> 白云回望合，青霭入看无。
> 分野中峰变，阴晴众壑殊。
> 欲投人处宿，隔水问樵夫。
>
> （《终南山》）

此诗要表现出终南山的宏伟壮观，却不从自然状貌作直观的描摹，而是用惊叹夸张的口吻，开始就表现它高近天都、横接海隅的气势，概括出远观的印象。紧接着写登山所见的近景，只觉自己仿佛置身于白云缭绕、青霭蒙蒙的云海之端，那奇异惊喜的心情随之而出。在迷蒙的喜悦中，登上主峰。此刻，群山万壑因地势和位置的不同，呈现出千姿百态，以衬托中峰的雄姿。末尾二句，如沈德潜所说："或谓末二句与通体不配，今玩其语意，见山远而人寡也，非寻常写景可比。"（《唐诗别裁》卷9）这样理解似更切合山水写景的实际，是巧妙的收笔。再看另一首诗：

> 危径几万转，数里将三休。
> 回环见徒侣，隐映隔林丘。
> 飒飒松上雨，潺潺石中流。
> 静言深溪里，长啸高山头。
> 望见南山阳，白露霭悠悠。
> 青皋丽已净，绿树郁如浮。
> 曾是厌蒙密，旷然销人忧。
>
> （《自大散以往深林密竹磴道盘曲四五十里至黄牛岭见黄花川》）

诗人以寸管之笔，将盘曲万转的山容水姿一一如画托出。那松上雨点、溪石潺流，同深溪静语、山头长啸彼此呼应，加上朦胧雾霭和南山日照的映衬，完全是画师的构图。晁补之指出："右丞妙于诗，故画意有余。"刘士鳞补充道："右丞精于画，故诗态转工。"符曾题序说："昔人称诗为有声画，画为无声诗，二者罕能并臻其妙。右丞擅诗名于开元天宝间，得唐音之盛，绘事独绝千古。所谓无声之诗，有声之画，右丞盖兼而有之。"（见《王右丞集》附录五《序文五则》）

以上均为王维以画法入诗的力作。这是继六朝以来山水诗创作的一大发展，它融入画师的匠心，捕捉自然山水之美的精髓，以求神似，克服了受繁杂表象束缚、刻画过于琐细的毛病。

王维能突破山水诗人实录描摹的手法，以画法入诗，使山水诗具有浓郁传神的诗画美。具体地说，一是注重自然景物彼此的烘托映衬，如："闲花满岩谷，瀑水映杉松。啼鸟忽临涧，归云时抱峰。"（《韦侍郎山居》）"郭门临渡头，村树连溪口。白水明田外，碧峰出山后。"（《新晴野望》）二是善于发现和捕捉大自然的生机，牢牢把握一闪而过、一瞬即逝的富于美感的形态，经过剪裁、推敲、遣词、熔铸成诗，如："万壑树参天，千山响杜鹃。山中一夜雨，树杪百重泉。"（《送梓州李使君》）三是注重色彩的调配，如："青山横苍林，赤日闭平陆。"（《冬日游览》）"连天凝黛色，百里遥青冥。"（《华岳》）"古壁苍苔黑，寒山远烧红。"（《河南严尹弟见宿弊庐访别人赋十韵》）这些经过艺术家的慧眼和审美心理精选绘制的山水景色，比之自然录像更富吸引力，因为它表现了自然界的变化和内在的律动，写出了动与静的矛盾统一。这就是所谓"诗中有画"的诗画美。

（二）"形神兼似"的空灵美

魏晋以来，山水诗作为一种对自然的探求和赞美，已引起人们广泛的兴趣。以谢灵运为代表的诗人，将山水从体玄适性中提炼成具有空间实感和美学情味的艺术品，推动了六朝山水文学的迅速发展。不过，在"尚丽"、"贵似"的风气影响下，出现了一味追求形似的倾向，忽略了自然本身存在的整体统一的灵气。

王维的山水诗，既继承了二谢工笔精细、注重形象实感的优点，又能以禅入诗，使山水诗从直感、直叙跃进到妙想入神的境界，即从"形似"跨进到"形神兼似"的新阶段。请看：

楚塞三湘接，荆门九派通。

江流天地外，山色有无中。

郡邑浮前浦，波澜动远空。

襄阳好风日，留醉与山翁。

（《汉江临眺》）

我们将这首诗同谢灵运的名作《登池上楼》作一比较，可以清楚看到，谢诗刻意求工，贵在形似，十分注意视觉的先后，将倾耳举目所闻所见，从上下、高低、远近各个角度展开，给人鲜明的立体感和真切感。王维的《汉江临眺》则是另一番景象。诗人不写城邑大小，不提江形水势，却夸张地写汉江同三湘、九派的联系，将天地之外的江流和似有似无的山色，同江中的城邑倒影及奔向远方的波澜，虚笔实写，浑然一体，从而把汉江的辽阔悠远，襄阳耸立江畔的神姿及诗人闲逸的心境，都表现得极为生动传神。

王维吸收禅宗的超然脱俗，以佛家的目光观察世界，"山河天眼里，世界法身中"。同时，又将佛教的"空"、"寂"之境，作为人生的归宿。因此，他的诗作，尤其是后期写的《辋川集》，呈现出"空灵境界"，这正是他的山水诗臻于极致的一个标志，也是他的山水诗形神兼似的最好解释。所以他的山水诗空灵冲淡，幽雅悠远，意蕴无穷，具有永恒的魅力。

（三）和谐统一的音响美

王维凭着对音乐的特殊修养，在创作山水诗时，往往能比别人更敏锐地感受并精确地把握山水自然的天籁，通过精练而富于诗意的语言，作有声有色的传达。

背岭花未开，入云树深浅。

清昼犹自眠，山鸟时一啭。

（《李处士山居》）

寥落云外山，迢递舟中赏。

铙吹发西江，秋空多清响。

（《送宇文太守赴宣城》）

人闲桂花落，夜静春山空。

月出惊山鸟，时鸣春涧中。

（《鸟鸣涧》）

从以上诗例中可以看到，诗人不仅融音乐技巧入诗，写出山水中律动的自然天籁，也通过某种音响的特点传达诗人的情志，透露人同自然相契的虚静和灵动。《礼记·乐记》有句话说得好："乐者，音之所由生也，其本在人心之感于物也。"不同情志，会产生不同的音乐；不同的音乐，也可以表达不同的情志。王维能准确地捕捉自然界细微、平凡的音响并融入诗中，以表现自然生态的动静生息和飞跃的生命活力，着意用不同音响在心弦上的鸣奏，显示自己不同的心境。正是这种相互依存、形态万千的组合，构成了宇宙万物生机无限、绚丽多姿的浑然天成之美。这就是王维山水诗着意刻画自然音响带来的诗意和魅力。

王维山水诗的审美价值，从那综合绘画、音乐的美感，浑然天成的格调，澄淡幽静的意境和精微清秀的语言中，都充分说明他已将盛唐山水诗的艺术水平，提到前所未有的高度。王维不仅从题材方面完成了山水诗与田园诗的合流，更从艺术上实现了两大传统流派的合并，从而将山水诗艺术推向新的高峰，在山水诗史上享有崇高的声誉，是后世山水诗人学习的典范，具有深远的影响。对于杂糅在王维山水诗中消极出世的人生观和宗教意识，我们应当有所警惕，有所分析。《史鉴类编》对王维山水诗的艺术有较精到的评价，现引录作为本章的小结："王维之作如上林春晓，芳树微烘，百啭流莺，宫商迭奏，黄山紫塞，汉馆秦宫，芊绵伟丽于氤氲杳渺之间，真所谓有声画也。非妙于丹青者，其孰能之！矧乃辞情闲畅，音调雅驯，至今人师之诵之，为楷式焉。"（见于《王右丞集笺注》卷之末附录二）

130

李白——讴歌祖国锦绣山川的天才诗人

李白并非纯粹的山水诗人，他有更多著名的政治抒情诗引人注目。但是他在山水诗上的成就和影响，却远远超过一般的山水诗人，在山水诗史上，占有特殊的地位。

李白将自己对国家的忠诚、时代的信心和自然山水的热爱，作为山水诗创作的坚实的灵魂。他歌颂祖国山河的壮丽，他向中华儿女为之赴汤蹈火而无怨怖的神圣土地，致以崇高的礼赞。李白一生喜爱漫游，足迹遍踏名山大川，他的歌声也传遍九州大地。他的山水诗，读起来令人壮怀激烈，是开展爱国主义教育的优秀教材，具有永恒的艺术魅力。

李白的生平与山水

李白（701—762），字太白，祖籍陇西成纪（今甘肃天水市）人，生于唐代的安西重镇碎叶城（今吉尔吉斯斯坦共和国托克马克附近）。先世于隋末被谪西域。父李客，是位有一定文化修养的商人。中宗神龙元年（705），随父迁返内地，定居绵州彰明县（今四川省江油市）青莲乡。那是一个崇山环绕、下临涪江的村镇，李白在那里度过了快乐的少年时期。

李白二十岁前后，在戴天山大明寺读书，与梓州赵蕤交往，学剑术，二人意气相投。这期间，李白曾仰观剑门天险，攀登峨眉金顶，畅游锦官城，留下了《登锦城散花楼》、《登峨眉山》、《峨眉山月歌》等诗篇。这些早期诗作，虽然在语言上仍未脱尽初唐浓艳、富丽的色彩，但已显示出意境清新、风格俊逸的特色。尤其是《峨眉山月歌》，优美流畅，显示了李白的创作天才。

开元十三年（725），二十五岁的诗人李白，决心仗剑去国，辞亲远游，以求成就一番大业。他写了《别匡山》表现自己对故乡的热爱和献身国家的愿望。离开家乡后，他从水路出发，穿三峡，出荆门，途中写了《渡荆门送别》："渡远荆门外，来从楚国游。山随平野尽，江入大荒流。月下飞天镜，云生结海楼。仍怜故乡水，万里送行舟。"将壮阔雄伟的山川景色，尽收眼底，以故乡水万里送行舟的厚意，委婉地表达自己对故乡的惜别和依恋的心情。

在江陵，李白同有名的道士司马承祯认识了，司马称赞李白具有仙风道骨。从此，他接受了道教的影响。开元十四年（726），李白北游襄汉，南下洞庭，顺长江东下，游览了金陵、扬州、会稽剡中，结交了许多朋友，以轻金重义而驰名。

开元十五年（727），李白来到云梦泽所在地湖北安陆。在这里，他同故相许圉师的孙女成亲，开始了他"酒隐安陆，蹉跎十年"（《秋于敬亭送从侄专游庐山序》）的生活。他期待自己的诗文获得声誉，从而以"制举"成名。岂料，三年过去了竟无人过问。李白一度闯去长安，想谋求政治出路，没有成功。开元二十二年（734），他走出许家，积极展开活动。他游龙门，至洛阳，同元丹丘偕隐嵩山；又赴太原，畅游了太原周围的山水名胜。开元二十五年（737），李白移家至山东任城，然后与友人同隐徂徕山。这期间，他写了《东鲁门泛舟二首》、《游泰山六首》。他热爱东鲁的自然山水，在登泰山的诗中，尽情地发挥想象，显示了浪漫主义的艺术光芒。

开元二十七、二十八年，李白下淮南，自称"我向淮南攀桂枝"（《忆旧游寄谯郡元参军》），漫游了江苏、安徽、浙江等地。后游南阳，写了《游南阳白水登石激作》、《游南阳清泠泉》等诗。从南阳返回东鲁，仍然隐居家中。

天宝初，诗人万般无奈，携妻子到会稽，同道士吴筠隐于剡中，写了《焦山望松寥山》、《天台晓望》、《早望海霞边》等别致新颖的山水诗。后经吴筠等人推荐，玄宗召李白进京。

李白四十二岁这年（742），"仰天大笑出门去，我辈岂是蓬蒿人？"（《别儿童入京》）欢天喜地来到长安，同吴筠一样待诏翰林。初抵长安的李白，以《蜀道难》一诗，使太子宾客贺知章"读未竟，称叹者数四，号为谪仙"，解下金龟换酒与李白同饮。从此，名动京师。李白在京期间，曾侍从明皇幸骊山，应诏作过宫中享乐的辞章，起草过"和蕃书"，但并未受到真正重用。他的理想又一次破灭。京华三年的生活，使李白对社会人生的认识深化了，这是他思想上的一次飞跃。他抛开了幻想，提出"乞归"的要求，玄宗顺势"赐金还山"，就此打发了李白。在长安他写的山水诗不少，其中最著名的有《西岳云台歌送丹丘子》、《登太白峰》、《望终南山寄紫阁隐者》等篇。

天宝四年（745），李白离京客游梁宋，在洛阳与杜甫相遇，二人一见如故，相从而游。在这年秋天又遇高适。李白、杜甫、高适三人同登吹台、琴台，海阔天空地畅谈豪饮。后高适离梁宋南下，李杜次年又同游东鲁，最后才在兖州城东石门依依不舍地告别，并写了《鲁郡东石门送杜二甫》。两位伟大诗人的友谊，成为历史的美谈。

天宝四年至十四年，这十年李白几乎又是在漫游、闯荡中度过的。他以梁园为基地，北上赵、齐、燕、晋，西往邠、岐，然后赴洛返鲁，准备南下。这时，李白热心仙道，在失望中寻找精神寄托。当时写的山水诗，如《梦游天姥吟留别》，显示了诗人惊人的想象力，他借助美好的神仙世界，反衬出现实世界的丑恶可憎。李白南下后，在扬州金陵一带逗留，随后又游览了吴越的会稽、永嘉和天台，写了《自金陵溯流过白壁山玩月达天门寄句容王主簿》、《劳劳亭歌》、《独坐敬亭山》、《秋登宣城谢朓北楼》、《宣城谢朓楼饯别校书叔云》、《过崔八丈水亭》、《宿白鹭洲寄杨江陵》、《游秋浦白笴陂二首》等寄情山水的著名诗篇。

当诗人在外周游，思乡情切之际，安禄山之乱突起。李白从宣城到当涂，又避地剡中，后上庐山隐于屏风叠。他十分关心形势的发展和国家的命运。当永王李璘带兵东巡，经庐山盛情相邀时，他怀着"为君谈笑净胡沙"之志，欣然下山加入李璘的幕府。岂料，太子李亨在灵武即位，兄弟争夺权位，同室操戈。至德二年（757）二月，李璘兵败被杀，李白入狱。这对诗人的打击是致命的。他给江淮宣抚选补使崔涣写诗求助，经御史中丞宋若思和崔涣的帮助，才释放出狱。至德三年（758）五月，长流夜郎（今贵州桐梓），沿途借山水以寄情，抒泄被窜逐的悲愤。

乾元二年（759）春，李白在巫峡遇赦。他立即返航江夏，复上庐山休养。经过将近一年的调养，恢复了精神。当李光弼于上元二年（761）五月任河南副元帅、太尉兼侍中时，诗人竟以六十高龄，请缨上阵。半道因病返回。宝应元年（762），李阳冰任当涂令，李白前往投靠，就在这年的十一月，一代天才含恨离开了人世。李贽在《李白诗题辞》中写道："数十年为客，未尝一日低颜色，生亦荣，死亦荣，囚亦荣，流亦荣，永生，永荣！"这段话恰当地概括了诗人始终不渝、浩气长存的一生。

祖国壮丽山河的热情颂歌

综观李白的一生，真是大自然的浪子。"偶乘扁舟，一日千里；或遇胜境，终年不移。长江远山，一泉一石，无往而不自得也。"（范传正《唐左拾遗翰林学士李公新墓碑并序》）李白自称："五岳寻仙不辞远，一生好入名山游。"他所描摹的山川，有上百处之多，或奇险挺拔，或幽深冥渺，或清丽闲静，或扑朔迷离，是神州大地自然山川多姿多彩的艺术再现。正是这些姿态各异的奇观，汇成一卷歌颂祖国壮丽山河的乐章，具有永恒的艺术魅力。

> 霜落荆门江树空，布帆无恙挂秋风。
> 此行不为鲈鱼鲙，自爱名山入剡中。
>
> （《秋下荆门》）

这首诗写出蜀远游。当时，诗人对前途充满美好的幻想，即使是秋风萧瑟、霜落树空的时节，诗人仍然写得开阔爽朗，昂扬乐观，很有盛世气概。

> 日照香炉生紫烟，遥看瀑布挂前川。
> 飞流直下三千尺，疑是银河落九天。
> 　　　　　　　　（《望庐山瀑布》之二）

> 庐山东南五老峰，青天削出金芙蓉。
> 九江秀色可揽结，吾将此地巢云松。
> 　　　　　　　　　　（《登庐山五老峰》）

两首诗都是诗人游庐山时留下的佳作，诗中运用高度夸张的浪漫手法，将庐山瀑布和五老峰的景色，写得奇丽壮观，令人无限向往，成为歌颂庐山的千古绝唱，连苏轼都说"帝遣银河一派垂，古来唯有谪仙词"了。

李白写过许多赞美长江大河的诗篇，《横江词六首》就是以长江为对象，用南朝乐府民歌体裁写成的风格统一的组诗。试举其中一首：

> 海神来过恶风回，浪打天门石壁开。
> 浙江八月何如此？涛似连山喷雪来！
> 　　　　　　　　（《横江词六首》之四）

这首诗描写风急浪高的长江天险。诗人把亲临目睹的天门山奇观，同海神恶浪将天门劈成两半的传说互为印证，真切而形象地描绘了长江风浪的威力。再与著名的钱塘八月潮作一比较，愈加生动地反衬出横江浦白浪滔天的险奇。

李白曾一口气写下六首《游泰山》的组诗，这组诗有意将亲自领略到的泰山奇观同虚幻的神仙传说糅合为一。请看其中第三首：

> 平明登日观，举手开云关。
> 精神四飞扬，如出天地间。
> 黄河从西来，窈窕入远山。
> 凭崖览八极，目尽长空闲。
> 偶然值青童，绿发双云鬟。
> 笑我晚学仙，蹉跎凋朱颜。
> 踌躇忽不见，浩荡难追攀。

诗人写黎明前登上日观峰观望日出的情景，着重捕捉日出那一刹那间振奋人心的感受；又写在观赏山水中，幻遇仙童。这是诗人追求精神解脱而使用的一种方式，目的在于表达自己对理想的企望和对现实的感愤。这是李白山水诗创作不断变新的浪漫手法之一。这种艺术手法的运用，到写《梦游天姥吟留别》时就更成熟、更完美了。此诗又名《别东鲁诸公》，是李白在天宝四年（745）初秋，由山东南下漫游吴越前写的一首留别之作。诗人以"梦游天姥"为题，完全凭借大胆的虚构和丰富的想象，构想出自己梦游天姥山的经历。那梦中游山的感受、神奇变幻的山景和令人惊诧的洞天仙境，都不是出于偶然，而是诗人一生闯荡天涯、遍游山水的艺术折光。正是由于李白大胆运用独特的创作精神和艺术手法，使这一山水名篇的积极浪漫主义风格达到了极致。结句"安能摧眉折腰事权贵，使我不得开心颜"，即便与山水无关，却是李白崇高人格的自白，也是他一生酷爱自由，与山水相知的心灵的揭示。寓怨刺于山水之中，这是李白的山水诗篇能闪光发亮的思想基础。李白善于将平时蓄存、积累的大量山水观感与经验，根据需要随心所欲地进行艺术再创造。通过神奇的想象，抓住山水胜迹的本质特征，生动地描绘，不求精细，但求神到意尽，具有鲜明的主观个性色彩。

正是因为李白具有丰富的阅历、天才的想象力，他才会创作出一系列讴歌祖国山河的光辉诗篇，使中国山水诗的题材、内容和艺术水平，有了根本性的飞跃。

赤子破碎之心的悲凉写照

李白在安史之乱时，应邀下山，当了一个多月永王璘的幕僚，竟因此获罪，长流夜郎，成为王室内讧的牺牲品。至德二年（757）八月，他从浔阳出发，溯江西南而行，一路上长啸泣血，悲歌浩发："远别泪空尽，长愁心已摧。"（《赠别郑判官》）"愿结九江流，添成万行泪。"（《流夜郎永华寺寄浔阳群官》）"平生不下泪，于此泣无穷。"（《江夏别宋之悌》）处于屈辱、悲苦境地的李白，极少有吟赏山水的兴致，偶有所作，也多是借题发挥，聊抒忧愤。

扬帆借天风，水驿苦不缓。
平明及西塞，已先投沙伴。
回峦引群峰，横蹙楚山断。
砯冲万壑会，震沓百川满。
龙怪潜溟波，候时救炎旱。

我行望雷雨，安得沾枯散。

鸟去天路长，人愁春光短。

空将泽畔吟，寄尔江南管。

（《流夜郎至西塞驿寄裴隐》）

这首诗是李白经过鄂州（今武昌）西塞山时作的。当他见到峰峦峦迥、百川会集、水势奔腾的景象，刹那间忘却了自己被流放的苦楚，竟沉吟泽畔，奇想翩翩，希望眼前这"万壑会"、"百川满"的水泽之中的潜龙能"候时救炎旱"。"我行望雷雨，安得沾枯散"二句，更联系自己的处境，以雷雨比喻渴望皇上赦免的恩泽早日降临。一个蒙受不白之冤正被流放的"罪人"，在触景生情、百感交集中仍不忘缓旱救灾，足见忧国忧民之深！

李白流放夜郎途中，在江夏沔州（今汉阳）有较长时间的逗留。由于他的诗名远扬，受到地方上一些旧友和正直官员的接待，参加过一些宴会，写过若干山水诗篇。

绀殿横江上，青山落镜中。

岸回沙不尽，日映水成空。

天乐流香阁，莲舟飏晚风。

恭陪竹林宴，留醉与陶公。

（《流夜郎至江夏陪长史叔及薛明府宴兴德寺南阁》）

李白在江夏兴德寺南阁的筵宴上，乘着酒兴，暂时忘却不幸，将江景写得异常之美。那横立江上的绀殿，倒影江中的青山，迂回不尽的沙岸，还有日照江面，天水一色的情景……都从各个角度作了精微的点染。

当诗人乘着孤舟，逆浪而上三峡，途经黄牛峡，盘曲几日不见进展时，触动愁肠，写了著名的《上三峡》：

巫山夹青天，巴水流若兹。

巴水忽可尽，青天无到时。

三朝上黄牛，三暮行太迟。

三朝又三暮，不觉鬓成丝。

李白生性豪放乐观，当他越过黄牛峡后，离舟登上巫山最高峰，尽情游赏了山巅的奇景，回来后题下一首十分动人的长诗《自巴东舟行经瞿塘峡登巫山最高峰晚还题壁》，诗情纵横跌宕，表现了诗人气吞八方的胸怀和在流放中的沉郁情调。

乾元二年（759）春天，李白刚抵白帝城，就传来赦令，真是喜从天降。他立即回舟出峡，写了《早发白帝城》，感情色调同《上三峡》形成鲜明的对照：

朝辞白帝彩云间，千里江陵一日还。
两岸猿声啼不住，轻舟已过万重山。

那重新恢复自由，狂喜、轻快的心情，洋溢在字里行间，三峡风光的精髓也传神而出，成为歌咏三峡的千古绝唱。

李白出了荆门，回望蜀江，但见两岸春色如画，不免油然而生依恋之情，于是写下一首美丽的诗篇：

春水月峡来，浮舟望安极。
正是桃花流，依然锦江色。
江色绿且明，茫茫与天平。
逶迤巴山尽，摇曳楚云行。
雪照聚沙雁，花飞出谷莺。
芳洲却已转，碧树森森迎。
流目浦烟夕，扬帆海月生。
江陵识遥火，应到渚宫城。

（《荆门浮舟望蜀江》）

乾元二年（759）八月，康楚元、张喜延据襄州作乱；九月，张袭破荆州。李白去衡岳，正适贾至从汝州刺史左迁岳州司马，与李白相遇，偕游巴陵。他诗兴顿发，用七绝写成《陪族叔刑部侍郎晔及中书贾舍人至游洞庭五首》，此录二首如下：

洞庭西望楚江分，水尽南天不见云。
日落长沙秋色远，不知何处吊湘君。

南湖秋水夜无烟，耐可乘流直上天？
且就洞庭赊月色，将船买酒白云边。

诗中不仅生动描绘了洞庭湖上明丽清远的秋水秋色，而且吊古思今，含蓄地联想到彼此的遭遇，表达出期待返回帝京有所作为的愿望。贾至也感触满怀地作诗赠答。不久，李白登岳阳楼，写了《与夏十二登岳阳楼》：

> 楼观岳阳尽，川迥洞庭开。
> 雁引愁心去，山衔好月来。
> 云间连下榻，天上接行杯。
> 醉后凉风起，吹人舞袖回。

　　这首五律，属对工整，意境豪逸，浪漫主义的风格用近体诗的形式，得到了很好的表现。

　　上元元年（760），六十高龄的老诗人李白，从巴陵返回江夏，不久又重游金陵、宣城等地。虽心怀壮志却寄人篱下，心情又陷入苦闷。这时所写的山水诗作有《鹦鹉洲》、《下浔阳城泛彭蠡湖寄黄判官》、《庐山谣寄卢侍御虚舟》等，每首诗各有特色。尤其《庐山谣寄卢侍御虚舟》一首，乃是李白历尽劫难，借山水而抒愤激的力作，思想内涵丰富、艺术水平极高。诗人不仅用绚丽的语言、高昂的调子，赞美庐山独秀南斗、英挺峻拔的丰姿，而且用淡薄虚幻的笔墨，揭示了诗人饱受打击之后，走投无路的悲凉心境，是用浪漫主义精神谱出的一曲时代悲歌，引人深思、共鸣。

　　总观李白流放时期及晚年的山水佳作，其思想内涵博大深刻，积极浪漫主义的艺术风格达到了炉火纯青的地步。他不仅在乐府诗的艺术上精益求精，而且近体律绝也运用自如。尤其值得赞叹的是，他始终怀着一颗无愧于时代和国家的赤子之心，这颗心被扭曲、被折磨直至完全破碎，最后回到大自然母亲的怀抱。

　　李白一生曾七游宣城，公元 753 年游宣城时，写下一首名作：

> 众鸟高飞尽，孤云独去闲。
> 相看两不厌，只有敬亭山。
> （《独坐敬亭山》）

这首诗借山水景物寓意，可说是诗人一生不幸的自我画像诗之一。

李白山水诗的艺术成就及影响

李白诗中的山河颂歌，是同慷慨激昂的壮阔胸怀、豪放浪漫的奇想交织合一的。"落笔惊风雨，诗成泣鬼神"就是杜甫对李白诗的精确评价。李白不仅善于学习和继承优秀的传统，更善于大胆地创新。他根据时代的发展和需要，创新格调、创新手法，也创新了语言。他的浪漫主义诗篇足以惊风雨、泣鬼神，不愧为诗歌史上的艺术瑰宝。

李白的山水诗善于展开神奇想象的翅膀，刻画磊落不羁的自我形象，在山水诗中自树一帜。他向来不拘泥于山水形貌的细描实写，不在乎叙述观赏山水时悠游自在的闲情，更不受山水境界的制约，而是凭着自己的审美理想，怀着炽热的感情，塑造前人诗中罕见的极富个性神采的非凡形象。他随意写景，随意抒情，驰骋万里，纵横捭阖。唯其如此，更能反映山河一统的帝国气概，更能透彻表达怀才不遇的一代知识分子心灵的愤懑。李白突破了传统的表现手法，在山水诗中刻画敢于同命运之神较量、不甘屈服的形象。在奋力拼搏中，苍莽的群山，奔腾的江海，都成为他的知音，成为他的依靠，成为他力量与勇气的源泉。李白有意把山水神奇化、人格化，不这样不足以显示祖国壮美山河的气势，不这样不足以刻画顶天立地的人格和刚直不阿的坦荡胸怀。请看《登太白峰》一诗：

> 西上太白峰，夕阳穷登攀。
> 太白与我语，为我开天关。
> 愿乘泠风去，直出浮云间。
> 举手可近月，前行若无山。
> 一别武功去，何时复更还？

诗人对太白峰的描绘，不重形貌，不重记游，而是选取夕阳晚照，从奋攀峰巅这最后一段下笔的。一个"穷"字，写出了登山至此已筋疲力尽却毫不懈怠的情状。诗人赋予太白峰以神人的灵性和威力，唯太白峰与诗人相知，唯太白峰理解他的困境与追求，为他打开通向自由的天关。诗人想象自己乘着泠风，冲出浮云，遨游太空，获得自由的情景。雄伟高绝的太白峰，同挣扎于困境而不屈的诗人结成了挚友。经过奇思遐想，为大自然增添了性灵的彩色，使它成为正义与力量的化身，可以对它畅抒理想的激情，获得精神的寄托。李白运用这种化实为虚、借虚写实的写意手法，突出了情愫高+洁、立志登高的自我形象。同时，太白峰那高峻幽邃的景象，读者亦自可心领神会了。

李白天才横溢的奇思妙想，使广阔无垠的宇宙充满生命力。他热衷表现磅礴飞动的山水之美，像《梦游天姥吟留别》、《西岳云台歌送丹丘子》、《鸣皋歌送岑征君》等名篇，就是李白创新意境、创新手法的代表作。与李白同时享有盛名的王维，同样与山水相知，但他着重表现的是山水的画意、神韵和清幽闲静的意境，从中透露出孤寂自适的心情。可以说，李白的诗以气势取胜，王维的诗以技巧取胜，他们以不同的追求取得各自的成就，从不同角度丰富和增强了山水诗的写意特征和艺术魅力。

李白喜爱乐府歌行的体裁，因为乐府歌行不拘平仄、句式自由、富于节奏感的特点，更适宜于他的创作个性。不过，他不仅仅是学习、运用这种体裁，而是有所扩大和创新。李白摆脱乐府旧题的陈套，自由地表现巍峨的山岳、奔腾的江河、胸中的激情、心底的狂澜。他以呼风唤雨、移山倒海的宏肆气魄，作为乐府歌行的创作灵魂，写出了《蜀道难》、《行路难》、《将进酒》、《梁甫吟》等古朴铿锵而又内涵博大的古题乐府，为这种古老的诗歌形式，注入了新时代的色彩和生命力。例如他所写的《北上行》就是对当年曹操写的《苦寒行》从形式到内容的扩大与创新。不仅题目有所改变，而且内容从写征戍跋涉之苦，变为因见太行而思及北方领土被安史之乱的烽火造成的灾难。这是熔山水与时事于一炉的开先，后来杜甫由秦入蜀，途中写了许多这类山水诗。

《鸣皋歌送岑征君》属于自立新题的歌行，诗人当时身居梁园，却神思远去，想象友人在旅途中经历冰封雪阻、霜崖洪河的险情以及鸣皋山中万壑幽深、素月相对的雅境，并通过一连串比喻，表达了自己绝不与权奸为伍的耿耿忠怀。

清人王士禛云："唐三百年以绝句擅场，即唐三百年之乐府也。"李白是新体乐府的圣手，他写了大量绝句式的乐府山水诗，如《夜下征虏亭》、《望天门山》等。这些仅仅四句的小诗，在李白手中，竟成了一幅幅意境不凡的图画，又是一首首优美无比的抒情诗。总之，李白的乐府歌行，不论长篇短制，不论古题新题，都是诗人创造性劳动的结晶，它们带着各自的特色，进入唐代诗坛的百花园中，焕发着诱人的艺术光彩。

李白山水诗的语言是完全个性化的。"兴酣落笔摇五岳，诗成笑傲凌沧州。"（《江上吟》）天赋其才，兴到诗来，自然而不加雕琢，这是其独到之处。当然，他的语言风格也是多样化的，时而瑰丽夸张，时而清丽自然。"西岳峥嵘何壮哉！黄河如丝天际来。黄河万里触山动，盘涡毂转秦地雷。荣光休气纷五彩，千年一清圣人在。巨灵咆哮擘两山，洪波喷流射东海。三峰却立如欲摧，翠崖丹谷高掌开。白帝金精运元气，石作莲花云作台。……"
这里诗人用瑰丽夸张的语言，热情咏赞黄河、西岳的神威。古来写河岳的诗
很多，但在语言和气势上，很少能与李白匹比。这在很大程度上取决于李白
高远豪放的胸怀，因为在李白的心目中，五岳是神州大地的神圣标志，黄河、
长江是中华民族豪迈奋进的象征，非如此不足以显示其万千气象，不足以令
人肃然起敬。李白写不同风格的山水，就用不同的语言。他有许多著名的山
水绝句，就是用清新流畅的语言写成的，如"洞庭西望楚江分，水尽南天不
见云。日落长沙秋色远，不知何处吊湘君"（《陪族叔刑部侍郎晔及中书贾舍
人至游洞庭》五首之一）。这类诗所以能如实绘出秀丽山川的本色，正是得力
于诗人清丽自然的语言。李白珍视语言的天然之美，反对过于雕饰的绮丽之
风。他重视汉魏乐府的刚健古朴，也吸收六朝乐府的清新流丽，并融化到自
己的天赋个性中，形成自己独具一格的语言艺术。

　　李白在世的时候，已诗名大著，仅杜甫就为他写了十五篇诗，"白也诗
无敌，飘然思不群"（《春日忆李白》)表达了对李白诗歌无比的敬意。李白
死后，历代文人无不诵其诗，怀吊他的诗文不计其数。历代诗评家也是异口
同声地公认李白为天才。唐人多以"李杜"并称，"李杜文章在，光焰万丈
长"（韩愈《调张籍》，"吟咏流千古，声名动四夷"（白居易《读李杜诗集，
因题卷后》)。晚唐皮日休称："吾唐来，有是业者，言出天地外，思出鬼神
表，读之则神驰八极，测之则心怀四溟，磊磊落落，真非世间语者，有李太
白。"（《皮子文薮·刘枣强碑》)明人高棅谓："李翰林天才纵逸，轶荡人
群，上薄曹刘，下凌沈鲍。其乐府古调，能使储光羲、王昌龄失步，高适、
岑参绝倒，况其下乎?"（《唐诗品汇》)清人沈德潜赞道："太白七言古，想
落天外，局自变生，大江无风，波浪自涌，白云从空，随风变灭。此殆天授，
非人所及。"（《唐诗别裁》)

　　如此这般的礼赞足以证明李白诗歌不仅在当时令人倾倒，而且对后世文
学产生了巨大深远的影响。他那以五岳为辞锋、以四海作胸臆的疏宕有奇气
的山水诗，最能激发中华儿女的爱国热情，给后代以无限美的憧憬和艺术享
受，哺育了无数民族文化的精英，无论过去、现在或将来都永远是中华民族
引以为豪的艺术瑰宝。

杜甫——与山河破碎共命运的伟大诗人

杜甫是一位与国家同忧患、同人民共命运的伟大诗人。他生活在唐代由盛转衰的关键时期，在漫游、离乱、漂泊中，度过了坎坷忧患的一生。他的诗除了以"诗史"著称之外，还有"图经"的美名。这就是说，诗人不仅以历史见证人的身份，写了大量现实主义的动人诗篇，而且他的足迹所至，莫不留下优美独特的山水诗篇，作为现实生活的艺术记录。读其诗，有如亲临其境、目睹其景，从中可以分享诗人赞美奇丽山川的欢乐，分担诗人同山河破败共命运的忧思。

壮游、求仕与山水

杜甫（712—770），字子美，河南巩县（今巩义市）人。他是晋朝大将军杜预的十三世孙。祖父杜审言，做过修文馆学士及尚书膳部员外郎，是初唐的"文章四友"之一，颇负盛名。父亲杜闲，曾任竞州司马及奉天县令。

杜甫七岁吟诗，好学不倦。自称"七龄思即壮，开口吟凤凰。九龄书大字，有作成一囊"（《壮游》）。可知他从小就经过刻苦的训练，有扎实的知识基础，并以凤凰象征自己的抱负。为了增长见闻，二十岁开始离家南游吴越。他从洛阳出发，过金陵，下姑苏，渡浙江，泛剡溪，寻禹穴，赏鉴湖，登天姥，充满了盛唐时代青年知识分子所共有的浪漫情调。可惜，这时写的诗篇保留下来的不多。为了参加开元二十三年（735）在洛阳的进士考试，他返回家乡，虽获贡举，但春闱落选。开元二十四年（736），杜甫以探父为名，到了齐赵（当时其父正任竞州司马），作了一番清狂的漫游，并在齐南鲁北的汶水一带，同正在困踬中的高适认识，结下友谊。这次漫游，写了一些颇有生气的山水景物诗，其中以《望岳》最享盛名：

> 岱宗夫如何？齐鲁青未了。
> 造化钟神秀，阴阳割昏晓。
> 荡胸生层云，决眦入归鸟。
> 会当凌绝顶，一览众山小。

这首诗气势雄伟，是盛唐气象的代表作，受到历代诗评家的推崇。这时，他也写了一些情调清婉的小诗，如《与任城许主簿游南池》等。

吴越之游给杜甫留下了幽美清新的印象，为诗人后来表现秀美雅淡的诗境打下了基础；齐赵之游，获得了阔大高远的生活体验，培养了诗人雄伟壮阔的审美情趣，成为他日后追求雄浑、深沉、博大、劲健的诗风的动力。

开元二十九年（741），杜甫到了而立之年，他结束漫游生活，回到洛阳，在偃师附近筑"偃师故庐"（又称陆浑庄），同司农少卿之女杨氏成亲。三十五岁那年，曾到长安应试不第。

天宝元年至三年（742—744），杜甫在洛阳结识了一些显贵，同大名鼎鼎的李白一见如故，志趣相投，共游梁宋，并与高适相遇，三人又联袂同游，饮酒赋诗，度过了一段十分惬意的生活，这是杜甫终生难忘的，也成为李杜友谊流传千古的佳话。

离乱、忧国与山水

杜甫在天宝五年（746），怀着干一番事业的理想到了长安。不料，岁月蹉跎，求官无着，境遇不佳。他目睹长安百年无战事的太平景象及达官显贵、富商大贾的贪欢享乐，逐渐对冷酷的现实和惨淡的人生有了新的感受，在这时期游览山水的诗篇中，同时流露出对国运的关切。

当时，游览、访友、献诗，是求得一官半职不可缺少的应酬。《陪郑广文游何将军山林十首》及《重过何氏五首》就是杜甫陪郑虔访何将军山庄时写的山水诗，虽然写的是山林小景，可是生活气息很浓。王嗣奭在《杜臆》中称它为"一篇游记"。这说明诗人虽在落拓不得意之中，也有过一些饶有情趣的山水之游。

《渼陂行》是一首写与岑参兄弟同游长安附近一处著名风景区的诗：

> 岑参兄弟皆好奇，携我远来游渼陂。
> 天地黯惨忽异色，波涛万顷堆琉璃。
> 琉璃汗漫泛舟入，事殊兴极忧思集。
> 鼍作鲸吞不复知，恶风白浪何嗟及。
> ……

他以神奇的笔触，描绘畅游中的奇观、遇险时的情趣及惊诧紧张的心情。诗以"咫尺但愁雷雨至，苍茫不晓神灵意。少壮几时奈老何？向来哀乐何其多"作结，借风云突变的自然吐露，表现出对人生不测、世风日下的感喟。

天宝十四年（745）十一月，杜甫出于无奈接受了太子右卫率府兵曹参军之职。从此，了结"旅食京华"的求仕生涯。不过，做兵曹参军同他期待

"自谓颇挺出，立登要路津"的抱负，相差十万八千里，他只是出于无奈图得温饱罢了。他在去奉先探亲的途中，思前想后，百感交集，写成了震撼人心的时代悲歌《自京赴奉先咏怀五百字》，这首诗可以称作是玄宗统治行将结束的挽歌，在危机四伏的京畿，诗人已无心游赏山水，此时的诗均在写景中表达对时局的忧虑感。天宝十五年（746）五月中，为了避寇，举家自奉先北上鄜州（今陕西富县），在白水（即奉先）写下一首三十韵的长诗，诗句中"危阶根青冥，曾冰生凘沥。上有无心云，下有欲落石。泉声闻复急，动静随所击。鸟呼藏其身，有似惧弹射。吏隐道性情，兹焉其窟宅"（《白水县崔少府十九翁高斋三十韵》）将该地的山形水态同危急万分的局势，语带双关地作了自然的联系，以表自己的忧思。当诗人继续奔扑到三川县时，正值大雨滂沱，川洪暴涨，随即写了《三川观水涨二十韵》："我经华原来，不复见平陆。北上唯土山，连天走穷谷。火云无时出，飞电常在目。自多穷岫雨，行潦相豗蹙。蓊匌川气黄，群流会空曲。……及观泉源涨，反惧江海覆。漂沙坼岸去，漱壑松柏秃。乘陵破山门，回斡裂地轴。交洛赴洪河，及关岂信宿。应沉数州没，如听万室哭。……"这首诗实录了山洪崩摧、三水横流及万家悲哭的惨象。以赋体写山水险象，构思奇特，艺术上是有所创新的。在社会动乱、国家破败之际，唐代山水诗的内涵也在剧变之中。杜甫以忧患之思取代了承平之日的闲逸情怀，既是势所必然，也是时代赋予的使命。这时，诗人愈是深入生活，就愈能运用饱蘸泪水之笔，绘出血染江山、哀鸿遍野的画图，为山水诗开拓出一种崭新的境界。

至德二年（757）四月，杜甫不顾九死一生的安危，从被乱军所困的长安，侥幸逃到凤翔。这份忠诚打动了肃宗，五月授左拾遗。不久，因抗疏救房琯忤旨，于同年闰八月即放还省家。在北征途中，经麟游县瞻仰了隋文帝所建的九成宫，触景生情，感慨万分，写了《九成宫》一诗。此诗将当年隋文帝建下的九成宫及周围的山水形胜写得极其壮观、险峻，又感叹如今却荒凉冷落得不堪入目了，因而迸发出"荒哉隋家业，制此今颓朽。向使国不忘，焉为巨唐有"的无限嗟叹。

杜甫在离乱中所写的山水诗，无不兼写忧国之情。当他逃难奔走于鄜州、凤翔、羌村等战火纷飞的土地时，就自然而然地将这一带的山山水水，连同战乱中的种种情景纳入诗中：

三川不可到，归路晚山稠。

落雁浮寒水，饥乌集戍楼。

市朝今日异，丧乱几时休？

144

远愧梁江总，还家尚黑头。

（《晚行口号》）

诗人将晚行所见的战地山川、群山寂寂、寒水阴阴、戍楼耸立、饥鸟争食的惨淡景象，作了感人的艺术概括。又联系江总当年急流勇退的形象，作出"远愧梁江总"的自我反思，从而透露了自己此时闪现隐退的内心活动。

乾元元年（758）六月，杜甫出为华州司功参军，在赴任途中，经过郑县亭子，见涧水澄澈，风景独秀，一时兴起，写下《题郑县亭子》拗律一首。接着又写了《望岳》（西岳华山）一诗：

西岳峻嵸竦处尊，诸峰罗立似儿孙。
安得仙人九节杖，拄到玉女洗头盆。
车箱入谷无归路，箭栝通天有一门。
稍待秋风凉冷后，高寻白帝问真源。

诗人着意突出华山最高峰——莲花峰高峻耸立于千仞之上的雄姿，既有华山特色，又加上神话传说以点缀争辉，暗示玄理，耐人寻味。正如浦起龙在《读杜心解》中所说："盖寄慨而兼托隐之词也。"比早年所写的《望岳》（东岳泰山），更显得沉郁了。

经过大震荡而倍受打击的杜甫，在华州无所作为，反思再三，终于对平庸无能的肃宗朝廷不抱希望，打消了幻想，决心弃官西行。乾元二年（759）秋，携家到秦州（甘肃天水）。这一带已成官军屯戍的要塞，山形地势险阻，百姓生计艰难，杜甫写下《秦州杂诗二十首》，其二、其七、其十三是专门记述秦州关塞特色的。如：

莽莽万重山，孤城山谷间。
无风云出塞，不夜月临关。
属国归何晚？楼兰斩未还。
烟尘独长望，衰飒正摧颜。

（《其七》）

诗人抱着忧世伤时的心情，描写祖国西部莽苍群山、孤城边关的衰败景象，及自己难以排解的忧思。同年十月，从秦川移家至陇右的同谷。两个月后，不得不下成都以谋生计。一路上万水千山，历尽艰辛，却不顾劳累，坚持把所经历的秦川、蜀道各处的艰险历程写成两组纪行山水诗，共二十四首，付出了艰辛的劳动。

第一组有《赤谷》、《铁堂峡》、《法镜寺》、《青阳峡》、《龙门镇》、《石龛》、《积草岭》、《泥功山》、《凤凰台》等。用现实主义的精工细笔实录了亲身经历的秦塞要道高矗回环的奇险壮观。

第二组突出自陇入蜀巉崖畏途的山水，如《木皮岭》、《白沙渡》、《水会渡》、《飞仙阁》、《五盘》、《龙门阁》、《石柜阁》、《桔柏渡》、《剑门》、《鹿头山》等。

以上两组诗，如能顺章读下，就会对千古少人行的秦陇蜀道之雄奇险荒惊叹叫绝："径摩穹苍蟠，石与厚地裂。修纤无垠竹，嵌空太始雪。"（《铁堂峡》）"林迥硖角来，天窄壁面削。礁西五里石，奋怒向我落。"（《青阳峡》）尤其对栈道天险的描绘，更是逼真精彩："唯天有设险，剑门天下壮。连山抱西南，石角皆北向。两崖崇墉倚，刻画城郭状。一夫怒临关，百万未可傍。珠玉走中原，岷峨气凄怆。"（《剑门》）诗人对山行、水渡中的劳累、惊悸和喜悦的心态，也作了生动的剖白："远岫争辅佐，千岩自崩奔。始知五岳外，别有他山尊。"（《木皮岭》）"大江动我前，汹若溟渤宽。篙师暗理楫，歌笑轻波澜。"（《水会渡》）值得指出的是，诗人随时将山势地形同国家安危、人民祸福联系在一起，加以发挥，使山河人格化。山水诗素以模山范水、流连风景为传统的创作内容，经过杜甫的努力，它们被赋予了崭新的意义，这是唐代山水诗在创作上的一大突破。

巴蜀山水的颂歌

杜甫一生中的最后十年，大部分时间都是在川蜀、夔州一带度过的。在成都期间，他的生活较为安稳，后来一度接受严武的荐举，做过检校工部员外郎兼节度使署参谋（约一年光景）。

在亲友们的资助下，盖起了一座草堂。的确，"人创造环境，环境也创造人"（马克思、恩格斯《德意志意识形态》）。诗人在自己创造的环境中写了大量反映社会风俗的诗篇，又以大自然作为楷模，在它的启示下创作了许多优秀的山水诗。如《登楼》：

> 花近高楼伤客心，万方多难此登临。
> 锦江春色来天地，玉垒浮云变古今。
> 北极朝廷终不改，西山寇盗莫相侵。
> 可怜后主还祠庙，日暮聊为梁甫吟。

这是在成都写得最好的山水诗之一。作为大自然的儿子,杜甫的创造力和他的灵感,常常都来自自然的怀抱。这首诗即景抒情,就是将壮丽山河同古往今来的变迁、忧国忧民的心事熔为一炉,充分体现出沉郁顿挫的特色。诗人将极其深沉隐秘的内心活动,通过描写锦江、玉垒的蜀川江山加以透露,他那爱国情操和民族自信也借助景物和对古祠的咏怀显示无遗。由于生活安定和环境优美,杜甫此时所写的山水诗,观察自然更为精到,摹刻景物也更传神:

> 寺忆曾游处,桥怜再渡时。
> 江山如有待,花柳更无私。
> 野润烟光薄,沙暄日色迟。
> 客愁全为减,舍此复何之?
>
> (《后游》)

此诗的独到之处,是将景物全通过游者之眼写出,因而能做到明写情,暗写景;实写感受,虚写风光,做到由实入虚,虚实相生,使修觉寺的自然风光,可以思而得之,一反常人的手法。

围绕着草堂风光,诗人写了几首脍炙人口的绝句:

> 迟日江山丽,春风花草香。
> 泥融飞燕子,沙暖睡鸳鸯。
>
> (《绝句二首》之一)

> 江碧鸟逾白,山青花欲燃。
> 今春看又过,何日是归年?
>
> (《绝句二首》之二)

> 两个黄鹂鸣翠柳,一行白鹭上青天。
> 窗含西岭千秋雪,门泊东吴万里船。
>
> (《绝句四首》之三)

这些诗都是色彩斑斓的风景图画,诗人将刹那之间感触到的美景,通过形象生动的刻画凝聚在诗的画图中,变为永恒存在的艺术美。

严武死后,杜甫一家离开了成都。在东下漂泊途中,写了《旅夜书怀》这首寓情于景的名作:

细草微风岸，危樯独夜舟。

星垂平野阔，月涌大江流。

　　用孤舟夜泊、细草微风等自然物象，作为个人渺小孤独的象征。同辽阔的原野、灿烂的星光、流动的月华、滔滔的大江反衬成趣，突现了诗人暮年漂泊的悲苦境况。大历元年（766），杜甫到达夔州。在夔约两年，曾暂居赤甲、瀼西，那是巴东的一派丹山碧水、峭壁千仞之地。此时，杜甫已认定写诗是自己对社会、对人民唯一可作出的贡献。于是，倾力以赴，以"语不惊人死不休"要求自己，将天府之国的壮丽山川、名胜古迹同自己蹉跎岁月的感慨结合起来，诗笔悠悠，写下430多首与李白风格迥异的诗，其中吟咏自然的山河颂歌，占有显著比重。如《夜》、《暮春》、《晴》、《月三首》、《雨》、《反照》、《晓望》等。在众诗中，尤以《夔州歌十绝句》之一、之四写得最富有特色：

中巴之东巴东山，江水开辟流其间。

白帝高为三峡镇，夔州险过百牢关。

赤甲白盐俱刺天，闾阎缭绕接山巅。

枫林橘树丹青合，复道重楼锦绣悬。

　　这几首诗既有脱胎于谢灵运上下交错、远近相对的写景手法，又突出自己拗峭变化、寄寓无穷的特色。在真实和浑灏中，构成雄浑之美的统一体。尤其令人难忘的是《登高》诗中的秋景秋情、秋声秋色融汇合一，景壮阔，情沉郁，是将山水自然的刻画升华到更高艺术境界的名篇。

　　大历三年（768），杜甫驾舟出峡，打算北归，却被兵乱所阻，在岳州、潭州继续漂泊了两年。此时的杜甫，已经山穷水尽，濒临绝境，他抱着奄奄一息的残躯，走完了艰难苦恨的人生旅途，并抱病写下了离世前最后一批感人肺腑的山水诗：《宿青草湖》、《宿白沙驿》、《过津口》、《小寒食舟中作》和《祠南夕望》等。请看：

百丈牵江色，孤舟泛日斜。

兴来犹杖屦，目断更云沙。

山鬼迷春竹，湘娥倚暮花。

湖南清绝地，万古一长嗟。

（《祠南夕望》）

诗中写出杜甫在湖南即使已处于"狼狈风尘里",仍要杖屦登临,目断云沙,像当年含冤忍辱的屈子,高歌山鬼,泪洒湘竹,将一片赤子的忠诚奉献无遗。诗人通过山水实感,发出万古同一的长嗟,表白自己始终不渝的爱国热忱,为我们留下了内涵丰富的珍贵诗篇。

杜甫山水诗的成就和影响

杜甫的山水诗具有很高的艺术水平,因为它不仅通过对山水外形之美的刻画,给人充分的审美享受,唤起人们对祖国山河的热爱,而且通过诗中的民族意识和时时不忘祖国山河命运的时代使命感,启迪读者,激起广泛的共鸣。所以,杜甫山水诗的格调比一般山水诗要高,形成具有自我特色的创新和突破。主要表现在以下几方面:

第一,杜甫在山水诗中能精心描绘形形色色的景物和千姿百态的山河,并赋予它们以时代的色彩,在情景的交织融合上,细腻深沉,妙不可言。特别在安史之乱以后所写的山水诗,更多地注入了诗人对国家、对人民的爱与忧,对个人坎坷命运的悲与恨,提高了山水诗的意境,丰富了山水诗的内涵,使山水吟咏同现实生活的联系更为广泛密切。从《陪郑广文游何将军山林十首》等比较一般的山水描写,逐步升华到像《秦州杂诗》那样同时代风云息息相关的好诗,可以见到明显的变化。尤其在入蜀之后所写的大量山水名篇,更是达到情中景、景中情、情景交融、水乳难分的境界,将山河破败、万物萧疏的景象同自己漂泊无依的悲痛命运熔为一炉。这是杜甫山水诗中最有个性特征的精品。如《登楼》中"无边落木萧萧下,不尽长江滚滚来",在描写秋景秋意的同时,不是已将山河动荡、人民流离失所的景象,蕴含于萧瑟的山水意境中了吗?请再看:

> 阆州城东灵山白,阆州城北玉台碧。
> 松浮欲尽不尽云,江动将崩未崩石。
> 那知根无鬼神会,已觉气与嵩华敌。
> 中原格斗且未归,应结茅斋看青壁。
>
> (《阆山歌》)

诗人那样真切地描绘蜀地山川的景致,又用意深长地将灵山、玉台山的山势气派同中原五岳的嵩山、华山相匹敌,表明祖国壮丽的山川到处有。在写景中暗合时事,"松浮欲尽不尽云,江动将崩未崩石"二句,就是意味良深地喟叹了战争风云未尽,国家处境艰危的险象。结句抒情时,又能情中寓景，景中含情，二者妙合无痕，浑然一体。

第二，诗人善于透过形貌，深入捕捉山水景物的神采气质，精描细写地再现了山河的奇伟壮观。杜甫不同于王维运用画家笔墨写意传神，亦有别于李白驰骋想象，凭超人的天才取胜。他善于运用精细的笔触，将人们往往熟视无睹，或是鲜见寡闻的山水景物，刻画得栩栩如生，呈观眼前。例如：

150

> 三峡传何处，双崖壮此门。
> 入天犹石色，穿水忽云根。
> 猱玃须髯古，蛟龙窟宅尊。
> 羲和冬驭近，愁畏日车翻。
>
> （《瞿塘两崖》）

> 西南万壑注，勍敌两崖开。
> 地与山根裂，江从月窟来。
> 削成当白帝，空曲隐阳台。
> 疏凿功虽美，陶钧力大哉。
>
> （《瞿塘怀古》）

前诗为了突出瞿塘两崖连天耸立的奇险，刻画了"入天犹石色，穿水忽云根"的山形水态。一个"犹"字，强调出瞿塘峡石岸入天的本色；一个"忽"字，则将水流自天边穿峡忽涌而至的情状跃现眼前。诗人描绘了猱玃古髯、蛟龙窟宅，为的是说明山之高、水之深，这才保障了猱玃、蛟龙的生存和尊严。就连太阳神羲和也有翻车之惧的心态，简直将险绝千古的奇观活灵活现地呈现无遗。后诗用镂刻之笔，描写峡形水势，是实写也是夸张。最后都归结在天设人造的功绩上，成为鬼斧神工及开创者辛勤劳动的杰作，字里行间充满了对祖国山河的由衷敬意和江山危殆的深重隐忧。

杜甫当然也有冲淡娴静的山水田园诗，当他卜居浣花溪，经营草堂时，生活稍为闲逸，就注意精描细写卜居的情趣。如《水槛遣心二首》之一：

> 去郭轩楹敞，无村眺望赊。
> 澄江平少岸，幽树晚多花。
> 细雨鱼儿出，微风燕子斜。
> 城中十万户，此地两三家。

此诗最精彩的部分，是在颔联、颈联的对句中，仅仅四句二十字尽绘春临水槛的美景。尤其是"细雨鱼儿出，微风燕子斜"两句，不仅体现了诗人缘情体物的精妙，而且在动态中突出了水槛周围的静谧之美，确实令人赞叹不已。

再如《绝句六首》之六：

> 江动月移石，溪虚云傍花。
> 鸟栖知故道，帆过宿谁家？

诗人在落笔之初，就从江水、溪流澄澈反照的美学角度，咏赞"月移石"、"云傍花"的美景。这是需要独特精微的生活触觉去静观默察，才能捕捉到的自然物象的细微移动与变化，才能摄取到的与众不同的最佳画图，因而诗的意境显得妙趣横生。

第三，杜甫善于运用"搜奇抉奥、削刻生新"的手法，以展现一系列新奇的山水境界。他那二十四首别开生面的入蜀纪行诗，刷新了前人对秦山蜀道的传统写法，用大型组诗的结构，自立诗题，取代了传统单调的《蜀道难》、《巫山高》的吟咏，让秦蜀险道上一系列"挺特奇崛"的山川，获得更加新鲜、突出的艺术体现。例如，第一组诗以秦塞为主体，极写其高耸回环的壮观，有裂地摩天、盘古积雪的《铁堂峡》；有山远路阻、隆冬生虹蜺的《石龛》；有山溪回环、松雨淅沥的《法镜寺》和峡壁面削、磩石怒落的《青阳峡》，一首首诗篇，一个个诗题，沿着自秦入蜀的艰险历程，将见所未见、闻所未闻的祖国西部的秦塞天险一一作了艺术的纪录。第二组诗，写穿越巴山蜀水的畏途巉崖，有千岩奔崩的《木皮岭》、渡口绝岸的《白沙渡》、栈云阑干峻的《飞仙阁》和野人半巢居的《五盘》等。假如，不用这种联诗组合及另立新题的方法来处理，很难设想如何对秦山蜀道作如此系列而又细致入微的真切描摹。杜甫在这些诗中，成功地用了"赋"体的写法，是掺和着诗人感情的波澜去展开记叙的。他对惊险而又漫长的旅途作了铺陈，间中不乏曲折之笔，又将自己深沉的感触融入诗中，"我行山川异，忽在天一方。但逢新人民，未卜见故乡。大江东流去，游子日月长"（《成都府》）。这是赋中有兴、兴在其中的一例。这种手法有助于使诗的意境具有更多的新奇感和神秘感。读者读来有如亲临蜀地，置身于万壑千崖之间，大有耳目一新之慨。若同李白纵情想象、放声咏叹的《蜀道难》相比较，则是可以互相媲美、各显神通的双璧。

最后，应提及杜甫自创声律、格调新颖的拗体格律诗，他运用这种自创的变体写山水，使山水诗的表现艺术跨进了一步。他为了更好地摹写山水景物气象万千的变化，不受格律模式的限制，反而改造了平仄的方式，又不失诗歌本身的声律美、节奏美。例如，在夔州写的《白帝城最高楼》：

> 城尖径昃旌旆愁，独立缥缈之飞楼。
> 峡坼云霾龙虎卧，江清日抱鼋鼍游。
> 扶桑西枝对断石，弱水东影随长流。
> 杖藜叹世者谁子？泣血迸空回白头。

　　这首诗就是打破陈规，除了颔联出句合律之外，通篇运用拗救的变体。诗人要用这种变体才能充分写出坐落在瞿塘峡西侧北岸、高踞白帝山上的白帝城楼挺拔无畏的雄姿，写出峡坼云霾、龙虎鼋鼍随时兴风作浪的险境，才能从中反衬诗人深沉的叹世忧思及对国家民族寄寓的希望。杜甫似乎觉得，不通过如此精妙的拗变，不足以尽情地表达山水的奇崛险峭及感情的起伏波澜。律诗的拗变，是经过杜甫毕生的努力探求，才获得人们认可的重大艺术成就的。北宋诗人黄庭坚，就是刻意继承杜甫的拗律又显出个性，能自成一派的代表人物。

　　杜甫身后被尊为"诗圣"，后人公认他是在诗歌艺术上"集大成"的诗人。宋祁在《新唐书·杜甫传》赞说："唐兴，诗人承陈、隋风流，浮靡相矜。至宋之问、沈佺期等，研揣声音，浮切不差，而号"律诗"，竞相沿袭。逮开元间，稍裁以雅正。然持华者质反，好丽者壮违，人得一概，皆自名所长。至甫，浑涵汪茫，千汇万状，兼古今而有之。他人不足，甫乃厌余，残膏剩馥，沾丐后人多矣。故元稹谓：'诗人以来，未有如子美者。'甫又善陈时事，律切精深，至千言不少衰，世号'诗史'。"宋祁的这一番综合议论，表明了宋人对杜甫诗歌在思想、艺术上的贡献及影响，已有比较全面的定评。元人辛文房的《唐才子传》，以李、杜并称，曰："观李、杜二公，崎岖版荡之际，语语王霸，褒贬得失，忠孝之心，惊动千古，骚雅之妙，双振当时，兼众善于无今，集大成于往作，历世之下，想见风尘。"明人胡应麟指出："大概杜有三难：极盛难继，首创难工，遭衰难挽。子建以至太白，诗家能事都尽，杜后起，集其大成，一也；排律近体，前人未备，伐山道源，为百世师，二也；开元既往，大历继兴，砥柱其间，唐以复振，三也；"（《诗薮》内编卷5）清人叶燮也认为："杜甫之诗，包源流，综正变。自甫以前，如汉魏之浑朴古雅，六朝之藻丽秾纤，澹远韶秀，甫诗无一不备。然出于甫，皆甫之诗，无一字句为前人之诗也。自甫以后，在唐如韩愈、李贺之奇鬐，刘禹锡、杜牧之雄杰，刘长卿之流利，温庭筠、李商隐之轻艳，以至宋、金、元、明之诗家，称巨擘者，无虑数十百人，各自炫奇翻异；而甫无一不为之开先。此其巧无不到、力无不举，长盛于千古，不能衰、不可衰者也。"（《原诗》内编上）以上诸家的论述和评价，已深刻、全面、透彻地概括了杜甫在中国诗史上的贡献和影响。中、晚唐以后，诗坛上涌现的各家各派，无不师承于杜；宋、元、明、清各代，学杜之风，经久不息。如王安石、苏轼、陆游、文天祥等诗人，在山水诗中善于审时度势，通过山水境界畅抒爱国忧时的襟怀，就是弘扬了杜甫的结合时事以写山水的遗韵，获得了成就与发展；另一些诗人如黄庭坚、陈师道、元好问、李梦阳、沈德潜等，则侧重在写景咏物、遣词造句和形式技巧方面，吸取了杜诗的艺术养料。他们不同的取舍，有力地表明杜诗的博大精深，故其影响方方面面都能深入人心，后人学之却不能兼而得之，于是各取所好，得其一面，加以发展。可见，后人对杜甫推崇备至，理有必然，其影响是全面深刻而又千载不衰的。

唐代边塞诗人对山水诗题材的开拓

　　山水诗与边塞诗，在盛唐分属于两个不同的流派。边塞诗以描述军旅征戍、英雄怀抱、边地风光、塞外生活为创作题材。但是，边塞诗在对边地风光的描写中，往往涉及寥廓广袤的塞外山河景色。例如王维的"大漠孤烟直，长河落日圆"（《使至塞上》），仅两句就传神地概括了大漠长河的山河气象，故素有"千古壮观"（王国维语）之誉。王昌龄的《从军行七首》之七："玉门山嶂几千重，山北山南总是烽。人依远戍须看火，马踏深山不见踪。"诗中写了远戍，写了烽火，但也写了叠岭重山的西北塞外奇观。从这个意义上说，边塞诗与山水诗是有缘的。当然，边塞诗在描写山水的情状上是不尽相同的，有的以表现边塞山水的风貌为主，称之为边塞山水诗也不过分；有的只是局部，甚至是一二句涉及边地山水，但给人印象难忘。况且，边塞诗人在描摹边塞山水的艺术追求上，既有与传统的山水诗相通、相似之处，亦有某些新的创造和开拓。因此，我们研究中国山水诗史，应兼容并蓄，不能对这些作品采取漠视的态度。

　　我们清楚地看到，一些远戍边庭的诗人，往往以亲身经历，将耳闻目睹的景象和新鲜感受，通过别具一格的语言，写出了边塞山水的独特境界，读来惊心动魄，耳目为之一新。如读到"塞外悲风切，交河冰已结。瀚海百重波，阴山千里雪"（唐太宗《饮马长城窟行》）之后，我们对漠北阴山的景象，自然会有一种新鲜的感受和奇异的联想。从这个意义上说，唐代边塞诗人对祖国边塞山水的描写，的确是有新的拓展的。

　　盛唐以来，随着国力的强大和版图的扩张，内地与边塞的交往更为频繁，有志之士，往往投笔从戎，奔赴边庭，远戍塞外，感受极新。一时间，吟咏边塞山水风情的诗作大量地涌现。这些作品多采用歌行或绝句的形式，便于抒情咏唱。如享有"诗天子"称号的王昌龄，对边塞山水的描画就很有名气。请看他的诗作：

> 饮马渡秋水，水寒风似刀。
> 平沙日未没，黯黯见临洮。
> 昔日长城战，咸言意气高。
> 黄尘足千古，白骨乱蓬蒿。

　　　　　　　　　　（《塞下曲》）

青海长云暗雪山，孤城遥望玉门关。

黄沙百战穿金甲，不破楼兰终不还。

（《从军行七首》之四）

前诗用激越悲壮的调子，吟咏寒水刀风、平沙日落、白骨蓬蒿的塞垣；后诗写青海湖上的长云雪山，虽然着墨不多，却寄深情于边塞山川，给人广漠人稀的苍凉之感，从不同层面和不同方向显示出北国边庭山水的独特风貌。

中唐著名诗人李益、王建都身临塞垣，他们的诗有浓郁的塞外风情，往往在山水描写之中，染上浓重的怨悱情调，意境苍凉，感人至深。

晚唐诗人雍陶，曾多次越秦岭、临塞北，足迹踏遍大半个中国，写了许多山水诗，其中不少写到边塞山水，表现边民对和平生活的渴望。

晚虹斜日塞天昏，一半山川带雨痕。

新水乱侵青草路，残烟犹傍绿杨村。

胡人羊马休南牧，汉将旌旗在北门。

行子喜闻无战伐，闲看游骑猎秋原。

（《塞路初晴》）

此诗对塞北山川雨后初晴的刻画，景象真切，如在眼前，而且意蕴良深，气势不凡。比之中唐的同类诗歌，感情明显趋于隐蔽，也更注重律对及语言的锤炼。

高适、岑参诗中的边塞山水

高适（700—765）、岑参（715—770）都是盛唐著名的边塞诗人。他们投笔从戎，佐幕边陲，具有丰富的边塞生活体验。高适于开元中，曾两度北上蓟门，天宝后期又随哥舒翰远赴河西（今青海东北部），掌幕府书记。岑参于天宝八年（749）、十三年（754），先后两次远征安西、北庭，任高仙芝、封常清的属僚，达六年之长。

他们吟咏边塞山水的诗作颇多，题材从蓟北的胡云塞水到丝绸之路的火山热海，写出了当时人们多所未见、见所难言的塞外风光，把山水描写的范围，扩大到江南、中原以外的西北边境。从蓟北到安西漫长边陲上的山山水水，在他们的诗中都有生动的表现，无论题材的选择、艺术的创新，特别是内心的体验都有明显的突破。请看高适这几首诗对边塞山水的描写：

鸟道几登顿，马蹄无暂闲。

崎岖出长坂，合沓犹前山。

石激水流处，天寒松色间。

王程应未尽，且莫顾刀环。

（《入昌松东界山行》）

朝登百丈峰，遥望燕支道。

汉垒青冥间，胡天白如扫。

忆昔霍将军，连年此征讨。

匈奴终不灭，寒山徒草草。

唯见鸿雁飞，令人伤怀抱。

（《登百丈峰二首》之一）

二诗均写为王事奔波陇西边陲（今甘肃古浪县一带及焉支山）的亲身经历，通过非同一般的边塞山水的描画，抒发爱国怀抱。正如王维在《送高判官从军赴河西序》中所说："高子读书五车，运筹百胜。慷慨谋议，析天口之是非；指画山川，知地形之要害。……缘情之制，独步当时。"（《王右丞集笺注》卷19）

高适还写过一些构思新颖的边塞小诗，如《塞上听吹笛》：

雪净胡天牧马还，月明羌笛戍楼间。

借问梅花何处落？风吹一夜满关山。

诗境开阔、豪壮，一曲《梅花落》像片片落梅，随风洒遍塞上关山，这语带双关的描写，淋漓尽致地抒发了塞外征人深埋心底的乡愁。由于他那深潜的内心体验和对外在世界的解释，使高适以粗犷厚重见长的边塞诗增添了几分幽婉深沉的色调。

高适的边塞山水吟咏，朴实真诚，兼有骨气；语言爽朗，多慷慨悲壮之音。

岑参性爱山水，在他赴边塞前的诗作中，就比较注重山水景物的刻画，具有"尚巧主景"（胡震亨《唐诗癸签》）的特色。出塞后的作品，更是"奇造幽致，所得往往超拔孤秀，度越常情"（辛文房《唐才子传》），令人读后眼界大开，慷慨感怀。

岑参曾跋涉西域，足迹到达天山南北和吐鲁番盆地一带。他善于将西域风光同少数民族风情收入笔底，写成壮美浪漫的诗篇。例如初次出塞时写的作品有：

> 火山今始见，突兀蒲昌东。
> 赤焰烧虏云，炎氛蒸塞空。
> 不知阴阳炭，何独燃此中？
> 我来严冬时，山下多炎风。
> 人马尽汗流，孰知造化工。
>
> （《经火山》）

诗人怀着惊愕叹绝的心情，艺术地再现了位于吐鲁番盆地以北、红云缭绕、热浪腾空、终年喷火的火焰山奇观。

> 银山峡口风似箭，铁门关西月如练。
> 双双愁泪沾马毛，飒飒胡沙迸人面。
> 丈夫三十未富贵，安能终日守笔砚。
>
> （《银山碛西馆》）

诗人突出渲染盘旋在银山碛口的狂风、胡沙，以见边塞生活的艰苦寂寞。但为了建功立业，不能畏缩，诗中仍然洋溢着昂扬的情调。

岑参第二次出塞，时间更长，深入西域的腹地。这时所写的《白雪歌送武判官归京》、《热海行送崔侍御还京》、《天山雪歌送萧治归京》、《火山云歌送别》、《走马川行奉送出师西征》等著名诗篇，都用惊人的笔触将亲身的感受一一作了精彩的描绘。那碎石如斗、随风乱走的泥石流，八月飞雪的胡天，波浪如煮的热海，漫天缭绕的火云，都被岑参作了意气昂扬的精细描叙，充满浪漫主义情感。诗人以奔放的豪情、高亢的声调、多变的笔触，通过自身的体验，重现了西域腹地新奇壮美的景观。

高、岑诗中的边塞山水描写在两方面有重要突破：

一是他们的边塞山水描写是亲临目睹了实景实境，有别于那些从未涉足边庭的文人凭空模拟、闭目冥思而写成的边塞景物。

二是他们表现边塞山水的歌行，往往不受乐府旧题传统内容的制约，亦摆脱了初唐、盛唐前期诗人一味袭用乐府旧题（如《关山月》、《战城南》、《从军行》、《陇头吟》等）的风气，常常自立新题，即事名篇，扩大了诗的题材范围，表现手法也更为多样，显示出他们新鲜、丰富的生活感受和独特的艺术个性。

其他边塞诗人笔下的山水

除高适、岑参之外，在边塞诗人中写山水较有特色的是王之涣、李颀、李益等。

王之涣（688—742），并州（今山西太原一带）人，官文安县尉。他描写西北风光的诗最有意蕴，如《登鹳雀楼》、《凉州词》都脍炙人口：

> 白日依山尽，黄河入海流。
> 欲穷千里目，更上一层楼。

> 黄河远上白云间，一片孤城万仞山。
> 羌笛何须怨杨柳？春风不度玉门关。

前诗用浅切简洁的语言，唱出启人心扉、令人信服的哲理：只有立志登高，才能拓展视野。后诗写黄沙弥漫，群山苍莽，玉关孤迥，羌笛幽怨，用宕开之笔传出守疆士卒心中的缕缕乡情。

李颀（690—754），祖籍郑郡（今河北省郑县），家居嵩阳（今河南省登封市）。开元十三年（725）考取进士，曾任新乡尉，是开元、天宝间有名的诗人，长于写七言古诗，尤以边塞诗驰名。其边塞山水的描写，也有个性特色。《古塞下曲》中的边塞风光，尤为突出：

> 行人朝走马，直指蓟城傍。
> 蓟城通漠北，万里别吾乡。
> 海上千烽火，沙中百战场。
> 军书发上郡，春色度河阳。
> 袅袅汉宫柳，青青胡地桑。
> 琵琶出塞曲，横笛断君肠。

这首诗主要写漠北边塞战云密布、烽火连天的景象。通过行人远征出塞途中所见的汉柳、胡桑，表明和平的春色已被战争的乌云笼罩了，琵琶、横笛奏出的是令人断肠的哀曲。诗人用烘托、暗示的手法，提出了发人深省的社会问题。

元白诗派对山水诗的创新

元白诗派是以元稹、白居易为首，包括张籍、王建、李绅等一批诗人组成的诗歌派别，他们通过共同的努力，形成了以平易见长的诗风，在社会群众有巨大的影响。从山水诗的角度说，创作一大批平易浅切的山水诗，使它成为劳动群众可以欣赏和接受的艺术品，丰富了他们的精神生活，打开了山水诗一向只为少数人占有的精神财富的大门，使山水诗有更广大的群众作者，同时也拥有更广大的鉴赏者。这都应归功于元白诗派以平易为宗旨的创作主张和创作实践。

白居易的行踪同他的山水创作

白居易（772—846），字乐天，祖籍太原（今山西太原市），后迁居下邽（今陕西渭南县境），他生于新郑（今河南省）。贞元十六年（800）进士及第。三十六岁授翰林学士、左拾遗。他一生以"达则兼济天下，穷则独善其身"为座右铭。为人乐观通达，是"新乐府运动"的倡导者。由于直谏敢言，屡陈时政，得罪权宦，被贬为江州司马。后授忠州刺史。元和十五年（820）夏回京任职两年，又求外任，相继为杭州、苏州刺史。这期间，他把吟咏江南的山水园林作为自己创作生活的一部分，正是"壮志郁不用，须有所泄处"（白居易《读谢灵运诗》），有意借山水园林的自然美，含蓄而又无所顾忌地宣泄自己的思想感情。白居易许多有名的山水诗，都是在任地方官及晚年引退居洛阳龙门时写的。为了全面了解白居易山水诗的创作活动，不妨分几个时期来说明。

（一）贬谪江州司马时期

白居易因直谏和写了大量讽喻诗，得罪权贵，以"母看花坠井死，而居易作《赏花》及《新井》诗，有伤名教"的莫须有罪名，贬为江州刺史；中书舍人王涯又奏他"所犯状迹不宜治郡"，乃追诏降授江州司马。他被诬，屈江城，官小职卑，无所事事，愤愤之情可想而知。请看《晚望》一诗：

> 江城寒角动，沙洲夕鸟还。
> 独在高亭上，西南望远山。

诗人在江城晚望之际，抒发了孤寂、忧伤的情怀。此刻，望中见到的远山风光、江城景物，唯有"寒角动"、"夕鸟还"最能牵动诗人的愁肠。诗中透过景物描写，委婉地道出自己欣羡沙洲归鸟、不甘落拓江城的惆怅情怀。

借山水之景抒怨愤之情的诗还有《南湖早春》、《大林寺桃花》、《题庐山下汤泉》等，这些诗对早春风光、庐山胜景的动态与静态，都作了绘声绘色的细腻描写，如"乱点碎红山杏发，平铺新绿水苹生。翅低白雁飞仍重，舌涩黄鹂语未成"的南湖早春；"人间四月芳菲尽，山寺桃花始盛开"的大林寺桃花和"一眼汤泉流向东，浸泥浇草暖无功"的庐山下汤泉，都巧妙地借助自然物象的感发，启迪人们加深对社会阴暗、人生不平的理解。景中传情，言有尽而意无穷。白居易这时期所写的山水诗，确是意在象外，有发人深省的内涵。艺术手法也是富于变化，不拘一格。

（二）诏授忠州刺史时期

元和十四年（819），白居易诏授忠州刺史。忠州（今四川忠县）虽然是远离帝京的小城，也算是贬官后一次仕途的升迁。他怀着忧喜掺杂的心情，沿长江经岳阳入峡，途中写下不少有名的诗篇，记载了逆流而上的三峡之行：

> 岳阳城下水漫漫，独上危楼凭曲阑。
> 春岸绿时连梦泽，夕波红处近长安。
> 猿攀树立啼何苦，雁点湖飞渡亦难。
> 此地唯堪画图障，华堂张与贵人看。
>
> （《题岳阳楼》）

> 不知远郡何时到，犹喜全家此去同。
> 万里王程三峡外，百年生计一舟中。
> 巫山暮足沾花雨，陇水春多逆浪风。
> 两片红旌数声鼓，使君艛艓上巴东。
>
> （《入峡次巴东》）

> 瞿塘天下险，夜上信难哉。
> 岸似双屏合，天如匹练开。
> 逆风惊浪起，拔笮暗船来。
> 欲识愁多少，高于滟滪堆。
>
> （《夜入瞿塘峡》）

岚雾今朝重，江山此地深。
滩声秋更急，峡气晓多阴。
望阙云遮眼，思乡雨滴心。
将何慰幽独，赖此北窗琴。

（《阴雨》）

诗中所写，虽是溯江西上所经历的美丽而又险峻的风光，却恰如其分地透露了诗人萦绕心头的宦海波澜，"巫山暮足沾花雨，陇水春多逆浪风"、"猿攀树立啼何苦，雁点湖飞渡亦难"、"欲识愁多少，高于滟滪堆"、"望阙云遮眼，思乡雨滴心"，不论是暗寓或是明言，都写得情景交融，将澎湃于心间的万千波涛，同三峡所见的逆风惊浪完全吻合，情溢于景，动人心扉。这正是白居易山水吟咏的特有风采。这一时期的诗，多是句式工整、浑然天成，诗意新巧的五、七言律诗，也是特色之一。

（三）诏除杭州、苏州刺史时期

白居易在京任主客郎中、知制诰加朝散大夫。因上疏论河北用兵事不听，乃求外任，自中书舍人除杭州刺史。"上有天堂，下有苏杭"，这句话充分表明杭州、苏州是十分惬意的去处。白居易先后出任杭州、苏州刺史，心情是比较愉快的。在政务之暇，写了许多直接赞美湖光山色的好诗，尤其是那些吟咏西湖的著名佳作，更是深受人们的喜爱。如：

孤山寺北贾亭西，水面初平云脚低。
几处早莺争暖树，谁家新燕啄春泥。
乱花渐欲迷人眼，浅草才能没马蹄。
最爱湖东行不足，绿杨阴里白沙堤。

（《钱塘湖春行》）

柳湖松岛莲花寺，晚动归桡出道场。
卢橘子低山雨重，栟榈叶战水风凉。
烟波澹荡摇空碧，楼殿参差倚夕阳。
到岸请君回首望，蓬莱宫在水中央。

（《西湖晚归回望孤山寺赠诸客》）

湖上春来似画图，乱峰围绕水平铺。

松排山面千重翠，月点波心一颗珠。
碧毯线头抽早稻，青罗裙带展新蒲。
未能抛得杭州去，一半勾留是此湖。

（《春题湖上》）

162

通过以上诗例，可知世称白居易乃描绘西湖风光的高手，确是当之无愧的。他在镇守杭州时，对西湖山水的吟咏，多用对仗精工的七律，能将西湖的美景衬对、点染得旖旎动人，富有诗情画意。造语浅切，浑然天成，看似不事雕琢，却有盎然的情韵。在以实笔写景抒情的同时，又不乏譬喻、夸张的虚笔，使杭州西湖之美，更具有迷人的魅力。据《西湖游览考会》云："杭州华丽虽盛于唐时，然其题咏，自白舍人（白居易）、张处士（张祜）之外，亦不多见。"可知，正是得力于白居易的大量赞美诗篇，杭州西湖的名声才能不胫而走，中外驰名。诗人在杭州期间，还用排律同元稹互咏山水，诗简往来酬唱甚欢，有《泛太湖书事寄微之》等诗。不但写得很有气势，而且以叙事手法入诗，另创一格。白居易任苏州刺史的时间实际上不满一年，"换印虽频命未通，历阳湖上又秋风。不教才展休明代，为罚诗争造化功"（《答刘和州禹锡》）。因落马伤足，又兼眼病，请百日长假，假满，罢官。这时写的山水诗有《宿东亭晓兴》、《吴中好风景二首》、《河亭晴望》等。

（四）中隐洛阳闲居龙门时期

白居易辞苏州刺史后，一度复出拜秘书监，转刑部侍郎，又任河南尹，后以太子宾客、太子少傅分司东都，直至七十一岁，以刑部尚书致仕。可以说，白居易的晚年基本上是在洛阳和龙门香山度过的。他择风景幽美的履道里、龙门伊阙退老闲居，不废吟咏，又从事编集，心情闲适。此时的山水吟咏，以浅切、短小见长。如：

爱风岩上攀松盖，恋月潭边坐石棱。
且共云泉结缘境，他生当作此山僧。

（《香山寺二绝》之二）

晴阳晚照湿烟销，五凤楼高天汔寥。
野绿全经朝雨洗，林红半被暮云烧。
龙门翠黛眉相对，伊水黄金线一条。
自入秋来风景好，就中最好是今朝。

（《五凤楼晚望 六年八月十日作》）

东岸菊丛西岸柳，柳阴烟合菊花开。
一条秋水琉璃色，阔狭才容小舫回。
除却悠悠白少傅，何人解入此中来？

(《题龙门堰西洞》)

三十六峰晴，雪销岚翠生。
月留三夜宿，春引四山行。
远草初含色，寒禽未变声。
东岩最高石，唯我有题名。

(《早春题少室东岩》)

这些诗用明快简洁的笔墨，生动地突出龙门香山一带的山水风光，抒发诗人晚年恬淡、自适、乐天知命的情怀。前两首写作时，虽未致仕，但从中却可以看到这位关心人民又饱经沧桑的老诗人，如今正在秀色宜人的山水佳境中，悠然自得地安度晚年的景况。白居易死后，其墓就坐落在龙门东山的琵琶峰上。

元稹的山水酬唱

元稹（779—831），字微之，贞元九年（793）明经及第。元稹、白居易于元和元年（806）又同登"才识兼茂明于体用科"。二人早年均家境清贫，情谊深厚，又都成名较早，有共同的创作倾向，因而影响很大，世称"元白"，又称其诗为"元和体"。元和体包括两类内容：一指元白两人次韵相酬的长篇排律；二指元白两人在社会上流传甚广的其他小诗。元稹提倡诗歌的大众化，他的诗语言明快，直吐胸臆，颇显才气。其山水诗，工于陈吐心事，即善于将心中的烦恼、对挚友亲朋的忆念，一一借山水的形象加以陈诉和吐露。

尔走无心水，东流有恨无？
我心无说处，也共尔何殊。

(《嘉陵水》)

日暮嘉陵江水东，梨花万片逐江风。
江花何处最断肠？半落江流半在空。

(《使东川·江花落》)

这两首诗是元和四年（810）三月所写。这年元稹以监察御史出使东川按狱，查办泸州盐官任敬仲的贪污案件，又秉公弹劾了节度使严砺违法加税的罪行，并平八十八家冤事，虽大快民心，却得罪了旧官僚集团，为执政者所忌。诗中借嘉陵水寓意，东流的江水同心中的愤恨本无必然的联系，可是元稹的诗却找到了共同点，用"无心"的东流水汹涌澎湃的生动形象，表达了自己恨如潮涌的正义肝肠，使抽象难言的情思获得形象的反映。《江花落》比《嘉陵水》更见生动，诗人用纷纷扬扬的万片梨花同江风相逐的画面，构成感人的意境，又借"梨"与"离"的谐音传达出与亲人难分难舍的别离之情，使读者心领神会其中令人断肠的内蕴。这年七月，他的妻子韦丛果然病故在长安。

元稹的诗在平易中颇重辞藻的华美，也有细腻的描写。如：

> 春静晓风微，凌晨带酒归。
> 远山笼宿雾，高树影朝晖。
> 饮马鱼惊水，穿花露滴衣。
> 娇莺似相恼，含啭傍人飞。
>
> （《早归》）

前四句写春晨的景物、行人带酒归来的兴致；后四句刻画了"鱼惊水"、"露滴衣"、"娇莺含啭"的细节，连动带静，绘声绘色，曲尽其妙，其中也映衬出行人轻快愉悦的心情。

元稹喜欢同白居易酬唱竞技，他俩创造了一种次韵排律的写法，求"韵同而意殊"，在构思及语言艺术的运用上，互比高下，《酬乐天东南行诗一百韵并序》就是一例。不过，这是写景抒情诗，诗长而韵同，内容不免空泛，难得新意。尤其当时风靡一时的"元和体"，往往以长篇排律论优劣，难免不流于形式，内容也较为浅俗。

元白诗派对山水诗的贡献

元白诗派的山水咏唱，体裁多样，不拘一格，不论是长篇的排律、歌行，或是玲珑小巧的律诗、绝句，都各有特色。张籍的古乐府，卢坦、杨汝士的律诗，窦巩、元宗简的绝句，都编入了《元白往还集》。其中李绅更善于用白描手法写新歌行，《南梁行》、《过荆门》、《涉沅湘》、《移九江》、《泛五湖》、《沂西江》、《忆东湖》、《早渡扬子江》等篇，有的洋洋洒洒，有的短小精悍，将彼时彼地具有地方色彩的山水景致，同自己当时的宦游感受融合为一，写景、抒情与议论，时相交错，拓展了山水诗的种种画面。

元白诗作为通俗诗风的一面旗帜，使山水诗能继盛唐而再盛。正如白居易所说："自长安抵江西三四千里，凡乡校、佛寺、逆旅、行舟之中，往往有题仆诗者，士庶、僧徒、孀妇、处女之口，每每有咏仆诗者，此诚雕虫之戏，不足为多，然今时俗所重，正在此耳。"（《与元九书》）可见，当时包括山水诗在内的大量通俗诗作，已成为广大群众精神生活的一部分。正是元白诗派扭转了大历诗人闭门独吟、强自为高的苦涩诗风，在思想感情及语言风格上向民间靠拢，大胆地运用民歌格式吟咏自然风光，才创造了雅俗共赏的新诗篇：

> 瘴水蛮中入洞流，人家多住竹棚头。
> 一山海上无城郭，唯见松牌记象州。
>
> （张籍《蛮州》）

> 石浅沙平流水寒，水边斜插一渔竿。
> 江南客见生乡思，道似严陵七里滩。
>
> （白居易《新小滩》）

以上两首小诗都写得冲淡平和，语浅情深，充分表现出诗人对江南风光的美好印象。

元白诗派的山水诗，最可贵之处是于平易中见新奇。他们善于将人们熟视无睹的常见题材，提炼成新鲜动人的诗境，使平易与新奇合而为一，语言上务求平易浅切而又只字难更。请看：

> 岳阳楼上日衔窗，影到深潭赤玉幢。
> 怅望残春万般意，满棂湖水入西江。
>
> （元稹《岳阳楼》）

> 一道残阳铺水中，半江瑟瑟半江红。
> 可怜九月初三夜，露似真珠月似弓。
>
> （白居易《暮江吟》）

两首诗写的是湖、江景色。一首透过岳阳楼上的窗棂摄取万般春意，抒发残春将尽的怅惘心潮。另一首则是诗人流连江畔，从傍晚直到月照江上的所见所感，将夕阳铺水的暮色和初秋月夜的江景接合为一，形成新巧绝妙的境界，给人奇丽难忘的美的享受。这境界虽来自现实生活，却比现实更集中、更美丽、更奇妙。正是"看似寻常最奇崛，成如容易却艰辛"（王安石语）。刘熙载说得公道："常语易，奇语难，此诗之重关也。香山用常得奇，此境良非易到。"（《艺概》）我们切不可低估通俗平易的元白诗派对山水诗发展的重要贡献。

杜牧评传

生 平

末世王朝的风雨——杜牧生活的时代

杜牧，字牧之，京兆万年（长安）人，生于唐德宗贞元十九年（803），卒于唐宣宗大中六年（852），享年五十。

杜牧生长的时代，正是唐帝国从中唐向晚唐过渡，大唐王朝已处于日薄西山的衰微时期。

唐朝到德宗称帝的时候，已经经历了一百八十年，先后换过十二个皇帝，大唐帝国已从鼎盛的高峰一落千丈，整个国家从上到下、由里到外，都充满了矛盾。安史之乱种下的祸根，似乎比安史之乱爆发的年代还难以收拾。如果说德宗、顺宗之后的宪宗（中唐的最后一个皇帝），他的统治曾经一度平息过藩镇割据的猖獗势力，勉强维持住唐王朝的统一局面，使唐朝有过一点振作的中兴气象的话，那么宪宗死后，进入晚唐的国君就一个比一个腐朽，一个比一个无能了。可惜，杜牧在宪宗统治的十五年中，还处于幼年、少年时期。元和十五年（820）正月，宪宗被宦官暗害暴亡的时候，杜牧才刚十八岁。

宪宗死，穆宗登上帝位。这是一个只知寻欢作乐，丝毫没有治国兴邦之志的皇帝。他任情地过了两年风流天子的生活，就得了惊风病，从此瘫卧龙床，为求长生不死，他又盲目服用金丹，以致中毒身亡。

穆宗死后，敬宗即位。他同穆宗一样荒唐，热衷于游宴、击球；亲信群小，任由手下的人胡作非为；对于四境各方叛乱的局势以及国计民生，一概不闻不问，最后终于在一个游敱后的夜晚，被宦官刘克明、击球军将军苏佐明等人所暗杀（见《资治通鉴》卷35）。当时杜牧二十三岁，具有敏锐的政治嗅觉，他针对敬宗在宝历年间大起宫室、广猎声色一事，写了著名的《阿房宫赋》，借秦始皇亡国的教训加以讽刺、影射。此赋名震一时，影响极为深远。

文宗皇帝不是应当继位的太子，却得到宦官王守澄的拥立，在大和元年（827）称帝。即位之初，曾有过励精求治、去奢从俭的想法。但是，拥有生杀废立大权的宦官，却日益骄横，常常凌驾于天子之上，文武百官敢怒不敢言。这年，杜牧游同州澄城县，顺便作了一些有关民生疾苦的社会调查，对法令松弛、酷吏横行深感义愤，写了《燕将录》、《同州澄城县户工仓尉厅壁记》。同年，因讨伐叛将李同捷的战事，深感藩镇跋扈之祸害，又作了《感怀诗》等，充分表现了杜牧为民请命，以国事为怀的胸襟和态度。

大和二年（828），杜牧参加了应举考试。当时，同杜牧一起参加贤良方正直言极谏科考试的刘蕡，曾当着文宗皇帝的面，痛陈历史教训，指出宦官专权的祸害，并提出一系列改革弊政的措施，考官和文士无不叹服。但是，主考官怯于宦官的威势，不敢录取，文宗皇帝也毫无表示。李郃、杜牧和其他被录取的正直青年，联名上书表示说："刘蕡的见解是汉魏以来无人可以同他匹比的，这样的人才都不录用，我们即使被录取了，也会因此惭愧得无地自容"（见《新唐书·刘蕡传》），但事情却不了了之。其实文宗内心也对宦官的猖獗十分恼恨，只是怒于色而未敢怒于言，他示意新提拔的宰相宋申锡，暗中诛杀宦官，不料计谋被人出卖，宋申锡反遭诬告，文宗不加分析，也迁怒于宋。这时，杜牧虽然远离京城，在洪州、宣州一带任江西监察使沈传师的幕僚，却写有《杜秋娘诗》一首，借杜秋娘的遭遇感慨此事，又写了《罪言》，陈述削平河北三镇的策略。

宦官的势力诛灭不了，文宗皇帝也越来越怯懦，凡事不敢做主。大和九年（835），文宗委托宰相李训和凤翔节度使郑注，密谋铲除宦官集团。他们想以右金吾大厅石榴树下夜有甘露降落，奏请皇上前去观看神灵为名，诱使宦官仇士良等同去，乘此机会，出其不备，将宦官一网打尽。结果因所伏甲兵暴露，失败了。仇士良借此事大开杀戒，而且冤杀了与此事件毫无关系的大批朝臣。从此，宦官的势力不仅得不到铲除，反而更加嚣张。天下事无不取决于宦官，文宗终日以泪洗面，借酒浇愁。甘露之变在历史上留下了可笑的一页。当时，杜牧刚拜监察御史，从扬州到长安供职，因看不惯朝廷的黑暗，借故分司东都，离开长安到了洛阳。开成四年（839），在任左补阙时，写下《李甘诗》和《李给事二首》，对甘露之变的事实真相痛陈慷慨，对敢于同仇士良等人斗争，因而受害的李甘、李中敏表示深切悼念和不平。

武宗是文宗的弟弟，也是宦官仇士良等人拥立的皇帝。武宗任用李德裕为相，取得了一定的政绩，在一定时期内，局势有所稳定，宦官的气焰也有所收敛。但是，朋党间的矛盾却因李德裕的上台而加剧。李德裕同牛僧孺、李宗闵早有宿怨，双方广有党羽，势均力敌。武宗不能明察是非，识别贤愚，褒贬赏罚往往失当，不免加深了朋党之间的矛盾。牛李双方争持前后竟达四十年之久。

武宗亡后，即位的是宣宗。他是宪宗的第十三子，生性沉默寡言，甚至沉静得近于发痴。文宗、武宗生时都不尊重这位皇叔，宦官们却以为有机可乘，偏要立他为帝。他上台后，首先为被害的父亲报仇，逼死郭太后，杀掉许多宦官，惩罚了一批朝官，罢了李德裕的宰相。与此同时，凡是受李德裕排斥过的人，一律加以重用。宣宗的独断专行，尽管使政局有过表面的平静，其实是在万方多难的帝国内部，造成了进一步的分裂，埋下了更大的社会危机。这时，年已四十九岁，几经辗转才得为湖州刺史的杜牧，总算否极泰来，被召回京。可惜的是，任职不到半年，政治怀抱未展，他就与世长辞了。从上可见，在杜牧短短五十年的生涯中，朝廷就接二连三地换了八个皇帝，我们仅就这一点，便可约略看出，他所生活的时代正是享誉已久的唐王朝不折不扣地处于日落西山、岌岌可危的衰微时期。

赫赫有名的世家——杜牧的家世

杜牧诞生在唐德宗时期的宰相杜佑的家中。杜佑是他的祖父。关于杜家，当时长安有句民谣，说："城南韦、杜，离天尺五。"的确如此，杜氏家族是魏晋以来京兆万年地区的望族，世代为官，很有权势。远祖杜预曾任晋朝征南大将军，封当阳侯。先祖杜希望，开元年间平外虏立战功，擢升为鸿卢卿，同他往来交游的都是一时的俊杰。杜希望还注重文学，盛唐大诗人崔颢就是在他门下引荐来的。祖父杜佑以祖荫入仕，得到韦元甫（润州刺史、浙西观察、淮南节度）的赏识和信任，逐步从地方官做到中央官。杜佑不论做文官或是任武将，都能认真尽责，尤其精通吏治。就在德宗贞元十九年（803），杜牧出生的那年二月，杜佑正式拜相入朝。德宗死后，顺宗登位，他仍然任相，并加上了弘文馆大学士头衔，兼任盐铁等使。杜佑为人宽和，既不计较权限的大小，也不参与王叔文等人的政治集团。因而，当永贞革新失败，顺宗被迫让位，宪宗登上政治舞台的时候，杜佑仍然受到信任，再度拜相，并封为岐国公。杜佑在中晚唐时期称得上是个好宰相，他一向反对兴师邀功，认为这是影响社会安宁、加重人民负担的行为，主张选择好的将领，保证边防地带的安全，避免人民的劳费。宪宗器重他，在他七十五岁的时候，仍不准他告老辞官，直到七十八岁时，因病经再三恳切请求，才批准他告老退朝，但也就在这一年，杜佑死于长安（见《新唐书·杜佑传》),当时杜牧才十岁。

杜佑儿孙满堂，其中一个孙子杜悰（杜牧的堂兄）继承祖业，从驸马都尉逐步升任为宰相，另一个孙子也继承祖业，不过不是官运亨通，而是在诗歌创作、著书立说方面取得了成就，成为杜家子孙中名气最大的一个，这就是杜牧。正像杜牧自己所介绍的一样："某疏愚于惰，不识机括，独好读书，读之多矣。每见君臣治乱之间，兴亡谏净之道。遐想其人，舐笔和墨，则冀人君一悟而至于治平。不悟，则烹身灭族，唯此二者，不思中道"（见《与人论谏书》)。可见他是凭本事取得声望的。

他的祖父杜佑的为人是很值得一提的。杜佑严于律己，办事精明；毕生勤奋好学，虽位极将相而不释卷，一贯坚持白天办理政事，夜间灯下读书。杜佑凭多年积累的深厚功底，将刘秩《政典》中缺失的条目加以补充完善，并将大唐开元礼、乐书也编撰入内，成为洋洋 200 卷的《通典》，它将中国封建社会历代礼乐刑政之源分别作了介绍说明，这部大典把中国千百年来的典章制度的演变反映了出来。杜佑把《通典》献奉给朝廷，成为当时最完备的一部典籍，功不可没。

杜牧从幼年开始，耳闻目睹祖父的为人作风，在他幼小的心灵里打下了深深的烙印。他曾经对人说过，他家世代以儒学为业，从高祖、曾祖直到他这一代，这种读书人的家风未曾失过。（见《上李中丞书》）在他的长安旧居中，最令他念念不忘的就是："第中无一物，万卷书满堂。家集二百编，上下驰皇王。多是抚州写，今来五纪强。"（见《冬至日寄小侄阿宜诗》）这种世代学儒的家庭和家书万卷的优良学习条件，确实成全了杜牧，使他像祖父一样好学不息、博古通今，同时也教育他要有忧国忧民的远大抱负。当然，杜牧诞生在这样的官僚世家，受到的影响自然也会有不好的一面，如公子哥儿的习气、爱流连歌楼酒肆的浪荡作风等。

杜牧的父亲杜从郁，是杜佑三个儿子中最小的一个，身体虚弱多病。当他正要从太子司议郎升左补阙的时候，却遭到了一些人的反对，后来官至驾部员外郎。大约在杜牧十五岁的时候，他就去世了。杜从郁死后，丢下三个孤儿，杜牧是老大。在杜氏家族中，杜牧这一房，因早年丧父，寡母孤儿，又不会经管家业，结果奴婢四散，生计艰难。杜牧不得不负起长兄的责任，抚养弟妹成人。他的弟弟杜颛，虽然二十六岁进士及第，授咸阳尉，后来却因眼疾失明，不得不辞官。杜牧的妹妹也守寡孀居。因此，病弟、孀妹的全部负担便都落在了杜牧身上。他的《上宰相求湖州第一启》，一再要求调往湖州，便是为了能够得到优厚一点的薪俸，可以资助弟妹衣食。（见《上宰相求湖州第一启》）

杜牧是杜氏家族子孙中最念念不忘祖宗基业、坚持祖居旧第的一个。大中五年（851）秋，当他历尽坎坷，终于在湖州任所被召回京，升中书舍人的时候，他毫无保留地将自己在湖州的全部积蓄拿出来，重建祖父留下的樊川别业，并以樊川翁自称。他在晚年的时候，曾对外甥裴延翰说过这样一番话：

司马迁云，自古富贵，其名磨灭者不可胜纪。我适稚走于此，得官受俸，再治完具，俄及老为樊上翁。既不自期富贵，要有数百首文章，异日尔为我序，号《樊川集》，如此顾樊川一禽鱼、一草木无恨矣，庶千百年未随此邪！

（见《樊川集文序》）

这番话的意思是说：司马迁曾经指出，自古以来富贵之家的姓名，随着历史而消失殆尽的不可胜数。我在幼年时，从这个家庭走向社会，如今将得到的官俸，用来修建旧居，等到我老了的时候，就做个樊上翁吧。我并不期待自己富贵，却要有几百篇诗文留传后代，将来你为我写个序，如果编成集子，可题名为《樊川集》。这样做可使樊川的每一只禽与游鱼，每一棵树木都无遗憾了，希望它们千百年后，仍旧可以同我的集子一起并存于世，不至于泯灭失传了。由此可见，杜牧坚持以樊川作为诗文集的题名，其用意一方面是要纪念和继承祖先创业的功德，另一方面也是希望将自己一生中积累下来的政治见解、对历史和人生的体验，以及他在艺术创作上的心血结晶留给后代。

生不逢时的谋士——杜牧的坎坷仕途

杜牧是一个天资很高，具有多种专长的人。幼年时起，他就养成了刻苦学习的习惯，博览群书，从《礼记》、《尚书》、《诗经》、《左传》、《国语》到十三代史书，无不入目，而且善于思索。如幼年时读《礼记》，看到书上说："四郊多垒，此卿大夫之辱也"，他信服。十六岁那年重读这一句话时，他便联想到藩镇四处作乱，祸及千里，战争炮火，震及朝廷，而带兵的人，只管打自己的仗，当官的人，照样排班早朝，依然莺歌燕舞，狂欢作乐。因此，对这句话的正确性产生了怀疑，认为这句话是"荒谬不足取信，不足为教的"。二十岁的时候，由于读的书多了，见闻也广了，他又进一步认识到要建立一个国家或者倾覆一个国家，都不能不从军事着手。统帅军事的人，如果是贤明才智、博学广闻，那么国家就会兴旺发达，否则就会导致一国的败亡。这时，他恍然大悟，一国之中，军队最为重要，不是好的官，是不可能胜任管理国家这一重责的。于是他重新认识了这句话的分量，而且得出一个结论：凡是治国的文臣贤相，都应当学习军事，懂得军事；如果不能"制兵"，就难止乱，也难于治国安民。杜牧年轻时期就是在这样的反复学习与思考中提高的。正因为他深知掌握军事知识关系到国家兴亡，所以他很重视学习军事知识。认为自孙武死后，将兵有成者有败者，勘其事迹，皆与武所著书一一相抵当。因此，他成为继曹操之后第二个为《孙子》兵法十三篇全面作注的人。（见《注孙子序》）《孙子兵法》是一部非常优秀的著作，从成书开始已经在中国流传了 2 500 年。曹操的注释和杜牧的补充注释，都有效地帮助了中国历代开国之君及贤相、能臣，成为他们建国、治国及统军作战的法宝。毛泽东、朱德、周恩来等新中国开国元勋无不重视《孙子兵法》。法国拿破仑在滑铁卢战败后读到《孙子兵法》时，大叹曰：若早 20 年读到此书，我就不会失败。美国近、现代也兴起"孙子热"，著名的西点军校就将《孙子兵法》列为必读教材。可见杜牧为《孙子兵法》作注所作出的贡献,是不可低估的,其影响至今仍炽热不减。

大和二年(828),杜牧二十六岁,在洛阳应进士举。同年,又在长安应贤良方正直言极谏科,以第四等及第,这一成绩名震京都。杜牧出身高门望族,兼通文武,又弱冠科举及第,应该说这些已为他的仕途通达,创造了相当充分的条件。可是,他却只做了半年校书郎就随尚书右丞沈传师到洪州(今南昌)任江西团练巡官。大和四年(830)秋,又继续随沈传师到宣州(今安徽宣城)幕府任幕僚,前后当了五年沈传师的随员。沈内召回京之后,他又随牛僧孺到扬州,做了淮南节度推官、监察御史里行,转掌书记,一直在地方充当幕僚,仕途上无大进展。

杜牧虽然在仕途上不得志,但他却能不顾自己的不在其位,无权谋其政这一传统观念,凭着"知罪犯罪"的无畏精神,在大和八年(834),针对河朔一带的藩镇骄蹇不守法度,朝廷长期以来懦弱姑息,造成"生人日顿委,四夷日猖炽"这一政治现状,冒死写了《罪言》一文,指出河北三镇的重要地位,从历史的得失成败中阐明了削平三镇割据势力的上、中、下几个策略方案。这是一篇很有见地的文章。

与此同时,他又写了《原十六卫》,分析了开元末年以来,府兵制遭到破坏,朝廷丧失统率全军实权的原因。指出近年以来更为严重的问题是,有的人竟敢冒皇上的名义假传廷诏,发号施令;带兵的将领,多是靠贿赂上来的,不识父兄礼义之教,又无慷慨感激之气;一些刚愎自用的人,挠削法制,不使缚己,斩族忠良,不使违己;天下兵乱涌溢,使国家的灾难被及牛马。他大声呐喊,认为为国者不能无兵,否则居外则叛,居内则篡,并指出国家想要恢复贞观之治,保证外不叛内不篡,非重建原十六卫,实行由国家统一掌握、统一调遣的府兵制不可。

杜牧不仅在国家的军事策略上提出了一套卓有见地的建议,而且还在《战论》、《守论》等文中,对于中央同地方、朝廷与藩镇的关系,以及长期以来执政之君对兵、农、刑、政等方面的施政方针存在的一系列利弊得失,都直言不讳地作了叙述和评论。

在李德裕任宰相时期,杜牧也曾一再向李提出积极的建议。如《上李司徒相公论用兵书》、《上李太尉论北边事启》等,针对回鹘南侵、淮西上党叛乱等问题所应采取的措施,提出了一系列与众不同的见解。而且每献上论兵大计的时候,还总是一再向李德裕表示自己"有志之士,无不愿死"的忠诚。如李德裕第二次任宰相时,在《上李中丞书》一文中,他说:"今者志尚未泯,齿发犹壮,敢希指顾,一罄肝胆,无任感激血诚之至。"当时国家厄运重重，正是急待用人之时，李德裕深知杜牧才干，却对杜牧的恳求不加理会，置若罔闻。杜牧遭到的这种令人难以理解的政治冷遇，曾经引起不少人的猜测。有人说杜牧是"风月能手"、"无行文人"，想说明这就是杜牧仕途不得志、有才难施、壮志难酬的原因。显然，这是不符合实际的。杜牧青春年少时，的确曾经一度流连于茶楼酒馆，过着自己都承认的"十年一觉扬州梦，赢得青楼薄幸名"的放浪生活，但那时却不见有人出来指责他的"无行"，照样入京供职。而今，时过八载，已是不惑之年，怎会以此为由，遭受冷遇呢？同时还应该看到"为人刚直有奇节，不为龊龊小谨，敢论列大事，指陈病利尤切至"（见《新唐书·杜牧传》），这毕竟才是杜牧的本质，才是杜牧的大节所在，那么究竟是什么原因呢？我认为这主要是牛李党争的偏见。

众所周知，晚唐时期，朋党之争已经达到了公开化、白热化的尖锐地步。牛李两党之争，在文宗、武宗时期尤为剧烈。牛党首领牛僧孺、李宗闵，同李党头目李德裕，各自都曾执掌过宰相之权，双方各自结党拉派，彼此斥逐，势不两立，但凡一方掌权得势，另一方必然受排斥而处于劣势，随之而来的，自然是朝官的大换班。这一斗争延续了几十年，许多人都自觉或不自觉、直接或间接地卷入其中。杜牧本来没有明显的党派倾向，也不存在党派之间的矛盾冲突。但是，由于在牛僧孺从武昌节度使召还，守兵部尚书同平章事之时，他曾寄诗牛僧孺，赞其政绩，后来又曾应牛僧孺之辟，赴扬州为淮南节度使推官、监察御史里行，转掌书记，而且任中还曾得到牛僧孺的信任和关照，两人也有较深的交情，因而被一些人看成是牛党的人。其实杜牧与李德裕也是早有交往的。杜牧在开成中任宣州幕僚时就曾上书李德裕；当他的弟弟杜颛受李德裕辟，为淮海节度使巡官时，他写诗给弟弟，说："少年才俊赴知音，丞相门栏不觉深。直道事人男子业，异乡加饭弟兄心。……"（见《送杜颛赴润州幕》）表示了真诚的喜悦。在此前后，杜牧还曾不断上书李德裕，提出扭转时局的政见。按道理，像杜牧这样有识见的谋士，早该受重用了，至少也不能对他现在的任职再行排挤。然而，恰恰相反，杜牧就是在李德裕任宰相期间被调出京都，安排在一个偏僻的小镇黄州当刺史的。在任黄州刺史期间，杜牧还是努力减除弊政，并念念不忘国家大事，曾在会昌三年（843）就泽潞兵事写《上李司徒相公论用兵书》，提出了行之有效的策略，获得了采纳。会昌四年（844），他又针对防御回鹘事，写《上李太尉论北边事启》，提出了仲夏出师击回鹘的见解，取得了立竿见影的战果。可见，他即使处于劣境，仍然忧国忧民。但奇怪的是，他的这些行之有效的策略并不能改变他的不佳处境，这就令人不得不从牛、李党争中，去追究事情的根由。此事，杜牧在《祭周相公文》里，也披露了自己的看法："会昌之政，柄者为谁？忿忍阴污，多逐良善。牧实忝幸，亦在遣中。"这就是说，自己也是因为党争关系被驱逐的。难怪杜牧为牛僧孺写墓志铭时，对牛的一生，作了充分的肯定，与此同时，却毫不留情地谴责了李德裕的为人，指出："时李太尉专柄五年，多逐贤士，天下恨怨。"（见《赠太尉牛公墓志铭并序》）我认为杜牧对李德裕的看法不一定客观全面，但李德裕在党争中，极力排除异己，确有难以回避的责任。

武宗死后，宣宗登位。大中元年（847），李德裕失势。杜牧经过几番周折，于大中五年（851）才拜考功郎中，知制诰，并在大中六年（852）迁中书舍人。这正是他政治上转向腾达的机遇，不料竟在这一年的冬天，不幸病死在长安了。

杜牧的短暂一生就是伴随着当时统治阶级内部纠缠不清的党争蹉跎了岁月，并且身不由己地成为冲突的受害者的。

多情多义的才子——杜牧的为人和作风

杜牧的祖父在晚年退休的时候，曾在长安南郊建了一座樊川别墅。别墅落成之后，又广置乐妓，时常与公卿之辈燕集其中，消遣时光，欢度余年。那种高梁锦绣的生活，早在杜牧幼小的心灵里，打下了深深的烙印。同时，离他家不远，就是长安城有名的烟花之巷——平康里。杜牧丧父以后，家里没人对他严加管束，他也经常去看热闹，因此染上了贵家公子爱美重色的癖好。加之青年时期的杜牧，不仅长得英俊可爱，而且诗文辞赋、书画琴棋无所不长，还写有一些风流艳冶的诗篇。大和二年（828），科举又连登两榜。同时因为他是名相的孙子、豪门的后代，一时间竟成了风月场中的新闻人物，他的一些艳史逸闻，往往不胫而走，流传甚广。一些封建卫士因此就给他戴上一项"无行文人"的帽子。这顶不大光彩的帽子，很有一点令后世的学者望而生畏，以致研究他的生平、著作的人，至今寥寥无几。其实，只要我们敢于正视事实，进行历史的、全面的分析，特别是对那几桩散布最广、耸人听闻的艳史，细加分析判断，是可以对杜牧的行为作风，作出合乎情理的、公正的评论的。

"十年一觉扬州梦，赢得青楼薄幸名。"这两句诗引自杜牧三十七岁任左补阙时写的《遣怀》诗。诗中对自己十年前在江西、宣州、扬州等地，充当幕僚时的生活作风，作了认真的回忆与总结。杜牧曾先后在沈传师、牛僧孺的幕府任职，当时正是精力充沛、血气方刚的年华，加上幕府的清闲无事，他经常在公余，微服换装，出入春风十里扬州道的歌楼妓馆，以消遣时光。

歌楼妓馆是封建经济高速发展、新的商业城镇兴起以后，为适应士人、商贾的往来和经商而设置的娱乐场所。那时，有不少歌妓具有一定的艺术才能，不仅擅长歌舞，且能吟咏酬答。一些才子、佳人往往在酬唱中结成了知音。同时，在唐代，社会名流蓄养艺妓或同歌妓交往，也是一桩十分普遍和时髦的事。如中唐末世曾经红极一时的女艺人薛涛，既是著名的歌妓，又是一位能同当代名流酬答吟咏的女诗人。刘禹锡、白居易、元稹以及年轻的杜牧等二三十人，都先后同她有过交往。他们对薛涛是敬重的，尤其是杜牧，比薛涛小四十岁。他登门拜访薛涛，向她献《题白苹洲》一诗的时候，薛涛已是年近古稀的老妪了。可见，他们之间的往来，不能一律看成是情色的关系。

在江西幕府的时候，杜牧同沈传师所喜爱和赏识的歌妓张好好，有较深的交情。后来，张好好被沈传师的弟弟纳为妾，几年以后又被遗弃，成了当垆卖酒的妇人。杜牧的《张好好诗》是特意为这位容貌美丽、身世不幸的女子写的。诗中确实赞美了张好好娇艳动人的神态和婉转无双的歌喉。但是这首诗的中心思想，却在于通过张好好前后生活遭遇的剧变，感叹社会人事的变迁和身世的飘零。诗中对张好好不幸身世所流露的情感是纯真的，同逢场作戏的花花公子的那种轻薄感情，有着明显的区别。

扬州是唐代一个十分繁华的城市，歌楼酒肆遍地，美女如云。杜牧随牛僧孺在扬州任幕府书记时，确实颇好宴游作乐，经常出没酒肆歌楼，生活比较放浪。牛僧孺为了他的安全，曾嘱人暗中加以保护。后来杜牧被召入京任职，临行前饯别的时候，牛僧孺语重心长地劝告他说：你今后任重道远，要在生活方面多节制检点，保重身体至为紧要。并命家僮取出一个竹箱，将几年来收存起来的有关杜牧的行踪和平安密报，共几百份，都展现在他的眼前。杜牧看到后既感激，又惭愧，因而终生不忘此事。《遣怀》就是十年以后，回顾这段放荡生活时写的。

> 落魄江南载酒行，楚腰纤细掌中轻。
> 十年一觉扬州梦，赢得青楼薄幸名。

杜牧在这首诗里着重反省了自己在江南无拘无束的游冶和追逐纤腰起舞美女的那种放浪不羁的生活作风。诗的后两句，是诗人对这种生活及其后果所作的总结：回顾十年前的往事，如同大梦一场，到头来一事无成，却落得一个"青楼薄幸"的坏名声。我们如果将杜牧的这首诗同十年前他离开扬州时写的《赠别》诗相比，便可以明显地看出，《赠别》完全是沉湎在描写自己同相好妓女那种难分难舍的蜜意柔情中。不仅态度、感情不同，连出发点和基本情调也不一样。

大和九年（835）前后，三十三岁的杜牧以监察史的身份分司东都（洛阳）。这时，正好有位姓李的司徒闲居在洛阳，他养着许多色艺俱全的家妓。一天，李司徒在家设宴，邀请全城官员和名士观赏自己拥有的家妓，因为杜牧任监察御史，李司徒不便邀请他。但杜牧听到消息后，立即派人前去示意，表示自己愿意出席盛会。等到他赶来的时候，宴会已经开始了。一百多名花枝招展的美女，分列两行，坐在大厅的北面，主人特意在南面留出了杜牧的座位。杜牧入席后，注视了很久，酒过三杯之后，他忽然问主人道："听说你家有位能吟会咏名叫紫云的女郎，是哪位呢？"李司徒将紫云指给他看，杜牧端详一阵之后，半开玩笑地说："果然名不虚传，何不把她送了给我。"李司徒听了低头而笑，家妓们也忍不住偷偷发笑，杜牧却意气闲逸，若无其事，连饮三杯之后，徐徐站起，吟出了下面一首诗来：

华堂今日绮筵开，谁唤分司御史来。

忽发狂言惊满座，两行红粉一时回。

这首诗充分反映了杜牧狂放不羁的性格和豪逸疏直的处世态度，表明他既无视官场的虚伪礼法，又放任自己个性的发展。他不像有些封建士大夫那样，表面道貌岸然，背地里男盗女娼。他是浪漫中有一定的分寸，清狂中带几分纯真。传说由于这首诗感动了主人，后来主人果真把紫云送给了杜牧。

开成二年（837），三十五岁的杜牧随崔鄂（鄂是郸的误笔）任宣州幕府时，曾去湖州游玩。当时正值全城男女老幼云集江岸观看水嬉，他在密集人群中，发现有个民妇携同一个大约只有十四岁的少女也来看热闹。杜牧被这位女子的美貌所打动，便邀请母女二人前来相见，当面给了很高的礼金，约定相等十年一定前来聘娶，倘若十年不来，可以任从自便。不料时光飞逝，杜牧官运不佳，辗转黄州、池州、睦州等地，却没有机会再去湖州。大中四年（850），在他一再请求下，才得到湖州任刺史。这时，距开成二年已经过去了十四年。妻子裴氏也已去世多时。杜牧到湖州后，寻找到当年许下约定的母女二人，但遗憾的是女郎早已出嫁，而且生了两个小孩。杜牧询问对方所以失约的缘由时，老妇人回答说，您约定是要我们等待十年，十年之后不来，可以自便，而今已经过去十四年了。杜牧觉得言之有理，不仅没有意见，反而送了一笔厚礼给她，以示祝福。事后，他写了下面这首小诗：

自是寻春去较迟，不须惆怅怨芳时。

狂风落尽深红色，绿叶成荫子满枝。

这首小诗，有助于我们进一步了解杜牧的为人，尽管他确实是个风流多情的才子，但却不同于以玩弄女性为能事或仗势欺人的官僚。杜牧的十四年不能赴约，也可说明他以公事为重，并非只顾个人的声色享乐。"不须惆怅怨芳时"更表明他是有情有义、通情达理、不强人之难而又能体谅别人的官员。杜牧的婚姻家庭生活，传记不曾提及，亦不见其他资料，只有他的《自撰墓志铭》提及有一妻一妾、四子一女。妻裴氏，是朗州刺史裴偓的女儿，裴氏比杜牧早几年去世。

杜牧不仅对待妇女通人情、讲道理，而且在处理堂兄和弟弟妹妹的关系上，也是重情重义值得称赞的。他的堂兄杜悰，在官场上一向是个幸运儿，先是当选为宪宗皇帝的驸马爷，接着级级上升，最后做到宰相。尽管堂兄这样有权有势，杜牧始终没有去借助这种裙带关系来发展个人前途。父亲去世以后，他承担起长子的职责，一向爱护、关怀弟弟妹妹。对因患白内障而双目失明的弟弟，对死去了丈夫无所依靠的孀妹，他都体贴入微。尽管薪俸不高，却将百口之家的生活重担全部挑在自己的肩上。他的弟弟杜颛，二十六岁（832）进士及第，两年后，李德裕为淮海节度使，聘请杜颛为巡官，杜颛向李德裕多次提出过建议，李对杜颛是比较满意的。后来李德裕贬谪袁州，还感叹说："门下爱我皆如颛，吾无今日。"可惜，不到五年工夫，杜颛就得了眼病，不得不在扬州养病。杜牧为了给弟治病，特意到同州请眼医，然后回洛阳请假，再携眼医赴扬州，结果由于超假而丢了官，但他在所不惜。杜牧在吏部任员外郎的时候，坚决要求出调地方工作，其中一个很重要的原因，就是为了经济上能解决百口之家的重担，在《上宰相求杭州启》里，他说："长兄慥，罢三原县令，闲居京城。弟颛，一举进士及第，有文章时名，不幸得痼疾，坐废十三年矣。今与李氏孀妹，寓居淮南，并仰某微官以为糇命。某前任刺史七年，给弟妹衣食，有余兼及长兄，亦救不足，是某一身作刺史，一家骨肉，四处安活……为京官则一家骨肉，四处皆困。"问题谈得十分明白。但后人研究他出守湖州的原因时，又作了多方猜测。有的研究者认为，杜牧出守湖州可能另有隐衷，即不满于当时的朝政，是出于政治上和人事上的原因；有的则认为是由于杜牧眷眷于湖州某少女的"十年之约"。我认为前一种看法，不无道理；后一种推测，依据是不足的。因为杜牧当时不只是要求调往湖州，他首先提出的是调往杭州的要求。他在《上宰相第二启》中已再三申明，自己年近半百，耳聋牙落，气衰志散，常想到死期已近。我们说在这种情况下，他急于解决的首要问题恐怕不会是什么湖州少女之约了。当然，如有可能了解母女的下落，了结这段姻缘，也无不可。有人又说，大中五年（851）秋，杜牧再度被召回长安，这时他为什么既不提出要负担百口之家的经济困难，也不回避朝廷内的政治和人事关系，很快便离开了来之不易的湖州？这恐怕是与时局的转折有关，因为他已意识到自己久所盼望的朝廷内部的大改组终于到来了。果然，在那次改组中，杜牧被提升为高级部员，接着又升为中书舍人。这个职务，往往可以成为"入相之资"，它说明朝廷的大改组，对杜牧意味着什么了。面对这种机遇，他那颗一向都想大有所作为的勃勃雄心，怎能不霍霍跳动！即便是湖州再好，也不能错过政治上的好时机吧，尽管已经踏入鬓白如霜的暮年（其实才四十九岁），怎不渴望能迎着西斜的落晖，跃马疾驰！杜牧在奔赴长安的途中，写下两首诗歌，这是他复杂的内心活动的真实自白，也是诗人怀才不遇的一生的动人总结：

> 夹岸垂杨三百里，只应图画最相宣。
> 自嫌流落西归疾，不见东风二月时。
>
> （《隋堤柳》）

> 镜中丝发悲来惯，衣上尘痕拂渐难。
> 惆怅江湖钓竿手，却遮西日向长安。
>
> （《途中一绝》）

正像杜牧在这两首诗中所预感到的那样，"夕阳无限好，只是近黄昏"。当这位有抱负、有才华的诗人，春风得意的仕途生活刚刚拉开序幕，还来不及大显身手的时候，他那有限的生命，就到此结束了。临终时作有《自撰墓志铭》。

关于杜牧的终年，据仲勉考证，不早于大中七年（853）七月，应是51岁，但岑氏之说亦不足据。我们仍按新、旧《唐书·杜牧传》及《自撰墓志铭》所说的"卒年五十"。

杜牧的创作主张

在晚唐诗人中，能提出明确的创作主张，而且又能按照自己的主张进行创作活动，并取得杰出成就，具有深远影响的作家，杜牧可以算得上是首屈一指的了。尽管杜牧的创作主张还不够全面、系统，但在内容与形式的关系方面，他提出思想内容决定艺术形式，艺术形式服务于思想内容；对诗歌创作应持的态度方面，他提出诗人要有思想、有个性，还要善于学习和继承前人的优秀遗产，努力发扬光大等。这些主张在晚唐形式主义倾向抬头、唯美主义诗风笼罩诗坛的情况下，是尤其具有进步意义的。在《樊川文集》里，能够体现其创作主张的文章，主要有《答庄充书》、《献诗启》和《李贺诗集序》等。

"文以意为主"——杜牧《答庄充书》

《答庄充书》是杜牧提出自己的文学创作主张的一篇纲领性论文。这篇论文有诗人的一些突出见解，值得引起重视，文章写道：

> 凡文以意为主，以气为辅，以辞采章句为之兵卫，未有主强盛而辅不飘逸者，兵卫不华赫而庄整者。四者高下，圆折，步骤，随主所指，如鸟随凤，鱼随随龙，师众随汤、武，腾天潜泉，横裂天下，无不如意。苟意不先立，止以文采辞句，绕前捧后，是言愈多而理愈乱，如入阛阓，纷然莫知其谁，暮散而已。是以意全胜者，辞愈朴而文愈高，意不胜者，辞愈华而文愈鄙。是意能遣辞，辞不能成意，大抵为文之旨如此。

这就是说，杜牧认为，大凡写文章或从事创作活动，都应将思想内容放在首位，文章的气势可以作为辅助内容的手段，至于辞藻、文采、章法、字句的选择和运用，不过是兵卫士卒罢了。他认为思想内容充实的作品，不可能文气不飘逸、辞藻色彩不鲜明、章句不庄重整齐。他在强调思想内容在文章中的绝对地位的同时，也不忽略艺术形式的作用，只是认为必须摆正关系，主次要分明。他认为形式要受内容的指挥和约束。就像鸟儿追随着凤凰，鱼儿紧跟着蛟龙，又像军队不能没有主帅，主帅也不能没有士卒，士卒必须跟从主帅的行动一样。他认为只有这样处理内容和形式的关系，所写的作品才能产生腾天潜泉、横裂天下的威力。为了证明思想内容的重要，他还反复举例说明，假如不是先确定思想内容，而是先在文采、词句的堆砌方面下功夫，势必造成言辞愈多，思想愈乱。就像人们闯入了闹市，但见人来人往，纷纷乱乱，到了天黑，一哄而散，到头来说不清究竟是谁往谁来。与此相反，靠思想内容取胜的文章，辞藻愈是朴实，它的思想内容反而显得高妙；不以思想内容取胜的文章，即使满篇华辞丽藻，内容依旧是鄙薄的。这就是说，思想内容可以调遣词句，华辞丽句未必能构成充实的内容。他指出以上分析就是从事写作的人所必须掌握的原则。

杜牧的这个观点，和南朝梁代文学理论批评家刘勰在《文心雕龙》中所阐述的观点，是一脉相承的。《文心雕龙·情采篇》中指出：

夫水性虚而沦漪结，木体实而花萼振，文附质也。虎豹无文，则鞟同犬羊；犀兕有皮，而色资丹漆，质待文也。……夫铅黛所以饰容，而盼倩生于淑姿；文采所以饰言，而辩丽本于情性。故情者文之经，辞者理之纬；经正而后纬成，理定而后辞畅，此立文之本源也。

刘勰是通过树木同花朵的关系，说明文采必须附属于特定的内容，又用虎豹的斑纹区别于犬羊，论证了物体的内容需要通过美好的形式才能显示。但他同时又指出，就像脂粉眉黛只能修饰人的外貌，那动人的秋波及美妙的神态，却得发自于内在的姿质一样，一篇生动美好的文章，必须以它的思想内容为基础。内容是文章的经线，辞采是内容的纬线，内容确定后，文辞才会畅通。他认为这是从事文学创作工作的根本。

当然，杜牧在这里不只是继承了《文心雕龙》中的内容决定形式的原则，他还根据自己创作中的实际体验，把文章分为"意"（思想内容）、"气"（情感）、"辞"（辞藻）、"章"（章句）四个方面，指出它们的关系为"四者高下，圆折，步骤，随主所指"，从而得出"意能遣辞，辞不能成意"的正确结论。

杜牧的"文以意为主"的主张，同古文运动的主将韩愈、柳宗元的"文以载道"、"文以明道"的观点，也是一致的。韩、柳都重视思想内容，把思想内容摆在第一位，只是韩愈侧重于宣扬古圣人的思想学说，柳宗元则在此基础上加入了现实的内容和政治主张罢了。柳宗元曾说："圣人之言，期以明道，学者务求诸道而遗其辞，辞之传于世者，必由于书。道假辞而明，辞假书而传，要之，之道而已耳。道之及，及乎物而已耳。斯取道之内者也。今世因贵辞而矜书，粉泽以为工，遒密以为能，不亦外乎？"说明了思想内容同辞藻书本的关系：内容要通过辞句加以表达，写成文章流传于世。那些不研究内容而执意追求华辞丽句，自以为得意的人，不过是个外行，是一种"癖病"。杜牧不仅接受了这些观点，而且比柳宗元更为强调，他认为"意、气、辞、章"四者的安排，全盘决定于思想内容。

杜牧在《答庄充书》里不仅提出了"文以意为主"的思想，而且还提出了"不遇于世，寄志于言，求言遇于后世"的观点，文章说：

古者其身不遇于世，寄志于言，求言遇于后世也。自两汉已来，富贵者千百，自今观之，声势光明，孰若马迁、相如、贾谊、刘向、扬雄之徒，斯人也岂求知于当世哉？

杜牧由于博览群书，纵观历史，熟悉历代文豪生前种种不幸的遭际，加上自己的切身感受，他对"诗言志"、"文以述志为本"有着深刻的理解。他的"不遇于世，寄志于言"的观点和司马迁的"意有所郁结不能通其道也"、韩愈的"大凡物不得其平则鸣，人之言也亦然"等观点同出一辙，但杜牧在这里却进一步提出了"求言遇于后世"的观点。他认为诗、书、春秋左氏等的作者，由于思想言论不合当世的要求，致使受到种种挫折，甚至遭到打击和迫害，但他们却坚忍不拔，忍辱负重，将积压在心头的郁结，人世间的不平，以及辅时及物的志向、抱负，借助言辞写成文章。他们这样做，并非想求得当世人的了解，而是想"求言遇于后世"。这就和柳宗元所说的"思奋志略，以效于当世"的观点不一样。柳宗元表现了他的积极用世的思想，而杜牧这一观点也的确是考察前人之所见。历史上多少有成就的作家，他们不得志于当时，而他们的著作却不朽于千古，这绝非因为他们的生前有什么显赫的威名，而是因为其所表现的思想主张闪耀着一定的真理的光辉。杜牧本人又何尝不是这样？他的传世名篇《罪言》、《原十六卫》、《战论》、《守论》、《燕将录》、《上周相公书》、《上知己文章启》等，从内容上看，论古今成败，天下形势，无不叱咤着时代风云，对千疮百孔、急待收拾的晚唐政局，国家民族的安危以及他自己有志难酬的处境，发出了感激愤悱、不可遏抑的呼声，但不得当权者的重视和采纳，无法效命于当世。事实正如他自己所说的那样，仅仅成为"寄志于言，求言遇于后世"的历史文献。清朝有雄才大略的康熙皇帝（爱新觉罗·玄烨）就很赏识。康熙兴致勃勃地阅读他的文章，并给予了很高的评价，认为"《罪言》是综天下之形势，权累朝之得失，如聚米画沙，不爽尺寸；《原十六卫》府兵与藩镇相为轻重，而唐之兴废，即因之，溯源穷委，论断独精；《战论》四肢五败，字字精确，而文亦磊落可喜；《守论》风规峻迈，文采焕然；《燕将录》笔力陡促，极似《战国策》中文字"（见《全唐文纪事》）。

诗以高绝为本——杜牧的《献诗启》

《献诗启》是杜牧献上自己的诗集时的一篇说明文。文章尽管不长，却从中可以了解到他对诗歌创作所持的态度。文章写道：

某苦心为诗，本求高绝，不务奇丽，不涉习俗，不今不古，处于中间。既无其才，徒有其奇，篇成在纸，多自焚之。今谨录一百五十篇，编为一轴，封留献上。

杜牧曾多次提到"少小好为文章","读书为文日夜不倦"(《上知己文章启》、《上安州崔相公启》),在这篇《献诗启》中,他更是言简意明地说出了诗人应持的刻苦努力的创作态度和不同于人的奇特风格。杜牧一生孜孜不倦,付出全部心血从事诗歌创作,不重复别人用过的陈腔旧调,不走别人走惯了的蹊径通途,更不满足于原有的成就,为的就是精益求精,创造与众不同的高超绝凡的新风格,以求突破唐诗的水平。事实证明,杜牧的许多优秀诗篇,都可以说是达到了独步晚唐、放射异彩的新境界。

杜牧曾声明,自己写诗不是为了追求奇辞丽句,也不想投人所好,将世俗的趣味直载入诗,以取悦于人,而是既不为古人的清规戒律所约束,也不被今人浅薄所左右,坚持从优良的传统中吸取营养,形成自己的特色。《献诗启》表明了他在诗歌创作中的一贯主张,同时也有力地证明了那些歪曲他的写诗的本意,只承认他的诗注重辞藻美和形式美的某些评论是主观而又武断的。杜牧一生所写的诗歌不可计数,当他打算汇编成集的时候,但凡他认为徒有奇辞丽藻、眩人耳目,或无补于世的诗篇,都加以弃毁,不肯编入集子里。裴延翰在《樊川文集序》中提到:"始少得恙,尽搜文章阅千百纸,掷焚之,才属留者十二三。"杜牧对自己诗作的严格筛选,表明了他严肃的态度,这种态度正是他的"文以意为主"的原则在诗歌创作中的具体实践。

当然,在《献诗启》中,言辞之间也带有某些影射同时代其他诗人的偏激情绪,例如在宣称自己的诗"不务奇丽,不涉习俗"的同时,对社会上流行的"元和体"颇有微词。杜牧在不同的场合,也曾一再表示反对时人所好的"元和体"。他给李戡写墓志铭时,引用李戡的话说:"尝痛自元和已来,有元、白诗者,纤艳不逞,非庄士雅人,多为其所破坏。流于民间,疏于屏壁,子父女母,交口教授,淫言媟语,冬寒夏热,入人肌骨,不可除去。"(《樊川文集·李戡墓志铭》)这段话固然是引用李戡的看法,不过,同样也反映了杜牧对元白诗的成见。他对元和以来风行一时的浮艳诗风的不满和批评,有积极的一面,正如后人王夫之在《姜斋诗话》中阐述的那样:"艳诗有述欢好者,有述怨情者,《三百篇》,亦所不废。顾皆流览而达其定情,非沉迷不反,以身为妖冶之媒也……迨元、白起,而后将身化作妖冶女子,备述衾裯中丑态。杜牧之恶其蛊人心,败风俗,欲施以典刑,非已甚也。"但杜牧也应当同时看到白居易本人的再三申述,白居易说:

古人云:"穷则独善其身,达则兼善天下。"仆虽不肖,常师此语。大丈夫所守者道,所待者时。时之来也,为云龙,为风鹏,勃然突然,陈力以出;时之不来也,为雾豹,为冥鸿,寂兮寥兮,奉身而退。进退出处,何往而不自得哉！故仆志在兼济，行在独善，奉而始终之则为道，言而发明之则为诗。谓之讽喻诗，兼济之志也；谓之闲适诗，独善之义也。故览仆诗者，知仆之道焉。其余杂律诗，或诱于一时一物，发于一笑一吟，率然成章，非平生所尚者，但以亲朋合散之际，取其释恨佐欢。今铨次之间，未能删去，他时有为我编集斯文者，略之可也。

（《与元九书》）

社会生活是丰富多彩的，人的思想和经历也是复杂多变的，诗人根据不同情况的需要，写了不同题材、格调的诗歌，也是人之常情。况且白居易已经有话在先，"人之所重我之所轻"，"他时有为我编集斯文者，略之可也"，态度明朗、诚恳，是肺腑之言。杜牧应当有所理解，求同存异，作比较公允的全面分析，而不必抓住人家不足之处，"举其一而不计其十"，低估别人的成就。杜牧一向自负甚高，同杜甫相比，他还缺乏"转益多师是我师"的自谦精神。看来，他终究未能超过老杜，恐怕这也是原因之一吧。

诗评以理为重——杜牧的《李贺集序》

《李贺集序》是杜牧应沈子明的再三请求，为李贺诗歌集写的一篇序文。文中通过对李贺诗歌的思想性、艺术性的评价，反映了杜牧的美学思想和文艺批评原则。

这篇文章的思想内容分为两部分。第一部分介绍了自己接受沈子明要求为李贺写序的经过。第二部分进入对李贺诗歌的思想内容、艺术特色和创作手法的赞赏及评论，这是序文的主要内容。它从各个方面，以生动、具体的形象作比喻，将李贺诗歌难以形容的悠扬连绵的情态，和谐明媚的格调，别致新奇的构思，冲锋陷阵、怨恨悲愁、古色古香的题材，虚幻荒诞、变化莫测的浪漫主义手法，以及奇丽无比的语言特色一一总结了出来。与此同时，又严肃而有分寸地指出：

盖骚之苗裔，理虽不及，辞或过之。骚有感怨刺怼，言及君臣理乱，时有以激发人意，乃贺所为，无得有是？贺能探寻前事，所以深叹恨今古未尝经道者，如《金铜仙人辞汉歌》、补梁庾肩吾《宫体谣》，求取情状，离绝远去笔墨畦径间，亦殊不能知之。

这就是说，杜牧一方面确认李贺的诗歌是《离骚》浪漫主义精神和创作手法的继承和发展，认为其所以能够作为《离骚》的苗裔的依据是：一是李贺诗歌中可以看到《离骚》中提及的君臣理乱和激发人意的思想内容，二是李贺能探寻历史前事，独辟蹊径，创作出不同寻常的新奇手法。但同时，他也指出李贺诗歌在思想的高度和反映现实的深度上，不及《离骚》。杜牧十分重视《离骚》，认为《离骚》的伟大所在，不仅在于它的感愤怨恨、针砭讽刺作用，而且也因为涉及国家政治、君臣关系的大事时，它的忧国忧民之思能激励和启发人们的爱国感情。指出李贺的诗歌虽然也引用历史形象，影射朝代的兴衰，在表现手法上也敢于创新，但是，由于追求险涩离奇，往往令人难以理解，加上诗人阅历不深，所以只能在辞藻等形式方面有所超越，而思想深度却未能赶上。但杜牧也相信，假如李贺不死，在诗歌的思想性方面作进一步的努力，是可以达到并超过《离骚》的思想高度的。杜牧以上这一分析，真是入木三分，见人之所未见，言人之所未言，将李贺诗集的长短优劣剖析得淋漓尽致。杜牧的这一观点，曾得到不少人的支持，北宋孙光宪深为叹服地说：

愚尝览李贺歌诗篇，慕其才逸奇险，虽然尝疑其无理，未敢言于时辈。或于奇章公集中，见杜紫薇牧有言"长吉若使稍加其理，即奴仆命骚人可也"，是知通论合符不相远也。

（《北梦琐言》）

当然，杜牧这一观点，也遭到过另一些人的反对，如刘须溪曾激烈地抨击说：

以杜牧之郑重为序，直取二三歌诗而止，始知牧亦未尝读也，即读亦未知也……谓其理不及《骚》，未也，亦未必如《骚》也。

又说：

樊川反复称道，形容非不极至，独惜理不及《骚》，不知贺所长正在理外。

（《李长吉诗歌汇解》）

刘须溪的这种批评，显然是站不住脚的。清人王琦在《李贺诗歌集注》中，作了有力的批驳，他说：

须溪以为直取一二歌诗而止，而嗤其未尝读长吉诗，予乃嗤须溪未能细读牧之《序》。至于理不及《骚》，自是长吉短处，乃谓贺所长正在理外，是何等语耶？

我们说，只要读过杜牧的《李贺集序》就很清楚，杜牧绝对不是只肯定李贺的两三首诗，便一概否定其余，他只是举其中两首作为例证说明问题罢了。

杜牧诚恳地指出李贺诗作的美中不足，强调思想性和艺术性的统一，这是杜牧"文以意为主"、内容决定形式的创作原则在文学批评上的运用，也是这篇《李贺集序》不同于别人的可贵之处。

通过以上几篇主要文论的分析，我们可以看到，杜牧不仅通过大量的创作实践，反对当时盛行的形式主义、唯美主义诗风，而且从理论的高度提出了正确的创作主张，有力地批评了不重视思想内容、片面追求辞藻华美的淫靡文风。他的文论和诗论，还常见于其他文章中。尽管他在自己的创作过程中，也不可避免地受到唯美派诗风的影响，在一些诗歌中，有绮罗脂粉之气，但他毕竟还是时时引以为戒的。南宋张戒曾简单地认为："杜牧之诗只知有绮罗脂粉，李长吉只知香花蜂蝶，而不知世间一切皆诗也。"（《岁寒堂诗话》）有些今人编著的文学史书，也有不分青红皂白地将杜牧、李商隐等一批优秀诗人推向"中晚唐反现实主义诗派"的行列，有的同志还硬给他们戴上一顶"唯美主义"诗人的帽子，抹杀他们在唐诗发展史上，为反对形式主义诗风的泛滥所作的种种努力，无视他们为唐诗的繁荣放射出来的最后几点光耀，这显然是过于偏颇，也是不恰当的。

创作成就

晚唐政局的艺术记录——杜牧诗歌的广阔内容

如果说李白的诗歌充分反映了盛唐气象，体现了封建社会鼎盛时期的时代精神，杜甫的诗歌是唐代社会由盛转衰的一面镜子，那么杜牧的诗歌，恰好是晚唐衰颓政局的艺术记录。过去在一些人中流传着一种偏见，认为杜牧纵情声色，所以传世的诗作，多是些"绮靡不振"的小诗，在艺术上不过是些雕虫小技罢了。其实不然，在杜甫之后的中晚唐时期，曾经涌现出许多有名的诗人，他们几乎都尊李、杜为师，像白居易、元稹、刘禹锡、韩愈、柳宗元、李绅、张祜、许浑、李商隐等，他们从不同的角度学习李、杜，都取得了显著的成绩。但是，他们当中只有杜牧，曾被后代人们将他同杜甫放在一起，并称为"大杜、小杜"。这里恐怕不能简单地理解为仅仅是两人都姓杜的缘故吧。清人薛雪曾经指出："杜牧之晚唐翘楚，名作颇多，而恃才纵笔处亦不少。如《题宣开元寺水阁》，直造老杜门墙，岂特人称小杜已哉！"（见《一瓢诗话》）

杜甫与杜牧，两人所处的时代尽管不同，但对国事的感慨却是共同的。杜甫的诗着重反映安史之乱前后的民生疾苦，面对满目疮痍的祖国，他涕泪双流；杜牧的诗，着重揭露统治阶级的罪孽，面对江河日下的国运，他痛心疾首。杜牧学习杜甫，也擅长五古长篇和七言律诗，两人风格很是相近。王夫之对杜牧用古体写的诗，曾有很高的评价，他说："中唐人尽弃古体，以笺疏尺牍为诗，六义之流风凋丧尽矣。樊川力回古调，以起百年之衰，虽气未盛昌，而摆脱时蹊，自正始之遗泽也。"（见《唐诗评选》）杜牧学习杜甫，运用五、七言古体，痛陈国事的一些诗歌，能唤起人们无限的感慨，这也是一般晚唐诗人所不能企及的。下面分别谈谈杜牧诗歌所反映的广阔的社会现实。

揭露王朝的腐化堕落

杜牧作为一个政治家和诗人，面对危机四伏的社会现实，他忧心忡忡，为了唐王朝的巩固和继续生存，他用诗歌总结了历史教训，表达了自己对时局的见解和感慨。翻开《樊川文集》，首先展现在我们眼前的，绝非浅斟低唱的靡靡之音，而是颇有气势的国情咨文。如《感怀》、《杜秋娘诗》、《郡斋独酌》、《张好好诗》、《冬日寄小侄阿宜》、《李甘诗》等古诗，《华清宫三十韵》、《长安杂题长句六首》、《河湟》、《评王侍御弃官东归》、《李给事二首》等律诗。其中《华清宫三十韵》就是站在当时进步的立场，总结了唐王朝由盛而衰的经验与教训。全诗的内容分为四个部分，前面四句是引言。

绣岭明珠殿，层峦下缭墙。
仰窥雕槛影，犹想赭袍光。

诗人站在骊山下，抬头仰望山上绣岭层出，雕栏槛影，联想起穿着龙袍的玄宗皇帝和令人感慨的历史往事。这是以华清宫的颓垣为背景，引起对玄宗皇帝统治时期的回忆。

诗的第一部分，总结了玄宗皇帝的统治怎样由德政转向败政、由治走向乱的历史教训。指出玄宗刚登上帝位的时候，正是开元盛世，那时国家强大，疆土辽阔，人才济济。可惜的是皇上未加珍惜，没能使国家进一步繁荣富强，反而"至道思玄圃，平居厌未央。钓陈褭岩谷，文陛压青苍"。对外不断扩边黩武，对内以为天下太平，便大兴土木，渔猎美色，把国事交给李林甫，自己带着妃嫔、群臣，离开宫殿，游山玩水，尽情享乐：

歌吹千秋节，楼台八月凉。

神仙高缥缈，环佩碎丁当。

……

月闻仙曲调，霓作舞衣裳。

雨露偏金穴，乾坤入醉乡。

　　诗的第二部分，列举了一系列典型的、有说服力的事实，说明了玄宗的荒淫享乐是怎样与日俱增的。他忘却了国事，离弃了人民，自以为这样的安乐日子可以长久维持，却不知好景不长，玩兵自累，最后坏人得逞：

玩兵师汉武，回手倒干将。

黥鬣掀东海，胡牙揭上阳。

暄呼马嵬血，零落羽林枪。

倾国留无路，还魂怨有香。

蜀峰横惨澹，秦树远微茫。

　　诗的第三部分，写出了安史之乱这场空前的浩劫，是玄宗宠信安禄山造成的恶果。

　　第四部分，是写玄宗入蜀，留下太子，不久李亨乘机称帝，玄宗从此失却了皇位。回到长安以后，闲置在西内养老，过着孤独、寂寞的晚年，在悔恨和追忆中，痛苦地结束了余生。诗人在结尾处指出国家毁在国君之手，恶果却如同"鸟啄摧寒木，蜗涎蠹画梁"一样延续后代，为害无穷。玄宗自己虽已长眠泰陵，可他的后世子孙却永远难消长恨。

　　这首诗选择的题材，同元稹的《连昌宫词》、白居易的《长恨歌》，基本上是相同的。三首诗都是以安史之乱为镜子，反映了唐王朝由盛而衰一落千丈的变化。写出唐玄宗在开元盛世忘却创业的艰难，以为天下太平，可以高枕无忧，于是沉迷酒色，荒淫作乐，宠信佞臣，最后招致灭顶之灾的惨痛教训。这三位作者，可以说都是站在维护唐王朝统治的立场，对玄宗的过失有批判，也有程度不同的同情。但《连昌宫词》和《长恨歌》着重于叙述历史人物及事情发展的经过，尤其是《长恨歌》，以动人的故事情节，刻画了唐玄宗与贵妃的形象和他们之间的爱情生活，风格缠绵悱恻，意境迷离恍惚。这样，也往往使人产生错觉。《华清宫三十韵》则不然，它不着重人物形象的刻画和爱情生活的具体描写，也不叙述盛衰变化的详细经过，而是从诗人自己观察的角度，议论和总结唐代社会盛衰、的教训，立意鲜明，揭露和批判的主题突出，不会使人产生错觉，忽略了诗中的批判意识，误以为这是一首爱情的颂歌。尤其是结尾四句，更是含意无穷，耐人咀嚼。可谓"意直词隐，有骚雅之风"（见周紫芝《竹坡诗话》）。

188

杜牧的诗歌不仅追溯唐王朝国运日衰的根源，揭露、讽刺玄宗的败政以及安史之乱的巨大灾难，也针对本朝本代的情况，选择现实生活中的重要题材，表明自己的态度，抒发自己的感慨。

《长安杂题长句六首》是一组专门描写帝京见闻，揭露王孙贵族的豪奢、挥霍的诗。如下列诗句：

> "韩嫣金丸莎覆绿，挥霍鞯汗杏黏红。"
> "江碧柳深人尽醉，一瓢颜巷日空高。"
> "南苑草芳眠锦雉，夹城云暖下霓旄。"
> "六飞南幸芙蓉苑，十里飘香入夹城。"

字里行间透露出王孙贵族的行径，是同北宫、南苑紧紧相连的。唐天子从玄宗到宣宗，个个都无心国事，挖空心思地满足自己的穷奢极欲，整个国家在这一大批蛀虫的啮蚀下，已经从根基腐烂，实在是无可企望、难以救药了。诗人尽管还未明言，却是情在词外，状溢目前了。

《杜秋娘诗》是杜牧三十一岁那年，在宣州沈传师幕中，听说杜秋娘从王宫中被遣返家乡而特意写的一首著名的五古长诗。

杜秋娘本来只不过是一个命舛多乖的不幸女子，如果不涉及重要的政治背景，单写杜秋娘的一生，这样的题材意义不大。正因为杜秋娘的遭遇，始终同王室内部的倾轧、朝代的更迭紧紧相连，所以，透过她的否泰沉浮去了解统治集团内部的斗争，是颇有价值的。

杜牧为杜秋娘赋诗，感慨她的不幸、穷窘和衰老，又借题发挥，遍数古今纵横的历史人物和事件，大加议论，借以申述不平和牢骚，其用心是良苦的。这些，作者在篇首的序里都已交代明白。

这首长诗的内容，大致可以分为五段，第一段到第四段，写的都是杜秋娘一生坎坷的经历，而且每一次坎坷都同封建宗室内部的斗争联系在一起。第一段，通过年仅十五岁的民间女子杜秋娘，镇海军节度使李锜的一位侍妾，介绍了有一定势力的帝王宗室李锜。

> 李锜即山铸，后庭千双眉。
> 秋持玉斝醉，与唱金缕衣。
> 锜既白首叛，秋亦红泪滋。

诗中借引汉高祖刘邦的侄儿刘濞拥有的财富和野心，后因作乱被杀死的典故，来比喻唐宗室李锜的豪富及因叛乱获罪处死的结局。李锜的死，是统治阶级内部倾轧的结果，传说纷纭，诗中只强调他是宗室之争的不幸失败者，对其叛乱的是非问题，没有多用笔墨。

诗的第二段是写杜秋娘被押送入京，受到宪宗的垂青和宠爱："低鬟认新宠，窈袅复融怡"，"红粉羽林仗，独赐辟邪旗"。但是好景不长，"咸池升日庆，铜雀分香悲"，宪宗突然身亡，杜秋娘又一次失去了可以依赖的靠山。

第三段写穆宗登位后，令杜秋娘作皇子凑的保姆。她兢兢业业，一心一意将皇子抚养成人，皇子凑被封为漳王，"渐抛竹马剧，稍出舞鸡奇。崭崭整冠佩，侍宴坐瑶池。"岂料文宗即位后，示意宰相宋申锡诛杀宦官王守澄，结果事败，宦官权佞反诬宰相谋反，漳王也成了谋反者的后台。文宗不加判断，定下罪名，废削了漳王。"一尺桐偶人，江充知自欺。王幽茅土削，秋放故乡归。"漳王受冤被废，杜秋娘也被打发回老家，诗人为他们无辜受诬的遭际深感不平。

第四段写杜秋娘在宫中将近三十年，经历了四个王朝，谁料到了晚年，竟然孑然一身，遣返故乡。"清血洒不尽，仰天知问谁？寒衣一匹素，夜借邻人机。"到头来，连做件御寒的衣服都得向邻人借机杼。

第五段，作者笔锋突转，由杜秋娘的不幸扩展开来，历数了古往今来多少英雄豪杰、绝代佳人，都难逃脱变幻莫测、祸福难料的命运的情况：身居帝位，名列相国，到头来免不了杀身之祸；出身微贱的钓翁、鼓手，说不定有朝一日拜相封侯。这种否泰莫测的世事，有谁能作出圆满的解释？"地尽有何物，天外复何之？指何为而捉，足何为而驰？耳何为而听，目何为而窥？"随之而来，一系列自然奥秘及生理现象，同样也都引起了诗人的怀疑，诗人陷入了不可知论的苦恼："己身不自晓，此外何思惟？因倾一樽酒，题作《杜秋诗》。愁来独长咏，聊可以自贻。"诗的结尾压抑而沉闷。

这首诗的意义在于，诗人巧妙地借杜秋娘在宫中二十七年的生活和遭际，将那个时代的政治风云、重大事件和盘托出，这里涉及的都是宫闱内部执政之君的事情。杜秋娘作为经历者和见证人贯穿其中，使诗的内容更具有真实感和说服力。二十七年中一连换了四个皇帝，这几个皇帝在诗人笔底，都是些碌碌无为之辈：宪宗不顾天子的尊严，竟将罪臣的侍妾作宠姬；穆宗一味射猎消遣，逗儿取乐，在殿堂上无所作为；敬宗简直不屑一提，他的称帝像过眼云烟，一瞬即逝；文宗软弱多疑，在想革除宦官势力的问题上，演了一出自欺欺人的闹剧。诗中只对漳王作了赞赏的描写："崭崭整冠佩，侍宴坐瑶瑶池。眉宇俨图画，神秀射朝辉。"肯定了这是一位比较有希望的继承人。但是，正是这位颇有希望的漳王，却又成了权佞、宦官郑注、王守澄等人诬陷宰相宋申锡谋反的"黑"后台。在这里，诗人敢于恢复一个阶下囚本来的君子之貌，在当时也是需要很大的勇气和无畏精神的。杜牧就是这样，以过人的胆识和勇气，揭示了隐藏在宫廷内部的一系列秘事丑闻，使这首长诗成为后世读者了解当时的历史事实不可忽略的参考资料。

过去有人在评论这首诗时，将它同白居易的《琵琶行》相比，说："就诗论诗，《杜秋娘诗》不及《琵琶行》远甚。著作年代约后于《琵琶行》二十年，白氏《琵琶行》层次分明，清丽绝伦，与他当年所作《长恨歌》为双璧，可列为反映白氏前后思想之代表作。惜杜牧作此诗时犹年轻，在宦海中还没有经过大风波。他是牛（僧孺）党牢骚之类，还是平常胸臆，无关究旨。就艺术结构来说，那一大段议论可谓多余，用了五言，更缺少汪洋恣肆之势。"（见高旅：《杜秋娘》，《杜牧研究资料汇编》）我认为，白居易的《琵琶行》当然是一首艺术造诣很高的千古名作，但《琵琶行》和《杜秋娘诗》是两首采取不同手法、表现不同主题的诗歌。《琵琶行》是采用乐府歌行体的叙事诗，叙述了一位琵琶歌女漂泊不幸的身世及其优美动人的演奏技巧。精湛的琵琶乐曲，触动了满座的听众，尤其打动了那位江州司马，引起他对自己被排挤、受打击，以致沦落天涯的命运，产生强烈的共鸣和感慨。诗中反映了封建社会被损害、被蹂躏的下层妇女内心的压抑和痛苦，也反映了遭受权贵打击报复的正直的知识分子对厄运的不平。《杜秋娘诗》显然与它不同，诗中叙述杜秋娘的遭遇，为的是巧妙地揭示当时还无人敢于问津的宫廷政治斗争和王位的频繁更迭。一位年仅三十一岁的青年诗人，竟敢选择政治倾向如此强烈的题材入诗，应该说是比较充分地表明了诗人对动荡时局的关注。诗人的政治眼光、敏锐的嗅觉以及他的胆略和才华，恐怕光有"牛党牢骚之类"和"平常胸臆"的人望尘莫及的。至于后一部分的大段议论是否必要，也是各有所好，难以强求一致。对于杜牧来说，这段议论的安排，恐怕是情之所至，势在必行，也是他苦心为诗的用意所在。对这一段议论，作者本人是断然不会同意取消的，应当看到《杜秋娘诗》不论是前面的叙述，还是最后的议论，都不是为了扬才露己，主要是出于他的政治识见，为了补救时弊。当然，对于已经处于强弩之末的晚唐来说，他个人的见识和呼吁，起不了什么作用。因此诗人在苦恼和激愤中，不禁对历史、对人生、对自然提出了一系列的质问和怀疑。这在一定程度上同《庄子·天运》、屈原《天问》所表现的精神是相似的。怀疑是批判的起点。尽管杜牧对一系列的怀疑，都未找出正确的答案，因而陷入了不可知论的苦恼中，甚至消极地以酒浇愁作结，但我们从中也可见到封建时代知识分子思想、世界观的限制。即使在他们的世界观中，已经渗入了某些带有民主性的唯物论的因素，可是理论上仍缺乏武装，难以有力地摆脱传统观念的束缚，因而感到苦闷和无所作为。

总之，《杜秋娘诗》同《琵琶行》是各有千秋，各有特色。将两个作家在不同背景下写成的、风格全然不同的诗篇作简单的对比，褒此贬彼，不一定是妥当的。

杜牧的诗歌，也反映了晚唐朝廷内正气与邪气的斗争。如《李甘诗》、《李给事二首》等。

侍御史李甘、给事李中敏都是杜牧的好友。他们有共同的志向和刚直敢言的性格，都坚决反对郑注做宰相，坚持任人唯贤的原则，结果得不到政权的理解和支持，反而受到贬逐和打击。李甘被贬逐为封州司马，李中敏两度弃官东归。《李甘诗》详细、如实地记录了李训、郑注等人如何野心勃勃，在短短的两三年间，依仗王守澄的权势，骗取信任，窃踞高位，直上青云的经过："太和八九年，训注极虓虎，潜身九地底，转上青天去。"批评了文宗皇帝不顾天意人心，竟放手让郑注、李训等人操纵朝政大权："吾君不省觉，二凶日威武。"批评了朝廷之上众多的官员，人人为了保官保命，畏缩不前："森森明庭士，缩缩循墙鼠。平生负奇节，一旦如奴虏。指名为锢党，状迹谁告诉？喜无李（膺）杜（密）诛，敢惮髡钳苦。"当郑注登居相位的消息传出的时候，只有侍御史李甘敢坚持任人唯贤的原则，挺身而出，冒死进言，结果触怒了龙颜，因此获罪："明日诏书下，谪斥南荒去。"

面对这样暗无天日的朝政，诗人不顾安危，愤然执笔，大声疾呼：

> 贤者须丧亡，谗人尚堆堵。
> 予于后四年，谏官事明主，
> 常欲雪幽冤，于时一裨补。
> 拜章岂艰难，胆薄多忧惧。
> 如何干斗气，竟作炎荒土。
> 题此涕滋笔，以代投湘赋。

诗人杜牧十分清楚，要写一份拜章呈献给皇上并不艰难，令人提心吊胆的是君主不明，献上的拜章一旦落入拥有生杀大权的权佞之手，将死无葬身之地。但是，《李甘诗》却像当年贾谊作《吊屈原赋》一样，一气呵成，不仅为李甘的怨愤作了有力的申诉，而且其揭露批判的锋芒，气冲牛斗，文宗统治时期阴暗不明的一页，在诗中得到了充分的反映，让人对是非曲直一目了然。当时另一位诗人贾岛也写过一首李甘诗，原文是这样的：

> 原西居处静，门对曲江开。
> 石缝衔枯草，查根上净苔。
> 翠微泉夜落，紫阁鸟时来。
> 仍忆寻淇岸，同行采蕨回。

从这首诗的字里行间，可看出贾岛同李甘的情谊不可谓不深，否则，一个得罪了皇帝、权臣，受到贬逐的人，与他同行采蕨的旧事及他的旧宅，还值得贾岛流连观望及缅怀吗？但是，在这首诗中，竟然只字不提李甘所受到的打击。可见当时的政治形势是复杂严酷的，"贤者须丧亡，谗人尚堆堵"。杜牧不顾忧惧，敢把李甘受迫害的经过原委揭露出来，真不是一件简单的事，把杜牧的《李甘诗》与贾岛的这首诗合在一起来读，同是怀念朋友，杜牧《李甘诗》的思想意义，就更为明显突出了。

谴责藩镇的离心离德

晚唐的李家王朝像一个从内部迅速溃烂的躯体，而藩镇的割据和四夷的骚扰，则从外部加速了李唐王朝的崩溃。杜牧认为藩镇割据和四夷搔扰这两个问题，是关系国计民生的大问题。他写了一系列文章，提出积极的建议，主张削平藩镇，反对姑息政策，加强国家统一，保障人民安居乐业；建议坚决采取措施，收复被吐蕃侵占的河西、陇右失地，对回鹘的用兵，主张要机警及时。与此同时，他又在一系列诗歌中，重申自己的积极削平藩镇和收复失地的政治主张，如《感怀诗》、《史将军二首》、《雪中书怀》、《早雁》、《河湟》、《皇凤》、《今皇帝陛下一诏征兵，不日功集，河湟诸郡，次第归降，臣获睹圣功，辄献歌咏》、《闻庆州赵纵使君与党项战中箭身死，辄书长句》、《奉和白相圣德和平，至兹休远，岁终功就，令咏盛明，呈上三相公长句四韵》等。其中，《感怀诗》是这一类诗歌的代表作。

《感怀诗》写的是李同捷不受皇命，擅自占据横海节度使的地盘，终于受官兵镇压的事件。诗开头八句，可以自成一段，充分肯定和讴歌唐太宗对唐朝开国奠基所立下的丰功伟绩：他用严明的文治，拯救了万民；他的统治为国家和人民普施了德泽，有如直透骨髓的香气，永难消失。接着在一百〇六句诗中，诗人用铁一般的事实，叙述了由于安史之乱种下的祸根，藩镇从此操纵了兵权；安史之乱平定后，代宗仍任命参加叛乱的降将为河北诸镇的节度使，结果酿成了余患，这些心怀不轨的藩镇，盘踞在大河南北广阔的土地上，各谋私利，结成死党，变辖地为世袭的独立王国：

> 合环千里疆，争为一家事。
> 逆子嫁房孙，西邻聘东里。
> 急热同手足，唱和如宫徵。
> 法制自作为，礼文争僭拟。

　　诗人历数了安史之乱到文宗统治时期七十多年来的情况：藩镇日益嚣张跋扈，朝廷始终软弱无能，耗尽了兵力财力，人民贫困不堪。直到德宗贞元末年，朝廷里追求风流绮靡生活的风气还是有增无减，结果万民更加憔悴，国计艰难到了极点：

> 夷狄日开张，黎元愈憔悴。
> 邈矣远太平，萧然尽烦费。
> 至于贞元末，风流恣绮靡。

　　宪宗皇帝虽有雄心，提拔人才不拘一格，出兵讨伐藩镇颇有气势，时局一度好转。可惜的是宪宗一死，穆宗虚弱，"茹鲠喉尚隘，负重力未壮。坐幄无奇兵，吞舟漏疏网"。结果，河北三镇再度丧失。

　　诗人面对满目疮痍的祖国，真是悲愤填膺，胸中激荡着难以抑制的爱国热忱，恨不能提枪上阵，征战沙场，将叛乱的藩镇斩光杀绝，煮成肉汤，喝个痛快。但是，这又有谁理会？"关西贱男子，誓肉房杯羹。请数系房事，谁其为我听？"一片丹心，满腹韬略，有谁看中？他只有抑制住感情，写成诗歌，烧送给知己贾谊罢了。一位当时年仅二十五岁的青年人，对国家、民族的发展抱有这样强烈的责任心，写出内容如此博大深刻、史实如此丰富、论据充足、观点正确的诗篇，真是不能不令人钦佩。

　　《雪中书怀》是杜牧被排挤出长安，从京官调守黄州期间，得悉回鹘南侵，朝廷屯师千里竟不解围的消息，心中焦虑、苦恼，觉得自己即使胸有平戎策，也是献策无门。因而怀着愤悱之情，写下了这首感愤不已的诗。

　　这首诗，同十六年前血气方刚时所写的《感怀诗》相比，消除外患、为国效命的热忱，丝毫没有减退。诗以"腊雪一尺厚，云冻寒顽痴。孤城大泽畔，人疏烟火微"作为起笔点题，反复表白自己的愤悱和忧愠。他表示："如蒙一召议，食肉寝其皮。"对入侵之敌怀着切齿之恨。这和后来南宋民族英雄岳飞的《满江红》"壮志饥餐胡房肉，笑谈渴饮匈奴血"，不是具有同样强烈的民族感情和爱国思想吗？

　　杜牧不仅用古体诗写出自己对国家和民族命运的时刻关注，表示收复失地、拯救边民的决心，同时也用律诗反复歌咏自己这一重要思想，有的是运用比兴手法，含蓄深沉；有的是直抒胸臆，激愤感人。虽然诗的语言受到格律的约束，但溢于言表的爱国衷情，始终未有减弱。如《闻庆州赵纵使君与党项战中箭身死，辄书长句》：

> 将军独乘铁骢马，榆溪战中金仆姑。
> 死绥却是古来有，骁将自惊今日无。
> 青史文章争点笔，朱门歌舞笑捐躯。
> 谁知我亦轻生者，不得君王丈二殳。

　　这首七律，借赵纵刺史在庆州一带，同党项（当时的少数民族）作战中箭身亡的事件，表达了心中无比的感慨。所以记叙赵纵战死的情况，只是诗的开头两句，接着就是议论：贪生怕死、临阵退缩受到军法处置的将领，古来就有，勇敢善战、不怕牺牲的将军，今日却少得叫人吃惊；史册上争着记载壮烈牺牲英雄的名字，而寻欢作乐的贵人却嘲笑英雄的轻生；谁知我也是一个乐于为国捐躯的志士，遗憾的是，天子却不赐予武器，让我奔赴杀敌的战场。诗人不仅密切结合形势谈论了国事，还批评了不正之风，真诚表示了献身于国的愿望和对统治者的不满。

　　七律《河湟》，是针对河湟地区长期被吐蕃侵占这一现实而作，反映了边地人民数十年如一日不忘祖国的心情，表达了收复失地、统一祖国的强烈要求。诗的前两联是对曾关心过收复河湟的宪宗皇帝和元载宰相表示怀念，对他们的突然死去感到惋惜。后两联则是以"牧羊驱马虽戎服，白发丹心尽汉臣。唯有凉州歌舞曲，流传天下乐闲人"的感人诗句，将丹心一片的边地人民，同不识国破家亡之恨，只顾眼前享乐的富贵闲人，作了强烈的对比。这首诗尽管曾受到挑剔，却仍然是很负盛名的。南宋爱国诗人陆游，写过这样一首小诗：

> 斗帐重茵香雾重，膏粱那可共功名。
> 三更骑报河冰合，铁马何人从我行。
>
> 　　　　　　　　　　　　（《夜寒》）

　　陆游在诗中也表示自己的爱国心肠，并同只知安享荣华的膏粱子弟划清了界线。

　　杜牧所写的这一类主题的诗歌，在感情和意愿上，同岳飞、陆游的诗词十分接近。当然，杜牧并没有获得民族英雄或爱国诗人的光荣称号，但是他的诗写在岳飞、陆游之前三百多年，而且李唐王朝毕竟还是百足之虫死而不僵。在那样的历史情况下，他能够论列时政，指陈得失，预感到王朝的末日快到，因而痛心疾首，以拯救国家民族的命运为己任，喊出埋在自己和当时边地人民心底的呼声，写了一些具有深刻思想性的诗篇，这一点不能不说是十分难能可贵的。

抒发慷慨激昂的抱负

在杜牧的诗歌中，占大量篇幅的还是抒情主人公的自我形象及其精神世界和内心活动的自我解剖。当人们读完他的集子，或者吟过他的各种具有代表性的作品时，就会不知不觉地浮现一个生动、亲切的形象。这形象既似古代匡时忧国的志士，又像现代刚肠直肚的莽汉。他的诗既有志气横鞭，为国捐躯的高尚气节，也有寻花问柳、浅斟低唱的风流情韵。他的形象不是概念化、公式化的，也不是经过装饰美化了的，而是同杜牧本身的名字紧紧相连，是一个充满了生活气息、富有真实感的抒情主人公的形象。

杜牧生活在晚唐这样一个令人窒息、没有希望的时代，他的抒情诗充分反映了一个自负有才，却难施展的知识分子心灵上的创伤。

《郡斋独酌》是杜牧在困守黄州，十分不得意的情况下写成的。这是一首最全面剖析自我的动人心扉的抒情诗。诗人从雪鬓霜须、人生易老同宇宙无穷、万世不僵的相互比较中，引起无限感慨。"屈指百万世，过如霹雳忙。人生落其内，何者为彭殇？"认为人生在天地之间，既然只是一闪而过，就应当活得自由，不受拘束，不要为了沽名钓誉而处处谨小慎微。他否定天地间的神灵，不信长生不老的灵丹妙药；他深知人的生命短促有限，主张要有所作为，及时努力。

诗以淋漓畅快的语言，表达了诗人一生向往的两个理想。第一个理想是：

我爱李侍中，摽摽七尺强。
白羽八札弓，髀压绿檀枪。
风前略横阵，紫髯分两傍。
淮西万虎士，怒目不敢当。
功成赐宴麟德殿，猿超鹘掠广球场。
三千宫女侧头看，相排踏碎双明珰。
旌竿慓慓旗喔喔，意气横鞭归故乡。

渴望自己能像当时的名将李光颜一样，他的威武和勇敢，能受到天子的赏识。在平内乱、安邦国的战役中，旗开得胜，意气昂扬，威震淮西，功成以后辞官还乡，绝不贪恋虚荣和爵位。

杜牧的第二个理想是：

196

> 我爱朱处士，三吴当中央。
> 罢亚百顷稻，西风吹半黄。
> 尚可活乡里，岂唯满囷仓。
> 后岭翠扑扑，前溪碧泱泱。
> 雾晓起凫雁，日晚下牛羊。
> 叔舅欲饮我，社瓮尔来尝。
> 伯姊子欲归，彼亦有壶浆。
> 西阡下柳坞，东陌绕荷塘。
> 姻亲骨肉舍，烟火遥相望。
> 太守政如水，长官贪似狼。
> 征输一云毕，任尔自存亡。

他愿意像这位既有才华，又甘心退归家园的朱处士那样，靠着百顷良田，既可以丰衣足食，还可以救济乡邻。村子外面，绿岭青溪，山明水秀；村子里面，叔伯姻亲，烟火相望。全村父老安居乐业，衣食有余。只要奉公守法，征税缴毕，就可以高枕无忧，管他太守换人似水，还是官贪如狼。这个朱处士，表面看去，似乎是位清高的隐士，对世事毫不过问，而事实上，并非如此，在"任尔自存亡"之后，诗人又特意加插了一段朱处士与诗人的对话，通过对话，让我们看到朱处士首先关切的，正是当今的国家大事：

> 出语无近俗，尧舜禹武汤。
> 问今天子少，谁人为栋梁？

二人促膝交谈的，全是讨伐藩镇、出兵边鄙的事，可见，诗人所爱所羡的并非真是万事不关心的隐居者。

遗憾的是，诗人的两个理想，一个也实现不了。他的实际处境就是进退维谷："自怜穷律穷途客，正怯孤灯一局棋。"（见《寄李起居四韵》）慷慨激昂，已成空话；功成身退，更不可能。

杜牧对自己是有一定的自知之明的。但同时，他又为实现自己的意愿在继续努力着：

御史诏分洛，举趾何猖狂。

阙下谏官业，拜疏无文章。

寻僧解忧梦，乞酒缓愁肠。

岂为妻子计，未去山林藏。

平生五色线，愿补舜衣裳。

弦歌效燕赵，兰芷浴河湟。

腥膻一扫洒，凶狠皆披攘。

生人但眠食，青城富农桑。

孤吟志在此，自亦笑荒唐。

（《郡斋独酌》）

　　回顾过去任监察御史时的浮躁、放纵，深感懊悔，也不满意自己任谏官时所写的奏章。难道仅仅为了妻儿的生计，不去隐居山林？不，是希望自己能有一番作为，要像一根五色丝线那样，为天子缝各色衣裳，辅佐天子治国，使国家重新统一，天下太平，让万民富足，人人都获得文明和教养。

　　诗人的志向和理想是美好的，却无法实现，只能成为荒唐的梦想。这是为什么？现在我们当然看得十分清楚，根本原因在于封建制度的腐朽。诗人的悲剧就在于，他不但认识不到反而极力维护这一腐朽的封建制度，而且把希望寄托在无能而又腐败的封建皇帝的身上，因此他的努力是徒劳的，他的理想是注定要落空的。

　　每当在生活上有感于客观事物的变化时，杜牧都会自然而然地发出感物咏志的哀音。这不仅反映在大量的古诗中，也反映在他的律诗、绝句中，如《齐安郡晚秋》：

柳岸风来影渐疏，使君家似野人居。

云容水态还堪赏，啸志歌怀亦自如。

雨暗残灯棋散后，酒醒孤枕雁来初。

可怜赤壁争雄渡，唯有蓑翁坐钓鱼。

　　在这里，诗人用寓情于景的手法，通过柳岸风来、云容水态的晚秋景物，衬托出自己的处境和心情。雨暗残灯就像摇摇欲坠的晚唐局势。在国家多事之秋，自己被搁置在偏僻的小郡，实在寂寞无聊，只好对着大江流水啸志歌怀。耳畔想起三国当年，人才辈出，赤壁鏖战，曾是多么激动人心的场面，如今一切都已成了过去，只有蓑翁在那里闲坐钓鱼，好不冷落。回顾历史，十分感慨，现实的生活却又如此无情；酒醒之后，内心的隐痛，更加难以消失。至于诗人所说的赤壁，并非当年赤壁之战的古战场，可能是诗人有意要借景抒情，目的在于抒发今不如昔的情怀，而不在于作战地点的考证。

《题宣州开元寺水阁，阁下宛溪，夹溪居人》也是一首寓意深远、诗情画意极浓的名诗。

> 六朝文物草连空，天淡云闲今古同。
> 鸟去鸟来山色里，人歌人哭水声中。
> 深秋帘幕千家雨，落日楼台一笛风。
> 惆怅无日见范蠡，参差烟树五湖东。

诗人写的是宣州开元寺水阁中所见的眼前秋景，抒的却是六朝兴衰、古往今来无限往事之情。此时此刻涌现在诗人心头的古今变化、朝代更迭以及人生悲欢，都是言外之意，它是通过"鸟去鸟来山色里，人歌人哭水声中。深秋帘幕千家雨，落日楼台一笛风"的景物所寓意的，真是做到了状难写之景，如在目前；含不尽之意，见于言外。诗中提到的不过是草天鸟人之物、雨风日暮之景，都是些司空见惯的日常景物，但是这些景物在杜牧笔下，却构成了社会发展的图画，人生变幻的悲歌，甚至还预示了晚唐不测的风雨和不可挽留的落日。"惆怅无日见范蠡，参差烟树五湖东"，诗人就在前面的基础上，表达了自己想步范蠡的后尘，为国效力，功成身退，却又终成了泡影的无穷感慨，在此也点明了诗的主题。

杰出的诗人，往往同时又是时代的号手，他们所写的诗歌，不可能不涉及时代的主题，接触现实的人生。由于对现实生活洞察得深刻，因此喜怒哀乐往往因情而发，彷徨呐喊因事而成。这些在杜牧的诗歌中，都有自然的反映。

杜牧的诗歌具有一定的时代精神，只是有时表现得昂扬，有时凄恻，而且凄恻的成分居多，往往见落叶而兴叹，送归燕而伤神。如《题桐叶》中就有"庄叟彭殇同在梦，陶潜身世两相遗。一丸五色成虚语，石烂松薪更莫疑"的诗句，透露出被世遗忘的人生不平的愤怒。因为抱负成了空话，眼看一晃而逝的人生，诗人自然会悲从中来。"谁知我亦轻生者，不得君王丈二殳。"诗人即使有心为国轻生，却不得当朝执政者的青睐。杜牧一向自负有才，且又性情刚直，他怎么忍受得了这种委屈而不发牢骚呢？

人生自不足，爱叹遭逢寡。

（《赠宣州元处士》）

绝艺如君天下少，闲人似我世间无。

（《重送绝句》）

故国池塘倚御渠，江书三诏换鱼书。
贾生辞赋恨流落，只向长沙住岁余。

（《朱坡绝句三首》之一）

杜牧生于名门，连登高第，二十六岁开始进入仕途，直到四十岁，抱负仍然未得施展。李德裕做宰相，深知杜牧有带兵之才，却偏将他远放黄州去做地方官吏，而且一放就七年，虽曾三次调动，也不过从黄州到池州，从池州到睦州。不管杜牧主观上如何忠诚国事，尽忠职守，减除弊端，颇有政绩，仍然不过"三守僻左，七换星霜，拘挛莫伸，抑郁谁诉"（见《上吏部高尚书状》）。他认为自己的才情不下贾谊，遭遇却连贾谊都赶不上，贾谊在汉文帝时曾官至大中大夫，后因遭周勃、灌婴排斥，出为长沙王太傅，过湘水时，他借《吊屈原赋》伤悼自己被谗逐以致流落长沙的怨恨。在长沙任太傅三年，写了《鹏鸟赋》，又过了一年多，文帝就召他回京任职。相比之下，杜牧认为自己真是望尘莫及。

杜牧不仅为自己的遭遇鸣不平，同时也为受到排斥打击的同僚申诉不平。如《见宋拾遗题名处感而成诗》：

窜逐穷荒与死期，饿唯蒿藿病无医。
怜君更抱重泉恨，不见崇山谪去时。

这首诗提到的宋拾遗究竟是谁，至今不详。但是，可以推测这位谏官是杜牧的同僚，他是含冤被流放到穷荒之地去的。在那里，饿了以野菜充饥，病了又缺医少药，不仅政治上等于判了死刑，生活上也遭到非人待遇。这种打击对于一个朝廷命官来说，是够刻薄的了。诗人不仅对他深表同情，而且说"怜君更抱重泉恨，不见崇山谪去时"，指出宋拾遗是含着不白之冤而死的。这首诗情意深长，言微旨远，从中可以理解到杜牧的苦恼和不满，也可以了解到，在封建专制的社会制度下，任人唯亲的路线，不知埋没了多少人才，长期纠缠的朋党之争，更不知屈死了多少有志之士！在这种情况下，一些才士文人，则往往借酒浇愁，"一世一万世，朝朝醉中去"（《雨中作》），或者借酒兴挥毫成诗来诉说衷情，彼此相赠，聊以告慰。古人说的"诗是穷而后工"，其道理恐怕就在这里。

　　杜牧同历史上许多有反抗精神的诗人一样，善于将自己的不满情绪，在一定程度上同当时具有正义感的文士心中的不满情绪结合起来，加以形象的揭示。这类诗有的写得详尽，有的写得简略，有的直言不讳，有的寄兴隐微。如《书怀寄中朝往还》：

> 平生自许少尘埃，为吏尘中势自回。
> 朱绂久惭官借与，白头还叹老将来。
> 须知世路难轻进，岂是君门不大开。
> 霄汉几多同学伴，可怜头角尽卿材。

　　这就是一首直接寄到朝廷去提意见的诗。诗中直言不讳地书写出自己的意见，替那些长期为官做吏，克尽职守，却不得正常升擢的地方官员大鸣不平，指责了一些高高在上，占据要职却不起作用的人，从中透露了朝廷的腐败。

　　《寄远》是一首写得比较含蓄的诗：

> 前山极远碧云合，清夜一声白雪微。
> 欲寄相思千里月，溪边残照雨霏霏。

　　前面的山峰，被云层遮掩，高雅的乐声是那样孤单寡和，想借那远照千里的明月寄托相思，可是明月尚未升起，就下起密密细雨，希望因此一一落空，全诗写得十分含蓄，但情意却是深远而又耐人寻味的。

　　总之，杜牧有不少诗歌是千方百计地将晚唐时期国家的危机、官场的黑暗、政治的腐败、社会的动荡以及个人的感愤，展现在读者眼前的，人们可以从他的这些优秀的诗篇中，受到启迪，吸取历史的教训。

表现对历史的总结和独异看法

　　杜牧的咏史诗比起其他题材的诗歌，不仅数量更为可观，而且灵活多样，不拘一格，有的甚至可以称为某一朝代兴亡的史论。

　　以咏史诗为名的诗歌，早自孟坚开始就已出现（见《诗薮》）。这种诗往往取材于历史而着眼于现实，借古人古事比喻当前，抒写自己的怀抱，表达个人的感慨。如左思的《咏史》八首，就是借史事发泄对现实的不满。到了李白、杜甫时期，他们所写的咏史诗更进了一步，做到了文史结合，情理统一，通过历史的发展构成古与今的内在联系，揭示出带有普遍意义的问题。在借古讽今、托古鉴今方面，又有了发展，特别是杜甫以议论入诗的新尝试，对后来刘禹锡、杜牧、李商隐等诗人都大有影响。

杜牧的咏史诗在咏史的时候，能本着"文以意为主"的精神，灵活地运用史料去重新评论历史人物，不受传统观念束缚，把历史、现实和个人的思想感情紧密联系在一起，以适应现实的需要，运用形象生动的语言，说明抽象、深奥的哲理，产生出确实令人信服的艺术效果。

杜牧的咏史诗，大致有三类：

第一类是借对历史和历史人物的广泛议论，抒发个人愤懑之情和忧国匡时的怀抱。例如那首长达一百〇六句的《感怀诗》，就是夹叙夹议、亦史亦诗之作，通过追述唐朝建国两百多年的历史变化，谴责藩镇无视国家统一的分裂罪行。这类诗同左思的《咏史》、李白的《古风》十分类似。不过，左思、李白都着重在抒发个人不受重用的愤慨情怀方面，而杜牧的《感怀》则站在更为广阔的历史角度去评论李唐王朝建国以来的长短得失。他既继承了汉魏以来咏史诗的现实主义传统，同时又将咏史、感怀、抒情和议论等几种不同写法熔于一炉，顺着倾泻如流的感情脉络，构成有机的整体，反映出丰富而又深刻的思想内容，这类作品前面已有所分析，这里就不重复了。

第二类是针对历代王朝的兴亡，借古讽今，托古鉴今，以抒亡国之痛，告诫人们勿蹈覆辙。如《过骊山作》，用通俗易明的语言对秦始皇进行了辛辣的讽刺，诗中写道：

> 始皇东游出周鼎，刘项纵观皆引颈。
> 削平天下实辛勤，却为道傍穷百姓。
> 黔首不愚尔益愚，千里函关囚独夫。
> 牧童火入九泉底，烧作灰时犹未枯。

作者既肯定秦始皇削平六国、统一天下的辛劳，又批评他不知体恤人民，以致尸骨未朽就被百姓掘墓烧坟。杜牧写这首诗时，年方二十三，却善于借古讽今，向奢靡日甚、不知收敛的敬宗王朝提出忠告。

《台城曲二首》也是这类诗的佳作：

> 整整复斜斜，隋旗簇晚沙。
> 门外韩擒虎，楼头张丽华。
> 谁怜容足地，却美井中蛙。

台城本是吴国的后苑城，后来一直成为东晋、宋、齐、梁、陈各朝的帝宫所在地（也就是现在的南京市郊附近）。诗中批判的是陈后主迷恋酒色、荒淫无道的败亡历史。但诗人并不着重在陈后主不理国事的情节叙述上，却用了洗练的诗句，将陈后主穷途末路的下场，作了淋漓痛快的嘲笑和挖苦。将历代帝皇的沉痛教训，摆在江河日下的晚唐统治者面前，作者的用心是良苦的。

陈后主是六朝最后一个亡国之君，以他的亡国教训作为题材的诗歌一向不少。刘禹锡有名的《金陵五题》之三的《台城》，就是对陈后主因荒淫而误国的有力抨击：

> 万户千门成野草，只缘一曲后庭花。

《金陵五题》总结了六朝兴亡的教训，给唐王朝的统治者提供了借鉴。杜牧在刘禹锡之后，也在秦淮河慨然长叹：

> 商女不知亡国恨，隔江犹唱后庭花。
>
> （《泊秦淮》）

从更为宽广的角度，对晚唐时期追求醉生梦死的不正之风，发出痛心疾首的呼吁！其实诗人批判的对象，主要的还不是无知卖唱的商女，而是点曲取乐的富贵闲人。他那犀利的笔锋，不能不叫人心悦诚服。

第三类是借对历史人物和重大历史事件的重新评论，提出自己一反传统观念的新见识。例如《题魏文贞》、《题商山四皓庙》、《题桃花夫人庙》、《题乌江亭》、《赤壁》、《过勤政楼》、《春申君》、《王昭君》等。虽然采用的都是众所周知的历史题材，而且是早有定论的，但是这些成了典故的材料一旦被杜牧所用，不仅可以使历史事实得到介绍、传布，而且还能在尊重历史事实的前提下，给历史人物以新的生命、新的含义。特别值得指出的是诗人有时对历史的结论，还往往能够根据自己的观点给以合情合理的新解释。正因为这样，他的这一类咏史诗往往大有新意，常能获得许多评论家的赞赏，当然，与此同时也不可避免地受到一些人的批评。如《赤壁》：

> 折戟沉沙铁未销，自将磨洗认前朝。
> 东风不与周郎便，铜雀春深锁二乔。

这首七绝是千百年来脍炙人口的名诗。在赤壁古战场的沉沙中，偶然拾到一片小小的残戟，经过一番磨洗之后，辨认出那是六百年前曹魏与孙吴在赤壁鏖战中沉埋的残物。诗由此起兴，引出了诗人对当年战事的一番回顾和评论。

赤壁之战是曹操陈兵百万，准备渡江吞并东吴的一场大战。战斗的结果，东吴以少于曹魏十几倍的兵力战胜了曹操。以弱胜强，这是历史上罕见的战例之一。曹兵所以败北，是由很多复杂因素造成的，历来众说纷纭，颇有争论。有的认为是由于曹兵不服水土，生呕吐之疾，医学界甚至有人把主要原因归咎于曹兵受血吸虫病的感染。多数人的意见还是根据《三国志》的说法，肯定曹兵是败于火攻。不管怎么说，文学作品写赤壁之战时，都是照直写出曹兵大败，周瑜叱咤风云的一段事实，可以说是千篇一律。唯独杜牧不然。"东风不与周郎便，铜雀春深锁二乔"，他偏偏从假设东吴失败的角度来写，这样的构思，其结果反而更加深刻、形象、幽默，从相反的方面风趣地说明了这场战役与东吴生死存亡的关系，以及东吴所以能够获胜的关键所在，给人以极为丰富的联想。这的确是一种很有新意的、标新立异的写法。但是宋人许𫖮却不赞成杜牧这样写，他在《彦周诗话》中指责说："意谓赤壁不能纵火，为曹公夺二乔，置之铜雀台也。孙氏霸业，系此一战，社稷存亡，生灵涂炭都不问，只恐捉了二乔，可见措大不识好恶。"

许𫖮的指责，后来基本上已被许多诗评家否定了，但是沈德潜在《唐诗别裁》中，却仍然批评这二句是"近轻薄少年语"。秦朝钉的《消寒诗话》也说："如吴市上恶少年语，此等诗不可作也。"我们说这些评论都不免带有某种道学家的偏见，其实是他们还未弄明白这首诗的真意，就已主观地将诗人别致的构思和生动幽默的艺术想象力轻率地加以否定了。他们没有认识到唐人从相反方面进行设想，这正是诗人不重复常人的陈腔烂调和诗的蕴藉所在。试想，连国君和主帅夫人都被锁进了曹操的铜雀台，国家败亡，生灵涂炭，还在话下吗？《古唐诗合解》说这首诗"诗人似有不足周郎处"。这个批评，从字面看，有一定道理。但我们说，提出周郎得便东风，险胜曹操，不等于是对周都督的不尊重。杜牧这是以拟人化了的东风和东吴二乔的命运互为因果，生动形象地反映赤壁之战前前后后的惊险局势，反证周瑜成功的幸运。这样写，不仅情采倍增，也有助我们加深对生活中复杂事物的认识和理解。作战中种种意外的情况，有时凭条条框框是难以解释得通的。如果杜牧不是同时兼通政治、军事和兵法，想要从千头万绪的赤壁之战中说出个究竟来，而且不失俊丽的风格，恐怕也是不容易做到的。

绝句《题商山四皓庙》，是杜牧另一首独抒新意的诗歌：

吕氏强梁嗣子柔，我于天性岂恩仇。

南军不袒左边袖，四老安刘是灭刘。

商山四皓即东园公、甪里先生、绮里季、夏黄公四人。他们在秦末有感觉于秦政的暴虐，隐居商山。后来汉高祖有请，他们也不肯下山从政。但是，他们却应太子的请求，下山随太子入朝，使刘邦打消了废太子而另立的念头，对于这一历史事实，历来是被赞许的。李白的《商山四皓》曾写道：

秦人失金镜，汉祖升紫极。

阴虹浊太阳，前星遂沦匿。

一行佐明圣，倏起生羽翼。

功成身不居，舒卷在胸臆。

这是按照传统的观念肯定了四皓不居功，能洁身自爱的行为。与杜牧齐名的大诗人李商隐也写了《四皓庙》诗：

羽翼殊勋弃若遗，皇天有运我无时。

庙前便接山门路，不长青松长紫芝。

不过，他只平分秋色地将起过作用的两大元勋给予评功而已。唯有杜牧出奇立异、一反众议地批评四皓，也间接指出太子的柔弱，使强横的吕后有隙可乘。他认为这是刘汉王朝的漏洞，以致有权有势的吕氏家族迫不及待要篡权夺位。幸亏还有老臣周勃等忠心耿耿之人，在危急之际，借助南、北军的武装力量，发动了一场宫廷政变，才制止了篡夺的阴谋。杜牧诗中指出吕后所以要保住太子的嗣位，其原因不过是想利用太子的柔弱，便于自己操纵罢了。因此，四皓安刘的行动，实质上是起了几乎导致刘汉王朝灭亡的作用。杜牧的这个立论是非常独到的，他把问题提到了要注意选择合适的王位继承人的高度。他的这个新见解，后来得到清人袁枚的欣赏。袁枚在《随园诗话》卷三里说：

余雅不喜四皓事，著论非之；且疑是子长好奇附会，非真有其人也。后读杜牧"四皓安刘是灭刘"、钱辛楣先生"安吕非安刘"二诗，可谓先得我心。顾禄伯亦有诗诮之云："垂老与人家国事，几闻巢、许出山来？"

可见杜牧是用诗写出了一些有政治识见的人想说而未说的观点，他的见解是站得住脚的。

《题乌江亭》也被公认为是一首翻案诗歌：

> 胜败兵家事不期，包羞忍耻是男儿。
>
> 江东子弟多才俊，卷土重来未可知。

这首诗是诗人在特定情况下，专门题在乌江亭上的。其实是一首十分朴素诚恳的抒情小诗。诗中针对项羽英雄气短、能伸不能屈、经不起打击的弱点，作了中肯的批评。提出胜败乃兵家常事，谁也不能保证自己永远是常胜将军，所以杜牧认为英雄好汉应当胜不骄、败不馁，特别应该经受得起失败的耻辱和痛苦。倘若项羽也能这样正确地对待自己的失败，总结教训，重整旗鼓，组织起江东那许多出众的人才，说不定也还有卷土重来的一日。诗人这样的感慨和推理，显然不是不度时势、炫人耳目的怪论，而是切实可行的。

可是这样的见解，却也受到非议。宋人胡仔、清人赵翼就曾抨击说：

牧之于题咏好异于人。如《赤壁》云："东风不与周郎便，铜雀春深锁二乔。"《题商山四皓庙》云："南军不袒左边袖，四老安刘是灭刘。"皆反说其事。至《题乌江亭》则好异而叛于理。……项氏以八千人渡江，败亡之余，无一还者，其失人心为甚，谁肯复附之？其不能卷土重来，决矣。

（《苕溪渔隐丛话》）

杜牧之作诗，恐流于平弱，故措辞必拗峭，立意必奇僻。多作翻案语，无一平正者。如《赤壁》云："东风不与周郎便，铜雀春深锁二乔。"《题四皓庙》云："南军不袒左边袖，四老安刘是灭刘。"《题乌江停》云："胜败兵家事不期，包羞忍辱是男儿。江东子弟多才俊，卷土重来未可知。"此皆不度时势，徒作异论，以炫人耳，其实非确论也。

（《瓯北诗话》）

其实，杜牧并不是仅仅为了追求立意奇僻去炫人耳目的。他诗中的"翻案语"，往往是他自己与常人不同的政治观察力和军事作战知识在诗歌创作上的反映。作《题乌江亭》一诗的本意，不在于为经不起失败的项羽翻案，故意反说其事，诗人的苦心恐怕在于借项羽经不起包羞忍耻的屈辱，选择自刎乌江的绝境，作为历史教训，警免同辈或后辈带兵用事的人。袁枚说得好，

"凡作诗者,各有身份,亦各有心胸","人所易言,我寡言之,人所难言,我易言之,诗便不俗"。这种分析比较客观,令人心悦诚服。诗人各有不同身份、不同心胸、不同背景,诗的风格就有不同。即使对已有定论的咏史诗,也不必为求稳妥而不敢立异。那些敢于创新立异、说出人所难言的道理的诗歌,是应当受到欢迎和肯定的。

反映妇女的不幸和渴望

杜牧还写有不少以妇女为题材的或涉及妇女的诗歌。

杜牧接触妇女较多,比较能理解封建思想压制下广大妇女内心的渴望和不幸的遭遇,对她们有较深的同情。他所写的以妇女为题材或涉及妇女的诗歌,多数都相当成功。由裴延翰编次的《樊川文集》,收有这方面的诗歌三十八首,在宋人编次后搜集的有些鉴别不精的外集、别集、补遗、补录中,涉及这类题材的诗歌还有三十六首。为了弄清问题,我们有必要同时了解一下这类诗的内容和它的基本倾向。

咏史诗中借妇女题材揭露帝王后妃、豪门贵妇的淫靡生活的诗,批判色彩较浓。如《长安杂题》、《街西长句》、《题武关》、《隋宫春》、《隋苑》、《悲吴王城》、《金谷怀古》等,这些诗写得相当有水平。如《隋宫春》:

> 龙舟东下事成空,蔓草萋萋满故宫。
> 亡国亡家为颜色,露桃犹自恨春风。

诗中对历史上有名的最荒淫无道的暴君隋炀帝亡国亡家的可耻下场,作了有力的批判。诗人强调隋炀帝的纵欲淫游,沉迷女色,至死不悟,成为他自取灭亡的祸根。指出如今隋炀帝留给后代的只有一座荒凉的故宫,后代人民对他重色亡国的历史罪过仍有难消之恨、难解之怨。作品矛头所指显然是隋炀帝,杜牧这首七绝同李商隐的《隋宫》十分相似。两位诗人各自从不同的侧面总结了隋朝亡国的教训,可以说是反映同一历史题材的姐妹篇。

> 碧溪留我武关东,一笑怀王迹自穷。
> 郑袖娇娆酣似醉,屈原憔悴去如蓬。
> 山樯谷堑依然在,弱吐强吞尽已空。
> 今日圣神家四海,戍旗长卷夕阳中。
>
> （《题武关》）

这是写楚怀王沉迷于宠后郑袖的妖言惑语之中,弃逐忠良,结果中计,被拘留在武关，终于使楚国为强秦吞灭的七言律诗。但诗不是只停留在对历史的追述上，诗人的用意在于以楚怀王的惨败教训，告诫国君要善于识别忠奸、邪正，否则就会在弱肉强食的复杂斗争中失去一切。诗人寄希望于晚唐的统治者，要他们珍惜来之不易的一统大国，其用心极为良苦。这里，郑袖不是他要议论的中心。在帝皇与后妃之间，诗人从来都是将批判的锋芒集中在起主要作用的一方，同时也是应该负主要责任的其他封建帝王身上的，这同宣扬"女人祸水"，把一切罪过都归咎于女人的封建文人相比，显然是要进步多了。这些诗，也是同绮靡艳情毫不相干的。

这类诗中属于宫词的，有些是为宫女的不幸鸣不平的宫怨诗。他真诚地替广大被封锁关闭在深宫里的少女发出沉痛、哀怨的呼声。如《奉陵宫人》、《宫人冢》、《青冢》、《秋夕》、《宫词二首》、《吴宫词二首》、《长安夜月》等，内容相当丰富。

宫词有写受宠者的喜悦，也有写失宠者的哀伤。杜牧所写的宫词，不像王昌龄、王建等人所写的那样，他们多少还写过一点尽情欢乐的愉快场面，杜牧却比较集中地只写一个中心主题，那就是无穷无尽的宫怨。如《宫词二首》之一：

> 监宫引出暂开门，随例须朝不是恩。
> 银钥却收金锁合，月明花落又黄昏。

在深宫里，尽管宫监暂时开了一下宫门，领宫女出去，但这只是照例要做的朝拜，不是什么恩典，仪式一结束，银钥一抽，金锁照旧紧紧锁住这群妙龄的少女，她们只能在春花凋谢、月儿升落的单调生活中度过寂寞的生涯。这首诗以谴责的语气写出了无数宫女，永别了父母亲人，背井离乡，被关进像牢笼一样可怕的深宫里，日复一日，年复一年，虚度了青春。诗的批判锋芒，显然是针对封建帝王不合理的陈规陋俗。

> 相如死后无词客，延寿亡来绝画工。
> 玉颜不是黄金少，泪滴秋山入寿宫。
> （《奉陵宫人》）

相传司马相如曾替失了宠的陈皇后写《长门赋》，汉武帝见赋后，重新宠爱陈皇后。画家毛延寿给宫女们画像，皇上就根据画上的相貌召幸她们，于是宫女们争相贿赂毛延寿。这首诗是说司马相如死后，就失去了为后妃写《长门赋》的大手笔；毛延寿被杀后，就绝了供皇上按图像召幸的画工。美丽的宫女们泪滴秋山不是因为缺少黄金财物，是因为专制的皇帝在他死后还要占有她们，逼她们陪着灵枢，跟着死人进入深山里的寿宫，在那里虚度自己的一生。诗人通过这首诗有力地谴责了残酷的奉陵制度。再如《宫人冢》：

> 尽是离宫院中女，苑墙城外冢累累。
> 少年入内教歌舞，不识君王到老时。

在后宫的城门外紧挨着一个又一个的坟堆，那些都是曾经在离宫别院里生活过的宫女，她们少年时就被选送上来，教给歌舞技艺，说是娱乐帝王，其实到老死的时候都还未见过皇帝一面。

这些宫怨诗告诉我们，那些不幸选入宫里的成千上万的无辜少女是怎样被毁灭了青春，毁灭了一生的。她们见皇帝的面都很不容易，更何况什么承恩受宠？白居易在《上阳白发人》中说："未容君王得见面，已被杨妃遥侧目。妒令潜配上阳宫，一生遂向空房宿。"这只是揭露了造成悲剧的一个方面的原因，我们如把杜牧这三首宫怨诗合在一起去读，就可以更全面地了解到宫女悲苦不幸的一生和造成这种不幸的原因了。中国两三千年来，在封建专制政权的统治下，究竟毁掉了多少生命？真是数不清、说不完，凡是有正义感和反抗精神的人，都不能不关心、不正视这一极不合理、极不人道的社会问题。因此，宫怨诗就成为许多有正义感和同情心的诗人乐于执笔的题材。王昌龄的《西宫秋怨》、《长信秋词》，李白的《长信宫》、《长门怨》，白居易的《上阳白发人》、《陵园妾》，李贺的《三月过行宫》，李商隐的《深宫》等，都同杜牧的宫怨诗一样，在不同程度上具有各自的进步意义。

杜牧以妇女为题材的诗里，写得最多而且被议论最多的，恐怕还是一些涉及歌女、官伎方面的诗歌。

歌伎一类的风尘女子，在现代人的意识中，是出卖肉体、金钱至上的下贱女人。到妓院同妓女一起玩的人，作风自然也成大问题。但当我们研究唐文学的时候，还得从当时的历史条件和实际情况出发，来加以分析和考察。封建社会是男尊女卑的社会，统治阶级用"三从四德"严格约束着妇女的思想和行动，一般女子必须深闺自守，根本接触不了男性，没有婚姻恋爱自由，更不可能与名士交往应酬。唐代由于社会发展、新兴市镇的出现和经济生活的繁荣，对文化生活也就有新的需求。为了适应这种需求，酒肆、歌楼日益兴隆。一些出身卑微、又有一技之长的女子，为生计所迫，就难免抛头露面沦为以伎艺谋生的人，或充当官伎、家伎。当时不论京都还是州县，都有大量官伎，士大夫家也蓄养家伎，就连杜甫、韩愈这样讲德行、有影响的人，也免不了要陪贵公子写写携妓纳凉的诗或蓄养一两个能歌善舞的妓妾以应时髦，其他像李白、白居易、元稹等人，在酒色歌舞中寻找快乐和消遣，更是不在话下了。尤其到了晚唐，这种生活自上而下，互相影响，形成一种普遍的风气，杜牧自然没能例外。不过，他并不将自己装扮成道貌岸然的伪君子，而是公开承认，坦然地在诗中描写这种男女之间相亲相爱的感情，因此他也就首当其冲地受到后来的道学先生们的攻击。今天，我们在批判这种不良风气的同时，应该看到这确实是当时普遍存在的社会现象。

由于杜牧对男女的交往，一向比较开放，不拘小节，而且他对地位卑下、命运悲惨的妇女相当关心，对她们的不幸遭遇和心灵上的追求，有较深的了解。因此，他写的这类闺情诗，大多数是属于以下一类题材的。如《闺情》：

> 娟娟却月眉，新鬓学鸦飞。
> 暗砌匀檀粉，晴窗画夹衣。
> 袖红垂寂寞，眉黛敛依稀。
> 还向长陵去，今宵归不归？

如《寄远》：

> 只影随惊雁，单栖锁画笼。
> 向春罗袖薄，谁念舞台风？

如《送别》：

> 溪边杨柳色参差，攀折年年赠别离。
> 一片风帆望已极，三湘烟水返何时？
> 多缘去棹将愁远，犹倚危亭欲下迟。
> 莫殢酒杯闲过日，碧云深处是佳期。

又如《寄远》：

> 两叶愁眉愁不开，独含惆怅上层台。
> 碧云空断雁行处，红叶已凋人未来。
> 塞外音书无信息，道傍车马起尘埃。
> 功名待寄凌烟阁，力尽辽城不肯回。

這些詩都是站在各種不同身份的女子的角度來寫的，抒寫她們渴望所思念的人能早日歸來的焦慮和憂愁。因為在男尊女卑的社會制度下，離別不僅帶來孤獨和牽腸掛肚的相思，更嚴重的是可能被遺棄或永遠守寡。杜牧關注她們的命運，詩歌訴說了她們渴望逃離苦海，過溫暖的家庭生活的合理要求。

杜牧還寫過一些文士同妓女產生感情，在離別時難分難舍、淚眼汪汪的詩。這些詩也是他作品受到最嚴厲批評的部分。有的文學史說杜牧是"專寫征歌狎妓的頹放靡爛生活"，說"青樓北里的那些被侮辱的婦女，不過是他消悶遣愁的手段而已"。下面姑且將這幾首詩抄錄如下。《贈別》二首：

娉娉裊裊十三餘，　豆蔻梢頭二月初。
春風十里揚州路，　卷上珠簾總不如。

多情卻似總無情，　唯覺樽前笑不成。
蠟燭有心還惜別，　替人垂淚到天明。

這是從惜別的角度，大膽地剖露了詩人自己對一位年少貌美的妓女所產生的鍾愛。在情人的眼裡，這位女子可愛得像含苞初放的春花，整個揚州城找不到第二個可以同她媲美的人。正是出於這樣強烈的愛，在不得不離別分手時，雙方共同存在的那種依依不舍、纏綿惆悵的離情，就躍然紙上。但是字裡行間，並沒有褻瀆輕佻的描寫，詩人像是對待自己的心上人一樣，熱愛和尊重這個年輕的妓女，雙方感情都比較真摯。這兩首詩流傳都相當廣，雖然不是思想性很強的詩，但又不能說它宣揚了什麼頹放靡爛的生活。

遠風南浦萬重波，　未似生離別恨多。
楚管能吹柳花怨，　吳姬爭唱竹枝歌。
金釵橫處綠雲墮，　玉箸凝時紅粉和。
待得枚皋相見日，　自應妝鏡笑蹉跎。
（《見劉秀才與池州妓別》）

這是看見別人分手時的情景寫成的律詩，但卻不是以旁觀者的態度敘述其事，而是著重刻畫那位池州妓女的心情。只見她淚流滿面，向劉秀才傾訴自己對分別產生的離情別恨，表白自己不顧蹉跎時日，一心盼望能早日同秀才相見。身為妓女，在送別時能說出這樣一番話，感情也不能說不誠摯了。

可見，杜牧對卑賤者的思想感情是相當理解的。

雾冷侵红粉，春阴扑翠钿。

自悲临晓镜，谁与惜流年。

柳暗霏微雨，花愁黯淡天。

金钗有几只，抽当酒家钱。

（《代吴兴妓春初寄薛军事》）

这首诗说明杜牧还曾代妓女写诗。他力求深入那位妓女的内心世界，剖露出她的"自悲临晓镜，谁与惜流年"的感情。诗的中心意思是向薛军事倾诉自己渴望找到一位可以依赖的知心人，以求早日从良，否则目前这种生活状况是不堪忍受的。

总之，这些以妓女为题材的诗歌，虽然说不上有什么深刻的意义，不过将那些流落风尘、从来不被人们重视的卑贱女子的心声写入诗歌中，不仅描写她们作为妓女的存在，并以比较客观公平的态度，反映她们的要求和愿望，肯定她们也应该争取合理的生活，受到社会的同情，而且表明这类妇女中也有心地善良的人，不可一概否定，这还是有一定的时代进步意义。

杜牧在以妓女为题材的诗歌中，写得最成功，并具有一定社会影响的是《张好好诗》。这首诗被公认为是反映妇女题材的成功代表作之一，在描绘歌唱表演艺术的细致、逼真方面，也被认为是杰出的。白居易也对张好好的歌艺深有好感，曾写过《醉题沈子明壁》一诗：

不爱君池东十丛菊，不爱君池南万竿竹。

爱君帘下唱歌人，色似芙蓉声似玉。

我有阳关君未闻，若闻亦应愁杀君。

这里，白居易只突出了张好好的声色之美，还用自己的乐妓樊素同好好媲美，以一种欣赏者的姿态对待她们，诗的思想性不高。杜牧的《张好好诗》不是这样，读后会使人对这位美丽、善良，又有超凡音乐才能的女艺人产生好感，并对她无辜被弃的命运产生同情。

当然，在杜牧这类诗歌中，也有一些沉溺于女乐、绘声色嗜好的作品，还是要加以分析批判的。另外，对杜牧的全部作品，也要指出其在思想内容上的不足之处，主要表现在直接反映劳动人民痛苦生活的题材太少、范围太窄上。他写过一些农村题材的作品，如《题村舍》："三树稚桑春未到，扶床乳女午啼饥。潜销暗铄归何处？万指侯家自不知。"可以看到农村人民处于"三树稚桑春未到，扶床乳女午啼饥"的苦况，刻画了乳女啼饥的感人场面，批判了高高在上的王侯贵族。他的《村行》也是以反映农村生活为题材的：

> 春半南阳西，柔桑过村坞。
> 娉娉垂柳风，点点回塘雨。
> 蓑唱牧牛儿，篱窥茜裙女。
> 半湿解征衫，主人馈鸡黍。

只可惜诗人这样朴实、真诚地写劳动人民的诗歌太少了，而且像《村行》这样的佳作，往往也只是路过农村时所见到的表面景象，与杜甫《三吏》、《三别》、《岁晏行》、《负薪行》、《又呈吴郎》等诗篇相比，无论是深度还是广度，都差了很大一截。这说明杜牧同广大劳动人民还隔着一道很深的鸿沟。

杜牧晚年，为了寻求精神上的解脱，除了饮酒之外，还参禅拜佛，写过如《题禅院》一类的万念皆寂的悟道诗：

> 觥船一棹百分空，十岁青春不负公。
> 今日鬓丝禅榻畔，茶烟轻飏落花风。

杜牧晚年所流露的无所作为的悲哀，同他恃才自负、要建功立业的思想是相抵触的。这是他意识到个人的力量无法扭转乾坤后的一种难以克服的沮丧。这种沮丧情绪是衰颓时代的阴霾在他身上的折射，也是他在那个时代无法超越的世界观、人生观的局限所在。

晚唐诗苑的名葩——杜牧诗歌的艺术风格

人们往往以为诗歌到了晚唐，已经是"绿肥红瘦"的换季时节，即使剩下几朵残花，也是春色已过，不值得一顾了。如果这么想的话，杜牧确实是生不逢时，成了"生于末世运偏消"的才子。其实，生长在晚唐的杜牧，他的天分、才华，既受到时代、社会和家庭的哺育与滋养，也受到时代、社会和家庭的限制与约束。不过，经过杜牧和其他一些诗人共同的努力，在全面继承的基础上，终于开辟了晚唐诗歌创作的胜景。不管在他们前头已经有多少诗坛元老，也不必去计较人们的兴趣所钟，如何厚此薄彼。总之，谁都不能不承认晚唐诗坛还有杜牧、李商隐两大名家。他们以"小李"、"小杜"齐名，同"老李"、"老杜"区分先后。这两位诗人的成就可以代表晚唐时期诗歌创作所达到的新水平。诗歌创作如果不是通过艺术上独创的风格优美、隽永地呈现出来，它就无法成为艺术的精华，长存于世。杜牧在唐诗艺苑中是个善于继承祖业，又有令人赞赏不已的创新精神的末代子孙。他的诗歌为唐诗的最后繁荣，闪现出耀眼的光芒。

创新立异的格调

诗歌创作的基本原则，是要言志抒情。言什么志，抒什么情，这里就有个格调问题。所谓格调，是指诗歌的风格和情调。它和每个时期的时代精神有联系，更同诗人的思想品格和艺术修养直接相关。不同时期的诗歌和不同的诗人，其诗歌的格调是会高下不一的。古今有影响、有成就的诗人，无不注意格调的高新，"心路玲珑高格调"，思想情操猥琐的人，是写不出格调高新的作品来的。

《文心雕龙·时序篇》说："时运交移，质文代变"，"歌谣文理，与世推移"，就是说，诗文都必须不断地发展更新。《文心雕龙·通变篇》里更强调说："设文之体有常，变文之数无方……名理有常，体必资于故实；通变无方，数必酌于新声。故能骋无穷之路，饮不竭之源。"可见，早在刘勰的时代，就已经在理论上提出，尽管作品的体裁相对稳定，但创作过程中的格调，却是不断更新的。只有不断地推陈出新，才能具有永久的生命力。

杜牧的诗歌创作，在述情志、写时世、忧国匡时等方面，直追老杜；诗中的潇洒俊逸之气，则大有太白遗风；诗情画意的生花之笔，可以媲美宗元；硬语盘空，陈言务去，是师效韩愈。当然他所继承的还不仅于此。他的诗歌，运用各种体裁，做到了色色兼顾。他不仅长于叙事，也善于抒情；不但发扬了用五言古体讽咏时事的传统，还使律诗、绝句更趋精美完善。对前人，他不满足于简单地模仿，除了善于学习各家之长以外，还敢于创新立异，形成自己的格调。杜牧处在那个奴才欺压君主，党徒横肆于朝廷，藩镇耀武扬威于各地，满朝文武得过且过，但求声色之乐，不顾国破家亡的时代，文人赋诗，大多热衷于风月闲情，格调低劣，他却能运用五言、七言古体，写出如《感怀诗》、《郡斋独酌》、《雪中书怀》等许多格调沉郁苍凉、感怀晚唐国事、直抒胸臆的诗篇。

喜爱唐诗的人，都忘不了李白、杜甫、白居易，尤其忘不了他们那些金光闪闪的代表作品。李白的《蜀道难》、《梦游天姥吟留别》、《梁甫吟》等古体诗，是用高度的浪漫主义抒情手法，感叹人生道路的艰难，愤慨盛世中的坎坷。但他抒写和塑造的是狂放不羁的自我形象及个人生活道路中所经历的波澜，诗到结束时，才点出主题，表明政治态度。杜甫的《自京赴奉先咏怀五百字》、《北征》，则是以安史之乱前后的社会生活为背景的抒情与叙事高度结合的诗歌，它的主要特点是忧国伤时和悯己怜人的思想感情的交融，但主要刻画的还是诗人的自我形象，只是诗中忧国伤时的内容占了主要的比重，其中包括诗人的政见和议论。白居易的长篇叙事诗《长恨歌》、《琵琶行》以及他的大量讽喻诗，都是以叙事为主、抒情为辅的。《长恨歌》以动人的情节叙述了杨玉环、唐玄宗的爱情悲剧，批判了唐玄宗重色乱纲，指责了杨玉环尤物误国，但是对他们失位、亡身的悲剧结局却是深表同情。《琵琶行》借叙述琵琶歌女的高妙技艺和不幸身世，抒发了江州司马谪居浔阳江的天涯沦落之恨。两首诗虽然都密切联系到唐代社会的政治背景，但诗中很少涉及政治斗争的具体内容。

杜牧在这些方面，吸取了他们的成果而又具有自己的特色。他除了写出大量感慨时势的政治性强的抒情诗之外，还写了一些地位卑微、身世不幸，却具有代表性的以妇女为主人公的叙事与抒情结合的诗篇。如著名的《杜秋娘诗》、《张好好诗》等。这些诗歌不仅在题材的选择上突破了传统的观念，更可喜的是，它并不拘泥于对一人一事的咏叹，而是有意地把要写的人物安置在广阔、复杂的政治环境中，让她们的身世沉浮同晚唐的政局发生内在的联系，使读者通过她们的得失悲欢，看到隐藏着的背景和统治集团的丑行。如果拿这别出心裁的诗，与同时代那些吟风咏雪、与醇酒美人的诗歌相比，就更有鸡鹤之别和时代意义了。

杜牧除了用古体咏怀、议论时事之外，也擅长用律体直抒心中的感愤，显示出诗歌高迈的格调。如《书怀寄中朝往还》：

平生自许少尘埃，为吏尘中势自回。
朱绂久惭官借与，白头还叹老将来。
须知世路难轻进，岂是君门不大开。
霄汉几多同学伴，可怜头角尽卿材。

诗中讥笑那些不学无术，却又容易飞黄腾达的人，表明自己即使白头为吏，毫无晋升的机会，也要坚持节操，不去奉承别人。这类诗取材于眼前的现实，立意却相当高，讽刺议论都比较明朗警切，没有晦涩艰深之感，却有隽永的诗味。因为诗中明白如话的议论，是同深刻的哲理、丰富的形象交融在一起体现出来的。诗中的议论也能启迪人们认识生活，认识社会，思索立身为人的道理，同时又可感受到晚唐世路的艰难。

杜牧的律体诗，手法多样，有直言、有曲笔，有显情、有隐意，根据不同的思想内容和不同的需要，不拘泥于一种手法。他在律诗中采用比兴手法，含蓄地咏唱时事，同样取得感人的效果，显出高雅的格调。《早雁》是其有名的代表作：

> 金河秋半虏弦开，云外惊飞四散哀。
> 仙掌月明孤影过，长门灯暗数声来。
> 须知胡骑纷纷在，岂逐春风一一回。
> 莫厌潇湘少人处，水多菰米岸莓苔。

诗人按照"切类以指事"、"依微以拟议"的创作理论，不仅借助事物的相似之处来说明事理，根据事物的隐微之处来寄托感情，而且还能进一步发挥。他借"虏弦开"比喻回鹘人的武装进犯，用惊雁"四散哀"，象征北方被占领地四散逃难的人民，又借用汉武帝时建立的金铜仙人承露台和陈皇后失宠时幽居的长门宫，寓意人们对皇帝的期待之心：希望当朝的最高统治者能引起对外族进犯、人民流离失所这一现实的重视。这里早雁难归的深意，同王勃"人情已属南中苦，鸿雁那从北地来"（《蜀中九日》）的诗句有异曲同工之妙。诗人在运用比兴手法的基础上，进一步借事物申说道理。虽然是寓言写物，却十分凄婉地表达了对流离失所的北方人民的同情和关切。《苕溪渔隐丛话》曾评论说，杜牧的《早雁》诗，是赋"幽怨羁旅，闻雁声而生愁思"的闲情。诗评者看出了诗人的用意在于抒情，不过认为抒的只是羁旅闲情，这就不免皮相了。我们说这首诗尽管手法比较含蓄，但并不晦涩费猜，诗人对国家民族的忧思，在托物寄兴中处处可见，与单纯抒羁旅闲情的诗相比，格调高新得多。

杜牧有一些怀古咏史的绝句，也能唤起读者无限的感慨，立论新颖，用意深沉。如《春申君》：

> 烈士思酬国士恩，春申谁与快冤魂？
> 三千宾客总珠履，欲使何人杀李园？

战国时期楚国的宰相春申君，是名盛一时的四大君子之一。后来，由于听信李园的阴谋煽惑，拒绝朱英当机立断的建议，最后死于李园之手，遭灭族之灾。诗人是取春申君被杀后有仇难报、有冤难申的历史教训，提出发人深思的问题，其实答案在诗的首句已有伏笔，"烈士思酬国士恩"，春申君有像朱英那样忠心耿耿的烈士而不信用，才酿成了惨遭杀身之祸的结局。运用这种语带含蓄、意在其中的表现手法，启迪读者，也正告执政当权的人，不要被眼前的虚假现象所蒙蔽，应当珍重有轻生报国之心的人才。这里使人不禁想起《围炉诗话》里的一段关于咏史的评论："古人咏史，但叙事而不出己意，则史也，非诗也。出己意发议论，而斧凿铮铮，又落宋人之病。"杜牧显然不是这样，他的咏史绝句，手法是比较多样的，有含蓄蕴藉、意味深长、己意不露的；也有出己意、发表标新立异的观点，又能做到情意交融，而不露斧凿痕迹的。这正是杜牧超过旁人的高新之处。

豪雄俊丽的情采

《文心雕龙·情采篇》指出："昔诗人什篇，为情而造文，辞人赋颂，为文而造情。何以明其然？盖《风》、《雅》之兴，志思蓄愤，而吟咏情性，以讽其上，此为情而造文也。诸子之徒，心非郁陶，苟驰夸饰，鬻声钓世，此为文而造情也。故为情者，要约而写真，为文者，淫丽而烦滥。"刘勰以独到的见解，对诗经、辞赋作了一番比较和评论。他认为《诗经》的创作，是人们为了表达思想感情才写成；《风》、《雅》的作者，面对现实，内心充满愤激和苦恼，于是借助诗歌来抒发情性。又认为辞赋家写赋，并非出于忧思，往往是为了表现自己的创作才华，为了沽名钓誉，才故意制造感情去写文章的，并由此而推论，认为文学创作中，为表达思想感情而写的作品，就能做到文体精练，内容真实；为了写文章而写成的文章，自然是堆砌华辞丽藻，内容杂乱而空洞。

那么，杜牧的诗歌又怎样呢？杜牧的诗歌，具有强烈的美感，但他究竟是为情而造文，抑或是为文而造情，却是评论界一直存在的分歧。我们如果按《文心雕龙》这一观点去衡量，那就不难得出较为公允的结论。我们知道"文以意为主"是杜牧提出的创作主张。杜牧的诗歌不是没有思想内容的唯美文学，而是内容与形式和谐统一、情与词俱胜的作品。人称杜牧的诗"雄姿英发"，就是赞美他的诗歌具有豪雄博大的情怀、气势和俊丽动人的文辞。杜牧善于将精辟的识见，寄寓在流丽多姿的语言中，使人们在欣赏诗歌的同时，接受他的观点，感染他的情思。

在唐人的心目中，既富丽堂皇又缠绵悱恻的创作题材，莫过于叙述唐明皇、杨贵妃的爱情故事了。这一对风流帝妃的韵事，早被诗人们争相咏唱，已不是宫闱秘密了。最先触及这一题材的，是李白著名的《清平调》。这是当着唐明皇、杨贵妃的面，在庆兴宫内的沉香亭畔一挥而就的。如果论绮罗香泽、脂粉美人，这里满目皆是，但人们没有忘记，正是李白的这组《清平调》成为唐明皇、杨贵妃荒淫误国、自取灭顶之灾的铁的见证。同时，也为后代诗人的创作提供了第一手值得参考的素材。

杜甫在《解闷》十二首中，也有三首是专写唐明皇、杨贵妃的。杜甫是因物及人，见荔枝而想起先帝、贵妃。诗人既感伤他们的败亡，又恼恨他们只顾一己享乐，不惜劳生害马，置百姓于死地而不顾。杜甫的诗，把唐、杨的题材扩大和提到了新的高度，为后代诗人提供了第一个有力的批判依据。

杜甫之后还有元稹的《连昌宫词》和白居易的《长恨歌》。这里，我们想着重将晚唐诗人崔橹写的《华清宫》诗同杜牧的《过华清宫》三绝句作一比较。两位诗人都选择了唐明皇、杨贵妃的悲剧故事，写的又都是以"华清宫"为题的绝句组诗。崔橹的《华清宫》诗借用"横玉叫云"、"障掩金鸡"之句，含沙射影地提到了华清宫内的淫靡生活给安史之乱的浩劫蓄下了祸机。皇帝的车驾向着西蜀远远逃去，从此，华清宫珠帘紧闭，草遮山道，门横金锁，成了一座看不见人的荒山冷宫。诗人极力在萧索的景物中，反复抒发人去楼空的感慨，从中透露出对王朝衰落今不如昔的哀愁。

杜牧的《过华清宫》三绝句也是过华清宫时触景生情而抒写的感慨，用唐明皇宠爱杨贵妃、安禄山的史实，有力而又含蓄地嘲笑了前代统治者的荒唐、误国和造成唐王朝一蹶不振、难以收拾的破败局面。组诗选择了"送荔枝"、"霓裳曲"、"禄山舞"三个既有吸引力又有代表性的事件，作了典型化的揭露。刻画时以描写为主，议论自在其中，既形象又生动，既风趣又警人。唐玄宗为了博得妃子一笑，特意从南方专程运送荔枝上骊山，那种运荔枝比送公文还要急迫的所作所为，曾在一时间蒙骗过群众的眼睛，如今却昭然若揭，原来为了妃子笑竟顾不得糟蹋了多少人民的生命财产！"霓裳曲"指斥了玄宗不辨安禄山的叛乱阴谋，偏听偏信探使的假情报，依然沉溺于酒色歌舞之中。一首《霓裳羽衣曲》就像陈后主所作的《玉树后庭花》一样，是亡国之音的象征。"禄山舞"揭示安禄山乘着玄宗对自己的宠信，一方面以自己跳舞的丑态取悦讨好帝妃，另一方面加紧了叛乱的部署，它像掠过重峦的狂飙，安史之乱的灾难终于爆发了。这三首诗既摆脱了感伤、低沉的情调，又牢牢把握住了批判的精神，将重点集中在对唐明皇、杨贵妃和安禄山三人所作所为的谴责上，每首诗都接触到了社会矛盾，而且一首比一首揭示得尖锐，意思也一层比一层深刻。最后，将酿成安史之乱的祸根和盘托出，让读者在无限感慨中，自己悟出"如此天下，焉得不乱"的结论。崔橹的诗由于揭得不深，展得不开，议得不透，视野只停留在华清宫周围，反复哀吟的是"不见人归"的调子，社会内容不丰富，把工夫过多地用在景物的描写和锤字炼句上，所以辞句尽管很美，也有绘声绘色的情景，但是同杜牧的诗一比较，就不免给人以一种丽而不俊、哀而不豪、调低意单的印象。可见，艺术手法的巧妙运用也有助于扩大和深化诗歌的主题。杜牧诗中飞扬的情思、俊丽的词采，是同丰厚的思想内容结合在一起的，它不仅可以使诗歌增辉添色，也可以加强艺术感染力。在萎靡诗风笼罩的晚唐诗坛，杜牧以豪俊为特色的诗歌，难道不值得人们赞赏和珍惜吗？

豪雄俊丽的情采在杜牧的七言绝句中表现得尤为突出，特别值得一提的是杜牧的七言绝句。

七绝在唐代是一种同五律、七律、五绝一样盛行的文体。绝句比律诗有相对的自由，又比古诗摇曳生姿，更有音乐美。这种以短小篇幅表达丰富内容的诗体，经过人民群众的创作和诗人们的长期努力，当时已经完全成熟。许多诗人都运用这种形式，写出大量反映唐代现实生活的优美诗篇，并且作为一种新的乐府歌辞，在群众中广泛流行。盛唐时期，涌现了一批像王昌龄、王之涣、李白等擅长七绝的诗人；中唐以后，爱写七绝的诗人更多，杜牧是继他们之后取得重要成就的诗人之一。他作七绝，无论是咏史、咏物、咏人、咏景或抒情、叙事、议论，都很擅长，也更能体现豪俊特色。如《过勤政楼》，诗人是过勤政楼时触景生情，咏叹玄宗统治不能善始善终，虚有勤政务本之名，而无勤政务本之实，结果大失人心。首句"千秋佳节名空在"，起笔就很有气势，千秋节本来是在玄宗得意之时，普天下为他做寿的喜庆日子，如今却只是空有其名了。紧接着的对句是"承露丝囊世已无"，"承露丝囊"是千秋节那一天，万民庆寿的标志。群臣向皇上贺寿，王公国戚进献金镜缓带，一般人士也结承露丝囊相互赠送。这已成为群众性的活动。可是如今老百姓中，再也看不见这种丝囊出现了。这种突兀的起对，真是出语惊人，不仅巧妙地作了今昔强烈的对比，而且带出了人心的向背，批判之意不言自明。后两句"唯有紫台偏称意，年年因雨上金铺"，用"紫台"这一富有象征意味的典型事物的出现作为转折，暗示勤政楼早已被人遗忘，唯有紫台年年借着雨水之便，得意扬扬地爬上了玄宗皇帝的金铺（门环）。结句的手法，是明赋暗比，将勤政楼冷清荒凉的景象，有声有色地刻入读者的脑际。全诗只用了二十八个字，就通过勤政楼的今昔，将唐王朝的盛衰之变及人心向背展露无遗。诗人的感情是沉重的，嘲笑是辛辣的，情采却是俊丽的。杜牧善于将有较深寓意的观感融化在有生活内容的典型事例中，使诗的形象和情韵都达到一定的深度，给人以思考和寻味的广阔空间。即使是有感国势盛衰，感叹今不如昔的作品，感伤的情调也往往被诗人特有的豪气所冲淡，不是停留在吟悲吊古的情绪中，而是通过幽默的讽刺，加深对历史的认识，汲取历史的教训。

至于在艺术上如何把握好"丽而有则"（《文心雕龙·物色》）的分寸，用俊丽的文采恰当地丰富诗情画意，也是杜牧七绝的所长。如《江南春绝句》："千里莺啼绿映红，水村山郭酒旗风。南朝四百八十寺，多少楼台烟雨中。"这首诗写得非常俊丽。千里江南如画的春色春景，那画中不容易表达的春光，尤其是莺啼千里、万物复苏的气象，在诗人的笔底，声、色、画意之美都被写出了。但是如果我们只顾欣赏诗中所描写的江南春景，则会解不透诗人用意，以及包含在春景中的内在情怀。诗的第三、四句，运用数字的概念，很有分量地指出南朝统治者，为了保住帝位，热衷于建筑无数的寺庙，尽管这些寺庙如今依然在蒙蒙烟雨中幸存下来，若隐若现，而那些妄想得到神灵保佑，永远统治人民的帝王，却一个也没有幸存下来。诗歌将一个具有哲理性的宗教信念问题，巧妙地同写景结合在一起，用数字和形象使人在诗情画意之中产生联想，经过反复寻味，自己找到答案。清人黄白石在《贺黄公载酒园诗话》中，有一段体会说得好："唐人妙处，正在随拈一事，而诸事俱包括其中。若如许意，必要将"社稷存亡"等字面真真写出，然后赞其议论之纯正。具此诗解，无怪宋诗远隔唐人一尘耳！"不过，也有从自身性情、趣味出发的诗评家认为："千里莺啼，谁人听得？千里绿映红，谁人见得？若作十里，则莺啼绿映红之景，村郭、楼台、僧寺、酒旗皆在其中矣。（见杨慎《升庵诗话》）这样来评论"千里莺啼"，恐怕连一般读者都是难以诚服的，怪不得何文焕在《历代诗论考索》中反驳他说："余谓即使作十里，亦未必尽听得着看得见。"我们应尊重作者原意，诗人对事物往往可以有不同的阅历和感受，也可以有不同的表现手法，不能强求一致，更不应强加于人。

在《清明》这首脍炙人口的七绝中，诗人用"欲断魂"三字，典型地道出了清明时节人皆共有的感情和有目共睹的情景气氛。尤其将行人来去匆匆、强忍哀思的神情同纷纷泪雨的景象融成一体，惟妙惟肖地刻画出清明节的景象。至于具体地如何断魂，则不加细说，让读者自己去心领神会。诗的后两句，"借问酒家何处有，牧童遥指杏花村"，揭示了行人意欲借酒浇愁的情绪。但是，由于结句落在牧童遥指隐隐呈现的杏花村上，这就将浓重的哀愁气氛，转向一个杏花烂漫、酒旗招展的新意境。所以说即使是写清明这类性质的诗，也仍然反映出他的豪情逸兴。谢榛在《四溟诗话》中提出意见说"此作宛然入画，但气格不高"，他想将后两句改写成为"酒家何处是？江上杏花村"，或"日斜人策马，酒肆杏花西"，认为这样可以不用问答，情景自见，"有盛唐调"。可是，千百年来世人习惯相传诵的却并不是经过谢榛改写的《清明》诗。可见，每首诗气格的高下应依据诗的立意命题去作具体分析，这类以反映人情和社会生活为基调的诗歌，更应切合群众的生活实际，人人共有之意、共见之景，一经说出便妙。杜牧《清明》诗的妙处就在这里，如果硬要去掉牧童的形象，不设问答，那就失去了浓郁的生活气息和大众色彩。

杜牧诗中豪俊的情采，不仅属于艺术表现力高低的问题，也同诗人政治襟怀的宽阔豁达密切相关。他写诗言志并非完全为了扬才露己，更多的是出于爱国家、爱民族、爱生活的豪情，再加上他又深明经史的根本，遍阅历代兴亡的教训，并以补救时弊为己任，所以心明眼亮，落笔有神。遗憾的是诗人生于晚唐，抱负不得施展，面对那内乱外患、气息奄奄的唐王朝，凭一己之才，纵使豁出了全部力气，也是难以扭转乾坤的。正如诗人在《题敬爱寺楼》中所写："暮景千山雪，春寒百尺楼。独登还独下，谁会我悠悠？"诗中发出的时不我与、知音难觅的凄恻，同初唐大诗人陈子昂的《登幽州台歌》何其相似！陈子昂虽然感伤生不逢时，他却深信前有古人，后有来者，只是自己在悠悠天地中一闪而过，无机会与他们同登历史舞台，试比高低罢了。而杜牧诗中透露的时代气息，仅有"暮景"、"春寒"而已，纵然有"千山雪"、"百尺楼"的气势，也被笼罩在寒意弥漫的太空之中，连陈子昂所具有的那点信念和希望都不足了。所以，处于几乎令人窒息的晚唐，即使有再大的豪情，也是难以唱出时代的最强音的。

博而能一的构思

杜牧诗歌的创作，给人们留下的印象是豪情所到，纵恣淋漓，似乎是随手拈来，毫不费力。其实不然，诗人的功夫早已花在刻意求工而不露雕琢痕迹上面，他像一位高明的化装大师，经他化装过的人，看上去真像天生丽质，不必浓妆艳抹一样。苦吟诗人常用"两句三年得，一吟双泪流"来说明自己在诗歌创作上的用心，杜牧虽然不是苦吟派，但写诗何尝不用苦心？只是不肯露出刻意求工的痕迹罢了。

诗歌往往是通过诗人主观的感受，借助于巧妙的艺术构思，将现实生活中的复杂事态和生动形象以及感情上的波澜反映出来。杜牧的诗歌在构思上的一大特点，就是博而能一、巧于变化，既铺得开，又收得拢。他的创作，思路宽阔，上通千载，旁贯万里，不局限在耳目之前的狭小范围。但是，即使展现出万途竞萌的思绪，最后仍能百川归海，集中到表现诗的中心思想上来。

诗人博而能一、巧于变化的构思，首先表现在能够因小见大、善于立意上。杜牧的诗有时从一人一事展示晚唐社会，揭露官场的黑暗，如《李甘诗》、《李和鼎诗》、《李给事二首》、《杜秋娘诗》等；有时是触景生情，慨叹人生，论古议今，畅抒己怀，如《雪中书怀》、《郡斋独酌》、《大雨行》等；有时是通过几个特写镜头，构成绚丽多姿的画面，既有嘲笑复杂多变的社会，又有喟叹坎坷不平的人生，如《题宣州开元寺水阁》、《新定途中》、《寄远》等。不过无论诗人怎样吟咏，这些诗在构思上，都有因小见大、立意不凡的特点。试看《新转南曹，未叙朝散，初秋暑退，出守吴兴，书此篇以自见志》，这首诗标题很长，但也是不能忽略的。意思是说，诗人新近才调回京都任吏部员外郎，还未来得及加朝散大夫的官阶，暑气一过，就主动要求出守吴兴，特地写诗表明心意。说明这是一首为调湖州披露内心想法的诗。那么，这个要披露的心意是什么？它又怎么表现出来的呢？"捧诏汀州去，全家羽翼飞。"诗一开始，强调接到批准外任的诏书立即引起全家雀跃的情绪。这情绪经过诗人的强调和夸张，在这里显得格外引人注目。但是，如果这首诗单是表达一种对外任的喜庆心情的话，那么只要开头四句和末尾四句就足够了，何况这八句也可以构成一首五律："捧诏汀州去，全家羽翼飞。喜抛新锦帐，荣借旧朱衣。……越浦黄柑嫩，吴溪紫蟹肥。平生江海志，佩得左鱼归。"在起承转合等方面都无可挑剔，但是杜牧一向是很注意立意的，外任的喜庆心情只是表面的现象。诗中夸张写出"喜抛新锦帐，荣借旧朱衣"这不同寻常的举止，为的是让人们读了这几句以后，自然地产生疑问，这时才接下去写出诗人对外任这么高兴的原因，"且免材为累，何妨拙有机。宋株聊自守，鲁酒怕旁围"。语带讥讽地透露出一个党争严重、人心涣散的晚唐政局。这才是诗人的真正用意所在，不过也有回避斗争的消极面，值得警惕。

长期以来，不少诗评家曾对杜牧刚刚调回长安，任职不到一年，又三上宰相书，要求出调湖州，作过种种猜测。有人猜测是为了湖州赴约、访艳；有人估计除经济原因外，还有政治上和人事上的原因，但都没有找到确切的依据。这首诗就是以巧妙的方式，将出调湖州的政治、人事原因，透露出来了。由于辞意深藏，善于立意和构思，从而既保护了自己，又透露了真情，却不为当权者所察觉。

其次表现在能从各个不同角度去丰富和体现作品的主题上。《文心雕龙·神思篇》说："积学以储宝，酌理以富才，研阅以穷照，驯致以怿辞。"作者构思的时候，必须利用自己长期积累的知识宝库，善于辩明事理，以丰富自己的才华；还要按照生活中的体验，作出分析研究，以获得对问题的彻底认识；同时要经常培育自己的情致，以便恰当贴切地驾驭文辞。如果从这方面去衡量杜牧，可以说他达到了运用自如、驾轻就熟的程度。如他的《奉陵宫人》："相如死后无词客，延寿亡来绝画工。玉颜不是黄金少，泪滴秋山入寿宫。"这首诗批判了唐朝极不人道的守陵制度。全诗短短四句却连用了两个典故，一句一立论，从四个方面阐述问题。每个方面都包含丰富的社会内容和历史知识，这些方面既各自独立、互不相干，又彼此呼应，从各个侧面阐明要批判的中心问题。如果用现代汉语译出，便可看到诗中含有极丰富的内容：司马相如曾经帮助被汉武帝遗弃的陈皇后，写成有名的《长门赋》，使武帝有所感动。如今相如死了，还有谁能再帮助后宫宫人说心里话呢？画师毛延寿因为没有得到王昭君的贿金，故意画丑了她的容貌，等到昭君出塞辞别朝廷时，汉元帝见到真人之美才后悔莫及，处死了毛延寿，从此宫人再也不能靠画像之工企望得到皇上的召幸了。如花似玉的众多宫人，并非因为缺少黄金才惨遭厄运。她们滴着悲苦的眼泪，被送进荒山成了皇帝寿宫的守陵人，度过寂寞凄苦的一生。这首短诗以它丰富的内涵使我们看到了杜牧为表达主题在构思上所下的功夫。

在通常的情况下，杜牧的诗是直抒胸臆的，有时即使寓情于景，语意比较含蓄，但也不难理解其中的寓意。如《初春有感寄歙州邢员外》："雪涨前溪水，啼声已绕滩。梅衰未减态，春嫩不禁寒。迹去梦一觉，年来百事般。闻君亦多感，何处倚阑干。"这首五律主要是写诗人在官场上的苦恼，但在构思上，却把初春景象、春寒有感，以及寄语邢员外等几层意思，都同自己的苦恼情绪结合在一起。首联描写冰雪解冻，溪流猛涨，水流绕着河滩，发出啼哭般的叫声。本来是生机勃勃的初春景象，在心境不佳的诗人眼底，也成了令人心烦的噪音。颔联写梅花虽然开始萎谢，但高洁的姿态并不改变，乍暖还寒的气候，却令人不堪忍受。这是寓情于景的写法，暗示当时的政治气候还未彻底好转，自己即使被贬谪远方，也改变不了原来的性格。借梅花寓意，显然并不费解。颈联是一种概括综述的笔法，提到过去的种种经历，真像大梦一场，近一年来遇到的苦恼，更不可胜数。尾联是借说对方也有满腔感慨，表示彼此的相通和对朋友的思念之情。颈联和尾联是直截了当地将官场如梦的感受及羁旅不遇的苦恼和盘托出，又把邢员外同自己的思想状况合而为一，在结句中收合全诗，紧扣题旨。总之，这首诗不管从何处说起，也不论涉及哪些景物，都是同诗中所要表达的不遇之恨的思想联系在一起的，很能体现出"一切景语皆情语也"的味道。

博而能一、巧于变化的构思特点的第三个表现，是能够层层深化主题。根据不同情况，按照不同的需要，运用不同的构思逐步深入地突出中心思想。如《送杜颧赴润州幕》："少年才俊赴知音，丞相门栏不觉深。直道事人男子业，异乡加饭弟兄心。还须整理韦弦佩，莫独矜夸玳瑁簪。若去上元怀古去，谢安坟下与沉吟。"杜牧的弟弟杜颧，大和六年（832年）中进士，大和八年（834）宰相李德裕出任镇海节度使时，聘请杜颧为幕府巡官。杜牧在思想上虽然不属于李德裕一派，却十分支持弟弟应聘入幕，临别时写了这首诗。诗的内容并不停留在手足情深、依依惜别这点上，他是给远别出仕的弟弟，提出立身处世的准则。为了使弟弟牢记不忘，整首诗采取由浅入深、反复叮咛、层层深入的写法。首先对少年得志的弟弟受到丞相的青睐表示欣慰，发出勉励之辞。在第二层意思中严肃提出大丈夫要以公正、刚直作为立身处世的原则，叮咛初出远门的弟弟要珍重自爱，表现了手足深情。第三层进一步要求弟弟要学古人严于律己的精神，认真警惕急躁的毛病，切勿为了追求高官厚禄而忘乎所以。最后，又再次嘱咐弟弟要去谢安石的坟前凭吊，目的是让弟弟以东晋的大军事家、政治家谢安石为榜样，做一个对国家、民族有所建树的人。这四联意思层层不同，却又前后呼应，彼此统一。对立身处世的道理，愈讲愈深，在尾联的结句达到顶点。诗人结合自己在现实生活中的深刻感受，告诫勉励，又引用前人的形象加深己意，更有情深意切的韵味，突破了送别诗的传统写法和一般化的俗套，读后令人寻味思索，铭记不忘。

我们再看《山行》一诗："远上寒山石径斜，白云生处有人家。停车坐爱枫林晚，霜叶红于二月花。"这是一首"诗中有画，画中有诗"的名作，写活了寒山深处枫林的暮色。诗人满腔热情地用鲜艳夺目的色彩，讴歌深秋的大自然。他不仅在描绘自然景色方面，将经霜不凋、更为红艳的枫林，同寒山深处白云缭绕的晚照结合起来，活现了有目共睹却无人写得出的普通而又奇丽的秋色，而且在构思上更有深意的是，用"霜叶红于二月花"作结，不仅表达了对秋山、秋色的深情赞美，而且引人进入一个更高更美的境界。人们读到这里不禁会问，为什么经霜的红叶会比二月的春花更美更艳呢？随着问题的提出，实际上已受到诗人的感发，将对经霜红叶的一般印象，升华到带有哲理性认识的新高度。可见杜牧的构思艺术在诗歌创作中具有不可低估的作用。

诚然，杜牧是晚唐的诗人，在他的前头，已经有许许多多名诗人成功的足迹。不过，这并不妨碍杜牧创造具有独特异彩的诗风。他学习继承了前人宝贵的艺术经验，又用自己的心血丰富和美化了唐诗艺苑的花坛，给热爱唐诗的读者继续提供绚丽多姿的艺术花朵。可是，时至今日，《樊川文集》面世千年，竟还未有其他比较完全的注本，以至无法让更多人去鉴赏他的创作。无疑，杜牧的诗歌值得珍惜，他的创作艺术值得研究。让我们重视这份文化遗产，阅读它、理解它、评论它，给予杜牧及其创作历史应得的评价。

散文和辞赋

杜牧不仅是晚唐诗坛中的佼佼者，同时还是兼通各体的作家。作者按照自己的创作主张，写有大量的散文、辞赋，而且还是较早地采用民间曲子写词的诗人之一。这些方面的贡献，除了《阿房宫赋》之外，还很少受到人们的注意。

散文

中唐时期由韩愈、柳宗元倡导兴起的古文运动，由于理论上过于强调复古和尊道这一缺点，不仅未能及时纠正，反而被韩愈的一些追随者片面理解，因而束缚了古文运动的继续发展，后来逐渐被骈体文所重新取代。李商隐虽然曾指出古文运动的后继者，在理论上过于强调效古师法，受孔孟之道束缚，不利于挥笔为文，但他极少在古文的实践中去纠正流弊，反而是骈文的积极创作者。杜牧和他不同。杜牧一方面信仰儒家学说，提倡仁义道德观念，维护君主专制的统一制度，另一方面又提出"文以意为主"的创作原则，强调写文章必须重视将思想感情和充实的内容放在主要位置。在创作实践上，他不顾骈文抬头趋势，紧密结合时局的发展和社会的需要，写了许多论列国事、笔势陡劲的古文名篇。清人李慈铭在《越缦堂读书记》中，全面评价了杜牧散文方面的成就，指出：

> 乃知才学均胜，通达治体，原本经训，而下笔时复不肯一语犹人，故骨力与诗等，而气味醇厚较过之。所著如《罪言》、《原十六卫》、《守论》、《战论》诸篇，前惟贾太傅《治安策》、《过秦论》，后惟老苏（苏轼）《几策》、《权书》可以鼎立，固为最著。他如《李飞墓志》、《卢秀才墓志》、《李贺集序注》、《孙子序》、《杭州新造南亭记》……诸作，皆奇正相生，不名一体，气息亦正逼两汉。长篇如《韦丹遗爱碑》尤见笔力，《燕将录》、《窦烈女传》亦卓然史才，虽取境太近，然一展卷间，如层峦叠嶂，烟景万状；如名将号令，壁垒旌旗，不时变色；如长江大河，风水相遭，陡作奇致；又如食极洁谏果，味美于回，真韩柳外一劲敌也。

这段话指出，杜牧散文的内容，虽然也本着六经的教义，不过，他是不肯有一语一句重弹前圣古人的老调的，所以他的散文语言刚健，在气质、风格方面，比诗歌更显得深厚庄重，甚至可同两汉散文媲美。前人对杜牧的散文推崇备至、评价很高，是有根据的。

杜牧的传记文也受了柳宗元创作风格的影响，现实性强，寓意深刻。例如《张保皋传》，就生动而又有说服力地通过张保皋对待郑年的事迹，及周公、邵公二贤臣在青少年时为周文王效力，老年后仍旧一片忠心辅佐武王的故事，突出了"国有一人，其国不亡"的主题，有力地阐明了关键时刻，依靠贤才治国，对拯救国家于危亡的重要作用。这是一篇相当成功的传记文。又如《卢秀才墓志铭》，也写得神采飞扬。这篇文章，是杜牧特地为卢霈秀才写的墓志铭。虽然是墓志铭，却写得栩栩如生。作者以极为生动、简洁的语言，将卢秀才一生的遭遇和个性特征，作了绘声绘色的描写。特别突出了他的乐观、豪爽、通达和自信。卢生二十岁以前，只热衷于打斗、骑射，对儒学之道一窍不通，经过儒者王健的开导以后，才感激发奋，急起直追，寒窗苦学了整整十年，终于在三十岁的时候，学有所成，而且逐渐有点名气，成为京城里应举进士中的佼佼者。但是，这样的秀才并不为当权的公卿大人所重视，始终无所事事，施展不了抱负，最后在意外的事故中了结一生。

文章重点介绍了卢秀才最值得宣扬并很有个性特点的两件大事，第一件是从无知到有知的思想转变。写他长到二十岁的时候，竟然"未知古有人曰周公、孔夫子"。在中国，孔夫子的大名是连农夫、大兵都无有不知的，可见，卢生当时不学无术到了什么程度。后来，他为了变成有学问的人，决心求师学道，约了弟弟偷偷取了家里的良马，连夜奔上王屋山，他的诚意得到道士的同情，被留在道士观住下。从此，专心做学问，布褐不袜，拔草为食，十年如一日，才成为一个有文有学的人。第二件是写他学成以后赴京应举，受到同辈人的敬重，以及他在朋友中高谈阔论、畅抒抱负时的气概和风度。作者能够因小见大，在注意细节的真实的描写中，将卢生鲜明的个性特征和精神状态刻画出来，这一段介绍是全篇文章的重点部分。

文章的结尾简洁地交代了卢生的突然遇害和不幸丧生，其身后萧条得连葬殓费用也不得不仰仗朋友们的资助。作者对卢秀才生前怀才不遇，未能施展自己的抱负，十分同情。尽管杜牧曾经再三向公卿官宦们推荐这位才节俱全的小人物，只是无人理会。这篇墓志铭通过卢秀才一生的遭遇，说明了晚唐统治阶级对人才的冷落，令有志之士抱恨终身。

这篇文章一向被视为杜牧的优秀散文之一，受到评论界的重视。宋代大诗人陆游，精细地读完此文后指出："生年二十，未知古有人曰周公、孔夫子者，盖谓世虽农夫、卒伍，下至臧获，皆能言孔夫子，而卢生犹不知，所以甚言其不学也。若曰'周公、孔子'，则失其指矣。"陆游注意到作者在"孔子"、"孔夫子"的称呼上下了功夫，虽然只是一字之差，却有效地显示出卢生的不学无术达到了何种地步。可见，在修辞上即使是一字的取舍，所取得的效果也是大不一样的，杜牧充分注意到了这一点。

慢词

杜牧还积极向民间文学学习，他的一些诗有明显的学习民间语言的痕迹，具有清新、浅近、节奏感强和口语化的特点。例如：

> 含烟一株柳，拂地摇风久。
> 佳人不忍折，怅望回纤手。

> （《独柳》）

尽日看云首不回，无心都大似无才。

可怜光彩一片玉，万里晴天何处来。

（《云》）

　　特别值得注意的是，杜牧在中晚唐诗人中是最早将民间词的长调（即慢词）结合到文人创作中来的作者之一。

　　词最初来自民间，是配合燕乐便于歌唱的。刘熙载在《艺概》中解释说："词即曲之词，曲即词之曲。"指出了词同乐曲的相辅相成的关系。词有短调、长调之分，短调即小令，每首有固定的格式。在中唐以前，李白的《菩萨蛮》、《忆秦娥》已破了五、七言的绝句体。中唐时期，张志和的《渔歌子》就是将七言绝句截去一字的写法："西塞山前白鹭飞，桃花流水鳜鱼肥。青箬笠，绿蓑衣，斜风细雨不须归。"这表明词体已初具规模。当时创作短调方面，十分盛行，影响大的有刘禹锡、白居易等诗人。刘禹锡的《竹枝词二首》，运用谐音和双关语，相当成功。如：

杨柳青青江水平，闻郎江上唱歌声。

东边日出西边雨，道是无晴还有晴。

白居易的《忆江南》也很动人：

江南好，风景旧曾谙。

日出江花红胜火，春来江水绿如蓝，

能不忆江南？

　　说明这时文人所写的短调，已经做到了诗乐一致，而且节奏和谐，有散声、和声，和长短句并用。晚唐时期，在杜牧、温庭筠、韩偓等诗人的努力下，词的创作进入成熟阶段。杜牧是在北宋著名词人柳永之前，第一个仿效民间曲子词创作中长调（即慢词）的诗人，他所写的一首《八六子词》，全长九十字，是现存《全唐诗》中仅可见到的一首慢词。同他的诗歌相比，尽管这首词还未引起人们普遍的注意，后人都以为慢词始于柳永。但是，从它在词的发展史上所起的作用去分析，是应当受到重视和公允的评价的。宋人洪迈在《容斋随笔》中指出："尽管秦少游的八六子词有'片片飞花弄晚，蒙蒙残雨笼晴。正销凝，黄鹂又啼数声。'语句清峭，为名流推激。但记得杜牧的《八六子词》末句是；'正销魂，梧桐又移翠阴。'秦公盖效之，似羞不及也。"洪迈公正地指出了杜牧、秦少游二人词作的先后时间，以及在末句是秦观仿效了杜牧而且又还不及杜牧的事实，这是值得提醒和注意的。

赋

杜牧是很擅长写赋的，尽管《樊川文集》里保留下来的赋只有《望故园赋》、《晚晴赋》、《阿房宫赋》三篇，但是《阿房宫赋》却是他的成名之作，仅此一文，就使他扬名千载，享有盛誉。

下面我们对《阿房宫赋》作简略的介绍和分析。

唐文宗大和二年（828），崔郾侍郎奉旨在东京（洛阳）主考举人时，太学博士吴武陵赶到东京，向崔郾推荐杜牧的《阿房宫赋》，并且介绍说，这篇文章写成之后，受到太学生的热烈赞扬，认为能写成这样大作的人，不愧为王佐之才，请求崔主考让杜牧名列状元。说毕，并当众诵读了这篇文章。崔郾也称赞不已，由于科举前四名人选已定，便将杜牧排在第五名录取了。

《阿房宫赋》在当时影响是比较大的，而且它的声誉还一直流传至今。《道山清话》记有东坡夜读《阿房宫赋》一事，内中写苏东坡在黄州雪堂，一日读杜牧《阿房宫赋》至深夜仍不肯睡。门外两个侍候他的老兵，不免厌烦起来。其中一个用陕北话说："不知那篇东西有什么好处，夜深又寒冷，还不去睡。"另一个接着说："也有两句写得好的。"这个说："你懂得个屁！"那个说："我就是爱那句话，天下人不敢言而敢怒。"两个老兵的争论，第二天传到了苏东坡耳中。苏大笑说，这条汉子也会鉴识。从这个小故事，可以看到《阿房宫赋》在群众中的影响。

《阿房宫赋》的成功，不仅在于它具有文采飞扬的情思、理直气壮的议论、富丽堂皇的辞藻和抑扬顿挫的节奏，而是首先在于它主题思想的深刻性。作者针对秦始皇自取灭亡的教训，以阿房宫的兴建和毁灭作为题材，给晚唐的封建统治者敲响了警钟，也给后代以启迪和教益。杜牧在《上知己文章启》中说："鉴于宝历（唐敬宗的年号）大起宫室，广声色，故作《阿房宫赋》。"可见他的创作目的是明确的。但是，这还不是作者所要达到的唯一目的，作者还有更深远的用心，那就是要借众所周知的历史事实，作进一步的发挥，使天下人认识到"灭六国者六国也，非秦也，族秦者，秦也，非天下也。……使六国各爱其人，则足以拒秦，秦复爱六国之人，则递三世可至万世而为君……秦不暇自哀，而后人哀之，后人哀之而不鉴之，亦使后人而复哀后人也"。可见，杜牧是要引秦亡的教训永鉴历史，永鉴后王。这是创作《阿房宫赋》的深刻意图，也是作者对晚唐国君的倒行逆施，不知死之将至的痛切呼吁。我国自秦以来两千年封建王朝的历史，几乎没有哪一个末世王朝的覆亡，不是首先由于统治者的荒淫堕落，而最后发展到自取灭亡的。《阿房宫赋》不单总结了秦亡的教训，也为唐及唐以后历代王朝的衰亡，提出了忠告。

《阿房宫赋》在结构上，可以分为四大段。一、二段着力于铺排描写，三、四段侧重于议论抒情。一、二段对阿房宫建筑豪华宏丽的夸张描写，及对"妃嫔媵嫱……辇来于秦"，"金块珠砾，弃掷逦迤"的无情揭露，都是为了令人信服：秦始皇的穷奢极欲，是加速秦亡的重要原因。第三段是以雄辩的议论，指出秦皇的横征暴敛严重地违背了人民的意愿，人们在忍无可忍的情况下，揭竿起义，最后，终于招致秦的灭亡。第四段是总结全文，点出六国统治者的覆灭和秦国统治者的被打倒，其根本原因，都是他们高高在上，不爱惜国家、人民，结果置自己于死地。作者认为这个深刻的教训，应当让后世的人们永远引以为鉴。

这篇文章为了阐明主题思想，有严密的逻辑推理，大半是论体，散文同骈文结合，被称为有韵之文，打破了长期以来赋体习惯用骈偶和堆砌华辞丽句、言之无物的传统，具有变古开新的作用。这是对古文运动成就的继承和发展，是将散文所具有的笔锋犀利的特点结合到赋体中去所取得的新成就。

在表现手法上，作者首先是采用赋的丽辞奇句和铺排夸张的手法。如形容宫殿面积的宽阔、建筑的高大，用"覆压三百余里，隔离天日"；描写后妃媵嫱之众，用"明星荧荧，开妆镜也；绿云扰扰，梳晓鬟也；渭流涨腻，弃脂水也"。

其次，发端造句，力求奇警。如"六王毕，四海一，蜀山兀，阿房出"。三字一句，仅仅十二个字、四句话，就将秦灭了六国，统一中国，又走向自己的反面这一复杂的历史进程概括了出来。读起来短促有力，有一气呵成之妙。

再次，在对仗、押韵方面，也力求工整，铿锵顿挫，朗朗上口，一些段落还具有特别强的音乐性。句句押韵的，如"毕、一"，"兀、出"。隔句押韵的，如"孙、秦、人"。用夹缝韵的，如"鬟、兰"、"凄、齐"。在对称的描写方面，如"歌台"对"舞殿"、"明星"对"绿云"。在虚词的运用上，在文章的最后一段，竟连用六个"也"字，虽然在汉朝边孝先的《博塞赋》中已有这种用法，不过杜牧在这里用得更为得当，不仅加重了肯定的语气，而且增加了强烈的感情色彩和抒情气味。

《阿房宫赋》虽然成就很大，由于语言的夸张和某些段落的虚构成分，曾受到一些人的非议。宋人程大昌在《雍录》中指出："今用秦事参考，则其所赋可疑者多，其叙宫宇之盛曰：'覆压三百余里，隔离天日'，按《秦皇纪》：'作阿房在三十五年，周驰为阁道，自殿下直抵南山。'据地理而约计之，自渭水而南，直抵南山，仅可百许里。若从东西横计之，则自鄠杜以至浐水，亦无百里，安得盖覆三百余里也？及其叙妃嫔之盛，则曰：'王子皇孙，辇来于秦，为秦宫人，有不得见者，三十六年'，此又误也，始皇立二十六年，初并六国，则二十五年前，未能尽置侯国子女也，安得三十六年不见御幸也耶？按《本纪》曰：'秦每破诸侯，写放其宫室，作之咸阳北坂上（即渭城也），南临渭，自雍门以东至泾渭，殿屋复道，周阁相属，所得诸侯美人钟鼓以充入之。'则宫室嫔御之盛，如赋所言，乃渭北宫宇中事，非阿房也。阿房终始皇之世，未尝讫役，工徒之多，至数万人。二世取之，以供骊山。未几周章军至戏，则又取此役徒以充战士。则是歌台舞榭，元未落成，宫人未尝得居也。安得有脂水可弃，而涨渭以赋也。其曰：'上可以坐万人，下可足立五丈旗'者，乃其立模期使及此，而始皇未尝于此受朝也。则可以知其初抗未究也。而牧皆援渭北所载，以实渭南，岂非误欤？"程大昌所考证和指出的问题，固然有一定的历史资料为根据，知道这些资料，对了解历史的真实情况是有必要的。但是，《阿房宫赋》是文艺作品，文艺创作有必要对生活进行典型化的概括，允许夸张和虚构。早在六朝时，刘勰就在《文心雕龙·夸饰篇》中，充分肯定了夸张手法在文学创作中的重要地位："故自天地以降，豫入声貌，文辞所被，夸饰恒存。虽《诗》、《书》雅言，风格训世，事必宜广，文亦过焉。"这就是说，自古以来，用文字表达的东西，都免不了夸张和修饰，即使像《诗经》、《尚书》那样庄重、雅正的经典，为了教育世人，引用的事例也不能不广博，语言也免不了要夸张，何况是诗词歌赋呢？《阿房宫赋》的作者即使搬用了秦始皇在渭北宫宇中的生活情况到阿房宫来，从本质上说也是真实的反映。这种真实就是艺术的真实。它恰恰证明了杜牧创作方法上的进步。如今发现和挖掘的秦坑中大批的出土文物，也充分证实了秦始皇的暴虐和腐败。因此，杜牧在《阿房宫赋》中所运用的典型化的艺术手法，不仅不损害作品的真实性，相反，由于生动、夸张的叙述，使暴君的所作所为，能铭刻在人们的心中，让那个早已在地球上灰飞烟灭的皇帝以及他曾经拥有的一切，都栩栩如生地重现在我们的眼前，成为历史上一个最有教育意义的反面教材。这也正是杜牧写《阿房宫赋》的不朽贡献。

结束语

　　杜牧在晚唐诗人中是一位难得的人才，他的政治主张、军事卓见及文学才华，都不是当时的一般文士所能企及的。他在诗、文、辞赋及书法、绘画等艺术创作上显示出的全面发展的才能，更不是同辈诗人所能匹比的。李商隐与杜牧齐名。李商隐所写的政治诗和无题诗，深刻感人，加上那沉博艳丽的艺术风格，使其形成的特殊影响比杜牧还大。但是，从诗歌题材的阔大、艺术手法的灵活多样以及语言的明朗清新这些方面去衡量，李商隐则比不上杜牧。对李、杜的评价，前人虽各有所偏，但都不能不承认，这是晚唐诗坛上的两颗明星，他们各自取得了巨大的成就。

　　李商隐比杜牧年轻九岁，对杜牧十分敬重，他所写的《杜司勋牧》："高楼风雨感斯文，短翼差池不及群。刻意伤春复伤别，人间唯有杜司勋。"对杜牧一生的才干、见识以及为人处世的长短、诗歌创作的感染力，作了很高的评价。比李、杜二人稍后一点的晚唐诗人崔道融，也有一首《读杜紫微集》的诗：

　　　　紫微才调复知兵，长觉风雷笔下生。
　　　　还有枉抛心力处，多于五柳赋闲情。

　　同样是在充分肯定杜牧的才情智慧和艺术魅力的基础上，指出了他往往有"枉抛心力"的毛病。这个意见也还比较中肯。唐以后的诗话和笔记对杜牧的评价褒贬不一，誉者固多，毁者亦有，随人而异，这是难求一致的。

　　杜牧由于所处的时代、世界观和阶级意识上的局限，反映在创作思想和创作实践方面，确实存在不容忽视的缺点。

　　首先反映在思想意识上，他有部分诗文流露了对晚唐腐朽的朝廷和昏庸的国君，存在盲目的幻想和颂扬。在一些诗中，不顾事实，竟然高呼"元和圣天子，英明汤武上"（《感怀诗》），有的称赞天子号仁圣、高歌唱太平（《寄内兄和州崔员外十二韵》），"我曰天子圣，晋公提纪纲"、"醺酣更唱太平曲，仁圣天子寿无疆（《群斋独酌》)"、"仁圣天子神且武，内兴文教外披攘"（《皇风》）、"祝尧千万寿，再拜揖余罇"（《昔事文皇帝三十二韵》）等这些颂扬，在我们看来，感到庸俗牵强，而且不真实。但是，对于最高的封建统治者来说，有时还感到不够满意，如清朝皇帝乾隆读杜牧的《樊川文集》后，写诗评论说：

茂学本工文，清辞每出群。

虽称有奇节，未觉副高闻。

锦字常悬壁，朱楼喜梦云。

所输老杜者，一饭不忘君。

    他认为小杜略输一筹于老杜的地方，就是还缺少"一饭不忘君"的忠心呢。

    杜牧在另一些诗中，往往宣扬了升官发财、读书做官的思想。如《冬至日寄小侄阿宜诗》，虽有一部分精到的见解，但也夹杂着庸俗的观念："愿尔出门去，取官如驱羊。"我们认为，杜牧的诗与杜甫的比较起来，其所缺的并非什么"一饭不忘君"的思想，而是"一饭不忘民"的感情。其反映人民群众疾苦和病痛的诗，确实寥寥无几。尽管他的诗，大量揭露了封建统治集团内部的尔虞我诈、钩心斗角的丑恶关系，有助于我们认识晚唐统治濒临崩溃的重要原因，可是，却未能直接地、大量地反映出腐朽政权统治下，广大群众的苦难生活，以及他们与统治者之间的不可调和的矛盾。他缺少一点杜甫那种"世上疮痍，诗中圣哲；民间疾苦，笔底波澜"，为人民着想，多替人民说话的精神。杜牧的诗除了少量几首之外，在人民群众中流传不算太广，比不上李白、杜甫、白居易深受人民爱戴，恐怕这是重要的原因之一。

    其次，杜牧在生活作风方面，比较放浪，有时过于随便，留下了不大好的影响。他在一些诗中，直言不讳地写了男欢女爱的场面，有的写得还可以，有的写得不怎么样，正所谓"还有枉抛心力处，多于五柳赋《闲情》"。陶渊明只有一篇《闲情赋》，表白自己对爱情的渴望和追求，写得很热烈，而且艺术水平很高。杜牧关于这类诗歌，写多了一些，自然给人造成不良的印象，特别是经旁人搜集，被编入《别集》。《外集》中的几首艳情诗，显得有点轻佻、浅薄，在内容和艺术手法上，都没有什么大价值，如《黄州偶见作》（男儿所在即为家）等这些诗，虽然是未征得本人同意编入集内的，但已成为别人评价他"只知有绮罗脂粉"的依据。在阅读这类诗歌的时候，应当有评判识别的能力。

    杜牧在牛李党争中，政治上常常遭到排斥打击，因此，情绪也常有波动。特别是后期，不免借酗酒、参禅以求得精神上的暂时解脱，因此也写过一些像《醉后题僧院》、《醉题》一类的诗。这类诗有一定的消极、颓唐情绪。

    另外，在创作过程中，由于不细心，也造成一些错漏和不准确的现象；在律法上不如李商隐精严；为了追求新意以矫时弊，不免有矫枉过正之处，一些诗落笔用词显得拗峭、聱牙，不大流畅顺口。这些都可以说是美中不足之处。

不过，既然历史和现实都不存在十全十美的人，没有缺点和不足的诗人、作家，更为难找。那么，将杜牧的缺点和局限同他的全部成就相比，也不过是白璧微瑕，并不妨碍他进入优秀诗人之列。他的大量著作，值得推荐给人民阅读，与此同时，注意汲取其民主性精华，剔除其封建性糟粕，这是我们不能忘记的。

诗的理论　理论的诗——司空图的《诗品》是对唐代山水诗的艺术总结

在具有无限风神韵味的唐诗百花园中，司空图的创作是使唐末诗坛放射异彩的新葩，他的山水诗篇不仅洋溢着诗人对华夏风光的挚爱，对故国山河的眷恋，而且，他还通过研究山水自然的艺术意境，开拓了创作理论中韵味无穷的殊途，他那风格迥异、构想奇妙的《二十四诗品》，获得了贡献卓著的诗论家的称号。

司空图的山水诗创作

司空图（837—908），字表圣，河中虞乡（今山西永济市）人，咸通十年（869）擢进士第，官礼部郎中。当黄巢率农民起义军占领长安，僖宗逃蜀又返回凤翔时，召授司空图知制诰，拜中书舍人。是年僖宗因节度使混战再逃往宝鸡，司空图弃官不从，这时，唐王朝乱无宁日，丧尽元气，谁也无法"回狂澜于既倒"。他对当朝完全失去希望，决意离开朝廷，光启四年（888），隐居中条山王官谷，后来，朝廷虽多次召任，均不应命。后梁开平二年（908），哀帝被弑，他闻讯悲极，绝食而死，享年七十二岁。

司空图是唐末一位立身清洁、有忠君爱国之思和民族意识的士大夫文人，同时，又是一位有贡献的诗论家和诗人。他自号"耐辱居士"，以表明自己居末代而困厄的处境以及参禅自省的心态。司空图性好山水林泉，在中条山风景幽雅的王官谷中有祖田，可以矢志长期隐居，将人生的烦恼泯灭在大自然的真美中，以求获得禅悦的解脱。他写就的大量山水诗作及著名的《诗品》，都表明了崇尚自然的基本审美倾向。不过，在他貌似旷达的作品中，始终排除不了人生无常的凄恻之情及对王朝倾危的绝望感。他的山水诗，常常在深山大泽的寂静中，渗入"理到忘机"的佛心教义。

请看他的几首山水诗：

> 初程风信好，回望失津楼。
> 日带潮声晚，烟含楚色秋。
> 戍旗当远客，岛树转惊鸥。
> 此去非名利，孤帆任白头。

> （《江行二首》之二）

234

全家与我恋孤岑，蹋得苍苔一径深。
逃难人多分隙地，放生麋大出寒林。
名应不朽轻仙骨，理到忘机近佛心。
昨夜前溪骤雷雨，晚晴闲步数峰吟。
(《山中》)

风荷似醉和花舞，沙鸟无情伴客闲。
总是此中皆有恨，更堪微雨半遮山。
(《王官二首》之一)

绿树连村暗，黄花出陌稀。
远陂春草绿，犹有水禽飞。
(《独望》)

自有池荷作扇摇，不关风动爱芭蕉。
只怜直上抽红蕊，似我丹心向本朝。
(《偶书五首》之二)

不必长漂玉洞花，曲中偏爱浪淘沙。
黄河却胜天河水，万里萦纡入汉家。
(《浪淘沙》)

　　这些诗从不同的侧面，写诗人在江行、山中、郊野所见的山水园田的景致和感受，同时也不难看出诗人借红蕊表丹心，借黄河之水萦纡流入汉家山河，以喻自己不可改变的民族感情。
　　司空图在山水诗创作中的主要艺术特征：

(一) 对山水自然的描摹有很强的意象感

　　司空图凭着自己留连山水时的特殊感受，保持心境的淡泊虚静，不仅善于观察和表现山水景物各自的自然之美，而且往往通过花草林木、霜雪风烟等自然景物的描绘，透露诗人自我的心态。"风荷似醉和花舞，沙鸟无情伴客闲。总是此中皆有恨，更堪微雨半遮山。"那摇曳着的荷叶同荷花在水上如醉如狂地起舞，那无动于衷的沙鸟，似同岸边的游人一样悠闲。这景物中总蕴含着某种恨意，更那堪微雨已从山边掩映而来呢！诗中借助于风荷、沙鸟、微雨等形象，将诗人要表现的山水及又因时局不稳影射出心头之怅惘，含蓄地显示出来。在冲淡自然的山水意象中，甚至免不了带有一种末世情怀的审美色彩。如"一水悠悠一叶危"、"水阔风惊去路危"（《自河西归山二首》等诗句均富有象征意义，这水，这叶，这风，当然不只是自然的原型，而是渗入了诗人自己的心态，明显的是用来影射危危欲堕的唐王朝将亡的形势。诗人的处境虽寂寥，呐喊虽微弱，但在特定的历史条件下，即使是个人微弱的悲愤也是感人的。

（二）情思与意境和谐统一

诗人所选择与描写的客观山水，同自己的主观心态，常常呈现浑然一体的艺术境界。诗人往往不必直接诉说自己的感受，而是通过诗中的境界，让读者去品味出来："昔岁攀游景物同，药炉今在鹤归空。青山满眼泪堪碧，绛帐无人花自红。"（《敷溪桥院有感》）"绿树连村暗，黄花出陌稀。远陂春草绿，犹有水禽飞。"（《独望》）两首诗都表现出诗人的感情同客观景物和谐一致的美感，但前者是诗人直接诉说出山河依旧、人事已非的感慨；后者则照写景物，不涉思绪，乍看确似一幅冲淡平和的村野春景图，然而，透过"绿树连村"接一"暗"字，"黄花出陌"连一"稀"字，将春天的村野和田陌的春色，从不同角度加以深化，再以陂塘草绿、水禽轻翔点缀其中，更显出生机勃勃的盎然春意。但是，目睹这些自然景象不禁令人发出悠远的遐想。春天既是万物复苏、欣欣向荣的季节，也是人们辛勤劳作、春耕农忙的大好时光，可是诗人所见到的却是有树无人村暗淡的农庄，稀疏冷落的黄花竟伸出到田间垅陌，陂塘的春草已绿，还有水禽自在轻翔。它令人意识到，尽管已是春临大地，但人世间的春天却未曾到来。联系到晚唐危局，更可感知这实在是一幅人迹寥寥、园田撂荒的示意图，真可谓景外有景，思与境偕，给人一种韵外之致的凄恻之美。

（三）禅意与诗意互相渗透

由于诗人本身崇信禅宗，出没山林，与僧侣频频交往，加上唐王朝的没落，时代的烙印使他的诗在咏唱大自然的同时，不可避免地流露出对时局与人生的幻灭感，于是借助禅理禅意解释自然现象和社会问题，以求达到心理上的平衡。"名应不朽轻仙骨，理到忘机近佛心。"（《山中》）"云从潭底出，花向佛前开。"（《即事九首》之九）"茶爽添诗句，天清莹道心。只留鹤一只，此外是空林。"《即事二首》之一）这些诗句都反映出诗人在万般无奈的情况下，近佛绝俗，以求得内心暂时的安宁。这当然是空虚消极的，有时也影响了诗意，不过它确是司空图的艺术个性的标志之一，已成为他用来表现心理状态的一种精到手法，我们不宜一概加以否定。苏轼就曾说过，司空图的诗"既高雅又寒俭有僧态"（见《东坡诗话补遗》）。其实，不管人们喜爱与否，那高雅中带着的寒俭与僧态，正是司空图的诗之本色所在，它同王维、孟浩然诗的高雅闲逸，相近而又迥然有别，恐怕更多的原因除了宗教信仰之外，应是没落时代的胎印造成的。

《诗品》对唐代山水诗创作经验的艺术总结

《诗品》是司空图一生的得力之作，是他在政治上对国家已无所作为的情况下完成的。清人杨深秀说得好："王官谷里唐遗老，总结唐家一代诗。"的确，它是司空图对唐诗近三百年发展中所取得的成就和经验的权威总结，又是用诗的形象、诗的格式、诗的语言等新颖手法首创的一部诗论，不仅具有理论价值，而且兼有艺术价值。由于作者具有长期而又丰富的山林园田生活体验，他的创作情趣和艺术经验，更多地体现在山水诗方面。例如，他与人论诗时，自许得意之句："草嫩侵沙短，冰轻著雨销"、"坡暖冬抽笋，松凉夏健人"、"川明虹照雨，树密鸟冲人"、"戍鼓和潮暗，船灯照岛幽"（见司空图《与李生论诗书》）等都是以早春、山中和江南的山水景物为对象论说譬喻的，《诗品》中论列的二十四首诗，更是离不开山水景物的描写，作者就是运用山水的意象，生动有力地阐述了创作艺术方面的复杂理论。从这个意义上说，我们认为《诗品》是唐代山水诗创作经验的艺术总结，也是有道理的。《诗品》的问世，对山水诗的成就和发展，具有不可估量的作用。

（1）《诗品》比较全面客观地对诗歌创作的意境风格作了二十四种精细的鉴别和分类，如下：

雄浑、冲淡、纤秾、沉着、高古、典雅、洗练、劲健、绮丽、自然、含蓄、豪放、精神、缜密、疏野、清奇、委曲、实境、悲慨、形容、超诣、飘逸、旷达、流动。

对诗的意境、风格之说，唐人已有过一些论说，如李峤的《评诗格》、王昌龄的《诗格》。中唐时，皎然用佛学观点作进一步的阐说，认为："夫诗人之思初发，取境偏高，则一首举体便高；取境偏逸，则一首举体便逸。"又认为"其一十九字，括文章德体风味尽矣"（《诗式》）。这表明作者已认识到诗的境界对诗的风格起决定作用，也承认诗歌内容、情蕴、风貌的多样性和复杂性，各体之间有一定的联系。但这种用"高"、"逸"、"忠"、"贞"、"节"……一字定格的方式，将诗归纳成十九种体，毕竟是抽象和难以捉摸的。司空图的《诗品》用二十四品标格，通过诗以巧言切状、体物密附的方式，既充分归纳了唐诗诸品毕备的客观事实，并作了精细生动的描绘和论释。最新颖的地方是：每一品诗的说明，总是不离山水景物的形态及其千变万化所构成的佳境，在风光流动、音响变化所蕴藏的无限意趣中，再用比喻、象征和对比的手法，去描摹万象罗会的各类风格彼此相近、相对、相反的特征，将其繁富的内涵揭示出来，帮助人们从含糊不清的抽象概念中，获得形象清晰的印记。这对山水诗的创作，无疑更有启发意义。

(2)《诗品》不是以诗歌应如何反映社会生活、提高思想内涵作为研究课题，而是着眼于诗歌艺术规律的探究，把如何表现山水自然作为品评诗歌艺术的主要审美标志。由此出发，对不同时期、不同阶段的诗人，在描写自然山水的繁富多变所呈现的阴、阳、刚、柔等种种情状，作了形神兼备的综合概括。这是社会生活日趋丰富复杂而带来的审美要求多样化的反映。

在二十四诗品中，作者比较注重"自然"一格。

俯拾即是，不取诸邻。俱道适往，着手成春。如逢花开，如瞻岁新。真予不夺，强得易贫。幽人空山，过水采苹。薄言情晤，悠悠天钧。（《自然》）

"自然"不仅列为风格之一，而且强调应成为诗美的基本标准，要求各类不同风格、不同流派的诗，都应以自然作为审美的基础。对于山水诗更应如此。《诗品》中"无往而不归于自然"（杨廷芝《二十四诗品小序》）的审美倾向，不仅是对山水诗创作经验的肯定，也是对唐诗创作成就的认可。实际上，这是司空图敢于面对现实，针对唐末诗坛刮起的一阵浮艳诗风提出的批评。作者并非排斥"纤秾"、"绮丽"的诗美，却明确指出"纤秾"、"绮丽"之美也应出乎自然。这是对诗歌风格的理解、认识的深化，是很独到而有识见的。

(3)《诗品》将"超诣"作为理想诗美的最高境界（自然也是山水诗的极致）。

匪神之灵、匪机之微。如将白云，清风与归。远引若至，临之已非。少有道契，终与俗违。乱山高木，碧苔芳晖。诵之思之，其声愈希。（《超诣》）

作者认为"超诣"有如"乱山高木，碧苔芳晖"，可望而不可即，具有一种清淡秀逸的超俗形象，潇洒而不孤逸，冲淡而不幽冷，能吸引人们去寻味不尽之意，展开无限的联想（这就是所谓"象外有象"、"景外有景"、"味外有味"），从而达到"韵外之致"的境界。联系到司空图的《与李生论诗书》，可知他极强调："辩于味然后可以言诗也"；"近而不浮，远而不尽，然后可以言韵外之致"。又在《与极浦书》中反复譬喻，并加以说明："戴容州云：'诗家之景，如蓝田日暖，良玉生烟，可望而不可置于眉睫之前也。'象外之象，景外之景，岂容易可谈哉？"可见，"超诣"的理想境界所达到的精神的超脱和艺术的超妙，是人们"诵之思之，其声愈稀"的最高诗美的境界。它要求诗人必须以具体形象去表现，而各形象又是经过诗人心灵熔铸的，因此，它超越于个别的自然形态，是从众多的和谐中升华出来的美。此一理论，源于《老子》的"大音希声"，尽管有点玄虚，其实，也合乎生活实际，伟大而超凡的作品不可多见，它是诗人经过认真比较之后得出的创作经验。司空图所总结概括的"超诣"之美，虽为一般诗人所难以企及，但它作为众多理想诗美的最高品类，还是有实践和理论意义的。

由上可见，司空图《诗品》的问世，充分显示了唐诗的创作，在整个文学史发展进程中达到的水平。它有助于诗界对诗歌创作意境、风格及其表现手法的深入探讨。在此之前，评论界讨论的焦点，多停留在"意与境"、"情与景"的关系处理方面。中晚唐时期的"内外意"、"象外"、"境外"之说，认识虽有进展，但未达到理论的高度。只有到了唐末，司空图才真正从理论上提出了"韵外之致"、"味外之旨"的美学原则。这一理论曾为一般人所不易理解，甚至招来非议。不过，它愈来愈为人们所重视，它对诗歌美学理论的发展，是有巨大深远影响的。宋代严羽的"兴趣说"、清代王士祯的"神韵说"、袁枚的"性灵说"，乃至于近代王国维的"境界说"，无不是司空图这一美学理论的扩大与延伸。

《诗品》是司空图的美学理论经过特殊的审美再创造而形成的艺术珍品，它是诗的理论，同时又是理论的诗。司空图因而不愧为中华民族光芒四射的唐诗文化最及时、最权威的总结者，又是首位以诗来品评、论说、总结诗文化的美学理论的创始人。

后　记

　　此书即将付印，然而总觉还不理想，辞未达意，纰漏仍多，许多学术上的问题，仍难深入。人生苦短，时不我待，能无憾乎！

　　万语千言唯借小词一首寄语：

忆故人

帘外花丛向夜阑，捧昔书，思如澜。

窗前犹谙阳关曲，离恨天涯远。

纵使年老身残，韶光散，碧空浩瀚。

蜡梅开后，百花竞艳，芳菲斑斓。

感谢责任编辑陈绪泉先生！感谢读者！

王景霓

2015 年 5 月 15 日